Hannah, Tochter eines Schriftstellers, kehrt nach dem Tod ihres Vaters in die Stadt ihrer Kindheit zurück. An seinem Erbe ist sie wenig interessiert. Doch als Hannah erste Schritte unternimmt, die Wohnung des Verstorbenen aufzulösen, findet sie an seinem Totenbett das Foto einer Unbekannten. In der flimmernden Hitze eines erneut rekordverdächtig trockenen Aprils begibt Hannah sich mit diesem Bild auf Spurensuche. Bald muss sie erkennen, dass nicht nur die vertraute Landschaft ihrer Kindheit sich in Staub und Rauch auflöst. Alle Bilder der Vergangenheit entgleiten ihr, nicht zuletzt das ihres Vaters. Als sie dann auf die Fridays-for-Future-Aktivistin Julia stößt, die sich in ihrem Kampf um Klimagerechtigkeit auf fragwürdige Weise radikalisiert hat, muss sie feststellen, dass ihr Vater dieser jungen Frau am Ende näher stand als ihr. Womöglich ist sie sogar die wahre Tochter des Schriftstellers …

Ein Roman über eine Generation zwischen den Generationen: zwischen den Erblasten der Vergangenheit auf der einen Seite und einer sich rasant verändernden Zukunft auf der anderen.

John von Düffel wurde 1966 in Göttingen geboren, er arbeitet als Dramaturg am Deutschen Theater Berlin und ist Professor für Szenisches Schreiben an der Berliner Universität der Künste. Seit 1998 veröffentlicht er Romane und Erzählungsbände bei DuMont, u. a. ›Vom Wasser‹ (1998), ›Houwelandt‹ (2004), ›Wassererzählungen‹ (2014), ›Klassenbuch‹ (2017), ›Wasser und andere Welten‹ (Neuausgabe 2021) sowie ›Die Wütenden und die Schuldigen‹ (2021). Seine Werke wurden mit zahlreichen Preisen ausgezeichnet, u. a. mit dem aspekte-Literaturpreis und dem Nicolas-Born-Preis.

Von John von Düffel sind bei DuMont außerdem erschienen:
Vom Wasser
Zeit des Verschwindens
Ego
Houwelandt
Hotel Angst
Beste Jahre
Wovon ich schreibe
Goethe ruft an
Wassererzählungen
KL – Gespräch über die Unsterblichkeit
Klassenbuch
Wasser und andere Welten
Die Wütenden und die Schuldigen

FSC
www.fsc.org
MIX
Papier aus verantwortungsvollen Quellen
FSC® C083411

August 2021
DuMont Buchverlag, Köln

Umschlaggestaltung: Lübbeke Naumann Thoben, Köln
Umschlagabbildung: Arev Hambardzumyan / Alamy Stock Foto
Satz: Fagott, Ffm
Gesetzt aus der Adobe Garamond und der Clearface
Druck und Verarbeitung: CPI books GmbH, Leck
Gedruckt auf säurefreiem und chlorfrei gebleichtem Papier
Printed in Germany
ISBN 978-3-8321-6590-1

www.dumont-buchverlag.de

John von Düffel

Der brennende See

Roman

DUMONT

Für
Greta und Katja

»Der Bellandursee ist die apokalyptische Sehenswürdigkeit von Bangalore: Das größte Gewässer der Stadt ist so verschmutzt, dass die Chemikalien und Abfälle darin immer wieder Feuer fangen. So im Februar, dann wieder im Mai. Zwölf Stunden lang loderten die Flammen, und Rauch stieg über der Stadt auf. Indiens drittgrößte Stadt, eigentlich bekannt als Silicon Valley des Landes, macht einem neuen Namen alle Ehre: Bangalore, Stadt der brennenden Seen.«

spiegel.de, 10.6.2017, 23.35 h

TEIL I

1

Bei einer Durchschnittstemperatur von 18° Celsius klettert das Thermometer auf Tageshöchstwerte von bis zu 25°. Nachts Abkühlung auf 8° bei klarem, wolkenlosem Himmel. Tagsüber viel Sonne, gelegentlicher Durchzug leichter Wolkenfelder. Schwacher bis mäßiger Wind aus westlichen Richtungen. Regenwahrscheinlichkeit unter zehn Prozent.

Drei-Tages-Prognose vom 21. bis 24. April

Reisen mit leichtem Gepäck war eine Gewohnheit, die sie von ihrem Vater übernommen hatte – eine der wenigen, für die sie sich nicht schämte. Hannah saß im Zug, dicht gedrängt zwischen Fahrgästen, Rollkoffern, Reisetaschen, ihren Rucksack auf den Knien, und wartete auf den Moment, in dem sie aufstehen und sich zum Ausgang durchschlängeln würde. Ihr Vater hätte in dieser Lage gelesen. Sie las nicht, sondern schaute an ihrer Sitznachbarin vorbei aus dem Fenster. Draußen zog das vertraute flache Land vorbei, das sie als Mädchen hingenommen hatte, um es später zu hassen und noch später lieben zu lernen in seiner Ausgestorbenheit. Was sie früher als endlose Ödnis empfunden hatte, erschien ihr jetzt wie eine Wahrheit, die sie verstand.

In die Gegend war sie bisher nur gefahren, um ihren Vater zu besuchen, heute fuhr sie diese Strecke, weil er nicht mehr da war.

Es gab viel zu regeln nach seinem Tod. Und eine Spur der Abwesenheit, die sie in seiner Wohnung erwartete, schien sich aufzutun in der Weite über den Wiesen, den Entfernungen von Hof zu Hof, in dem unübersehbar leeren Raum zwischen Himmel und Erde. Diesmal besuchte sie niemand.

Es war nicht mehr dieselbe Reise und vermutlich ihre letzte in diese Landschaft. Das Grün hinter den von Sonne gesprenkelten Scheiben wirkte weniger satt und saftig als sonst. Über den Feldern schwebte in dünnen Schwaden Staub, so als wäre die Erde eine Wolke und der Himmel fest. Sogar die Entwässerungsgräben, die sich wie Gitter durch die Wiesen und Weiden zogen, waren ausgetrocknet und lehmig braun oder mit Unkraut statt Wasser gefüllt. Wieder hatte es den ganzen Monat nicht geregnet.

Was ihr Vater dazu gesagt hätte, konnte Hannah sich vorstellen und wandte den Blick ab. Sie wollte den Gedanken nicht zu Ende denken. Früher war es ihr peinlich gewesen, wenn jemand zu ihr sagte, dieser oder jener Satz hätte von ihrem Vater sein können. Das reichte, um sie zum Schweigen zu bringen. Der Satz mochte noch so wahr und richtig sein, sie fühlte sich widerlegt, weil seine Wahrheit ihr wie etwas Vererbtes vorkam, für das sie nichts konnte. So als hätte sie keine eigene.

Mittlerweile begegnete sie kaum noch Leuten, die sich an ihren Vater erinnerten. Er hatte sich völlig zurückgezogen die letzten Jahre und war verstummt. Schon lange hatte sie niemand mehr auf Sätze hingewiesen, die nach ihm klangen. Doch sie ertappte sich selbst dabei und stellte Ähnlichkeiten fest, die sie vor sich weder verbergen konnte noch wollte. Peinlich war ihr das schon lange nicht mehr, sie erschrak nur manchmal über sein Spiegelbild in ihren Gesten und Gedanken, seit er tot war.

Doch sie reiste, wie er reiste, mit leichtem Gepäck. Das hatte sie immer an ihm gemocht. Selbst auf großen Fahrten, Schiffsreisen,

Langstreckenflügen war er meist nur mit seinem Rucksack unterwegs gewesen. Es gab Bilder von ihm, wie er über eine Gangway lief oder einem Terminal zustrebte, verblasste Schwarz-Weiß-Fotografien, die sie sich früher immer wieder angesehen hatte, weil ihr Vater darauf wirkte wie ein Schuljunge, der mit einem Ranzen auf dem Rücken in die weite Welt zog. Es gab sogar einen Satz, der ihm nachgesagt wurde, auch wenn er ihn vielleicht nie gesagt hatte, dass er für eine Reise nur sein Schwimmzeug brauche und ein paar Äpfel Proviant. Ihr Vater hatte immer einen Apfel dabei. Und wenn er wiederkam, waren die Äpfel alle und sein Schwimmzeug nass. Von jeder seiner Reisen kehrte ihr Vater mit weniger zurück. Und schon als Kind glaubte sie zu verstehen, dass dieses Weniger zu dem Kunststück gehörte, der Leichtigkeit des Reisens, die er sich zur Gewohnheit gemacht hatte, auch wenn das hieß, dass er ihr nie etwas mitbrachte.

Hannah hob ihren halb vollen Rucksack kurz an wie zur Probe und lauschte dem Rattern des Zuges, der über die alte Kanalbrücke fuhr. In den Fenstern verschwand das Land hinter den Parkplätzen und Lagerhallen von Speditionen, Möbelhäusern, Autowaschanlagen, Hinterhöfen und Gebäuderückseiten an den Gleisen zum Hauptbahnhof. Was jetzt kam, kannte sie auswendig.

Noch vor der unvermeidlichen Lautsprecherdurchsage breitete sich Unruhe unter den Fahrgästen aus, so als sei ihnen plötzlich bewusst geworden, wie lange sie stillgesessen hatten. Die ersten fingen an, ihr Gepäck zusammenzuraffen und ihre Mäntel anzuziehen, die vielleicht zur Jahreszeit passten, aber zu warm waren und zu voluminös für das Wetter. Hannah rührte sich nicht. Sie hatte nichts weiter anzuziehen oder zu tragen. Sie reiste mit leichtem Gepäck. Doch sie bezweifelte, dass es ihr auch gelingen würde, mit weniger zurückzukommen und leichter zu gehen, als sie gekommen war.

2

Die Temperatur um 11.45 h beträgt 19° Celsius nach einem Anstieg um sieben Grad in den zurückliegenden vier Stunden. Zu erwartende Tageshöchstwerte um 22° zwischen 13 und 15 h, anschließend nur leichter Temperaturrückgang bis zum Abend bei durchgehend wolkenlosem Himmel.

Tagesprognose 21. April, aktualisiert um 11.47 h

Der Hausmeister wartete bereits vor der Wohnung und meinte zur Begrüßung, sie hätten einander schon einmal die Hände geschüttelt. Hannah nickte eilig und ohne Erinnerung. Ihr war nicht wohl bei dem Gedanken an das, was auf sie zukam. Lieber hätte sie nicht noch einmal gesehen, was ihr Vater alles zurückgelassen hatte, das ganze aufgegebene Gepäck, sondern die Wohnung stattdessen wie einen Sarg behandelt und sämtliche Überreste geschlossen beerdigt oder verbrannt.

Sie stellte ihren Rucksack gleich neben die Eingangstür und hielt sich im Rücken des Hausmeisters, der die Schuhe nicht auszog und den Flur ohne Zögern betrat. In seinem Beruf hatte er vermutlich schon viel erlebt, verwahrloste, vollgemüllte Behausungen, Chaos, Dreck und Gestank. Verglichen damit war hier alles in bester Ordnung. Die Wohnung wirkte fast schon ausgeräumt, spärlich möbliert, wie sie war, und nur mit dem Nötigsten ausgestattet. Wenig deutete darauf hin, dass hier ein Mensch den Rest seines Lebens verbracht hatte.

Anlässlich der Aufbahrung vor zwei Wochen hatte der Bestatter sie angerufen und gefragt, ob es etwas gäbe, das sie ihrem Vater mit auf den Weg geben wollte. Zuerst hatte sie den Kopf geschüttelt. Die Frage zielte vermutlich auf irgendein Kleidungsstück, ein Lieblingshemd oder einen besten Anzug. Doch in ihren Ohren klang es wie Grabbeigaben nach Pharaonen-Art, das passte nicht zu ihrem Vater. Wer mit leichtem Gepäck reiste, nahm seine weltlichen Güter nicht mit ins Jenseits, auch keins seiner Bücher, um sich auszuweisen als der Schriftsteller, der er war. Also hatte sie Nein gesagt. Damals glaubte sie noch, der Abschied von ihrem Vater könnte so leicht werden wie die Abschiede, die sie von ihm kannte. Ein paar Stunden später hatte sie den Bestatter zurückgerufen. Da wäre doch etwas, das sie ihrem Vater gerne mitgeben würde auf seine letzte Reise, wenn das ginge, einen Apfel.

Ihr Vater wurde mit einem Apfel verbrannt. In der Urne, die beigesetzt wurde, waren seine Asche und die Asche eines Apfels. Hannah war sich sicher, dass ihm das gefallen hätte. Aber es war das Ende der Leichtigkeit, das war ihr jetzt klar.

Der Hausmeister machte einen Bogen ums Schlafzimmer, so als wollte er nicht indiskret sein, musterte Küche und Bad nur im Vorbeigehen und führte sie weiter ins Wohnzimmer. Hannah war froh, dass er sie begleitete. Seine Routine wirkte beruhigend, seine Rücksicht geübt. Gut zu wissen, dass alles, was hier zu geschehen hatte, überall immer wieder geschah und die Dinge ihren gewohnten Gang gingen.

Auf der Balkonseite öffnete er ein Fenster und ließ frische Luft herein. Auch dafür war Hannah ihm dankbar. In der Mitte des Raumes blieb sie stehen und sah sich um. Sie war mehrmals hier gewesen in den vergangenen Monaten, als ihr Vater noch lebte. Jetzt war sie zum ersten Mal in der Wohnung des Toten. Heftiger als bei der Aufbahrung und der Beisetzung auf dem Friedhof empfand sie plötzlich, dass es ihren Vater nicht mehr gab. In der Zwischenzeit, seit ihrem letzten Besuch, hatte der Tote hier gewohnt und alles in Besitz genommen. Er war es, der den Abdruck auf den Polstern hinterlassen hatte und die Mulde in den Sofakissen. Von seinem Hinterkopf stammte der schattengraue, ölige Glanz auf der Lehne. Der Tote war von einem Stuhl zum anderen gezogen und hatte sich die besten Plätze gesucht. Die Flecken auf dem Teppich waren von ihm, so wie die Haare an der Kopfstütze des Fernsehsessels. Man konnte ihn riechen. Der Geruch, der von Bad und Küche herüberzog, war Totengeruch, das Geschirr in der Spüle Totengeschirr.

»Meine Mutter möchte nichts davon«, sagte Hannah, ihre Stimme hallte wider. »Kein Erinnerungsstück.«

Der Hausmeister nickte ohne ein weiteres Wort. Vermutlich wartete er darauf, dass sie weitersprach, doch Hannah hatte nicht die geringste Ahnung, was sie von ihrem Vater behalten sollte, nachdem der Tote alles in seinen Fingern gehabt hatte.

Unwillkürlich sah sie sich nach einem Schreibtisch um, einem Sekretär oder dergleichen. In den letzten Nächten hatte sie immer wieder überlegt, einen Studenten damit zu beauftragen, den Nachlass ihres Vaters zu sichten und zu archivieren, falls sich jemand dafür interessierte. Doch vor dem Fenster stand nur ein schmaler Esstisch ohne Schubladen, und in den Bücherregalen klafften große Lücken. Keine Manuskriptstapel oder Notizbücher, kein alter Laptop oder PC – nichts deutete darauf hin, dass hier, vor dem Tod, ein Schriftsteller gelebt hatte.

Ich habe ihn in dieser Wohnung nie schreiben sehen, dachte Hannah, doch sie erinnerte sich, dass ihr Vater auch damals in ihrem Elternhaus nie am Schreibtisch gesessen hatte, sondern mit dem Tageslicht von Zimmer zu Zimmer gewandert war. Am liebsten schrieb er draußen im Garten, auf der Terrasse, auf Parkbänken oder sogar an Bushaltestellen. Er war ein Reisender, ohne festen Ort, auch zu Hause.

»Gibt es noch einen Abstellraum oder Speicher auf dem Dach, wo mein Vater seine Papiere und den Rest seiner Bibliothek gelagert haben könnte?« Die wenigen Bücher in den Regalen sahen aus wie zerlesen und liegen gelassen in irgendeinem Hotel, nicht der Mühe des Mitnehmens wert.

»Da wäre noch der Keller«, antwortete der Hausmeister bereitwillig und zog einen weiteren Schlüssel hervor. »Wollen Sie mal sehen?«

Ihr blieb nichts anderes übrig.

Während sie das Treppenhaus hinabstiegen und auf eine schwere Eisentür zusteuerten, machte sie sich auf feucht gewordene Umzugskisten gefasst, Bücher mit welligen Einbänden und Stockflecken. Doch der Keller war so trocken und warm wie ein Dachboden im Sommer, und der Verschlag, den der Hausmeister aufschloss, leer. Nur ein Fahrrad lehnte an der Wand, daneben ein Werkzeugkasten, der so verrostet und veraltet aussah, als hätte ihr Vater ihn gleich bei seinem Einzug dort abgestellt, um ihn nie wieder anzurühren.

»Ich hoffe, es fehlt nichts …« Der Hausmeister sah sie halb fragend, halb abwartend an, vermutlich um herauszufinden, ob von ihrer Seite irgendein Vorwurf oder gar eine Beschwerde drohte. Doch Hannah bemühte sich, freundlich zu bleiben und unkompliziert. »Mein Vater hat sich zeit seines Lebens nur mit wenigen Dingen verbunden, und ich verbinde sehr wenige Dinge mit ihm.«

Sie lächelte, aber ihr war zum Heulen zumute.

Das Ausmaß der Leere hatte etwas Befremdendes, und sie war sich nicht sicher, ob sie ihren Vater darin noch wiedererkannte und seinen Drang, immer weniger und wesentlicher zu werden. Es grenzte an Selbstauslöschung, so als hätte sein Verschwinden schon lange vor dem Tod eingesetzt. Als wären seine letzten Jahre nur ein Aufhören gewesen, eine immer größere Annäherung ans Nichts.

Aber wann hatte das angefangen?

Als sie den Kellerraum wieder verließen, drehte sie sich noch einmal nach dem Fahrrad um, einem roten Damenrad ohne Querstange. Ihr Vater war bei seinen Rädern nie wählerisch gewesen, hatte auf Flohmärkten gekauft und genommen, was er kriegen konnte. Hannah wunderte sich nur, dass es im Gegensatz zu dem Werkzeugkasten so aussah, als wäre es noch in Gebrauch.

»Ist außer mir sonst noch jemand hier gewesen in letzter Zeit?« Sie konnte sich beim besten Willen nicht vorstellen, dass ihr Vater bis vor Kurzem damit herumgefahren war. »Ich meine, abgesehen von der Putzfrau und dem Pflegedienst?«

Der Hausmeister, der zwei, drei Schritte vor ihr ging, blieb auf halber Treppe stehen und schaute belustigt über die Schulter. »Damenbesuch?«

»Besuch von Damen oder Herren …«

»Ich bin Hausmeister, kein Blockwart«, sagte er, doch das war längst keine bissige Bemerkung mehr, sondern Routinehumor. Sicher hatte er oft mit Angehörigen zu tun, die neugieriger waren, als ihnen zustand.

Sie gingen nicht noch einmal zurück in die Wohnung. Hannah hatte genug gesehen und folgte dem Hausmeister auf den Vorhof, wo sie ihr Gesicht einen Augenblick lang in die Sonne hielt. Die Strahlung hatte schon Kraft, die frische Luft tat gut nach dem Staub. Hannah atmete auf, ohne dass sich etwas löste. Es war, als sei ihr in der Leere dieser Räume eine Frage begegnet, für die sie noch die richtigen Worte finden musste. Und es war klar, dass ihr niemand dabei helfen konnte.

Der Hausmeister reichte ihr die Visitenkarte eines Umzugsunternehmens, das er für empfehlenswert hielt. An dem Wort »Umzug« blieb sie kurz hängen, weil es ihr manchmal so vorkam, als sei ihr Vater nicht tot, sondern nur nach unbekannt verzogen. Dann las sie im Kleingedruckten den Hinweis: »spezialisiert auf Haushaltsauflösungen und Zwischenlagerungen«.

Sie könne sich ein paar Tage Zeit nehmen, Bedenkzeit, die Miete für den Monat sei ja schon bezahlt, hörte sie den Hausmeister sagen. »Warm«, fügte er hinzu und drückte ihr die Schlüssel in die Hand. Die Schlüssel zur Wohnung des Toten.

Weil sie nicht wusste, was sie dazu sagen sollte, fragte Hannah nach einem Hotel in der Nähe, nicht zu trist, nicht zu teuer, und bekam zwei, drei Namen genannt. Doch dem Hausmeister war anzumerken, dass er fand, sie könne ebenso gut hier übernachten – ein Gedanke, der ihr völlig abwegig erschien.

»Wird schon«, sagte der Mann wie aus Erfahrung. Vielleicht hatte er es auch nur eilig und musste zum nächsten Termin. Das Leben ging weiter.

Er hatte sich schon verabschiedet, als ihr doch noch eine Frage einfiel. »Hat eigentlich das Schwimmbad schon geöffnet, das Sport- und Freizeitbad hinter den Fußballplätzen?«

Sie hatte nicht wirklich vor, jetzt schwimmen zu gehen. Es war nur das, was ihr Vater getan hätte, seine feste Gewohnheit, wenn er irgendwo ankam. Er ging nach jeder Reise immer und überall zuerst ins Wasser.

Der Hausmeister blinzelte gegen die Sonne und ein bisschen zu ihr, so als wüsste er, dass sie ihn nur aufhielt, um nicht allein zu sein mit der Leere hinter der Wohnungstür.

»Ihr Vater ist immer in den See gegangen, zu jeder Jahreszeit«, sagte er dann und hob kurz die Hand für einen zweiten Abschied. Damit hatte er sich verraten. Offenbar kannte er ihren Vater besser als ein Hausmeister einen Mieter kennen musste. Vielleicht sogar besser als sie.

3

Hinweis für Allergiker: starke Belastung durch Birken- und Gräserpollen. Aufgrund erhöhter UV-Werte wird Menschen mit empfindlicher Haut empfohlen, sich nicht übermäßig der Sonne auszusetzen oder entsprechende Vorsichtsmaßnahmen zu treffen.

Pollenflugvorhersage vom 21. April, aktualisiert um 12.31 h

Die Reifen hätten etwas mehr Luft vertragen können. Die Kette knirschte jedes Mal bedenklich, wenn sie kräftiger in die Pedalen trat, aber sie kam voran. Hannah hatte die Wohnung nicht noch einmal betreten, sondern nur im Keller vergeblich nach einer Luftpumpe gesucht und sich dann entschieden, das Fahrrad nach Flohmarktmanier so zu nehmen, wie es war. Auch sie wollte nicht wählerisch sein, sie wollte zum See.

Im Gegensatz zu ihrem Vater hatte sie kein Schwimmzeug dabei. Nie wäre sie vor dieser Reise auf die Idee gekommen, dass sie es brauchen könnte. Doch nach der Leere und Unpersönlichkeit seiner Wohnung schien ihr der Lieblingssee ihres Vaters als der einzige Ort und Schwimmen als die einzige Möglichkeit, ihm nahe zu sein. In die verwaisten Zimmer konnte sie nicht zurück.

Die Sonne brannte fast schon hochsommerlich. Egal, wie kalt das Wasser sein mochte, Hannah würde nach dem Schwimmen schnell wieder warm und trocken werden, auch ohne Handtuch.

Sie ließ die Häuserreihen hinter sich und erreichte den Stadtrand. In den letzten Jahren war sie mit ihrem Vater ein paar Mal hier spazieren gewesen und kannte die Gegend, die wie überall war. Wiesen, Zäune, Entwässerungsgräben, ein kleines Waldstück da und dort, dann wieder Entwässerungsgräben, Zäune, Wiesen. Das Gras neigte sich silbrig, beinahe weiß unter der Sonne. Die Gräben flossen über vor Brennnesseln und Disteln mit lila Blüten. Die wenigen Bäume hatten nicht nur längst ausgeschlagen, sie wirkten erschöpft. Auch hier war der Boden offensichtlich sehr trocken. Von den Wiesen her roch es nach Heu.

Der See kam nicht sofort in Sicht. Wenn man sich ihm näherte, sah es lange so aus, als würde man auf ein weiteres Waldstück zufahren, nur etwas größer und lichter vielleicht. Doch die Anordnung der Bäume hatte etwas Kulissenhaftes, Vorgeschobenes, wie ein Wald ohne Tiefe. Auch die in Reihe stehenden Pappeln passten nicht ins Bild. Und irgendwann verbargen die Bäume das Wasser nicht mehr, seine vage, graublaue Weite, die zwischen den Stämmen aufschien und den Himmel spiegelte.

Ihr Vater hatte das geliebt. Auf ihren Spaziergängen war zu spüren gewesen, wie seine Schritte immer schneller wurden auf diesem Feldweg mit dem sandigen, fest gefahrenen Untergrund, auch als er schon nicht mehr konnte. Alles in ihm lief dem Wasser zu. Er hatte diesen See geliebt und sich beeilt, sein Leben lang. In seiner Liebe war immer eine Art Eile gewesen, bis zuletzt. Wenn Hannah an ihn dachte, sah sie ihren Vater diesen Feldweg zum See hinunterlaufen, als müsste er sich davon überzeugen, dass sich das Wasser nicht zurückgezogen hatte, dass es noch da war und auf ihn wartete wie jeden Tag.

Jetzt schien die Sonne ohne ihn.

Über die Böschung hinweg sah Hannah den Sand in weiter Ferne leuchten, die Sandberge und Abbrüche auf der anderen Seite.

Das Ufer gegenüber kam ihr viel heller vor als in der Erinnerung, so als wäre der Sand immer höher und weißer geworden. Der Lieblingssee ihres Vaters war ein Baggersee ohne Namen. Früher sollte an dieser Stelle einmal ein Weizenfeld gewesen sein und später ein Kartoffelacker, all das wenig ergiebig, hieß es. Dann hatte man hier den Sand geholt, und nach dem Sand kam das Wasser. Das in die Landschaft gerissene Loch hatte sich gefüllt und war ein graublauer See geworden. Der karge Boden ringsum wuchs zu, bewaldete sich, und es entstand das unwegsame Ufer, das diesen See zugleich verbarg und offenbarte. Hannah schob das Fahrrad die Böschung hinauf bis zum Rand. Vor ihr breitete sich das Wasser aus, glatt und unberührt, wie mit dem allergrößten Recht. Unvorstellbar, dass es nicht immer so war und so sein würde.

Eine Postkarten-Schönheit war der See nie gewesen. Der ungleichmäßig aufgeschüttete Uferwall war mit Gestrüpp überwuchert und von Trampelpfaden durchkreuzt. Es gab keinen Strand, keine Sandbucht auf dieser dem Kieswerk gegenüberliegenden Seite, nur vereinzelte Badestellen von der Größe einer Picknickdecke neben Brandflecken von Wild-Campern. Die Aschekreise ihrer erloschenen Feuerstellen und der Plastikmüll vom letzten Sommer waren die einzige Unterbrechung in dem rankenden, blütenlosen Grün. Und was wie Wind in den Bäumen klang, war das Rauschen der nahe gelegenen Autobahn, deren Bau die Kiesgrube ihre Existenz verdankte. Für ihren Vater hatte das keine Rolle gespielt, für ihn war all das gar nicht auf der Welt, wenn er wie sie hier oben auf der Böschung stand. Er hatte nur Augen für den See gehabt und ihn nicht geliebt, weil er schön war, sondern weil es ihn gab.

Und weil es der tiefste See war, mit dem klarsten Wasser, wie er zu sagen pflegte, Grundwasser.

Hannah glaubte die Tiefe zu sehen wie einen Schatten, der sich über das Wasser erstreckte und ins Bodenlose fiel. Auch an einem strahlend hellen Tag wie heute war die Oberfläche dunkel, glich nicht einmal einer Fläche, sondern einer Wölbung, gebeugt wie der Rücken von etwas Großem. Was auch immer es sein mochte, es nahm den ganzen See ein, begrub jede Sandbank unter sich und zog alles Seichte zu sich herab, bis nichts mehr da war, nur Schatten von Wasser auf Wasser. Schon nach ein, zwei Metern, das wusste Hannah, würde sie mit ihren Füßen, ihren Zehenspitzen keinen Halt mehr finden und ins Leere treten.

Sie stellte das Fahrrad oben auf der Böschung ab, um sich mit den schlappen Reifen keinen Dorn einzufangen. Der Ständer funktionierte immerhin, doch in dem Ringschloss steckte kein Schlüssel mehr. Es sah aus, als wäre es irgendwann aufgebrochen worden. Erst jetzt, im vollen Sonnenlicht, fiel Hannah auf, wie unpassend rot dies Fahrrad war, knallrot. In den Rahmen, eine Handbreit unterm Sattel, war ein »F« geritzt, womit sie nichts anzufangen wusste. Es gab kein F im Namen ihres Vaters. Vermutlich stammte es vom Vorbesitzer.

Zwischen Brombeerranken und Brennnesseln hindurch bahnte sie sich den Weg zur Einstiegsstelle ihres Vaters. Wenn sie sich richtig erinnerte, war es nicht die nächstgelegene Mulde, sondern der flache Stein weiter unten am Rand. Hannah war lange nicht mehr hier gewesen und noch länger nicht mehr hier geschwommen. Doch je ernsthafter sie daran dachte, ins Wasser zu gehen, desto abweisender wirkte der See. Im Näherkommen spürte sie die Kühle, die aus der Tiefe aufstieg, als käme sie aus einer Art von Nacht. Hannah kannte sie gut von ihrem Vater, seinen Händen, seiner Haut. Bei jeder Begrüßung war es diese Kühle gewesen, die sie gespürt hatte. Immer wenn er von seinen Reisen zurückkam, war er zuerst in den See gegangen und hatte den Geruch von Wasser mit nach Hause gebracht. Eine Zeit lang war sie regelrecht eifersüchtig gewesen auf diesen See, der für ihn an erster Stelle zu kommen schien.

Sie hatte es nicht verstanden, und so richtig verstand sie es immer noch nicht. Aber sie war entschlossen, es ihm gleichzutun.

Hannah stellte sich auf den Stein, schob mit dem Fuß die verkohlte Silberfolie eines Wegwerfgrills beiseite und löste ihren BH unterm T-Shirt. Vorsichtshalber schaute sie sich noch einmal um, konnte aber niemanden entdecken, keinen Spaziergänger, keinen Angler, der zwischen Uferbüschen hockte, geschweige denn andere Badegäste. Die Nächte waren noch immer zu kalt und das Wasser zu tief. Wohl deshalb hatte ihr Vater diesen See geliebt, nicht trotz, sondern wegen seiner Kühle und Unnahbarkeit.

Schnell zog sie sich aus und ignorierte das Frösteln, das sie überkam, als sie ihre Sachen auf einen Haufen legte, Schuhe, Gürtel, Hose, T-Shirt. Der Stein unter ihren nackten Sohlen fühlte sich so kalt an, wie der See sein würde. Doch sie versuchte, die vielen kleinen Nadelstiche nicht als feindlich zu empfinden, sondern als ein Kribbeln, das an Wärme erinnerte. Dann tat sie den ersten Schritt. Sofort stand ihr das Wasser bis zum Nabel. Reflexartig riss sie die Arme hoch, wie um sich der Umklammerung zu entziehen, ihr möglichst wenig Angriffsfläche zu bieten, möglichst wenig Haut. Doch das steile Ufer ließ ihr keine Wahl. Hannah stieß sich ab und lachte, lachte die brennende Kälte weg und kraulte drauflos, zuerst mit dem Kopf über der Oberfläche, dann tauchte sie ganz ein und öffnete unter Wasser die Augen. Es war, als könnte sie im Dunkeln sehen.

Dennoch schwamm sie nicht weit hinaus, sondern in einem Bogen parallel zum Ufer, um sich bei einem Krampf oder dergleichen selbst retten zu können. Das rote Fahrrad behielt sie im Auge, es diente ihr als Orientierungspunkt. Sie war noch keine hundert Meter davon entfernt, da erschien eine Frau auf der Böschung, eine jüngere, vielleicht sogar junge Frau mit mittellangen, mittelblonden Haaren. Einen Moment stand sie da und schaute sich um. Hannah konnte ihr Gesicht nicht erkennen wegen des Wassers in ihren Augen, hielt mitten im Zug inne und blinzelte mehrmals, bekam sie aber nicht scharf. Umgekehrt musste sie Hannah im Wasser längst ausgemacht haben, sah aber nicht zu ihr herüber. Stattdessen ging sie vor dem Rad kurz in die Hocke, strich mit der Hand über den Sattel, setzte sich und fuhr los.

»He«, schrie Hannah, »he!«

Doch die Frau auf dem Fahrrad wandte nicht einmal den Kopf. Ihr Gesicht mit dem irgendwie mädchenhaften Profil war von den mittellangen, mittelblonden Haaren verhangen.

»He«, schrie Hannah noch einmal, so laut sie konnte, und schlug mit der flachen Hand aufs Wasser, dass es klatschte. Aber auch das beeindruckte die Fahrraddiebin nicht im Geringsten. Aufreizend langsam radelte sie weiter die Böschung entlang, mit der größten Selbstverständlichkeit, als hätte sie es überhaupt nicht eilig zu entwischen.

Hannah schwamm ein paar Züge hinter ihr her – ein aussichtsloser Verfolgungsversuch, selbst die schnellste Schwimmerin der Welt konnte mit einer Radfahrerin nicht mithalten. Und auch wenn sie auf kürzestem Weg an Land geschwommen wäre, hätte sie ihr über die Böschung hinterherrennen müssen, durch Ranken und Dornen, splitternackt.

»Eine Schwimmerin zu beklauen, ist wirklich das Allerletzte«, rief Hannah ihr nach, »so was von hinterhältig und feige!«

Doch das war es nicht, was sie so wütend machte. Am meisten empörte es Hannah, dass die andere tat, als gäbe es sie gar nicht.

Und dann war sie verschwunden.

4

Zum Abend hin wenig Wetteränderung. Leichter Temperaturrückgang. Nach Sonnenuntergang Werte zwischen 11 und 13° Celsius. Schwachwindig.

Tagesprognose 21. April, aktualisiert um 16.34 h

Die langen Wege der Vergangenheit hatten sich beim Wiedergehen sonst immer als kürzer erwiesen, nur der Rückweg vom See kam Hannah endlos vor. Irgendwo am Uferstein oder zwischen den Ranken hatte sie sich unterm Fuß verletzt, geritzt oder geschnitten, jedenfalls konnte sie nicht mehr normal auftreten. Außerdem hatte sie für einen Feldweg die falschen Schuhe an. Jetzt rächte es sich, dass sie ohne Handtuch losgefahren war und sich tropfnass wieder angezogen hatte. Jeans und T-Shirt klebten an allen möglichen und unmöglichen Stellen. Die Kälte, die sie im Wasser nahezu spielend überwunden hatte, machte sich an Land durch ein erbärmliches Zittern bemerkbar. Erst gegen Ende des Weges ließ es langsam nach.

Von ihrem Fahrrad und der Diebin nirgends eine Spur.

Als Hannah die Wohnung ihres Vaters erreichte, war ihr weder kalt noch warm, sie empfand vor allem eine große Mattigkeit und Leere. Vielleicht war es auch nur das Gefühl, eine Niederlage erlitten zu haben. Die Hotelsuche hatte sich erledigt. Hannahs Unbehagen an der Wohnung war ihrer Erschöpfung gewichen. Nachträglich gab sie dem Hausmeister recht, Miete und Nebenkosten waren schließlich bezahlt. Nur das Schlafzimmer, in dem der Tote gelegen hatte, würde sie nicht betreten. Gleich nach dem Aufschließen schob sie den Schuhschrank im Flur vor die Schlafzimmertür. Danach fühlte sie sich besser. Den Rucksack mit ihrem Zeug deponierte sie im Wohnzimmer neben der Couch, auf der sie zu Lebzeiten ihres Vaters ein paar Mal übernachtet hatte, um im Notfall zur Stelle zu sein.

Durch die fleckigen Fenster schien die Sonne auf einen schlichten Holzstuhl ohne Polster. Ob er ihn ins Licht gerückt hatte oder sie selbst bei ihrem letzten Besuch, wusste sie nicht mehr, dazwischen lag ein Loch aus Zeit. Doch sie schätzte, dass sie es hier im hellsten Zimmer aushalten konnte. Eine hoch aufgeschossene Birke warf sprudelnden Blätterschatten auf den kleinen Balkon hinter der Glastür und auf die graue Auslegware. Einen Augenblick sah sie dem zu. Irgendwie hatte das etwas Tröstliches.

Es war sehr still.

Die Balkontür quietschte, als Hannah sie aufhebelte. Sie hängte ihr nasses T-Shirt übers Geländer und huschte halb nackt ins Bad. Bei ihrem Vater konnte man nicht im Stehen duschen, das hatte sie bei ihren kurzen Besuchen seinerzeit davon abgehalten. Doch nach der Demütigung am See hockte sie sich, ohne zu zögern, in die Wanne. Hannah schraubte eine Weile an den Armaturen, bis Temperatur und Brausestrahl einigermaßen stimmten. Dann ließ sie das Wasser auf sich niederprasseln und vermied jeden Hautkontakt mit dem Duschvorhang.

Der Gedanke, den Fahrraddiebstahl bei der Polizei zu melden und Anzeige zu erstatten gegen unbekannt, erschien ihr mittlerweile noch abwegiger als im ersten Moment. Zum einen war das Schwimmen im Baggersee angesichts der Förderanlage auf der anderen Uferseite allenfalls geduldet, aber nicht gestattet. Zum anderen konnte sie weder einen Erbschein vorweisen noch eine Quittung über den rechtmäßigen Erwerb des Fahrrads durch ihren Vater bzw. den entsprechenden Kaufpreis. Und was den »ideellen Wert« anbelangte: Sie hatte bis heute nicht einmal gewusst, dass dieses Fahrrad existierte, geschweige denn, für wen oder was das F im Rahmen stand.

Hannah drehte mit beiden Händen tastend die Regler zu und verharrte in der Hocke, bis das Wasser so weit aus ihren Haaren abgeflossen war, dass sie die Augen wieder öffnen konnte. Ihre Niederlage schien ihr nach dem Duschen nicht mehr ganz so groß.

Im Badezimmer fand sie genau zwei Handtücher, ein großes und ein kleines, mehr schien ihr Vater zuletzt nicht besessen zu haben. Hannah nahm das kleinere für die Haare und band es zu einem Turban, das große wickelte sie sich um die Brust. Der Spiegel in dem fensterlosen Kachelraum war komplett beschlagen, dabei hatte sie keine fünf Minuten geduscht. Die Lüftung gab ein rachitisches Pfeifen von sich und würde vermutlich noch Stunden weiter vor sich hin rasseln. Zum Glück brauchte sie für den Abend heute kein Make-up. Sie trug nur ihren Duft auf, der ungewohnt wolkig wirkte in der feuchten Luft, und sprühte noch ein paar Spritzer extra in den Wasserdampf, um den muffigen Altherrengeruch zu überdecken, der mit der Feuchtigkeit ebenfalls aufwallte. Dann ging sie und setzte sich auf den Balkon.

Der Blätterschatten war ein kleines Stück weitergewandert. Nachmittagssonne fiel auf ihre Beine, Schultern, ihr Gesicht. Es war der beste Platz, warm, aber nicht zu warm, an der Luft, aber nicht zugig, erhoben, aber durch einen Mauervorsprung vor Wind und den Blicken der Nachbarn geschützt. Hannah vergewisserte sich noch einmal, dass sie nicht zu sehen war, von keiner Seite. Dann legte sie die Füße hoch, spielte mit den Zehen an den Streben des Balkongeländers und versank in dem billigen Korbstuhl-Imitat aus Plastik, das ziemlich durchgesessen war, aber auch ziemlich bequem. Als sie den Kopf zurücklehnte, löste sich ihr Turban, sie ließ es geschehen, ließ ihre Haare in der Sonne trocknen. Im Moment hätte sie nirgendwo anders sein mögen. Am liebsten wäre sie hier sitzen geblieben bis Sonnenuntergang, um das Gefühl zu genießen, dass sie nicht unter Menschen musste.

Ihre Füße hätten schlimmer aussehen können nach der ganzen Humpelei. Nur die Wunde unterhalb der Ferse gefiel ihr nicht: kein sauberer Schnitt, sondern eine Schwellung mit gewölbten Wundrändern, so als wäre da etwas unter der Haut, etwas Dunkles, Spitzes, ein abgebrochener Dorn oder Splitter, nicht sehr tief, nicht sehr groß. Ihr würde nichts anderes übrig bleiben, als die Stelle mit einer Stecknadel aufzubohren und dieses Etwas, was immer es war, schnellstmöglich zu entfernen. Wohl oder übel raffte sie sich auf, auch wenn sie wenig optimistisch war, im Haushalt ihres Vaters ausgerechnet eine Nadel zu finden.

Als sie bei den ersten Schritten vorsichtig über die Ferse abrollte, ging es merkwürdigerweise. Sie lief weiter barfuß über Fliesen, Teppich, Laminat – die Wunde tat nicht weh, auch nicht als sie fester auftrat. Vielleicht war es doch nur ein bisschen Dreck unterm Fuß, der mit der Zeit rauswachsen würde, hoffte sie und traute sich sogar aufzustampfen. Doch leider kannte Hannah diesen Trick des Gehirns nur zu gut. Oft schienen kurz vor einem Zahnarzttermin jegliche Schmerzen wie weggeblasen, um dann, kaum dass sie abgesagt hatte, wieder anzufangen. Es half nichts. Die Wunde musste gesäubert werden. Und wenn sich hier keine Nadel fand, dann würde sie es eben mit einem anderen spitzen Gegenstand versuchen, einer Nagelschere, einem Taschenmesser oder dergleichen.

In dem halb ausgeräumten Bücherregal entdeckte Hannah zwischen vergilbten Wörterbüchern und Nachschlagewerken eine alte

Packung Gauloises ohne Filter, die es so nicht mehr zu kaufen gab. Manchmal, an besonders erfolgreichen Schreibtagen, hatte sich ihr Vater eine Filterlose zur Belohnung gegönnt, eine »Siegerzigarette«, wie er sagte. In den letzten Jahren waren seine Siege am Schreibtisch offenbar nicht sehr zahlreich gewesen. Er hatte kaum mehr als acht oder neun Stück geraucht. Die Packung war noch halbvoll. Als Hannah eine Zigarette herausschnippte und daran roch, rieselte der trockene Tabak aus den offenen Enden.

Nicht dass sie einen Grund gehabt hätte, sich zu belohnen, doch die Siegerzigaretten nahm sie trotzdem mit, holte sich Streichhölzer und eine angebrochene Flasche Rotwein aus der Küche. Vor dem Geschirrschrank blieb sie kurz stehen und überlegte, ob es noch zu früh am Tag war für ein erstes Glas. Andererseits hatte sie heute nichts mehr vor, und auf dem Balkon schien, wenn man so wollte, schon die Abendsonne. Vor allem aber musste sie sich Mut antrinken für die bevorstehende Operation. Sie hatte zwar noch immer keine Nadel, doch wenigstens etwas zur Betäubung.

Der Probeschluck schmeckte staubig, sie hätte das Glas vorher ausspülen sollen. Aber der Wein war noch gut und besaß genau die richtige Schwere für eine Gauloises, ihre Bitterkeit und den Geschmack von Salz.

Hannah machte es sich auf dem Balkon wieder bequem, zog einen leeren Blumentopf als Aschenbecher heran und gab sich Feuer. Die ersten Züge rauchte sie halb paffend, halb inhalierend. Doch die Zigarette war nicht so stark oder sie nicht so entwöhnt, wie sie dachte. Ein leichter Taumel überkam sie, wie früher bei der Morgenzigarette vorm Frühstück, dieses Schwindelgefühl, wenn das Nikotin ins Blut schoss. Das hatte sie immer gemocht.

Eine Zeit lang hatten sie und ihr Vater sogar zusammen geraucht, nach dem Abendessen, er seine Siegerzigarette am Ende eines langen Schreibtags, sie die Zigarette vor dem Ausgehen. Es war die

Art von Unterhaltung gewesen, die man am besten mit ihm führen konnte, in der Gleichzeitigkeit der Gewohnheiten, erinnerte sich Hannah nicht ohne ein Stirnrunzeln, so merkwürdig erschien es ihr nach all den Jahren. Damals hatte sie mit ihm noch in ihrem »Elternhaus« gewohnt, wo es keinen Balkon gab, aber einen Wintergarten, in dem man zu jeder Jahreszeit sitzen konnte, bei gutem wie bei schlechtem Wetter, zwischen mehr oder weniger grünen Pflanzen. Wenn sie zusammen geraucht hatten, dann immer dort und immer französische Zigaretten – an dieser Gewohnheit hielten sie beide fest. Dabei hatten sie meistens gelesen und nicht viel gesagt.

Heute kam ihr das vollkommen unwirklich vor, nicht nur weil ihr Vater tot war, sondern auch weil es die Person, die sie damals war, nicht mehr gab.

»Vielleicht haben wir auch nicht zusammen geraucht, sondern nur nebeneinander«, sagte Hannah halblaut und blies den Rauch vor sich hin. Doch das war bei ihrem Vater so ziemlich dasselbe und bei ihr eigentlich auch.

Anstatt die Zigarette auszumachen, zündete sie sich an der Glut eine zweite an und sank noch tiefer in den Korbstuhl, sank ein Stück mit der Sonne. Ein Tabakkrümel auf ihrer Zungenspitze machte sich kurz wichtig, dann verschlang sie den Rauch der nächsten Gauloises – langsam kam sie auf den Geschmack. Ihr Vater hätte das nie getan. Für ihn war nach einer Zigarette konsequent Schluss. Seine Gewohnheiten waren im Laufe der Jahre hart geworden, und er hatte ihnen gehorcht wie einem Gesetz, das nur für ihn selber galt und dennoch unabänderlich war.

Bevor sie zur Tat schritt und den Splitter herausoperierte, genehmigte sich Hannah noch ein Glas Wein für die richtige Dosis. Doch sie musste vorsichtig sein. Sie hatte den ganzen Tag nichts gegessen, und der Wein stieg ihr schnell zu Kopf. Also trank sie noch drei, vier Schlucke, stellte das Glas ab und machte sich mit der Zigarette im Mundwinkel erneut auf die Suche. Wen störte es jetzt noch, dass sie in der Wohnung rauchte.

Zurück in der Küche öffnete sie die Besteckschublade, doch das einzige annähernd Brauchbare, was sie finden konnte, war eine Gabel mit langen Doppelzinken, vermutlich für Grillfleisch. Um damit ihr Glück zu versuchen, war sie nicht betrunken genug. Im Bad, wo sie sich nach einem Nagelset oder einer Pinzette umsehen wollte, wurde ihr fast schlecht von der Schwere und Schwülstigkeit ihres eigenen Parfüms. Sie warf die Zigarette ins Klo und öffnete das Spiegelschränkchen über dem Waschbecken, in dem nichts war, nur eine alte Zahnbürste mit breit gescheuerten Borsten. Hannah klappte den Schrank wieder zu und stützte sich auf den Waschbeckenrand, während der Schwindel seine Kreise drehte. Zu viel geraucht, zu schnell getrunken – ihr alter Fehler, sie kannte das. Der Nebelschleier auf der Spiegelfläche hatte sich verzogen und Muster von feinen Wassertröpfchen hinterlassen. Doch Hannah vermied es, sich ins Gesicht zu sehen. Sie mochte die schwammige Maske nicht, die ihr entgegengrinste, wenn sie getrunken hatte. Auch ohne den Blick zu heben, spürte sie das benommene Dauergrinsen auf ihren Lippen, das sie auch dann noch verfolgte, als sie in den Flur taumelte und den Schuhschrank beiseiterückte, um im Zimmer des Toten nachzusehen.

Er lag nicht mehr da. Der Abdruck seines Körpers war unter der Tagesdecke kaum zu erahnen und die Mulde im Kopfkissen nicht sonderlich tief oder gar nicht vorhanden. Womöglich bildete sie sich das alles bloß ein. Einen Moment widerstand Hannah der Schwere und dem Schwanken, dem sie so gerne nachgegeben hätte – am liebsten hätte sie die Vergangenheit vergessen und sich einfach hingelegt. Stattdessen setzte sie sich auf die Bettkante und bemerkte dann erst, dass sie das Badehandtuch unterwegs verloren hatte.

Ich sitze nackt auf dem Totenbett meines Vaters, dachte sie schlagartig. Das Schwammgesicht grinste nicht mehr.

Hannah stand auf und öffnete den mit Billigfurnier überzogenen Kleiderschrank. Neben zwei, drei Jacken und Sakkos hing sein alter brauner Bademantel, »bärenbraun« hatte sie ihn früher immer genannt. Der Kragen roch ein bisschen ranzig. Aber sie schlüpfte trotzdem hinein und drehte sich kurz, um die Gürtelenden zu fassen zu kriegen.

Ich drehe mich in einem bärenbraunen Bademantel im Sterbezimmer meines Vaters, dachte sie wieder. Dann besann sie sich darauf, warum sie hier war, und nahm sich den kleinen Nachttisch am Kopfende vor.

Aus irgendeinem Grund hatte sie damit gerechnet, dass er verschlossen sein würde oder klemmte. Doch als sie daran rüttelte, hatte sie sofort die ganze Schublade in der Hand. In dem tapezierten kleinen Holzgeviert, das mit Blumen und Blüten gemustert war, befanden sich die übrig gebliebenen Medikamente ihres Vaters, Beipackzettel, Taschentücher. Ein, zwei Pillendöschen waren durch den Ruck zu Boden gefallen und unters Bett gerollt, schneller, als sie danach fassen konnte, seine Gute-Nacht-Lektüre landete vor ihren Füßen, ein ziemliches schmales Buch, eher ein Büchlein. Sie bückte sich und hob es auf. Als sie auf den Umschlag schaute, stand dort sein Name.

Ein Laut der Überraschung kam ihr über die Lippen und hallte von den kahlen Wänden wider. Es war ein seltsames Gefühl, ihre eigene Stimme zu hören in diesem leer gestorbenen Raum, seltsam wie ihr Fund. Dass er in seinen eigenen Büchern las, hatte sie bei ihrem Vater nie erlebt. Alles, was er geschrieben hatte, schien für ihn erledigt. Er blickte nicht gerne zurück, auch dafür hatte er es zu eilig, und diese Eile verstand sie nicht nur, Hannah teilte sie auch. Dann fiel ihr Blick auf das Foto, das er wie ein Lesezeichen zwischen die Seiten gesteckt hatte. Es war ein Schnappschuss, nicht besonders scharf, doch die junge Frau auf dem Bild kam ihr bekannt vor, das verhangene Profil, die mittellangen, mittelblonden Haare.

Es war die Frau vom See.

5

Ein Hoch über der Biskaya bringt weiterhin warme Meeresluft nach Mitteleuropa und sorgt für sommerliche Temperaturen. Aktuell 18° Celsius. Temperaturanstieg im Tagesverlauf auf Höchstwerte von 24°. Anzahl der zu erwartenden Sonnenstunden: neuneinhalb.

Tagesprognose 22. April, aktualisiert 10.13 h

In der Raufasertapete war jedes Dübel-Loch, jeder herausstehende Nagel zu sehen. Auf halber Höhe zeichnete sich in der Morgensonne der Schatten vom Fensterkreuz ab und ein bisschen Birkenlaubflimmern am äußersten Rand. Das ganze Wohnzimmer war lichtdurchflutet. Hannah erschien es heller als bei ihren früheren Couch-Übernachtungen. Doch sie hatte auch nicht so tief und fest geschlafen, als ihr Vater noch lebte, und auch nicht so lang.

Der laufende Fernseher erinnerte unangenehm an letzte Nacht. Ächzend tastete sie nach der Fernbedienung und schaltete ihn aus. Dann ließ sie sich in die Kissen zurückfallen. Einen Moment lang lag sie mit offenen Augen da und versuchte festzustellen, wie es ihr ging nach dem Rotwein und dem Wodka, der noch auf dem Couchtisch stand. Sie hatte es übertrieben. Doch wer sich mit einer Grillfleisch-Gabel den Fuß operieren musste, durfte bei der Betäubung nicht zimperlich sein.

Hannah wollte sich die Wunde lieber nicht näher ansehen, sondern damit warten, bis sie sich in der Magengegend fester fühlte. Auch für eine Guten-Morgen-Zigarette war dies nicht der Moment. Die Gauloises-Packung lag zerknüllt auf dem Couchtisch. Am besten lüftete sie erst mal.

Als sie sich hochstemmte, merkte sie den Restalkohol. Hannah hielt im Sitzen inne, Ellbogen auf die Knie gestützt, und starrte auf die Auslegware am Boden, wo sich eine Vielzahl unterschiedlich großer, unterschiedlich schwarzer Flecken zu einem Muster formierte. Eine duselige Weile sinnierte sie über deren Form und Farbe, wobei es sich nur um Blut handeln konnte, geronnenes Blut. Ihr Vater war zuletzt nicht mehr so sicher auf den Beinen gewesen. Seine Stürze mit teilweise rätselhaften Blessuren hatten sich gehäuft. Mal war er mit einer Platzwunde am Kopf aufgewacht, mal mit Abschürfungen an Armen und Beinen, Blutergüssen und Prellungen an den Hüften, Rippen, im Gesicht. Irgendwann, damit hatte sie eigentlich gerechnet, würde er in einer Blutlache auf dem Teppich liegen und nicht wieder aufwachen.

Er selbst hatte das seinerzeit heruntergespielt und die Blutflecken abgetan wie verschütteten Kaffee. Jedes Mal, wenn sie sich damit nicht zufriedengeben wollte, hatte er sich in abstruse Erklärungen geflüchtet, die darüber hinwegtäuschen sollten, dass er sich an nichts mehr erinnern konnte. Offenbar waren es weniger die Wunden gewesen als seine Gedächtnislücken und Kontrollverluste, die er ihr gegenüber vertuschen wollte wie ein geheimes zweites Leben oder Sterben.

Am blutigsten allerdings war die Wolldecke, in die sie sich eingewickelt hatte. Über das Fußende breitete sich ein kreisrunder, seeähnlicher Fleck. Insofern musste Hannah sich eingestehen, dass die Blutspuren wohl größtenteils aus dem Loch in ihrer Ferse stammten. Ihr Fuß roch nach Wodka.

Zum ersten Mal seit Langem überkam sie das Gefühl, ihren Vater zu brauchen. Vielleicht war es das, was sein Tod verändert hatte.

Als sie beide noch unter einem Dach gewohnt und geraucht hatten, war er morgens immer als Erster aufgestanden, immer zur selben Zeit, um halb fünf, und hatte Kaffee gekocht, für zwei. Ihre Mutter war schon ausgezogen, die Scheidung lief, das Haus stand zum Verkauf. Doch er blieb vorerst dort wohnen, solange es ging, und sie wohnte weiter bei ihm. Am Ende wurde daraus fast ein ganzes Jahr.

Von allen Wohngemeinschaften ihres Lebens war die mit ihrem Vater die merkwürdigste, auch wenn sie es damals normal gefunden hatte oder einfach nur praktisch. Sie war gerade mit der Schule fertig gewesen, bereitete sich aufs Studium vor, büffelte und bewarb sich auf ein Übersetzer-Stipendium in Paris, jobbte ein bisschen und feierte viel. Alles schien sich zu verändern, nur ihr Vater nicht. Falls sie es schaffte aufzustehen, stellte er einen zweiten Teller auf den Tisch und teilte mit ihr sein spartanisches Frühstück. Man konnte nicht behaupten, dass er sie verwöhnt hätte oder »für sie da gewesen« sei. Ihr Vater hatte immer denselben Tag wiederholt wie ein Mönch in einem nicht endenwollenden Exerzitium. Doch in jener chaotischen Phase und Zwischenzeit waren seine Gewohnheiten auch für sie so etwas wie ein Halt gewesen.

Sie hatte die strikte Ordnung, die er sich auferlegte, oft belächelt. Wie man freiwillig ein so abwechslungsloses Leben führen konnte, war ihr schleierhaft, und hatte sie manchmal traurig gemacht, manchmal wütend. Doch auch wenn sie es nicht wahrhaben wollte, ein Teil von ihr ergriff sogar Partei für seine Art zu leben, wenn sie mit ihrer Clique mal wieder seinen Weinvorrat vernichtet und ihre Joints in den Zimmerpflanzen ausgedrückt hatte oder wenn ihre beste Freundin in ihrer Kotze neben dem Klo ihren Rausch ausschlief. Ihr Vater hatte sich dadurch nicht aus der Ruhe bringen lassen, sondern weiter Kaffee gemacht und einen zweiten Teller geholt, falls sie es schaffte aufzustehen, und wenn sie erst am Abend aus dem Bett kam, rauchte er eine Zigarette mit ihr, bevor sie wieder ausging.

Auch ihr Leben hatte angefangen, sich zu wiederholen. Und es schien, als hätte ihr Vater das immer schon gewusst.

Hannah erhob sich vorsichtig von der Couch, raffte die vollgeblutete Wolldecke zusammen und stopfte sie in die kleine Waschmaschine neben der Wanne. Streng genommen änderte sein Tod an ihrem Leben nichts. Nur etwas in ihrem Rücken, eine Stütze oder ein Widerstand, etwas, das sie aufrecht gehalten hatte all die Jahre, war auf einmal nicht mehr da.

Vom Bad humpelte sie weiter in die Küche, um sich Kaffee zu kochen. Ihr Wodka-Fuß sah geschwollen aus, aufgedunsener und irgendwie größer als der andere. Es tat nicht wirklich weh, wenn sie auftrat, kein stechender Schmerz, eher ein Drücken und Pulsieren hinter Wolken aus Watte. In ihre Schuhe, fürchtete sie, würde sie erst mal nicht passen.

Die Kaffeemaschine schräg hinter der Spüle war völlig verkalkt und offensichtlich seit Jahren unbenutzt. Möglicherweise stammte sie sogar noch aus dem Hausstand ihrer Eltern. Ein halbwegs appetitlicher Becher war auch nicht in Sicht. Als Hannah die Hängeschränke aufklappte, kam ihr ein Plastiktrichter entgegen, mit dem man sich Filterkaffee eigenhändig aufbrühen konnte. So schien es ihr Vater gemacht zu haben, als er für niemanden mehr Kaffee kochte als für sich.

In der Spüle lag die Gabel mit den langen Zinken. An einer der aufgebogenen Spitzen hingen Fetzen von irgendetwas Faserigem, Gewebeartigem, von dem sie hoffte, dass es nicht ihre Haut war. In geäderten rötlichen Rinnsalen verzweigten sich Blutspuren über das Spülbecken und verliefen im Abfluss. Hannah drehte den Wasserhahn auf. Der erste Schwall kam mit einem Huster aus der Leitung und sah rostig aus. Das nachströmende Wasser roch abgestanden und ungenießbar. Es schien ratsam, sich einen Kaffee beim Bäcker zu holen.

Der Geruch von Fäulnis wurde schlimmer. Offenbar war es nicht nur das Wasser, sondern auch der Rest von irgendwas, das sich im Abfluss festgesetzt hatte. Hannah drückte den Stöpsel in den Ausguss, doch der Verwesungsgeruch blieb. Vorsichtig sah sie im Mülleimer nach, der leer war, zu ihrer Erleichterung. Dann öffnete sie die Spülmaschine einen Spalt, aber auch da fand sich nichts Verdächtiges, Vergammeltes, nur zwei Kaffeebecher und zwei Teller. Kurzerhand schaltete sie das Programm an und ließ heißes und kaltes Wasser laufen, um die Leitungen richtig durchzuspülen.

Zwei, wunderte sie sich dann. Ihr Vater war immer mit einem Becher, einem Teller, einem Löffel und so weiter ausgekommen. Er hatte sein Geschirr auch nie in die Spülmaschine geräumt, weil die wenigen Dinge, die er brauchte, ständig in Benutzung blieben. Offenbar war nach ihrem letzten Besuch noch jemand hier gewesen.

Das Foto aus der Nachttischschublade kam ihr wieder in den Sinn: die Frau vom See, die Fahrraddiebin mit den mittellangen, mittelblonden Haaren. Hannah beschloss, sie »F« zu nennen. Möglich, dass sie sein letzter Gast gewesen war und das Geschirr darüber Aufschluss geben konnte anhand der eingetrockneten Kaffeereste, Zuckerrückstände, Lippenstiftränder. Doch um die Becher und Teller unter die Lupe zu nehmen, war es zu spät. Der Geschirrspüler rotierte bereits, und Hannah war nicht nach Detektivspielen zumute. Einen Moment überlegte sie, wo sie das Foto hingetan hatte, so als könnte man auf dem Bild erkennen, wie nahe F und ihr Vater sich gekommen waren, wie oft sie sich getroffen hatten und wann zuletzt. Doch Hannah hatte nicht vor, ihrem Vater oder irgendwem nachzuspionieren. Es ließ ihr nur keine Ruhe, dass sie das Foto nicht mehr fand.

Mit ihrer durchlöcherten Ferse hinkte sie durch die Wohnung, auf den Balkon hinaus und in die Küche zurück. Das Foto schien auf so unwirkliche Weise verschwunden wie die Frau gestern am See. Hannah sah sogar im Bad nach, hinter dem Spiegel, unter der Couch und in allen Papierkörben – nichts. Eher zufällig entdeckte sie es schließlich bei einem Seitenblick ins Schlafzimmer, das sie zwar nicht wieder verbarrikadiert hatte, aber immer noch ungern betrat. Fs Foto lag auf dem Bett, auf der glatt gestrichenen Tagesdecke in Kopfkissenhöhe, so sauber und ordentlich, als würde es dort hingehören.

Am plausibelsten erschien Hannah, dass es sich um eine der Pflegekräfte handelte, die für ihren Vater zuständig gewesen waren, die junge Polin zum Beispiel, die sie ein paar Mal am Telefon gehabt hatte, mit ihrer sanften Stimme und dem harten Akzent. Vielleicht hatte sie ihm zum Einschlafen vorgelesen oder etwas von ihm gelesen und ihm ihr Bild dagelassen, damit er sich beim Aufwachen nicht so einsam fühlte. Doch was auch immer sie gestern Nacht dazu gebracht hatte, das Bild auf das Bett ihres Vaters zu legen, irgendwie fand sie auch am Morgen danach, dass F dort ihren angemessenen Platz hatte, in dieser WG mit einem Toten.

Hannah verließ das Zimmer. Sie brauchte dringend einen klaren Kopf

Vor ihrem Gang zum Bäcker wollte sie kurz nachsehen, ob sie die Nummer der polnischen Pflegekraft gespeichert hatte. Wider Erwarten steckte ihr Handy genau da, wo es sein sollte, in der Seitentasche ihres Rucksacks. Das Display zeigte zwei Mitteilungen an, zum einen den niedrigen Batteriestand, zum andern eine Nachricht vom Notariat, dass ihr Termin mit Dr. Lüders heute nicht in der Kanzlei stattfinden würde, sondern um halb eins beim Italiener am Rathausmarkt. Sie sei zum Mittagessen eingeladen.

Im ersten Moment hätte Hannah am liebsten zurückgeschrieben, dass sie auf Einladungen jeder Art gerne verzichte und lediglich um einen Termin gebeten habe. Doch sie fühlte sich zu angegriffen für eine Auseinandersetzung mit der Chefsekretärin, die schon immer schlecht auf sie zu sprechen gewesen war und von der sie kein Verständnis erwarten konnte.

Lüders – Dr. Lüders – hatte ihren Vater als Anwalt in Urheberrechtsstreitigkeiten vertreten und war als einer der wenigen mit ihm in Kontakt geblieben bis zum Schluss. Offensichtlich legte er Wert darauf, einen Schriftsteller zu seinen Klienten zu zählen. Die größte Traueranzeige als »Freund der Familie« stammte von ihm. Bei der Beerdigung hatte er in vorderster Reihe gestanden, um ihrem Vater die letzte Ehre zu erweisen und ihr sein Beileid auszusprechen. Trotz seines vollen Terminkalenders war er bis zum Ende der Trauerfeier geblieben, hatte die ganze Zeit mit einer Flasche Champagner um sie herumgestanden und sich jede erdenkliche Mühe gegeben, sie abzufüllen. In der Hinsicht war Lüders nicht schwer zu durchschauen. Die schmutzigen Umstände seiner eigenen Scheidung hatten zum Stadtgespräch gehört, genauso wie seine Vorliebe für Frauen, die seine Töchter sein könnten. Schon nach ihrer Schulzeit hatte er sich mehr als nur freundschaftlich für Hannah interessiert und ihr diverse Jobs in seiner Kanzlei angeboten. Später kamen von ihm alle Jahre wieder lukrative Übersetzungsaufträge aus dem internationalen Schriftverkehr mit seinen Mandanten. Hannah hatte gewusst, worauf sie sich einließ. Doch in der Nacht nach der Trauerfeier war ihr alles egal gewesen. Sie bestand nur darauf, dass sie sich ein Hotelzimmer nahmen. Zu ihm nach

Hause wollte sie nicht, das war ihr zu persönlich. Sie wollte keine neuen Geschichten anfangen, sondern die alten beenden und mit der Vergangenheit abschließen. Deshalb war sie hier. Jetzt hatte Lüders dafür gesorgt, dass die Testamentseröffnung auf einmal wirkte wie ein Date.

Missmutig zog Hannah ein Hemd ihres Vaters an, knöpfte es zu bis zum Kragen und legte noch mehr Parfüm auf, um den Kleiderschrankgeruch zu überdecken und die Alkohol-Ausdünstungen der letzten Nacht. Nach dem Gewaltmarsch gestern konnte sie ihre halbhohen Schuhe nicht wieder anziehen und sah sich nach Alternativen um. Im Schuhschrank fand sie die alten schwarzen Slipper, die ihr Vater immer getragen hatte – er musste barfuß oder in Socken im Sarg gelegen haben, als er verbrannt wurde. Daneben stand ein Paar Laufschuhe, das so unbenutzt aussah, als sei er zu Lebzeiten nicht mehr zum Joggen gekommen. Er war kein kleiner Mann gewesen, hatte aber schmale, fast zierliche Füße gehabt. Die Sportschuhe passten und wogen fast nichts. Ihre geschwollene Ferse spürte sie kaum.

Als Hannah in die Hocke ging, um sich die Schuhe zuzubinden, wurde ihr schwindelig, und sie kippte seitwärts gegen die nächste Wand. Die Tapete war angenehm kühl an den Schläfen, der Schulter und überhaupt. Einen Moment verweilte sie so mit offenen Augen, dann band sie sich erst die eine Schleife und nach einer kleinen Verschnaufpause die zweite, bevor sie langsam wieder auf die Beine kam. Ohne sich zu übergeben, schaffte sie es ins Badezimmer. Im Spiegel sah sie wieder das schwammige Grinsen der Maske, nur etwas müder und blasser diesmal. Doch das bekam sie mit ein bisschen Schminke in den Griff.

Sorgen machte ihr nur der Kater, der sich ankündigte. Sie konnte es sich nicht erlauben, dass er gerade dann zuschlug, wenn sie mit Lüders zusammensaß und sich auf Erbschaftsfragen konzentrieren musste. Also nahm sie zur Sicherheit die halb leere Wodkaflasche vom Couchtisch und steckte sie in ihren Rucksack, sah aber davon ab, schon jetzt einen Schluck zu trinken.

Sie war schon halb aus der Tür, als ihr das Foto wieder einfiel. Eine Direktwahl von der jungen polnischen Pflegekraft hatte sie nicht gespeichert, nur den General- und Notruf vom Pflegedienst. Doch wenn Lüders den letzten Willen ihres Vaters kannte, dann wusste er vielleicht auch etwas über F. Also schnappte sie sich das Bild.

Im Gehen warf sie noch einen flüchtigen Blick auf Fs verhangenes Profil, ihr Haar, ihre Haut. Zum ersten Mal glaubte sie zu sehen, dass die Frau auf dem Foto lächelte. Ihre Lippen kräuselten sich leicht, die Mundwinkel tendierten nach oben, in ihrer Wange die Andeutung eines Grübchens. Es war ein stilles, verhangenes Lächeln hinter ihren mittellangen, mittelblonden Haaren, nicht viel, aber nicht nichts, und Hannah lächelte zurück.

6

UV- und Ozon-Belastung ist überdurchschnittlich.
Die unverhältnismäßig warme Luft kann migräneartige
Beschwerden und Kopfschmerzen hervorrufen,
siehe Föhn-Wetterlagen. Leistungs- und Reaktionsvermögen
bei wetterfühligen Personen u. U. eingeschränkt.

Biowetter 22. April, aktualisiert um 11.42 h

Der Bus Richtung Rathausmarkt hielt buchstäblich an jeder Ecke. Hannah saß in Fahrernähe, um zu verhindern, dass ihr schlecht wurde von dem Geschlinger. In den Fenstern die Stadt, in der sie zur Schule gegangen war und die inzwischen aussah wie alle Städte. Ihre Erinnerung machte nirgends fest. Ihr Vater war das Einzige gewesen, was sie mit diesem Ort verband. Doch auch er hatte hier so gelebt, als wäre er nur auf der Durchreise. Geblieben war er nur aus Gewohnheit und weil er überall gleich fremd gewesen wäre. Fünfunddreißig Jahre hatte er hier verbracht, in immer denselben Läden eingekauft, immer dieselben Leute getroffen und mit niemandem mehr als ein paar Worte gewechselt. Und jetzt war er hier begraben.

Zwei Stationen vor dem Markt stieg Hannah aus, sie hatte noch Zeit. An dem Kiosk neben der Haltestelle kaufte sie sich Zigaretten und, weil es so hell war, eine Billigsonnenbrille mit einem knallroten Plastikrahmen für fünf Euro. Vor dem Ständer mit den Müsliriegeln zögerte sie kurz. Doch schon allein bei dem Gedanken an Essen dreht sich ihr der Magen um. Stattdessen ließ sie sich noch eine zweite Schachtel Gauloises geben, aber light.

Auf dem Weg in die Fußgängerzone traf sie die Aprilsonne mit voller Wucht. Sie schob sich die Plastikbrille ins Gesicht und fühlte sich unantastbar. Erst beim Blick ins Seitenfenster eines parkenden SUV bemerkte sie, dass sie vergessen hatte, das Preisschild abzumachen. Doch das war im Grunde egal. Die Brille wirkte so oder so billig. Hauptsache, sie konnte dahinter verschwinden. Den Fünf-Euro-Aktionspreis-Sticker klebte sie unter ihr Spiegelbild.

Früher hatte sie den zur Schau gestellten Überfluss und die kühle Exklusivität der Einkaufsmeile weniger wahr- oder mehr hingenommen. Vielleicht war die Stadt in den letzten Jahren auch immer noch reicher, sauberer und zum Schaufenster ihrer selbst geworden, vergangenheitslos wie die herausgeputzten Fassaden. Mit ihrer Fünf-Euro-Brille war sie hier ein Fremdkörper und wollte es sein.

Die erste Zigarette warf Hannah fast um. Sie hätte mit der Light-Version anfangen sollen. Nicht weit entfernt von einem stillgelegten Brunnen stand eine Bank, auf die sie sich setzte, neben ihr eine ältere Dame mit zwei großen Einkaufstaschen links und rechts. Um nicht in ein Gespräch verwickelt zu werden, zückte Hannah ihr Handy und vertiefte sich grußlos in die Homepage des Pflegedienstes. Doch die Zeiten, in denen sich ältere Damen um ihre Gesellschaft bemühten, waren anscheinend vorbei. Statt mit einer Bemerkung über das Wetter eine Unterhaltung anzufangen, raffte die Frau ihre Taschen und Tüten zusammen und tauchte wieder ein in den Strom der Shoppenden. Hannah sah ihr kurz nach. An der Filterlosen verbrannte sie sich fast die Finger. Der letzte Zug war wie flüssiges Nikotin.

Sie scrollte die Website des Pflegedienstes weiter hinunter. Bei »Wir über uns« fand sie ein Verzeichnis mit den Namen und Gesichtern der Mitarbeiterinnen. Die Fotos sagten ihr nichts. Von den sechs oder sieben osteuropäisch klingenden Namen fing kein einziger mit F an. Eine Durchwahl war nicht angegeben, also konnte sie nicht auf gut Glück versuchen, die junge Polin an den Apparat zu bekommen.

Ihre Stimme, dachte sie, würde sie sofort wiedererkennen.

»Hannah?«

Vor ihr stand eine Frau Ende dreißig in engen weißen Hosen und dunkelbraunen Schaftstiefeln. Ihr taillierter marineblauer Blazer erinnerte an eine Turnierreiterin.

»Erkennst du mich nicht mehr?« Sie schob eine ovale, leicht geschwungene Sonnenbrille hoch, die das Zigfache von ihrer gekostet haben musste. »Sag jetzt bitte nicht, ich hätte mich so verändert …«

Wie um Hannahs Gedächtnis auf die Sprünge zu helfen, warf sie den Kopf zurück, fuhr sich durch ihr dunkles Haar und lächelte herausfordernd. Doch sie kannte die Antwort, und Hannah kannte sie auch. Es war Vivien aus ihrer Clique von damals. Ihr Gesicht wirkte so glatt und makellos wie in ihren jungen, wilden Jahren, nur eben gepflegt, gut erhalten und damit wie das Gegenteil von jung und wild.

»Du wohnst also immer noch hier?«, fragte Hannah ein bisschen herablassender, als sie es meinte. Sie hatte Vivien immer beneidet um ihre mandelförmigen schwarzen Augen, die hohen Wangenknochen, ihren perfekten Mund und um die Tatsache, dass sie jeden unter den Tisch trinken konnte, bis auf wenige Ausnahmen. Die Freundin, die von ihrem Vater neben dem Klo gefunden wurde und mit einer Alkoholvergiftung ins Krankenhaus musste, war sie.

»Wir haben das Gestüt bei den Kieswerken gekauft und umgebaut, das habe ich dir alles geschrieben und dich zu unserem großen Einweihungsfest eingeladen, sogar zweimal: vor sechs Jahren und zum Jubiläum letztes Jahr. Aber du hast dich nie gemeldet, du treulose Tomate.«

An Viviens Vorliebe für gewöhnungsbedürftige Kosenamen erinnerte sie sich, an ihre Einladung nicht. Vermutlich hatte sie die Mail gleich gelöscht. Klassentreffen oder Jubiläen, gab Hannah zu, hätten für sie in etwa den Charme von betrieblichen Weihnachtsfeiern. Es war ihr voller Ernst. Doch Vivien lachte ihr melodiöses Lachen, das noch genauso klang wie früher, und entschuldigte sich dann wie im Gegenzug für ihr Nichterscheinen bei der Beerdigung. »Ich wäre wirklich gerne gekommen, Liebes, schon allein deinetwegen«, beteuerte sie, »aber wir hatten unsern Osterurlaub fest gebucht, die ganze Familie, meine Kinder hätten mich umgebracht.«

Nicht nur an ihre Vorliebe für Kosenamen, sondern auch an Viviens Humor musste man sich gewöhnen.

»Herzliches Beileid übrigens«, fügte sie leicht verzögert hinzu und starrte ins Leere, als würde sie ihren eigenen Erinnerungen nachhängen. »Von unserer Dachterrasse aus konnten wir ihn schwimmen sehen, jeden Tag. Bei gutem Wetter haben wir einen Blick über den ganzen Baggersee – wenn du mich besucht hättest, wüsstest du das. Im Spätherbst und Winter, wenn es weniger Gestrüpp gibt, sind die Kinder und ich oft mit dem Hund am Ufer spazieren gegangen und haben gestaunt, wie dein Vater bei den Temperaturen ins Wasser gehen konnte. Wer so abgehärtet ist, der wird bestimmt hundert, haben wir immer wieder gesagt, es war schon fast eine Redensart. Und der Hund hat jedes Mal gebellt, als müssten wir hinterherspringen und ihn vor dem Ertrinken retten. Er ist im Dezember gestorben, einen Tag vor Weihnachten, unser Hund. Das ist natürlich kein Vergleich …«

Vivien rückte ihre teure Sonnenbrille zurecht. Es war schon immer so gewesen, dass man bei ihr nie wusste, woran man war.

»Also ist er allein am See gewesen bis zuletzt?«, vergewisserte sich Hannah wie nebenbei. »Oder hast du meinen Vater jemals mit irgendwem zusammen gesehen, am Ufer oder im Wasser beim Schwimmen?«

Sie dachte an die Frau mit den mittellangen, mittelblonden Haaren. Von Vivien kam ein langsames, versonnenes Kopfschütteln, das sich auf alles und nichts bezog.

Einen Augenblick überlegte Hannah, ob sie das Foto hervorholen sollte. Schon möglich, dass ihn die Pflegerin ein paar Mal zu seiner Einstiegsstelle am Ufer begleitet hatte, zur Sicherheit, weil er sonst auf eigene Faust losgezogen wäre. Doch Hannah behielt das Bild in der Tasche und hätte am liebsten auch die Frage zurückgenommen. Sie war sich nicht sicher, ob sie Viviens Hilfe überhaupt wollte.

»Ich war gestern am See und sogar kurz im Wasser. Ich hoffe, ihr habt mich nicht beobachtet …«

»Du warst in der Nähe? Warum bist du nicht vorbeigekommen?«

»Ich hatte den Reiterhof, ehrlich gesagt, nicht mehr auf der Rechnung. Du weißt ja, Pferde haben mich nie interessiert. Das war dein Mädchentraum, nicht meiner.«

»Es ist ein Gestüt, ein ehemaliges«, stellte Vivien richtig, »und Pferde haben wir schon lange nicht mehr. Im Übrigen war es nicht meine Idee. Die treibende Kraft bei unserer Stadtflucht ist Matthias, mein Mann, den du, glaube ich, noch nie auf der Rechnung hattest. Er ist auf einem Bauernhof aufgewachsen und wollte immer eigene Tiere, ein bisschen Land und Landwirtschaft, schon allein wegen der Kinder.«

»Bullerbü …« Hannah zündete sich eine Zigarette an, light.

»Bonanza kommt seinen Vorstellungen schon näher. Jedenfalls habe ich nur mitgemacht und gedacht, gut, wenn das sein Traum ist, dann nutze ich meine Kontakte als Personalberaterin und gründe eine kleine, exklusive Coaching-Agentur für Führungskräfte mit Reiten als Erfahrungsschwerpunkt nach dem Motto: ›Wer ein Tier von der Gewalt und Größe eines Pferdes beherrscht, der kann auch ein Unternehmen zum Erfolg führen.‹ Leider hat das nicht funktioniert. Die Zeiten, in denen du dir mit Seminaren und Fortbildungen eine goldene Nase verdienen konntest, sind vorbei. – Kann ich mal ziehen, Liebes, einmal nur? Eigentlich habe ich aufgehört …«

»Mit Schnorren?«

»Mit Rauchen.« Vivien zog zweimal und inhalierte tief, dann gab sie Hannah die Zigarette zurück. »Am Ende saßen wir mit den Tieren da, den Ställen, Schulungsräumen, Gästezimmern, den Kosten für die Haltung und Instandhaltung. Aber ein Hotelbetrieb war uns zu anstrengend, und für einen Reiterhof, wie du es nennst, waren wir überqualifiziert. Hinzu kam, dass die Kids nicht gerade Pferdenarren sind. Julia ist ein bisschen wie du und kann mit Pferden nichts anfangen. Marvin, unser Junior, hat panische Angst vor allem, was größer ist als er selbst. Von daher haben wir die Tiere verkauft und bauen das Gestüt jetzt Schritt für Schritt in eine Wohnanlage für Senioren um, naturnah und barrierefrei, mit Blick auf den See.«

»Und ich dachte schon, du wärst zur klassischen Karrierefrau mit Kids geworden und hättest aufgehört, verrückt zu sein.«

»Wieso?«, tat Vivien ihre Bemerkung ab und wedelte den Rauch von sich weg, was einigermaßen affektiert aussah. Vermutlich wollte sie verhindern, dass ihre Reitertracht nach Zigaretten roch.

»Ein Country-Club für Rollator-Fahrer klingt ziemlich verrückt, zumindest im Vergleich zu meinem einfallslosen Plan, mich mit Übersetzen und Dolmetschen über Wasser zu halten.«

Doch Vivien zeigte sich ungerührt. »Es ist alles durchgerechnet, und wir müssen damit nicht unseren Lebensunterhalt bestreiten, wenigstens nicht im Moment. Ich bin als Personalberaterin wieder im Tagesgeschäft, und Matthias ist Mitbegründer von zwei Start-ups in Berlin und Hamburg.«

»Ich dachte, er sei Bauer.« Hannah drückte die Zigarette an der Unterseite der Bank aus und hielt nach einem Mülleimer Ausschau.

»Er ist auf einem Bauernhof aufgewachsen, aber sein Geld verdient er im digitalen Bereich.«

»Und was macht eine Personalberaterin in Reiterhosen?« Neben der Bank entdeckte sie eine leere Flasche Sangria und ließ die Kippe darin verschwinden.

Vivien lachte noch einmal wie über einen Witz, aber nur kurz. »Erstens habe ich Schränke voll von dem Zeug, und zweitens kommt es beim Kunden gut an. Reiten steht für Beherrschung, Führungsstärke, Zielerreichung. Insofern lag ich mit meinem pferdegestützten Coaching-Programm gar nicht falsch. Nur dass heutzutage die Klamotten reichen, die Pferde braucht kein Mensch. – Wenn du nichts dagegen hast, schnorre ich mir doch eine von dir, um der alten Zeiten willen.«

Vivien wischte ein paar Mal mit einem Taschentuch über die Bank, ihrer weißen Hose zuliebe, bevor sie sich neben Hannah setzte.

»Lang ist's her …«, sagte sie dann.

»Siebzehn Jahre, achtzehn sogar.«

»Du hast mir gefehlt, Liebling.«

Hannah gab Vivien eine Zigarette und Feuer, dann zündete sie sich selbst noch eine an. Die ersten Züge rauchten sie schweigend und sahen dem Einkaufstrubel zu, der um sie herum herrschte. Bei manchen Passanten wechselten sie vielsagende Blicke hinter der teuren Sonnenbrille und der billigen. Sie brauchten sich nicht in die Augen zu sehen, um zu wissen, was die andere dachte. Es fühlte sich an wie früher.

»Du musst uns unbedingt auf dem Gestüt besuchen und dir alles anschauen, ehrlich, Hannah, sonst bin ich dir böse bis an mein Lebensende. Wie lange bleibst du noch in der Stadt?«

Hannah erzählte ausweichend von der Menge der Dinge, die zu erledigen seien rund um die Erbschaft und die Haushaltsauflösung. Von dem Treffen mit Lüders beim Italiener ganz in der Nähe sagte sie erst mal nichts.

»Kennst du die zwei eigentlich?«, lenkte sie ab, bevor Vivien nachfragen konnte, und deutete in Richtung der beiden athletischen Anzugträger, die im Eingangsbereich eines Multistores zusammenstanden und immer wieder zu ihnen herüberschauten. Doch Vivien drehte nicht einmal den Kopf.

»Falls du es noch nicht wusstest, Süße: Das ist ein Nebeneffekt von Reiterhosen. Die meisten Männer interessieren sich für weibliche Dominanz.« Sie reckte die Arme und gähnte gelangweilt. »Aber glaub ja nicht, dass ich mich deshalb mit Sportartikelfachverkäufern einlasse, die ich bei einer Restrukturierungsmaßnahme als Erstes feuern würde. Also, wie lange hast du vor zu bleiben, zwei Tage, drei?«

»Schwer zu sagen«, blieb Hannah so vage wie möglich. »Erst mal muss ich zum Notar, dann sehen wir weiter.«

»Zu Lüders? Ist denn schon Testamentseröffnung?«

An Viviens plötzlichem Interesse merkte sie, dass sie besser aufpassen musste, was sie sagte. »Bei meinem Vater geht es nicht um Unsummen auf dem Konto, wie du dir denken kannst, und die Möbel in seiner Wohnung sind hauptsächlich Sperrmüll«, spielte sie die Angelegenheit herunter. »Vielleicht schlage ich das Erbe auch einfach aus und erspare mir den ganzen Ärger mit den Ämtern, Banken, Versicherungen. Mal hören, wozu Lüders mir rät …« Sie benutzte die Sangria-Flasche noch einmal als Aschenbecher und hielt sie dann Vivien hin, die das Gesicht verzog.

»Er hätte ja mal was sagen können, wenigstens eine Andeutung, dass du in der Stadt bist.«

»Hast du viel mit ihm zu tun?«

»Zwangsläufig. Lüders ist unser Anwalt. Er hat sämtliche Kaufverträge und Beurkundungen für uns gemacht.« Vivien formte mit den Lippen tonlos einen Kraftausdruck und schnippte dem smarteren der beiden Anzugträger, der schon auf dem Weg zu ihnen war, ihre Zigarettenkippe entgegen.

Hannah wandte den Blick ab. Es war Zeit zu gehen.

»Du solltest nur nichts überstürzen«, hielt Vivien sie zurück. »Wenn du darüber reden möchtest oder wenn du eine zweite Meinung brauchst, Matthias und ich haben ein offenes Ohr. Warum kommst du nicht gleich heute Abend? Es gibt nichts zu essen, keine Sorge, das schaffe ich gar nicht, wir trinken nur eine Kleinigkeit oder zwei wie früher. Sagen wir um neun oder lieber um Viertel nach, ich bin heute dran mit Marvin-ins-Bett-Bringen. – Jetzt guck nicht so! Das ist eine herzliche Einladung und übrigens auch die letzte. Versuch bloß nicht, mir weiszumachen, dass du dich nach deinem Notartermin bei mir meldest. Tut mir leid, meine Liebe, ich warte nicht noch einmal sechs Jahre auf eine Reaktion von dir!«

»Aber ich habe wirklich keine Ahnung, was auf mich zukommt, welche Papiere verlangt werden, welche Gänge zu erledigen sind«, verteidigte sich Hannah ziemlich hilflos. »Wenn ich Lüders getroffen habe, weiß ich mehr …«

»Gerade wenn du dich mit Lüders triffst, solltest du anschließend noch eine Verabredung haben.« Im Aufstehen warf ihr Viven noch einen vielsagenden Sonnenbrillenblick zu, Hannah schaute zu Boden.

»Ich schicke dir eine SMS mit den Details. Deine Nummer ist noch die alte, hoffe ich. Schöne Grüße an Lüders, spätestens heute Abend bist du bei uns auf dem Land!«

Vivien klopfte ihr Reiterkostüm ab, winkte kurz und war weg, schneller, als Hannah auf Wiedersehen sagen konnte. Sie brauchte einen Moment, um sich zu sortieren, ihre Zigaretten einzustecken und die Sonnenbrille zu richten, deren Bügel hinter den Ohren drückten. Die Fußgängerzone erschien ihr auf einmal lückenhafter, leerer, auch die beiden Anzugträger waren verschwunden. Was blieb, war das seltsame Gefühl, dass Vivien mehr über sie und Lüders wusste, als sie zugab.

Es war eine kleine Stadt.

Als Hannah ihr Handy hervorholte, um auf die Uhr zu sehen, war die Personalseite vom Pflegedienst noch offen. Das Bild am unteren Ende der Fotoleiste hatte auf den zweiten Blick eine gewisse Ähnlichkeit, wenn man sich die Frau mit den mittelangen, mittelblonden Haaren nicht im Profil, sondern frontal vorstellte. Nur die Frisur war eine andere und die Haarfarbe etwas dunkler, doch das lag vielleicht am Licht.

Sie wollte gerade den Namen der Pflegerin eintippen, um nach weiteren Bildern und Informationen zu suchen – auch wenn er eher ungarisch als polnisch klang und kein F enthielt –, als bereits die erste SMS von Vivien aufpoppte mit dem Vorschlag, das Hotel zu stornieren und bei ihnen auf dem Gestüt zu übernachten. Sie hätten Platz genug und würden sie abholen mit Sack und Pack. Mit einem »Wo« und einer Reihe von Fragezeichen endete der Text.

Hannah wusste sofort, dass Widerstand zwecklos war, wollte aber lieber für sich behalten, dass sie in der Wohnung ihres Vaters geschlafen hatte. Also schrieb sie nur zurück, sie könne noch nicht genau sagen, wo sie am Abend sein würde, und gab statt eines Hotels als Treffpunkt eine Bushaltestelle bei ihm um die Ecke an.

Die Antwort ließ nicht lange auf sich warten.

»Du hast in der Wohnung von deinem Vater übernachtet? Bist du verrückt??? Pack deinen Krempel zusammen, und stell dich um halb zehn vor die Haustür. Wir kommen!!!«

Es war eine verdammt kleine Stadt.

7

Bei Temperaturspitzenwerten bis zu 26° sollten größere körperliche Belastungen oder schwere Arbeiten im Freien um die Mittagszeit möglichst vermieden werden.

Biowetter 22. April, aktualisiert 12.39 h

»Du hast wahrscheinlich erwartet, dass ich einen Umschlag aus dem Safe hole, ihn feierlich öffne und den letzten Willen deines Vaters verlese, so wie man das aus Film und Fernsehen kennt«, sagte Lüders mit einem etwas müden Lächeln und einer großen Stoffserviette auf dem Schoß. »Die meisten Angehörigen erwarten eine dramatische Szene, aber so läuft das nicht …«

Hannah hatte vielmehr damit gerechnet, dass Lüders sie mit einer Flasche Rosé oder Prosecco empfangen würde, um da weiterzumachen, wo er bei der Beerdigung ihres Vaters aufgehört hatte. Stattdessen saß er ganz allein an einem Extratisch im Innenhof des Restaurants und trank San Pellegrino. Ihre Begrüßung fiel förmlich aus, vielleicht weil es ihr doch noch gelungen war, eine Viertelstunde zu spät zu kommen. Lüders erhob sich nur kurz, drückte ihr die Hand und deutete eine Verbeugung an, um sich dann wieder seinem Teller zu widmen. Er hatte schon mit dem Essen angefangen.

Hannah entschied sich für einen Espresso, einen doppelten, sonst wollte sie nichts.

»Testamentseröffnungen sind Sache des Nachlassgerichts«, belehrte er sie weiter. »Als Notar berate ich lediglich den Erblasser bei der Erstellung seines Testaments, sofern das gewünscht wird. Zudem beurkunde und bewahre ich seinen letzten Willen, so geschehen im Fall deines Vaters, wobei ich mit dem Nachlassgericht in engstem Vernehmen stehe, um die Testamentsvollstreckung im Sinne meines Mandanten möglichst reibungslos abzuwickeln.« Lüders legte seine Serviette neben den Tellerrand. Er hatte keine Shrimps oder Muscheln gehabt, sondern eine einfache Minestrone, von der nur ein paar sehr grüne Erbsen übrig geblieben waren. »Du möchtest wirklich nichts von der Tageskarte, nicht mal eine Kleinigkeit?«

Hannah schüttelte den Kopf und verschob noch einmal die Bügel ihrer roten Plastiksonnenbrille. Ein junger Kellner, der ihr wegen seines Knackarschs schon beim Reinkommen aufgefallen war, stand an einer Anrichte bereit und guckte aus den Augenwinkeln zu ihnen herüber. Doch er schien ganz auf den *dottore* fixiert, der hier wie üblich Hof hielt, nur dass er heute Besuch hatte von der Frau mit der billigsten Sonnenbrille der Welt.

»Ein Dessert vielleicht? Hier gibt es einen leckeren Limoncello, hausgemacht, und eine göttliche Pannacotta, sehr zu empfehlen!«

»Stört es dich, wenn ich rauche?«, fragte Hannah unbeeindruckt. Lüders' Lächeln gefror ein Stück weit. Auch er hatte sich dieses Wiedersehen offensichtlich anders vorgestellt, blieb aber gönnerhaft gelassen und gab dem Kellner ein Zeichen, der prompt einen Aschenbecher brachte.

Ein bisschen mutwillig zögerte Hannah den Moment heraus, in dem sie sich Feuer geben ließ. Sie wollte sehen, welcher der beiden Herren sich zuerst bemühte. Es war der Kellner. Zum Dank schenkte sie ihm ein Lippenstift-Lächeln, das etwas länger dauerte. Doch sie flirtete nicht richtig mit ihm, sondern wechselte nur ins

Italienische, um ein bisschen über Land und Leute zu plaudern. Leider kam von dem Kellner bloß das übliche Restaurant-Repertoire. Wie sich herausstellte, war er Kroate. Lüders mischte sich ein, um einen Cappuccino zu bestellen und Tiramisu mit zwei Gabeln. Der Kellner verstand augenblicklich, dass er verschwinden sollte, und sprach wieder Deutsch mit italienischem Akzent. Die Art, wie er sich nach ihr umdrehte, verriet, dass er sie für eine Prostituierte hielt.

»In diesem rechtlich vergleichsweise unkomplizierten Fall«, wurde Lüders wieder offiziell, »dürfte das Gericht keinen Termin für eine Testamentseröffnung anberaumen. Es wird dir lediglich eine Kopie des Testaments per Einschreiben zukommen lassen, da deine Mutter ja schon bekundet hat, dass sie auf jegliche Ansprüche verzichtet. Insofern bleibst nur du als potenzielle Alleinerbin …«

Die in Kübeln ringsum aufgestellten Olivenbäumchen erschauerten leicht unter einem Windzug. Irgendwo flappte eine Markise, eine Tür im Innern des Hauses schlug zu. Hannah sah in die Sonne, roch die Gerüche und versuchte, sich einen Moment lang vorzustellen, sie wäre woanders, in Verona oder Triest. Das Licht, die Luft, das alles war nicht Deutschland im April.

Doch je weiter sie sich zurücklehnte, desto mehr rückte Lüders auf seinem Stuhl vor. »Was ich dir zu sagen habe, Hannah, ist nicht Teil des Verfahrens. Deshalb wollte ich, dass wir uns hier unterhalten und nicht in der Kanzlei. Im Augenblick sitze ich dir nicht als Notar und Anwalt gegenüber, sondern als Freund der Familie …«

Er ließ eine kurze Pause nach dem Wort, wie um sie zu ermahnen, dass sie sich richtig hinsetzte. Vielleicht wollte er ihr auch Gelegenheit geben für eine absehbar böse Bemerkung über seinen letzten »Freundschaftsdienst« nach der Beerdigung ihres Vaters. Hannah überlegte kurz, ob sie die Begegnung mit Vivien erwähnen sollte oder ihre Verabredung heute Abend, sagte aber nichts.

»Wenn ich jetzt an die Grenzen meiner Schweigepflicht gehe, dann allerdings im Einklang mit dem Willen meines Mandanten«, tastete Lüders sich weiter vor. »Ich weiß, wie wichtig es deinem Vater war, dich nicht zu kränken oder gar zu verletzen. Es ist also in seinem Sinne, dass ich dich vorwarne.«

»Wovor?«

»Vor der Post, die du erhalten wirst.« Lüders sah sich kurz um und legte dann seine Hand auf ihren Unterarm. »Dein Vater hat mich vor seinem Tod noch einmal konsultiert, um sein Testament zu ändern. Bis dato war ihm nur wichtig gewesen, dass deine Mutter als geschiedene Ehegattin auch tatsächlich von dem Erbe ausgeschlossen blieb. Doch diese letzte Unterredung verlief anders. Es ging nicht um deine Mutter, sondern um dich und deinen gesetzlichen Anspruch.«

»Mein Vater wollte mich vom Erbe ausschließen?«

»Er wollte eine Testamentsänderung zugunsten einer Stiftung.«

»Er hat mich enterbt?« Hannah zog ihren Arm weg, doch sie wurde nicht laut, nicht in diesem Restaurant. Vielleicht hatte Lüders das Gespräch deshalb hierher verlegt.

»Sagen wir es so: Deinem Vater ging es um ein Zeichen seines gesellschaftlichen Engagements. Ich muss das so allgemein formulieren, um dem Schreiben des Nachlassgerichts nicht vorzugreifen.«

»Also hat er mich enterbt ...« Hannah spürte, wie sie immer leiser wurde. Alles Mögliche ging ihr auf einmal durch den Kopf, die halb leere Wohnung, das rote Fahrrad, die Frau auf dem Foto.

»Ich bin froh, dass du ruhig bleibst«, fuhr Lüders fort. »Jeder weiß, wie schwer das ist, wie kompliziert auf allen Ebenen, emotional und rational. Im Prinzip sind es zwei Fragen, die sich stellen, wenn der Erblasser eine solche Entscheidung trifft, und es ist sehr wichtig, dass wir diese Fragen auseinanderhalten und uns immer wieder besinnen, über welche von beiden wir eigentlich sprechen, wenn wir über deinen Vater reden. Die erste große Frage ist: Durfte er das? Also, ist es gerecht und gerechtfertigt dir gegenüber, gemessen an eurem Verhältnis, eurer Geschichte et cetera? Die zweite, ganz andere Frage lautet: Durfte er das? Hatte er, juristisch gesehen, das Recht dazu aufgrund der geltenden Gesetzeslage, oder ist sein Testament anfechtbar? Dürfen und Dürfen, verstehst du, Recht und Gerechtigkeit? Das sind die zwei Enden der Schere, und gerade in Erbsachen geht diese Schere weit auseinander. Deshalb nehmen bezahlbare Rechtsschutzversicherungen Erbstreitigkeiten von ihren Leistungen aus, ebenso wie Scheidungen, bezeichnenderweise. Denn im Grunde ist jede Erbsache auch ein Scheidungsprozess, Scheidung in ihrer ursprünglichsten Form, durch den Tod. Ich hoffe, du kannst mir folgen.«

Hannah sah der Zigarette zu, die im Aschenbecher vor ihr zu einem grauen, leicht gekrümmten Wurm herunterbrannte. »Ich dachte, es sei an mir«, hörte sie sich wie von fern her, ihre Stimme war wirklich sehr leise. »Ich dachte, ich muss entscheiden, ob ich das Erbe annehme oder ausschlage. Deswegen, dachte ich, bin ich hier …«

»Und wenn du die Wahl hättest, wie würdest du dich entscheiden? Die Frage scheint im Moment etwas fehl am Platz, ich weiß, aber vielleicht denkst du beizeiten darüber nach. Denn solltest du zu dem Schluss kommen, dass du das Erbe sowieso ausschlagen willst, dann …«, bemühte sich Lüders, das Gespräch fortzusetzen, doch Hannah sah ihn völlig entgeistert an.

»Er hat mich enterbt«, wiederholte sie. Ihre Stimme klang dünn, aber sie brach nicht.

»Du kannst dir denken, dass ich ihm davon abgeraten habe, aus einer ganzen Reihe von Gründen, aber du kennst ja deinen Vater.« Lüders hob die Hände und ließ sie resignierend wieder sinken.

»Ist das so?«, dachte Hannah und sagte es auch: »Kenne ich ihn?«

Dass sie ihn so beim Wort nahm, ließ Lüders für einen Moment verstummen. Er hob die Hände noch einmal, senkte sie aber wortlos und sagte auch nichts, als der Kellner die Bestellung brachte, den Cappuccino vor ihm platzierte und in der Mitte das Tiramisu mit zwei Gabeln, flink und so unauffällig wie möglich. Seine Schuld war es nicht, dass das Schweigen mit am Tisch saß.

»Ich bin kein Philosoph oder Psychologe, sondern Jurist«, sagte Lüders schließlich, nachdem der Kellner außer Hörweite war. »Insofern würde ich jetzt gerne auf das Materielle zu sprechen kommen. Eine kleine Übersicht über die Vermögensverhältnisse, Hannah, damit wir wissen, worüber wir reden. Bei den meisten anderen Klienten hätte ich jetzt eine längere Liste zur Hand, bei deinem Vater würde ein Bierdeckel reichen. Nagele mich bitte auf keine Zahl fest, aber die Summe der Sachwerte, die er im Laufe der Jahre angehäuft hat, dürfte – verzeih das offene Wort – unter die Rubrik Trödel fallen und einen Betrag im unteren vierstelligen Bereich nicht übersteigen, großzügig geschätzt. Oder bist du anderer Meinung?«

Sie erhob keinen Einspruch, sondern sah ihm zu, wie er kurz an seinem Cappuccino nippte.

»Was die laufenden Einnahmen aus Buchverkäufen und Lizenzen betrifft, ist es, wie du weißt, sehr still geworden um deinen Vater. Die Absatzzahlen sind seit Jahren rückläufig und gehen gegen null. Das kann sich durch seinen Tod kurzfristig ändern. Üblicherweise bringt dergleichen einen letzten Aufmerksamkeitsschub, wobei die Nachrufe auf ihn in Anzahl und Umfang recht überschaubar waren, soweit ich das mediale Echo verfolgen konnte. Doch selbst in dem günstigsten Fall, dass der Verlag noch einmal mit Sonderausgaben oder Neueditionen nachlegen sollte, was nicht gesagt ist, dürfte es sich eher um symbolische Beträge handeln.

Kurz, wenn bei dem posthumen Rummel unterm Strich zwei-, dreitausend Euro Nettohonorar herauskommen, ist das nach meiner Erfahrung schon viel.«

Hannah wünschte, der kleine, kakaobestäubte Milchschaumrest an Lüders Oberlippe würde von ihm unbemerkt bleiben, eintrocknen und eine süßsäuerliche Milchkruste bilden, auf die ihn niemand hinzuweisen wagte, die aber für ein paar Stunden die gepflegte Seriosität beschädigen würde, hinter der er sich so sicher fühlte. Leider nahm Lüders noch einen Schluck und tupfte sich sorgfältig mit seiner Serviette den Mund ab.

»Wir reden allerdings über zu erwartende Einnahmen aus der Verwertung von Rechten, und wie immer im Leben können Erwartungen übertroffen oder enttäuscht werden. Das macht eine Schätzung des Erbes so schwierig. Wir bilanzieren, wenn du so willst, nicht die Vergangenheit, sondern die Zukunft, den Nachruhm deines Vaters. De facto gilt eine Schutzfrist für geistiges Eigentum von siebzig Jahren nach Ableben des Urhebers zugunsten seiner Rechtsnachfolger, ich wiederhole, in Worten: siebzig. Der Gesetzgeber räumt also dem Werk nach dem Tod seines Verfassers praktisch ein zweites Leben ein. Nur dass kein Mensch vorhersehen kann, was in siebzig Jahren sein wird und ob es dann überhaupt noch Bücher oder Verlage gibt ...«

Lüders warf ihr einen Blick zu, wie um sich zu vergewissern, dass sie zuhörte. Hannah nickte wortlos. Vom Gefühl her ging sie das alles nichts mehr an.

»Wie dem auch sei, du hast ein Recht zu wissen, was dir entgeht – finanziell oder besser potenziell –, wenn du an dem Erbe deines Vaters nicht teilhast, ob du es nun ausschlägst oder darauf verzichtest, deinen Pflichtteil als Tochter einzuklagen, was dir freisteht. Du kannst juristisch gegen den letzten Willen deines Vaters vorgehen und der Stiftung zumindest Anteile an den Urheberrechtsansprüchen streitig machen. Eine fünfzigprozentige Beteiligung deinerseits an sämtlichen Tantiemen oder Rechtserlösen halte ich für ohne Weiteres durchsetzbar. Allerdings ist eine Testamentsanfechtung keine schöne Sache, und ob der Ärger sich lohnt, bleibt ungewiss, weil der Streitwert rein hypothetisch ist. Erst in siebzig Jahren steht fest, um wie viel Geld es wirklich gegangen sein wird – sofern es dir ums Geld geht und nicht um Gerechtigkeit im moralischen Sinne, wofür ich als Notar und Anwalt nicht zuständig bin. Ich kann dir aus juristischer Sicht nur sagen, dass wir uns zu guter Letzt vermutlich in die Augen sehen und fragen werden, warum wir uns das angetan haben, sofern wir uns dann noch in die Augen sehen, denn voraussichtlich werde ich die Gegenpartei vertreten, so wollte es zumindest dein Vater. Wir wären Gegner, Hannah, und das möchte ich nicht. Aber es ist deine Entscheidung.«

»Bist du jetzt fertig?« Sie fragte sich, warum sie sich das überhaupt noch anhörte.

Doch Lüders beeilte sich nicht, sondern leerte seinen Cappuccino, nahm sich eine Gabel für das Tiramisu und ermunterte sie, es ihm gleichzutun. Hannah hätte ihm die Gabel am liebsten in die Hand gebohrt – oder ihrem Vater. Die ganze Absurdität der Situation kam ihr zu Bewusstsein, und das Absurdeste von allem war sie selbst, angereist mit dem ziemlich festen Vorsatz, das Erbe ihres Vaters auszuschlagen, um jetzt hier zu sitzen, beschämt und verletzt, weil sie leer ausgehen sollte. Hätte man sie gestern gefragt, ob es ihr etwas ausmachen würde, enterbt zu werden, hätte sie mit den Achseln gezuckt und es für eine riesige Erleichterung gehalten. Aber so war es nicht.

»Ich habe das einfach nicht kommen sehen«, sagte sie halblaut.

»Da wäre noch etwas«, Lüders ließ sich den ersten Bissen auf der Zunge zergehen. »Ich will ganz offen zu dir sein, auch wenn ich es mir damit als Anwalt deines Vaters schwerer mache. Doch, wie gesagt, der Familienfriede liegt im Interesse meines Mandanten, und dazu gehört, dass du dich später einmal nicht von deinem Vater oder mir als seinem Sachwalter übervorteilt fühlst. – Dir entgeht wirklich was, wenn du nicht wenigstens probierst, aber gut.«

Er genehmigte sich noch einen Happen und ließ Hannah warten, um nicht mit vollem Mund zu sprechen. »Es gibt eine neuere Entwicklung im Lizenzgeschäft, die ich dir nicht verschweigen will«, fuhr er dann fort. »Alles noch in den Anfängen, das sprichwörtliche ungelegte Ei. Aber Fakt ist, dass eine internationale Produktionsfirma, eine der großen drei europaweit, die Filmrechte an einem Roman deines Vaters erwerben will und sich dic Option auf diese Rechte gesichert hat, fast zwanzig Jahre nach Erscheinen. Den Verlag hat das sehr gefreut, dein Vater hingegen war, gelinde gesagt, beleidigt. Er konnte sich stundenlang darüber aufregen, dass sie sich nicht für sein letztes und vermeintlich bestes Buch interessierten, sein Vermächtnis …«

Einen Moment lang war unklar, ob Lüders dem Tiramisu nachschmeckte oder der Erinnerung. Dann wandte er ihr mit einem leichten Kopfschütteln wieder sein Dessertgesicht zu.

»Anfangs war dein Vater fest entschlossen gewesen, das Projekt zu verbieten, weshalb er mich zurate gezogen hatte. Er wollte auf keinen Fall, dass eines seiner, wie er fand, schlechteren Bücher ihn überlebte. Und je mehr die Filmleute es lobten, desto schlechter fand er es. Stattdessen hatte er sich in den Kopf gesetzt, mich loszuschicken mit der Mission, die Produktionsfirma und den Verlag davon zu überzeugen, seinen letzten Roman zu verfilmen, rechtefrei und unentgeltlich. Er wäre sogar bereit gewesen, mit seinen bescheidenen Mitteln als Koproduzent einzusteigen – selbstverständlich gegen meinen Rat. Ich weiß nicht, ob du das Buch gelesen hast, es ist nicht mal ein richtiger Roman, eher eine Art intellektueller Wetterbericht, ein bisschen Meteorologie, ein bisschen

Philosophie, das *Wolkenbuch*, so der Titel. Ein Alterswerk, wenn du so willst, voll tagebuchartiger Himmelsbetrachtungen in Anlehnung an den späten Goethe. Absolut unverfilmbar …«

Lüders seufzte ironisch und hob den Blick gen Himmel. Hinter ihrer Sonnenbrille sah Hannah über die Dächer des Innenhofs hinweg und versuchte, sich an den Titel des Buches zu erinnern, in dem das Foto von F gelegen hatte, falls es eine Frau namens F überhaupt gab.

»Die Reaktionen des Verlags und der Filmfirma kannst du dir denken: wenig Begeisterung, viel Höflichkeit. Aber dein Vater hat auch das nicht akzeptiert und durch seine Sturheit, sein kompromissloses Verhandlungsgebaren den Preis für die Option in eine Höhe getrieben, die völlig branchenunüblich ist bei einem fast vergriffenen Buch. Wäre er darauf aus gewesen zu pokern, hätte er es nicht raffinierter anstellen können.«

Halb belustigt, halb bewundernd neigte Lüders den Kopf und zwinkerte Hannah zu, als müsste es ihr genauso gehen. Dass sie nichts davon teilte, keinen Gedanken, kein Gefühl, nahm er offenbar nicht zur Kenntnis.

»Wir hatten das Paket fast fertig geschnürt, ohne *Wolkenbuch* und Wetterschau, als er plötzlich anfing, ein Vetorecht zu fordern. Dabei war klar, dass sich keine Produktionsfirma darauf einlassen kann, ein Filmprojekt mit einem Zwölf-Millionen-Budget auf Wunsch eines einzelnen älteren Herren mit ästhetischen Bauchschmerzen in der Versenkung verschwinden zu lassen. Aber dein Vater bestand darauf und war gewillt, das ganze Vertragswerk platzen zu lassen, nach dem Motto: Nichts ist verhandelt, solange nicht alles verhandelt ist. Glücklicherweise konnte ich ihn davon überzeugen, dass ihm am meisten damit gedient sei, wenn er sich die Möglichkeit vorbehalte, seinen Namen zurückzuziehen und gegebenenfalls eine Titeländerung zu verlangen, um seine künstlerische

Integrität zu wahren. Den Produzenten war das recht, um nicht zu sagen wurscht, weil der Autorenname im Zweifelsfall keinen einzigen Zuschauer zusätzlich hinterm Ofen hervorlocken würde. Insofern waren alle zufrieden, und dein Vater bekam das Recht, sich künstlerisch selbst auszulöschen.«

Lüders belohnte sich mit einer letzten mascarponeschweren Gabel, wobei er penibel darauf achtete, sich nicht zu viel zu nehmen. Die sauber abgeteilte zweite Nachtischhälfte schob er Hannah zu. Exakt fünfzig Prozent.

»Und was habe ich damit zu tun?«

»Die Frage ehrt dich. Nein, wirklich, Hannah. Jeder andere hätte jetzt Dollarzeichen in den Augen und würde nur daran denken, wie viel von dem Zwölf-Millionen-Budget in seiner Tasche landet, zuzüglich der Beteiligung an den Einnahmen aus Senderechten und Lizenzverkäufen, sollte der Streifen alle Zuschauerrekorde brechen und für einen Oscar nominiert werden. Aber die Zeiten, in denen beim Film für Autoren und Autorenrechte gewaltige Summen gezahlt wurden, sind vorbei. Und Zahltag ist noch lange nicht. Im Moment existieren weder der Film noch das Budget, sondern nur die besagte Option und ein paar Seiten Exposé oder Treatment, die bei diversen Sendern, Filmförderungsanstalten und anderen Finanzierungspartnern auf dem Schreibtisch liegen. Geld für die Filmrechte gibt es erst, wenn es Geld für den Film gibt. Und das ist in dem Geschäft ein endloses Lotteriespiel. Bis Drehbeginn und manchmal sogar bis zur letzten Klappe kann sich das Ganze noch in Luft auflösen. Das Buch deines Vaters ist also nur ein Los in der Trommel. Wobei, auch das sei gesagt, die Chancen für das Projekt durch seinen Tod gestiegen sind, so makaber es klingt.«

»Und?«, fragte Hannah noch einmal. »Was habe ich damit zu tun?«

»Nichts, wenn du nicht willst. Das versuche ich dir gerade zu erklären. Wenn du das Testament nicht anfechtest, übernimmt die Stiftung, und du bist raus aus sämtlichen Rechten und Pflichten, dem Filmvorhaben und was sonst noch kommen mag. Überleg es dir. Im Endeffekt geht es um die Hälfte von allem: vom Geld und von der Verantwortung für das geistige Erbe deines Vaters. Es ist deine Entscheidung.«

»Es war seine Entscheidung, mich zu enterben«, sagte sie, lauter jetzt. »Was geht mich sein geistiges oder sonstiges Erbe noch an, wenn es sein letzter Wille ist, mich davon auszuschließen?«

»Ich sage nicht, dass es leicht ist«, erwiderte Lüders langsam. »Aber du musst dich nicht sofort entscheiden, ob du vor Gericht ziehst. Denk darüber nach, schlaf drüber, und sprich mit Menschen, die dir wichtig sind.«

War das nur ein pauschaler Ratschlag, oder wusste er etwa von Vivien? Je offener und fairer Lüders sich gab, desto mehr misstraute sie ihm.

»Wir verstehen uns nicht«, sagte Hannah schroff. »Du glaubst, mich interessiert das Erbe meines Vaters. Mich interessiert, was zu seiner Entscheidung geführt hat, nur das. Was ist passiert in den Tagen vor seinem Tod? Warum hat mein Vater dir diesen letzten Besuch abgestattet und dafür gesorgt, dass wir jetzt hier sitzen?«

Doch Lüders ließ ihre Fragen an sich abprallen. Er schwieg nicht nur, Hannah glaubte sehen zu können, dass er zumachte. Das Einzige, was von ihm kam, war eine Handbewegung, die dem Kellner galt.

»Die ganze Zeit habe ich dir zugehört und versucht, mir die Dinge zusammenzureimen, so gut ich konnte«, bemühte sie sich um einen versöhnlichen Ton. »Aber die Stiftung, der Film, diese Verhandlungen, das alles klingt überhaupt nicht nach meinem

Vater. Irgendetwas muss passiert sein, sonst würden wir nicht über ihn reden wie über zwei verschiedene Menschen.«

»Womit wir wieder am Anfang unseres Gesprächs wären, bei der Frage der Gerechtigkeit und des Verhältnisses zwischen deinem Vater und dir. Leider kann ich dir dabei nicht behilflich sein.« Lüders sah dem Kellner nach, der sich sofort in Bewegung gesetzt hatte und im Innern des Restaurants verschwunden war. Vielleicht sehnte er ihn auch herbei.

»Kannst du es mir nicht sagen, oder willst du nicht?«

»Ich bin nicht er«, sagte Lüders in aller Ruhe. »Du stellst mir lauter Fragen, die nur dein Vater beantworten kann, Hannah, aber ich bin es nicht.«

»Wen soll ich sonst fragen? Du warst der Letzte, mit dem er darüber gesprochen hat, oder nicht?« Sie versuchte, in seinem Gesicht zu lesen, ob und was er von F wusste. »Hat er irgendetwas gesagt, irgendjemanden erwähnt? War er irgendwie anders?«

»Er war bei klarem Verstand.« Lüders' Gesicht verriet nichts, keine Regung. Wenn überhaupt, dann sagte es Nein: ein glattes Nein ohne einen einzigen Riss.

Der Kellner kam, brachte die Rechnung in einem Ledermäppchen und servierte ihnen einen Digestif auf Kosten des Hauses, bevor er sich wieder verzog. Von den Gläsern stieg süßer Likörgeruch auf, mehr Kräuter als Mandel, Ramazzotti statt Amaretto. Hannah überkam eine leichte Übelkeit.

»War er allein«, unternahm sie einen letzten Versuch. »Als er bei dir war, meine ich. Das ist doch eine ganz einfache Frage: War mein Vater allein oder in Begleitung bei seinem letzten Besuch in der Kanzlei?«

Lüders legte ein paar Scheine in das Mäppchen und steckte den Beleg ein, ohne ihn anzusehen. Offenbar kannte er den Preis. Sein Gesicht blieb unverändert. »Wie gesagt, ich bin für Recht zuständig, nicht für Gerechtigkeit, insofern sind deine Fragen nicht die meinen. Der Unterschied ist nur: Du wirst meine Fragen beantworten müssen, in angemessener Frist. Also, willst du das Testament anfechten und deinen Pflichtteil einklagen, ja oder nein? Im Fall des Falles kann ich dir einen Anwalt empfehlen, mit dem du Erfolg haben wirst, nach Maßgabe dessen, was es zu holen gibt. Ob das Gerechtigkeit bedeutet, steht auf einem anderen Blatt. Doch bevor du dir darüber den Kopf zerbrichst, möchte ich noch eine dritte Möglichkeit ansprechen. Es ist nur ein Vorschlag zur Güte, ein Mittelweg, der vielleicht nicht so endgültig ist wie Klage oder Verzicht. Wobei es nicht nur ums Materielle geht, wie du mir unterstellst, sondern vor allem um eine gewisse Absicherung, dass dir das Bild deines Vaters nicht entgleitet und er dir – wie auch der Nachwelt – als der Schriftsteller in Erinnerung bleibt, der er war.«

»Sein Bild ist mir schon entglitten«, meinte Hannah.

Doch Lüders hob Einhalt gebietend die Hand. »Ich muss ein bisschen auf die Uhr schauen, tut mir leid, darum in aller Kürze: Sollte der Film finanziert und gedreht werden, könnte ich es zur Vertragsbedingung machen, dass du – als die dem Autor am nächsten stehende Person – einen Beratervertrag erhältst, der dich zur Mitsprache berechtigt und dir in letzter Instanz die Entscheidungsbefugnis über die sogenannte Vetoklausel einräumt. Soll heißen: Wenn sich die Produzenten mit dem Namen deines Vaters und dem deinen schmücken wollen, müssen sie auf dich hören, was den Geist und die künstlerische Integrität seines Werkes angeht sowie die Wahrung seines Andenkens als Schriftsteller.«

Er machte Anstalten, sein Glas zu heben und ihr zuzutrinken, doch mit Lüders anzustoßen, war ein Fehler, den sie nicht wiederholen wollte. Hannah dachte an sein Gesicht im Bett nach der Beerdigung, wie es über ihr auf- und abtauchte, kurz vor dem Höhepunkt, wie schmerzverzerrt. Auch in dem Moment war es mehr Nein als Ja gewesen.

»Und du meinst wirklich, dass ich für die Wahrung seines Andenkens die Richtige bin?« Sie starrte Lüders durch ihre Sonnenbrille so fest in die Augen, als könnte sie ihn dazu bringen, in den Spiegelgläsern zu sehen, was sie vor sich sah, wenn sie an die Nacht der Trauerfeier dachte. »Immerhin hatten wir es nach dem Begräbnis meines Vaters ganz schön eilig, sein Andenken in den Schmutz zu ziehen ...«

Doch Lüders überging diese Bemerkung wie alles Unsachliche, Unsachgemäße. »Es ist eine Alternative, von der ich wollte, dass du sie zur Kenntnis nimmst und in deine Überlegungen miteinbeziehst. Das Honorar wäre im Übrigen durch einen Bonus an die Höhe der Tantieme gekoppelt. Du wärst also nicht schlechtergestellt als mit deinem Pflichtteil – das nur der Vollständigkeit halber. Ich muss leider los, die Kanzlei ruft.«

Er schob seinen Stuhl zurück, legte seine Serviette auf den Tisch und stemmte sich in die Armlehnen. Hannah rührte sich nicht.

»Habe ich dich richtig verstanden? Du bietest mir einen gut bezahlten Job dafür, dass ich das Testament meines Vaters nicht anfechte?«

»Nicht dafür, dass du es nicht anfechtest«, Lüders verharrte einen Moment in der Schwebe, »sondern für den Fall, dass du dich entscheiden solltest, es nicht anzufechten. Das ist ein Unterschied. Es geht nicht um ein Tauschgeschäft, sondern darum, die Wahl, die du hast, zu erweitern. Und ich würde diesen Vorschlag nicht machen, Hannah, wenn ich nicht wüsste, dass du mit deinen Sprachkenntnissen und übersetzerischen Fähigkeiten einer internationalen Produktion gut zu Gesicht stehen würdest.«

»Arschloch«, sagte sie.

Er lächelte. »Wenn du darüber nachgedacht hast, ruf mich an. Du hast drei Tage Zeit.« Lüders stand auf und knöpfte ohne Eile sein Jackett zu. »Die vertraglichen Einzelheiten klären wir dann. Lass dir unterdessen sämtliche Ausgaben quittieren, Hotelübernachtungen et cetera. Das Geld erhältst du zurück. Auf Wunsch deines Vaters habe ich ein Sonderkonto einrichten lassen für alle Kosten im Zusammenhang mit dem Begräbnis und der Testamentsabwicklung. Er wollte niemandem zur Last fallen, auch nach seinem Tod. Das war ihm wichtig.«

»Ich übernachte nicht im Hotel, sondern in seiner Wohnung«, widersprach Hannah, als Lüders ihr schon den Rücken zugekehrt hatte. Sie wollte ihm noch hinterherrufen, ob das jetzt verboten sei und er sie verklagen würde, falls sie weiter den Wein ihres Vaters trank und seine Zigaretten rauchte. Doch Lüders hörte sie nicht mehr oder wollte sie nicht mehr hören. Er verabschiedete sich von dem Kellner per Handschlag, ließ sich von dem Restaurantbesitzer kurz umarmen und verschwand. Sein Digestif stand weiter unberührt an seinem leeren Platz.

»Arschloch«, sagte sie noch einmal, ein bisschen zu laut für ein Selbstgespräch. Dann griff sie zu ihrem Glas und trank. Es war tatsächlich eine Art Ramazzotti, klebrig süß und kräuterig zugleich. Die wenigen Schlucke wärmten ihre Magenwände, riefen aber auch einen leichten Schwindel hervor. Sie hatte wirklich lange nichts gegessen.

Hannah blieb noch einen Moment sitzen, zündete sich eine Zigarette an und malte sich zwischen den Zügen die Lippen nach, wobei sie ihre Sonnenbrille als Spiegel benutzte. Dem Kellner, der sie aus den Augenwinkeln beobachtete, warf sie einen Kussmund zu und setzte ihre Brille wieder auf.

Lüders hatte es die ganze Zeit gewusst, schon als er auf dem Begräbnis erschienen war und ihr sein Beileid ausgesprochen hatte.

Er wusste, dass der Mann, den sie beerdigte, nicht der Vater war, an den sie dachte. Er wusste es die ganze Zeit während der Feier und als sie miteinander schliefen. Und er wusste auch, dass sie wohl kaum noch miteinander schlafen würden, nachdem er ihr die Wahrheit gesagt hatte.

Hannah langte über den Tisch, schnappte sich das Glas von gegenüber und trank auch seinen Schnaps. Dann schüttelte sie sich kurz, schulterte ihren Rucksack und ging haarscharf, aber ohne eine Berührung an dem Kellner vorbei.

8

Nach Erreichen der Tageshöchstwerte nur geringfügiger Temperaturrückgang auf Werte um die 20° in den Nachmittagsstunden. Gegen Abend von Westen her leichte Schleierwolken. Es bleibt aber niederschlagsfrei.

Regionalwetter 22. April, aktualisiert 14.48 h

Es gab nicht viel in dieser Stadt, was sie noch einmal sehen wollte, um sich davon zu verabschieden. Hannah war dieselben Straßen in ihrer Schulzeit so oft rauf- und runtergelaufen, dass sie ihr unwirklich vorkamen, ein Abklatsch der Träume, die sie immer seltener träumte und die immer weniger Macht über sie besaßen. In ihnen spukte nur noch die Erinnerung der Angst, hier nicht wegzukommen wie ihr Vater in seinem verkappten, erfolglosen Kampf mit dem Wohlstand und der Enge vor und hinter den Häuserfassaden. Schon als Schülerin hatte sie das Gefühl gehabt, ihn verteidigen zu müssen gegen die Väter der anderen, gegen ihre eigene Mutter, gegen sich selbst, wenn sie wütend war. Sie war oft wütend auf ihn gewesen und gleichzeitig die Einzige, die ihn in Schutz nahm, Angreiferin und Verteidigerin in einer Person. Im Grunde war sie das bis heute, bis vor wenigen Stunden.

Jetzt hatte sie hier nichts mehr verloren und konnte sich nur noch wundern über die Kämpfe der Vergangenheit, manchmal mit der Stadt als Schauplatz, manchmal mit ihr als Feind. Die Verpflichtung, die sie empfunden hatte all die Jahre, das heimliche Bündnis mit ihrem Vater existierte nicht mehr und hatte vielleicht nie existiert.

Hannah überquerte eine Kreuzung und lief ein paar Meter am Straßenrand neben dem wieder anrollenden Verkehr. Dann duckte sie sich außer Sicht in die Ecke eines Bushaltestellenhäuschens, zog die Wodkaflasche aus ihrem Rucksack und nahm noch einen Schluck. Sie war auf dem Weg zum Friedhof und hatte nicht vor, sich zu betrinken, doch um an das Grab ihres Vaters zu treten, fehlte es ihr an Mut. Sie wollte ihm keine Vorwürfe machen, keine Rechtfertigungen suchen, keine Unterstellungen, keine Entschuldigungen, nichts. Sie wollte sich nur verabschieden. Dieser erste Besuch an seinem Grab sollte ihr letzter sein.

Ein Bus hielt direkt neben ihr, schnell stopfte sie die Flasche wieder in den Rucksack. Es war die Neun, die am Friedhof vorbeifuhr, drei Stationen, Kurzstreckentarif, zumindest war es früher so gewesen. Der Busfahrer warf ihr einen Blick zu, die Einstiegstüren klappten auf. Doch Hannah winkte ab und setzte sich auf einen der Schalensitze unterm Dach des Wartehäuschens, das einen schrägen Schatten warf. Sie wollte noch einmal über ihr Gespräch mit Lüders nachdenken, stützte die Ellbogen auf ihre Knie und schaute zu Boden, auf die fast neuen Turnschuhe, die ihrem Vater gehört hatten. Sie musste sie noch in die Wohnung zurückbringen, das war der einzige Gedanke, den sie fassen konnte. Einen Moment lang sah sie den Fahrzeugkolonnen zu, als würde sie auf irgendetwas warten, doch es kam nichts mehr.

Hannah trank einen letzten Schluck aus der Flasche, ließ sie stehen und machte sich wieder auf den Weg, wechselte aber die Straßenseite, als sie an dem Antiquariat vorbeikam, in dem ihr Vater immer seine Bücher gekauft hatte. In einer Ecke des Schaufensters standen tatsächlich mehrere Romane von ihm, aufgestapelt wie zu einem Schrein, sicher nicht wegen der großen Nachfrage, sondern weil er hier Stammkunde gewesen war. Es hatte nicht viel zu bedeuten, doch ihr erschien es als Teil einer Lüge, die sie lange Zeit mitgelebt hatte und von der sie nun ausgeschlossen war.

Mutwillig bog sie in die nächste Seitenstraße ein, anstatt den kürzesten Weg zum Friedhof zu nehmen, so als könnte sie sich rächen, indem sie ihren Besuch hinauszögerte oder zu spät kam, was immer das bei einem Toten hieß. Der Wodka zeigte Wirkung. Hannah fühlte sich taub und ließ sich treiben über das von Sonne und Schlagschatten geteilte Pflaster, vorbei an Passanten und parkenden Autos, einem in voller Blüte stehenden Kastanienbaum und einer Gruppe von Hortkindern in neongelben Signalwesten, die mit Papier und Buntstiften angerückt waren, um ihn zu malen. Aus einer nahe gelegenen Fußgängerunterführung hörte sie einen Gitarrenspieler und folgte den Klängen, ging dann aber an ihm vorbei und gelangte auf einen freien, sonnenbeschienenen Vorplatz. Vom Friedhof war sie weit abgekommen, stattdessen stand sie vor dem Hauptbahnhof.

Mit einem Schwung Rollkoffer-Reisender betrat Hannah die Bahnhofshalle, gedrängt und geschoben von denen, die es eilig hatten. Nach der Lähmung der letzten Stunden wirkte die Hektik um sie herum geradezu beflügelnd. Offensichtlich war sie nicht die Einzige, die von hier wegwollte. Im Schall und Hall der Durchsagen arbeitete sie sich zu einem Fahrkartenautomaten vor und suchte über den Rand ihrer Sonnenbrille hinweg nach den günstigsten Verbindungen. Am liebsten wäre sie sofort gefahren, in den Turnschuhen ihres Vaters und ohne einen Apfel im Rucksack. Doch selbst wenn sie vorher die Wohnung aufräumte und die Schlüssel für den Hausmeister an Ort und Stelle deponierte, konnte sie den letzten Zug noch erwischen und heute Nacht schon wieder zu Hause sein.

Sie tippte auf die Bezahltaste und schob ihre Kreditkarte ein. Das leichteste Gepäck war kein Gepäck – womöglich war das die Antwort auf ihre Fragen. Sie brauchte nicht einmal ihre Möbel umzustellen für irgendein Erbstück oder Platz zu machen im Bücherregal. Hannah hatte auf einmal keine Angst mehr, ihr könnte etwas fehlen. Wenn sie ihren Vater vermissen würde, hätte sie ihn schon vermisst, als er noch da war. Sein Tod änderte nichts an seiner Abwesenheit in ihrem Leben. Es wurde dadurch weder leerer noch schwerer.

Der Automat akzeptierte ihre Kreditkarte beim zweiten Versuch und druckte ihr Ticket. Auch das ging problemlos. Blieb Vivien. Ihr abzusagen, war der schwierigste Teil. Hannah wusste, dass es keine schonende oder geschickte Art und Weise gab, ihre Verabredung heute Abend platzen zu lassen. So oder so würde Vivien tödlich beleidigt sein.

Seufzend kramte Hannah ihr Handy hervor und wählte die Nummer der SMS, die sie von Vivien bekommen hatte. Am simpelsten schien ihr die Ausrede, dass sie sich schon auf den Weg machen musste, um fehlende Papiere für den Erbschein zu besorgen. Die Bahnhofskulisse im Hintergrund würde ein Übriges tun. Der Ruf ging durch, doch es lief nur die Mailbox. Hannah hinterließ keine Nachricht, dafür log sie nicht gut genug. Das nächste Mal würde sie erst wieder anrufen, wenn sie im Zug saß und ihre Abreise eine vollendete Tatsache war, dann konnte Vivien sie zu nichts mehr überreden.

Gegen den Strom schlängelte sich Hannah zurück auf den Vorplatz. Jetzt hatte sie es auch eilig. Ihr Bus war gerade weg, ein Taxi konnte und wollte sie sich nicht leisten. Doch bis zur Wohnung ihres Vaters war es zu Fuß nicht so weit, wenn sie die Abkürzung durch den Schlosspark nahm.

Je länger sie lief, desto mehr bedauerte sie, dass sie sich von seinen Turnschuhen trennen musste. Sie würden niemandem so gut passen wie ihr. Die Federung war wirklich fantastisch, ihre Ferse spürte sie gar nicht mehr. Doch Hannah hatte entschieden, dass sie von ihrem Vater nichts wollte, erst recht nicht »seine Schuhe«. Auf dem Rückweg zum Bahnhof würde sie wieder ihre halbhohen anziehen und sich zur Belohnung ein Taxi gönnen. Für eine einfache Fahrt reichte ihr Bargeld.

Als sie in den Schlosspark einbog, hatte sie freie Bahn, zog ihren Rucksack stramm und fing an zu joggen. Doch schon nach ein paar Hundert Metern kam sie außer Atem, ging in einen langsameren Laufschritt über und verfluchte jede einzelne Zigarette, die sie in den letzten vierundzwanzig Stunden geraucht hatte. Ihr Schädel dröhnte, ihr Magen krampfte sich zusammen, sie stieß süßlich auf den Ramazzotti auf. Es ging nicht mehr. Sie musste eine Verschnaufpause einlegen, stemmte die Hände in die Hüften und beugte sich vornüber. Ein warmer brauner Schwall ergoss sich auf den grünen Rasen, noch bevor ihr klar wurde, dass sie kotzen musste. Etwas wackelig setzte sie ihren Weg fort und fixierte einen Punkt in der Ferne, um das Wanken und Schwanken zum Stillstand zu bringen. Nur manchmal hielt sie rechts und links nach Büschen Ausschau, hinter denen sie sich verstecken konnte, falls sie sich ausführlicher übergeben musste.

Das große Zufahrtstor zur Schlossgärtnerei stand offen. Wenn sie von dort aus auf die andere Seite käme, überlegte Hannah, konnte sie noch ein Stück abkürzen. Schwankend überquerte sie die große Liegewiese, auf der sie als Kind herumgetollt war, ohne die Unebenheiten und kleinen Hügel zu bemerken, die ihren Schritt jetzt unsicher machten. Die verblühten, langen Gräser und Grasinseln waren so trocken und strohig, dass sie sich am liebsten hineingelegt hätte. Aber sie musste weiter. Es ging nicht nur ums Aufräumen, sie wollte in der Wohnung ihres Vaters keine

Spuren hinterlassen. Nichts sollte an sie erinnern. So als wäre sie nie da gewesen.

Die Gärtnerei bestand aus einer Reihe von Gewächshäusern, Beeten, Spalieren und mehreren Brunnen. »Nicht für Besucher« stand auf einem Schild. Vor einem Schuppen schraubten zwei Männer in grünen Overalls an einem Traktor mit offener Motorhaube herum. Keiner von beiden hob den Kopf, als Hannah an ihnen vorbei zur Außenmauer schlich. Sie tastete sich an dem Gemäuer aus lehmgrau verputzten Feldsteinen entlang, die eine feuchte Kühle ausdünsteten, so als wäre hier jahraus, jahrein Schatten. Dann kam ein kleiner Torbogen mit einer alten, verwitterten Brettertür. Sie war zugesperrt, doch der rostige Eisenriegel, der in einer Steinkerbe feststeckte, wurde durch kein Vorhängeschloss gesichert. Als Hannah ein paar Mal mit dem Handballen dagegen schlug, sprang er tatsächlich auf. Sie öffnete die Tür, die sich so leicht anfühlte wie Papier oder ein Vorhang, zog sie schnell wieder hinter sich zu und stand an einer ganz anderen Stelle – nicht an der Zufahrtsstraße, wie gedacht, sondern in einer stillen Seitengasse, kopfsteingepflastert und zum Park hin bestanden mit einer Reihe von uralten Eichen. Hier war sie noch nie gewesen oder vor so langer Zeit, dass sie sich nicht daran erinnern konnte, und dennoch wirkte alles auf verwunschene Weise vertraut. Erst ein, zwei Straßen weiter erkannte Hannah das alte botanische Viertel wieder, in dem – gar nicht so weit entfernt – auch ihr Elternhaus stand.

Es befand sich am äußeren Ende dieser besseren Wohngegend, am Fuß des Bahndamms, der das Viertel von den Neubausiedlungen am Stadtrand abgrenzte. Ihre Mutter hatte es einst für die Familie gekauft und wieder verkauft, als Ehe und Familie auseinanderbrachen. Für eine Renovierung war nicht genug Geld da gewesen, insofern konnte man es damals von Weitem erkennen an dem bemoosten Dach und dem hohen, ungestutzten Birnbaum, der sich mit der Zeit so ausgebreitet hatte, dass er genau genommen nicht im Garten stand, sondern dieser Garten war. Seit ihrem Auszug vor achtzehn Jahren hatte sie das Haus nicht mehr gesehen, es regelrecht gemieden, und Hannah machte sich darauf gefasst, dass alles anders sein würde: kein moosbedecktes Dach, kein Birnbaum, kein Zuhause. Auf halber Strecke die Straße hinunter blieb sie stehen. Von hier aus hatte sie früher die Baumkrone und den Schornstein dahinter erkennen können. Jetzt war da eine Fensterfront, eine ganz neue Etage, wie es schien, ein Apartmentkomplex.

Ihr Handy klingelte – Vivien, ausgerechnet. Hannahs erster Reflex war, nicht ans Telefon zu gehen und den Anruf ins Leere laufen zu lassen. Aber das würde weitere Notlügen nach sich ziehen und es noch schwerer machen, ihre Abreise zu erklären. Es blieb ihr nichts anderes übrig, als Rede und Antwort zu stehen.

Doch es war nicht der erwartete Rückruf. Vivien meldete sich aus der Notfallchirurgie, wo sie angeblich seit Stunden mit Marvin saß, der sich beim Judo verletzt hatte und gerade zum zweiten Mal geröntgt wurde, nachdem die Ärzte, wie sie ohne Atempause fortfuhr, dem Kleinen nicht richtig zugehört hätten und beim ersten Mal ganz selbstverständlich von einem verstauchten Handgelenk ausgegangen seien, obwohl Marvin immer wieder auf seinen Ellbogen gedeutet habe. Also noch mal die ganze Prozedur, die doppelte Dosis an Strahlung zusätzlich zu dem gebrochenen Ellbogen, denn davon müsse man ausgehen, Marvin neige weiß Gott nicht zu Übertreibungen, im Gegensatz zu Julia, mit der sie dasselbe schon einmal durchgemacht habe, nach einem Reitunfall seinerzeit, als sie noch Pferde hatten und Julia vor nichts zurückschreckte, um ihr zu beweisen, dass Reitsport der Gesundheit schade und sowieso Tierquälerei sei. Damals habe es sich auch um eine Fraktur des Radiusköpfchens in der Ellbogenspitze gehandelt, nur sei es Julia zuzutrauen, dass sie diese Fehldiagnose nach ihrem Sturz absichtlich provoziert habe, um sich noch mehr leidtun zu können. Wie auch immer, im Moment rufe sie nur an, um zu sagen, dass es ein halbes Stündchen später werden könnte, je nachdem, wie lange die Ärzte noch brauchen würden, um endlich die richtige Stelle zu röntgen.

Spätestens jetzt hätte sie einhaken und absagen müssen, doch Hannah kam nur bis zu dem Hinweis, dass sie auch schon versucht habe anzurufen.

Ach Gott, ja, das sei ihr in der Aufregung ganz entgangen, entschuldigte sich Vivien und ließ sich dann über die Organisation von Krankenhäusern aus, wo man stundenlang in Gängen und Wartezimmern ausharren müsse, aber nicht einmal telefonieren dürfe, um zu sagen, dass man dort stundenlang ausharre.

In einer idealen Welt, dachte Hannah, wäre sie längst abgereist und mit dem Zug ins nächste Funkloch gefahren. So aber überkam sie das Gefühl, dass es anstrengender werden könnte, sich herauszureden, als den Besuch einfach hinter sich zu bringen. Ungewollt wurde sie Ohrenzeugin, wie Vivien sich das Telefonieren vom Krankenhauspersonal nicht länger verbieten ließ, um Hannah im selben Atemzug zu bitten, kurz dranzubleiben. Das Röntgen war offenbar gerade beendet. Nach einigem Stimmengewirr hörte sie Vivien bruchstückhaft mit Marvin sprechen – zumindest nahm sie an, dass es Marvin war, ein Kind, und nicht ein junger Assistenzarzt, mit dem sie so redete, als wäre er eins.

Währenddessen sah Hannah sich das Haus an, in dem sie einmal zu Hause gewesen war. Aus der Nähe betrachtet zeigte sich, dass die neuen Besitzer es mit viel Aufwand und Umsicht saniert und ausgebaut hatten. Vor allem aber war es keine Arztpraxis oder ein Architektenbüro, sondern noch immer ein Haus, in dem eine Familie wohnte. Das Dach war komplett neu, ein eigenes Stockwerk mit großen Gauben und Giebelfenstern, schön eigentlich, sehr schön. Der alte schmiedeeiserne Gartenzaun und die mannshohe Hecke waren erhalten. Nur das kleine rostige Gartentor gab es nicht mehr, dessen quietschende Angeln und scheppterndes Ins-Schloss-Fallen sie noch heute unter Millionen von rostigen Gartentoren erkennen würde. Stattdessen parkte ein Kombi in einer gepflasterten Einfahrt – anscheinend handelte es sich um eine kinderreiche Familie. Der Birnbaum stand nicht mehr, das war so. Doch dafür thronte in der Mitte des kleinen Gartens eine große Sandkiste, und mehrere Kinderfahrräder verschiedener Größe standen oder lagen verstreut drum herum.

Das Radiusköpfchen, meldete sich Vivien triumphierend zurück, sie habe es doch gleich gewusst, kein komplizierter Bruch, ein Haarriss nur, aber eindeutig nicht das Handgelenk. Die Ärzte könnten von Glück reden, fügte sie hinzu, dass sie nicht für das Personalmanagement des Krankenhauses zuständig sei.

Hannah lachte pflichtschuldig, stockte aber sofort, als sie das Damenrad sah, das auf der Gartenseite der Einfahrt am Treppenaufgang lehnte. Es war rot, rot lackiert, und sah genauso aus wie das Fahrrad aus dem Keller ihres Vaters.

»Hannah«, hörte sie Vivien fragen, »bist du noch da?« Offenbar hatte sie länger keine Reaktion gezeigt.

»Ich rufe dich zurück«, sagte sie schnell, ließ das Telefon sinken und stand einfach nur da. Kein Zweifel, es war dasselbe Fabrikat, dieselbe Fahrradgröße, doch um ganz sicher zu sein, musste sie hingehen und nachsehen, ob das F in den Rahmen geritzt war. Hannahs Blick wanderte zu den Fenstern; von dort aus ließ sich das Grundstück gut überschauen, ein perfektes Sichtfeld für besorgte Eltern. Doch in dem alten, altbelassenen Wintergarten, in dem sie früher mit ihrem Vater gesessen und geraucht hatte, schien niemand zu sein.

Sie konnte jetzt nicht einfach weitergehen, es war die erste vielversprechende Spur überhaupt.

Ein paar Sekunden verharrte sie regungslos und horchte nach Schritten, Stimmen, Geräuschen. Hinter den Glasscheiben des Wintergartens mit dem kunstvoll gedrechselten Holzrahmen und der Zierreihe bunter Fensterchen tat sich nichts. Aus einem der Giebelfenster drang leise Musik, Geigenspiel, ein einfaches Üb-Stück, immer dieselbe Melodie. Sonst war es still. Als das Lied noch einmal von vorne begann, griff sie durch die Gitterstäbe, drückte die Klinke und schob das Tor lautlos auf, was zu ihrer Zeit unmöglich gewesen wäre. Sie ließ es offen, um notfalls schnell weglaufen zu können, und betrat das Grundstück. Der Hund, durchzuckte es sie. Hatte nicht jede perfekte Familie einen Hund? Aber zu spät, sie stand schon in der Einfahrt, huschte an dem Kombi vorbei und ging die letzten Meter zum Treppenaufgang so aufrecht und unbefangen wie jemand, der zum Haus gehörte, schließlich gehörte das Haus zu ihr. Sie war so oft hier gewesen, so oft zu dieser Treppe gelaufen, sie kannte den Weg mit geschlossenen Augen.

Zum ersten Mal, seit sie in der Stadt war, hatte sie das Gefühl, nach Hause zu kommen.

Das Fahrrad war weder geölt noch richtig aufgepumpt und wirkte wie aus zweiter oder dritter Hand. Das passte – es passte alles zusammen. Doch gerade als sie in die Hocke gehen wollte, um nach dem eingeritzten F zu sehen, brach die Musik plötzlich ab. Einen Augenblick war alles still. Dann setzte die Geige ein paar Takte vorher wieder ein, spielte scheinbar mühelos über die kritische Stelle hinweg, und Hannah atmete auf. Im selben Moment kam durch das offene Tor eine Horde Kinder hereingestürmt, fünf oder sechs. Wie ertappt trat Hannah einen Schritt zurück, stand kerzengerade und suchte fieberhaft nach einer Erklärung, was sie hier eigentlich machte: eine fremde Frau in einem fremden Garten an einem Fahrrad, das ihr nicht gehörte. Doch die Kinder – es waren sieben zu guter Letzt, alle im Grundschulalter, Geschwister und Nachbarskinder vermutlich – ließen sich von ihrer Anwesenheit nicht stören. Sie jagten an ihr vorbei und stürzten sich auf ihre Räder. Die einen traten in die Pedale, die anderen liefen wie wild nebenher, immer im Kreis um den Sandkasten herum. Hannah konnte ihnen in aller Ruhe zuschauen, so sehr waren sie in ihr Spiel vertieft. Es wäre ein Leichtes gewesen, sich davonzuschleichen. Doch sie hielt es für richtiger, langsam auf die Kleinen zuzugehen. Schließlich gab es einen guten Grund, einen sehr guten, warum sie hier war: Sie suchte die Frau, die zu dem Fahrrad gehörte.

Hannah näherte sich dem Reigen der Kinder bis auf ein, zwei Schritte und versuchte, den richtigen Moment für ihre Frage abzupassen. Aber die Kinder radelten und rannten an ihr vorbei, als wäre sie Luft. Hannah hätte sich ohne Weiteres das rote Fahrrad schnappen und damit verschwinden können. Aber sie wollte es nicht klauen, sie suchte die Frau mit den mittellangen, mittelblonden Haaren, die Frau auf dem Foto, F. Sie musste wissen, wer sie war, wie sie hieß und ob sie hier wohnte. Doch noch während sie das Bild hervorkramte, rasten die Kinder an ihr vorbei aus dem Garten hinaus auf die Straße und weiter zum Schulhof um die Ecke und ließen sie stehen mit dem Foto in der Hand und dem Fahrrad, ratlos. Hannah wollte ihnen gerade folgen, als sie in ihrem Rücken hörte, wie sich ein Fenster öffnete und eine Stimme rief, irgendwo von drinnen, irgendwie alarmiert. Eine Tür schlug. Das ganze Haus schien auf einmal zum Leben zu erwachen. Im nächsten Moment saß sie auch schon im Sattel, manövrierte sich mit wackligen Lenkbewegungen durch das offene Tor über den Gehweg auf die Straße und fuhr los, fuhr, so schnell sie konnte.

9

Abkühlung in der Nacht auf Werte um zwölf Grad. Durchzug leichter Wolkenfelder, ansonsten sternenklar und weiterhin trocken. In den Morgenstunden örtlich Nebelbildung, in Wassernähe mit leichten Sichtbehinderungen für den Straßenverkehr.

Regionalwetter 22. April, aktualisiert um 20.54 h

Es war wie früher beim Trampen oder einem Blind Date mit einer Mitfahrgelegenheit. Hannah schloss innerlich Wetten ab, was für ein Wagen vorfahren würde, während sie mit gepacktem Rucksack an der Straße vor der Wohnung ihres Vaters stand. Vivien hatte ihr die Nachricht geschickt, dass Matthias sie abholen würde, weil der Kleine noch immer nicht schlafen könne. Folglich rechnete Hannah mit einem teuren Sportwagen oder dem neuesten Elektromodell, irgendetwas Standesgemäßem für einen IT-Experten, Start-up-Gründer und Bauherrn einer Seniorenwohnanlage. Doch das einzige Auto, das hielt, sah aus wie ein alter Opel und war auch einer, wie sich herausstellte, als sie zögernd darauf zuging. Alle Tramperinnen-Instinkte sagten ihr, dass sie sich den Fahrer genau ansehen sollte, bevor sie zu ihm in den Wagen stieg.

»Wir kennen uns«, sagte der Mann, der Viviens Mann sein sollte, als er hinter der halb offenen Fahrertür hervorkam und sich vor ihr aufbaute. Er verpasste ihr einen kräftigen Händedruck und nahm mit der anderen Hand ungefragt ihren Rucksack, der eigentlich gar nicht genug Gepäck war, um ihn in den Kofferraum zu verfrachten. »Ich heiße Matthias«, half er nach. »Du wirst dich nicht an mich erinnern, aber ich war auf derselben Schule wie Vivien und du, zwei Klassen unter euch.«

Hannah erinnerte sich tatsächlich nicht und überlegte ein bisschen zu lange, ob sie es leugnen sollte. Doch Matthias grinste nur über das Dach seines Opels hinweg. »Du brauchst nicht so tun, als wüsstest du, wer ich bin. Das wusstet ihr schon damals nicht, aber wir Jungs haben auf dem Schulhof die ganze Zeit zu euch hinübergestarrt. In unseren Augen wart ihr wie höhere Wesen und habt in eurer Raucherecke einen halben Meter über der Erde geschwebt.«

Er war fast einen Kopf größer als sie, obwohl sie auf ihren Hacken stand. Die Turnschuhe ihres Vaters hatte sie wieder im Schrank verstaut. Alles in der Wohnung sah in etwa so aus, wie sie es vorgefunden hatte. Sogar das rote Fahrrad war an seinem Platz im Keller. Es fehlte nur das eingeritzte F. Doch das hatte sie erst bemerkt, als sie schon zu weit geradelt war und nicht mehr zurückkonnte.

»Wollen wir?« Matthias hielt ihr die Tür auf und wartete, bis sie es sich auf dem Beifahrersitz einigermaßen bequem gemacht hatte. Dann lief er um die Kühlerhaube herum und setzte sich ans Steuer. Das Wageninnere roch unverkennbar nach Kuhstall, was von dem Holz kommen musste, das über die heruntergeklappte Rückbank bis zur Kofferraumklappe gestapelt war. Einige Balken und Bretter drückten von hinten so in ihre Rückenlehne, dass Hannah Schwierigkeiten hatte, eine Position zu finden, bei der sie nicht gepfählt werden würde, wenn der Wagen scharf bremste oder in ein Schlagloch fuhr. Sie zog den Saum ihrer Jacke so weit wie möglich über die Schenkel. Ihren Rucksack hätte sie am liebsten griffbereit auf dem Schoß gehabt. Als Tramperin wäre sie vermutlich gleich wieder ausgestiegen.

»Möchtest du dich noch verabschieden?« Matthias hielt kurz inne, bevor er den Zündschlüssel umdrehte, und deutete mit einer Kopfbewegung auf das nichtssagende Mietshaus, in dem ihr Vater gestorben war. Bestimmt wollte er nur nett sein und ihr Gelegenheit geben für ein letztes Wort oder einen Blick zurück, weil diese Abreise aller Voraussicht nach für immer war und sie nie wieder hierher zurückkehren würde. Doch Hannah konnte es gar nicht schnell genug gehen.

»Fahr«, sagte sie.

Sie hatte genug von Abschieden, genug vom Tod. Beim Aufräumen waren ihr ein paar Abrechnungen des Pflegedienstes in die Hände gefallen, woraufhin sie unter Angabe der Patientennummer eine Mail an die Service-Adresse geschrieben hatte mit der Bitte um die Kontaktdaten sämtlicher Mitarbeiterinnen, die zuletzt bei ihrem Vater im Einsatz gewesen waren. Von der Pflegerin mit dem ungarisch klingenden Namen konnte sie im Netz sogar eine Handynummer auftreiben, nur um zu erfahren, dass es sich um eine Tschechin handelte, die inzwischen im Allgäu arbeitete und mit ihrem Vater nie etwas zu tun gehabt hatte. Alle Spuren waren so, alle waren wie das rote Fahrrad halb falsch, halb bedeutungslos und führten zu nichts. Gegen Abend – als es zu spät war, um den letzten Zug zu nehmen – traf auch noch die Antwortmail ein, dass der Pflegedienst aufgrund von Datenschutzbestimmungen keinerlei Informationen über Mitarbeiter an Dritte weitergeben dürfe. Damit war klar, dass grundsätzlich etwas schieflief. Es hatte keinen Sinn, weiterzusuchen und sich in Fragen zu verstricken, auf die es niemals eine Antwort geben würde. Hannah konnte nichts Besseres tun, als die Wohnung abzuschließen, die Schlüssel für den Hausmeister zu verstecken und das Ganze so weit wie möglich hinter sich zu lassen. Doch Matthias hielt den Zündschlüssel noch immer im Anschlag, ohne Gas zu geben.

Er trug Gummistiefel, stellte sie fest. Auch das noch.

»Als Vivien anrief, war ich gerade draußen hinter den Rieselfeldern Holz holen«, sagte er in einem Ton der Entschuldigung, ihr Blick war ihm nicht entgangen. »Wenn ich gewusst hätte, dass ich den Chauffeur für dich spielen soll, hätte ich mich in Schale geworfen.«

Er grinste noch einmal schief, trat die Kupplung und startete. Der Motor fing beschwerlich an zu tuckern, das Getriebe knirschte. Matthias legte einen Arm um ihre Rückenlehne und setzte ein paar Meter zurück, dann fädelte er sich in den Verkehr ein. Der Wagen war laut wie ein Trecker, insofern schien es nur folgerichtig, dass es kein Radio gab. Stattdessen klaffte im Armaturenbrett eine kastenförmige Lücke mit ein paar losen Drähten. Wenn dieses Auto ein Statussymbol war, dann für einen niedrigen Kontostand.

Sie fuhren und schwiegen ein Stück. Hannah konnte das recht sein, sie wollte sich nicht unterhalten. Aus den Augenwinkeln sah sie zu Matthias hinüber, sah an ihm hoch. Seine Haarspitzen berührten fast den Wagenhimmel. Ein Sitzriese, dachte sie, ohne sich etwas dabei zu denken. Einen Moment lang versuchte sie, sich Vivien neben ihm in diesem Auto vorzustellen. Es gelang ihr nicht.

»Der alte Viehhof wird abgerissen, einer der letzten Familienbetriebe«, kam Matthias noch einmal auf das Holz zurück, als sie schon sicher war, er würde die ganze Fahrt über kein Wort verlieren. »In dem Fachwerk, den Scheunen und Ställen findest du Balken, die den Krieg erlebt haben und das Wetter von hundert Jahren.«

Er warf ihr einen Seitenblick zu, als hätte er sie etwas gefragt. Hannah schaute geradeaus auf die Fahrbahn.

»Traurig«, sagte er dann, »wie die kleinen Höfe sterben.«

Die nächsten Straßenzüge ließen sie wortlos hinter sich, so als hätte das Schweigen in einen anderen Gang geschaltet. Hannah fühlte sich so verschwitzt und ausgelaugt nach dem Gerenne und Geräume des Tages, dass sie an nichts anderes denken mehr konnte als an eine lange, ausgiebige Dusche, eine Dusche im Stehen.

»Vivien hat dir bestimmt erzählt, dass wir umbauen?«

»Ja«, gab sie zurück, »ihr verwandelt euer persönliches Bullerbü gerade in eine Seniorenresidenz.«

Das sollte eigentlich ein Scherz sein, aber Matthias blieb ernst. »Das Gestüt darf nicht auch noch verschwinden. Deswegen ist es mir so wichtig, möglichst viel Material aus der Zeit zu verarbeiten, damit es seinen ursprünglichen Charakter behält. Und wenn es einen Werkstoff gibt, den man mit Pferden und Stallungen verbindet, ist es Holz.«

Hannah löste den Blick nicht von der Straße und nickte der Windschutzscheibe zu. Es war offenbar nicht der erste Abriss, den Matthias mit seinem Wagen abklapperte, um billig an Holz zu kommen. Im Sitzbezug auf Höhe der Kniekehlen spürte sie allerlei Splitter und Späne, weshalb sie so still saß wie möglich, während er immer gelöster und lockerer wurde.

»Im Moment sind wir mit unserem Projekt der größte Wiederverwerter von Althölzern in der Region, und ich bin sicher, das macht am Ende den Unterschied. Alles, womit wir arbeiten, hat eine Geschichte.«

»Wollen wir hoffen, dass die älteren Herrschaften, die sich bei euch einmieten, das auch zu schätzen wissen.« Hannah dachte an ihren Rucksack im Heck des Wagens. Sie mochte sich lieber nicht ausmalen, wie viele Spinnen und Käfer gerade dabei waren, in ihre Wäsche zu krabbeln. Vor dem Duschen durfte sie nicht vergessen, ihre Sachen sorgfältig auszuschütteln und separat aufzuhängen.

»Mir fehlt wahrscheinlich die Fantasie dafür, wie man von einem Bretterhaufen zu einer barrierefreien Seniorenwohnung kommt.«

»Am besten überzeugst du dich selbst, was aus so einem Bretterhaufen alles werden kann«, sagte Matthias ohne Ironie. »Fühl dich bei uns herzlich willkommen.«

Hannah musterte ihn von der Seite, seine Augenpartie, seine Stirn, und fragte sich, woran man erkannte, ob jemand ein Visionär oder ein Träumer war, ein mutiger Unternehmer oder ein Fall fürs Insolvenzgericht. Dann trafen sich ihre Blicke, und sie schaute weg.

»Danke«, sagte sie in den Motorenlärm, »danke für die Einladung und fürs Mitnehmen.« Aus irgendeinem Grund fragte sich die Tramperin in ihr noch immer, ob sie sich in dieses Auto gesetzt hätte, wenn Matthias nicht Viviens Mann wäre.

An der nächsten Kreuzung bremste er sehr spät und beugte sich nach vorne, um die hoch hängende Ampel im Blick zu haben. Mit dem Holz im Rücken rutschte auch Hannah auf ihrem Sitz ein Stück vor, bekam aber sofort die Splitter im Polster zu spüren, die sich von unten in ihre Schenkel bohrten. So unauffällig wie möglich schob sie beide Hände unter ihre Beine und verlagerte ihr Gewicht. Der Ampelpfeil zeigte lange Rot.

»Dieser Wagen ist eine Zumutung auf vier Rädern, ich weiß, und noch dazu ein Diesel«, sagte Matthias über das Steuer hinweg. »Julia hat mir verboten, sie damit von der Schule abzuholen, weil der ökologische Fußabdruck, den er hinterlässt, geradewegs in die Hölle führt. Ich musste ihr schon so oft versprechen, dass ich ihn endlich verschrotte. Aber irgendwie hänge ich an dem Auto. An Julia natürlich auch ...«

Hannah enthielt sich jeder Reaktion. Mehr als das Gefühl, wie ein Fakir auf einem Nagelbrett zu sitzen, irritierte sie die Route, die Matthias einschlug. Wenn sie nicht alles täuschte, hätte er hier rechts abbiegen müssen statt links. Baggersee und Gestüt lagen in der entgegengesetzten Richtung.

»Es ist der Wagen meines Vaters, deshalb«, erzählte er weiter. »Ich selbst besitze schon seit Jahren kein Auto mehr, und Vivien hat ihren Firmenwagen für sich und die Kinder.«

»Dein Vater ist Landwirt, oder?« Hannah erinnerte sich an irgendeine Bemerkung in der Richtung, während sie sich nach Schildern und Straßennamen umsah.

»Er ist tot«, erwiderte Matthias. »Schon lange. Aber davor war er Bauer, ja.«

»Das tut mir leid.«

»Es ist sehr lange her. Insofern muss ich dir mein Beileid aussprechen und nicht umgekehrt. Ich dachte nur, du kannst es nicht mehr hören. Mir ging es damals so.«

Hannah gab ihre Orientierungsversuche auf und schaute mit leerem Blick aus dem Fenster.

»Natürlich ist das nicht zu vergleichen.« Matthias holte tief Luft. »Dein Vater war Schriftsteller, meiner hatte Kühe und Kartoffeln –«

»Tot ist tot«, fiel sie ihm ins Wort.

»Also dann«, sagte er schleppend und mit einem abwesenden Lächeln, »herzliches Beileid.«

An der nächsten Kreuzung fuhr Matthias wieder links. Das war kein kleiner Umweg mehr und erst recht keine Abkürzung, sie entfernten sich immer weiter von ihrem Ziel. Doch Hannah war zu müde, um zu protestieren.

»Du bist wahrscheinlich die Einzige, die versteht, warum ich es nicht schaffe, diese Karre auf den Schrottplatz zu bringen. Julia macht schon Witze, dass Opas Auto noch uns alle und die Sintflut überlebt. Aber ich kann einfach nichts von meinem Vater wegwerfen. Es wäre wie Haushaltsauflösung, letzter Teil.«

Hannah fügte ihrem Achselzucken noch ein weiteres hinzu, als sie im Seitenfenster die Bushaltestelle wiedererkannte, an der sie heute Mittag gesessen hatte, um den Bus zum Friedhof nicht zu nehmen.

»Mein Vater hat mir nicht viel hinterlassen«, sagte sie nur.

Doch Matthias schien sie gar nicht zu hören. Sein Unterkiefer mahlte an irgendetwas, bevor er weitersprach. »Ich sage es dir lieber gleich, damit du es nicht von anderen hörst. Früher oder später erfährst du es sowieso. Er hat sich erschossen. Nach einem Unfall mit diesem Auto. Totalschaden, angeblich. Dabei fährt es noch immer, wie man sieht, und leistet mir gute Dienste, vor allem wenn ich aufs Land muss.«

Er strich mit einer Hand übers Lenkrad und fuhr weiter falsch.

»Allerdings war der Unfall nicht der Grund, sondern nur der berühmte Tropfen, der das Fass zum Überlaufen brachte und so weiter. Mein Vater war Milchbauer, hoch verschuldet, Hof gepfändet, Vieh verkauft. Die Nacht vor der Zwangsversteigerung hat er durchgesoffen und den Wagen dann frühmorgens in den Kuhteich gefahren. Das ist lange her, wie gesagt, und es klingt wie eine lustige Anekdote, wenn man es erzählt.«

Hannah schüttelte den Kopf, ein bisschen ungläubig, ein bisschen ratlos. Irgendwie kannte sie die Geschichte von früher und versuchte, sich zu erinnern, woher.

»Dieses Auto ist praktisch das Einzige, was ich von ihm geerbt habe, weil die Bank es als Totalschaden eingestuft hat, Wiederverkaufswert gleich null, und das wahrscheinlich zu Recht.«

Vor ihnen tauchte die Eisenbahnbrücke zum Hauptbahnhof auf und unter ihr der dunstig gelbe Natronschein der Tunnelöffnung.

»Ich habe ihn gefunden, den Wagen. Mein Zimmer ging zur Weide raus, mit Blick auf den Kuhteich …« Matthias verstummte für einen Moment, während die gelben Leuchten an der Tunneldecke über sie hinwegglitten. »Als ich das Auto im Wasser gesehen habe – das Dach gekippt, Heck hoch bis zum Hinterrad –, wusste ich sofort, dass er tot war. Aber das ist vermutlich das Letzte, was du gerade hören willst ...«

Der Tunnel war vorbei, doch Hannah saß immer noch still und starrte vor sich auf das Handschuhfach und die gemaserte Kunststoffbeschichtung des Armaturenbretts, als wären dort Flecken oder sonstige Spuren zu finden. Sie erinnerte sich vage an eine Unterrichtsstunde, in der die Schulleiterin vor die Klasse getreten war, um über einen tragischen Vorfall zu informieren und klarzustellen, dass sie auf ihrer Schule keinerlei Anspielungen und Kommentare gegenüber dem Jungen dulde, dessen Vater einen so schrecklichen Entschluss gefasst hatte – eine Ermahnung aus gegebenem Anlass. Zwei seiner Klassenkameraden hatten deshalb bereits einen Verweis von der Schule erhalten. Damals war die ganze Aufregung für Hannah nur ein Nebengeräusch gewesen, sie hatte sich für andere Dinge interessiert. Jetzt wusste sie, dass Matthias der Junge mit dem Selbstmördervater war.

»Er hat sich nicht in diesem Wagen umgebracht, keine Sorge, nicht vor meinen Augen, das hätte er mir nie angetan.« Matthias verzog kurz das Gesicht, dann leerte es sich wieder im Wechsel der Straßenlaternen und Leuchtreklamen. »Wir hatten einen Knecht aus besseren Tagen, der noch bei uns wohnte, ein leidenschaftlicher Jäger. Mein Vater ist zu ihm in die Kammer, hat das Gewehr aus dem Schrank geholt, sich unters Kinn geklemmt und abgedrückt. Bei einem Jäger sollte man meinen, dass er Blut sehen kann. Aber er hat geschrien und geheult wie ein kleines Kind.«

Hannah hob eine Hand. Sie wusste selbst nicht, was sie damit sagen wollte. Sie konnte nur hoffen, dass Matthias mehr von Trost verstand als sie. Tot war nicht tot – wenn es möglich gewesen wäre, hätte sie das gerne zurückgenommen. Doch sie wünschte dem Mann mit dem Selbstmördervater nicht herzliches Beileid. Über diesen Punkt waren sie beide hinaus.

»Entschuldige«, sagte sie schließlich, »mein Vater war Schriftsteller, das ist richtig, und man sollte meinen, ich könnte stundenlang von ihm erzählen, aber sein Tod hat keine Geschichte …« Das stimmte nicht wirklich, aber im Moment schien ihr irgendetwas daran wahr. »Er ist ganz still und stumm gestorben, ganz unspektakulär, eines natürlichen Todes.«

»Der Tod ist immer natürlich«, sagte Matthias.

Der Bahnhof lag hinter ihnen, das Bahnhofsviertel beinahe auch. Hannah fragte sich, wie viel Uhr es war, sie hatte jedes Zeitgefühl verloren. Doch für den letzten Zug zurück war es definitiv zu spät.

Wäre der Mann am Steuer nicht Viviens Mann gewesen, sie hätte Matthias gefragt, ob er ihr helfen würde abzuhauen, noch heute Nacht.

Sie erreichten den Stadtwesten mit seinen Ladenzeilen, den schicken kleinen Restaurants und Boutiquen, Food und Fashion. Von dem Gestüt waren sie mindestens fünfzehn Autominuten entfernt, so weit wie noch nie. Bis zu ihr nach Hause waren es nachts, bei wenig Verkehr, etwa dreieinhalb Stunden, mit diesem Wagen vielleicht vier.

Matthias bremste ab. Hannah beschlich der Verdacht, er könnte hier mit ihr eine Kleinigkeit essen wollen, schließlich hatte Vivien gemeint, sie würde in der Küche zu nichts kommen. Seit ihrer Ankunft verspürte sie zum ersten Mal wieder so etwas wie Hunger. Doch vermutlich war es nur das immer größer werdende Verlangen nach Entfernung.

Parkplätze gab es in den mit teuren Autos vollgestellten Straßen keine. Matthias hielt auf dem Gehweg zwischen den Einfahrten zu einem Ärztehaus und einer kleinen Privatklinik. Wie laut der Motor gewesen war, merkte Hannah erst, als es still wurde. Einen Augenblick saß Matthias nur da, die Arme durchgestreckt, beide Hände am Lenkrad, als würde die Fahrt für ihn weitergehen. Dann gab er sich einen Ruck.

»Gleich zurück«, murmelte er und stieß die Fahrertür auf, als er ihren fragenden Blick bemerkte. »Ich muss noch was aus der Apotheke besorgen, und die hier hat als einzige Nachtdienst. Vivien hatte darum gebeten. Ich dachte, du wüsstest Bescheid …«

»Ist es wegen Marvin? Hat er Schmerzen?«, hörte sie sich fragen. Die Worte kamen automatisch. Irgendwie war sie enttäuscht.

»Nichts Besonderes. Nur Ibuprofen für Kinder, damit er einschlafen kann.« Matthias stand in der halb offenen Tür und zückte seine Brieftasche. »Marvin mag bloß die eine Sorte, diesen Ibu-Saft mit Erdbeergeschmack. Soll ich dir irgendwas mitbringen?«

»Gibt es auch Himbeere?«, gab sie sich lustiger, als sie war.

Matthias' Gesicht erschien noch einmal auf Höhe des Seitenfensters. Zum ersten Mal zeigten sich die Lachfalten um seine Augen, aber vielleicht war auch das nur gespielt. »Ich dachte eigentlich an ein Baguette oder dergleichen …«

»Nein, nein, sei ein guter Vater, und mach schnell. Der Junge braucht seinen Schlaf.«

Sie drehte sich nicht nach ihm um, sondern beobachtete im Rückspiegel, wie Matthias in seinen Gummistiefeln über die Straße lief zur Apotheke auf der gegenüberliegenden Seite. In den Schaufenstern und dem Verkaufsraum brannte Licht. Doch er ging nicht hinein, sondern betätigte eine Art Klingel, woraufhin in einem schmalen Schalterfenster eine ältere Dame erschien, mit der er ein paar Worte wechselte, ganz treusorgender Vater, der noch zu später Stunde ausgerückt war, um seinen Lieben kleinere und größere Extrawünsche zu erfüllen.

Hannah sah weg und schüttelte den Kopf über sich selbst bei dem Gedanken, dass sie den Mann, in dessen Auto sie niemals freiwillig gestiegen wäre, beinahe gefragt hätte, ob er sie durch die Nacht nach Hause fuhr.

Mit ausgestrecktem Arm und weit nach hinten gelehnt, schaffte sie es, sich ihren Rucksack zu angeln. Als sie ihr Handy herausholte, war es erst zwanzig nach neun, und eine SMS von Vivien wartete auf sie mit der Bitte, Matthias daran zu erinnern, dass er noch bei der Apotheke vorbeifuhr. Hannah wischte sie weg und las aus Gewohnheit den Wetterbericht.

10

Weiterhin sommerlich warm und trocken. Für die kommenden Tage werden erhöhte Ozonwerte erwartet. Die Belastung durch Gräserpollen ist mäßig bis stark. Wenig Wetteränderung.

Regionalwetter 22. April, 21.18 h

Sie hatte vergessen, wie weit der Himmel über dem Land war und wie lange es dauerte, bis die Dämmerung ihre Arbeit getan hatte. Es war noch immer nicht Nacht. Ein letzter Streifen Helligkeit hielt sich am äußersten Rand, ein Lichtspalt, und davor einzelne Wolken, zerrissen wie Rauch.

Sie überquerten die Stadtgrenze. Matthias beschleunigte, soweit der Wagen es hergab. Das Ortsschild lag hinter ihnen, die Straßenbeleuchtung wurde spärlicher und verlor sich ganz. Zwischen den Feldern lagen wie zusammengeduckt kleinere Siedlungen, über allem ein Gefühl von Frieden oder Verlassenheit. Hannah merkte, wie es von ihr Besitz ergriff, wehrte sich aber nicht.

Von dieser Seite aus war sie noch nie zum See gefahren, doch weit konnte er nicht sein. Im letzten Dämmerlicht meinte sie die Baumspitzen über der Uferböschung zu erkennen, die schlanke, hoch aufragende Pappelreihe, die in der Nacht massiver wirkte und schwarz wie eine Wand, daneben oder auch davor vereinzelte Erlen mit weit ausgreifenden Schattenkronen und ein undurchdringliches Gewirr von Büschen, das aus der Dunkelheit emporzuwachsen schien. An einem Zaun, der unabsehbar in die Weidelandschaft führte, hingen in regelmäßigen Abständen kleine, kugelförmige Lichter – weiße Lampions, stellte sie im Näherkommen fest, wie für eine Hochzeit oder einen Kindergeburtstag.

»Komplett solarbetrieben«, erklärte Matthias. Ohne den Blinker zu setzen, bog er ein.

Die Einfahrt zum Gestüt bestand aus einem langen, ungepflasterten Feldweg. In der Mitte zwischen den eingefahrenen Reifenspuren spross Gras, das den Unterboden des Wagens streifte und daran entlangschleifte, so spürbar, als könnte es zu ihnen durchstoßen. Allein die Vorstellung verursachte Niesreiz.

Matthias drosselte den Motor auf Schritttempo und stellte ihn dann auf den letzten, leicht abschüssigen Metern ganz aus – der Kinder wegen, dachte Hannah zuerst, um sie nicht zu wecken oder vom Einschlafen abzuhalten. Doch der Wagen rollte auf einem Kiesbett aus, das so laut knirschte, dass es wohl kaum zu überhören war. Sie kamen in einer Reihe neben zwei Baggern zum Stehen, einem großen und einem kleinen, beide mit eingezogenen Schaufeln. Hannah rechnete damit, dass Matthias aufspringen würde, um Marvin seine Medizin zu bringen, aber er blieb sitzen und deutete mit einer Kopfbewegung weg von Haus und Hof.

»Unser Kuhteich«, sagte er.

Sie starrte erst ihn an und dann durch die Windschutzscheibe nach draußen, um zu erkennen, was er meinte. In den Scheinwerferkegeln zeichneten sich grell einige dünenartige Sandhügel und Aufschüttungen ab.

Matthias schaltete mit einer lässigen Handbewegung das Licht aus. Es dauerte eine gewisse Zeit, bis sich ihre Augen an das Dunkel gewöhnt hatten. Dann endlich sah sie, dass hinter dem Sand nicht einfach nur Nacht war, sondern ein glatter, schwarzer Wasserspiegel, in dem die Nacht sich anschaute.

»Dass der See so nah ist …«, sagte oder dachte sie in der angenehm lähmenden Stille nach der Fahrt. Eine Weile saßen Matthias und sie regungslos da und sahen aufs Wasser.

»Früher war vor meinem Fenster immer der Kuhteich«, sagte er, »jetzt sind es mehr als drei Hektar Baggersee.«

Kaum hatten sie die Türen geöffnet, füllte sich das Wageninnere mit dem Geruch des Wassers, der so lange der Geruch ihres Vaters gewesen war. Als Hannah ausstieg, umgab er sie ganz.

»Eigentlich versuche ich die ganze Zeit, nicht an früher zu denken«, sagte sie.

Zwischen der kiesbedeckten Plattform und dem See, der sich vor ihnen ausbreitete, klaffte ein Höhenunterschied von drei, dreieinhalb Metern. Doch die Bruchkante fiel nicht durchgehend steil ab, an manchen Stellen war sie eingesunken oder aufgegraben. Matthias führte Hannah an den Baggern vorbei zu einem Sandhügel, dessen Hangseite zum Wasser hin ein weniger starkes Gefälle hatte. Sie konnten nicht weit vom Betriebsgelände der einstigen Kieswerke sein, wo es den hellsten Sand gab, der leuchtete und lockte, auch wenn das Schwimmen dort wegen Lebensgefahr untersagt war. Die Einstiegsstelle ihres Vaters musste direkt gegenüber liegen, in fünf-, sechshundert Metern Luftlinie. Doch der Uferstein, der Hannah gestern noch als Basis gedient hatte, war wie das gesamte Ufer in Nacht getaucht.

»Ich wusste gar nicht, dass das Gestüt bis an den See heranreicht …«

»Umgekehrt«, korrigierte sie Matthias, »der See reicht bis an das Gestüt heran. Die Ackerflächen, die aufgebaggert wurden, gehörten früher mit zur Pacht. Nur durch die Bruchkanten und Sandklippen wirkt der Uferstreifen wie ein Niemandsland, aber ich wollte immer ein Haus am See.« In Eroberer-Pose stellte er sich auf den Sandhügel und sprach weiter vom Abtragen, Planieren und dem freien Zugang zum Wasser. Doch Hannah wartete gar nicht erst das Ende seiner Erklärungen ab, sondern schoss in hohem Bogen ihre Schuhe weg und lief barfuß den Hang hinab. Der Verband, den sie sich um die Ferse gewickelt hatte, würde hoffentlich so lange halten. Der Sand unter ihren Füßen war kühl, weich und schimmerte bläulich in der Nacht. Bei Tag musste er wirklich sehr weiß sein.

Im Sturmlauf jagte sie den Hang hinunter, stürzte sich aber doch nicht in die Fluten. Das Seeufer empfing sie mit einer Stille, die ihr Respekt einflößte. Vor ihr lag das Wasser wie ein Tuch, feierlich vor Schwärze. Die Nacht hatte den See mit Dunkelheit gefüllt und das Wasser in etwas Tieferes verwandelt. Als Hannah nach kurzem Innehalten ihren unbandagierten Fuß hineinsteckte und ein paar Wellen lostrat, kam es ihr weniger kalt vor als laut. Jedes Plätschern, jeder Wellenschlag schien an etwas zu rühren, eine höhere Ruhe oder eine Ruhe der Tiefe.

Matthias stolperte heran und stoppte an der Wasserkante schräg hinter ihr. Seine Hand berührte sie an der Schulter und hielt sie fest, als wollte er sie daran hindern, ins Wasser zu springen.

»Mein Vater hat früher immer gesagt: Wenn man irgendwo ankommt, sollte man als Erstes ins Wasser gehen«, sagte Hannah, ohne sich umzudrehen.

»Die Frage ist nur, wie weit?«

»Hast du Angst?« Erstaunt sah sie ihn an. Auch Matthias hatte seine Stiefel ausgezogen und die Hosenbeine hochgekrempelt, vermied aber jede Berührung mit dem Wasser.

»Du weißt, was auf den Schildern steht …« Mit einer ungefähren Geste zeigte er auf die Umzäunung des Kieswerks, die etwa zweihundert Meter entfernt in den See hineinragte. Die daran befestigten Schilder waren in der Dunkelheit kaum zu erkennen, aber Hannah kannte die Warnhinweise mit der Aufschrift »Lebensgefahr« seit jeher.

Ihr Blick fiel auf seine Hand, die noch immer auf ihrer Schulter lag, Matthias zog sie zurück, höflich und sich entschuldigend. Dort, wo sie gelegen hatte, hinterließ sie ein Gefühl.

Dass bei dem nächsten Schritt das Ufer hinab auch ihre Bandage nass wurde, war Hannah egal. Die Warnungen hatten sie noch nie vom Schwimmen abgehalten, und mit seiner Vorsicht stachelte Matthias ihren Wagemut eher noch an. Es reizte sie, ihm zu beweisen, dass sie vor gar nichts Angst hatte. Doch sie entschied sich, für diesmal vernünftig zu sein, zirkelte nur mit den Zehenspitzen über die Wasseroberfläche und schnippte ein paar Spritzer hinaus auf den See. Die Tropfen waren wirklich sehr laut.

»Die Kieswerkbetreiber hatten nie vor, sich um die Altlasten zu kümmern und um das Gefahrenpotenzial des ganzen Schrotts, den sie hier hinterlassen haben«, erklärte Matthias in ihrem Rücken. »Insolvenz anzumelden, war von vornherein der Plan, damit die Allgemeinheit für die Folgekosten aufkommt, was mehr Geld verschlingen wird, als hier je gemacht wurde, nur eben Steuergeld.«

»Dann gilt das Schwimmverbot auch nach der Stilllegung?«

Er nickte. »Eltern haften für ihre Kinder.«

Hannah konnte sich einen spöttischen Blick nicht verkneifen. Sie war weder Kind noch Elternteil und nahm sich die Freiheit, ein paar Wassertropfen in Matthias' Richtung zu spritzen. Doch darauf ließ er sich nicht ein. Er spielte nicht, sondern schaute nur bedenklich auf das Schattengerüst der Röhren und Plattformen über dem noch schwärzeren See.

»Ist hier in letzter Zeit was passiert?«, stockte sie und hörte auf, ihn zu ärgern. »Ich meine, nicht dass ich noch mehr Horrorgeschichten vom Lande hören möchte. Aber falls hier jemand ertrunken ist oder durch einen Stromschlag von einer defekten Leitung getötet wurde, gib mir ein Zeichen ...«

Er sah ihr kurz in die Augen, als wollte er etwas erwidern, überlegte es sich dann aber offenbar anders und wischte sich mit dem Ärmel Schweiß und Wasser aus dem Gesicht. »Es wird Zeit«, sagte er dann und schaute über die Schulter in Richtung Gestüt. »Komm, ich zeige dir, wo du untergebracht bist.«

Matthias machte kehrt und lief denselben Weg hangaufwärts zum Wagen zurück, Hannah folgte in einigem Abstand. An ihren nassen Füßen klebte der Sand und bildete kleine knirschende Nester zwischen den Zehen, während sie versuchte, ihre Ferse möglichst sandfrei zu halten. Eine Dusche und ein neuer Verband waren jetzt dringend nötig. Im mondfarbenen Sand vor dem Hügel fand sie ihre Schuhe wieder und rieb ihre Fußsohlen sauber. Doch Matthias winkte ab. »Du kannst die Schuhe auslassen, es ist nicht weit.«

Er warf seine Gummistiefel in den Wagen, nahm ihren Rucksack und marschierte los. Hannah eilte ihm mit ihren Schuhen in den Händen hinterher. Zu ihrer Überraschung steuerte er weder auf das weitgehend dunkle Herrenhaus zu noch auf die Stallungen, über denen ein einsamer Kran in den Nachthimmel ragte. Stattdessen schlug Matthias einen schmalen Pfad in Ufernähe ein, der jenseits der Baustellenzufahrt über Baumwurzeln und Sandbuckel führte.

»Das ist aber nicht barrierefrei«, keuchte Hannah, leicht außer Atem. Vor einem kleinen, wie auf Stelzen stehenden Holzhäuschen machte Matthias halt.

»Ich hoffe, es gefällt dir ...«

Auf den ersten Blick erinnerte das Ganze an eine alte Jagd- oder Fischerhütte. Es war dieselbe Art von Holz wie in Matthias' Kofferraum: verwitterte graue Scheunenbretter und Balken aus vergangenen Zeiten, neu zusammengezimmert, wie es schien. Auch die kleine Veranda samt Vortreppe deutete darauf hin, dass dies kein reiner Zweckbau war, sondern dass sich hier jemand einen Traum erfüllt hatte.

»Ich dachte – Wir dachten«, unterbrach sich Matthias, »du willst nach dem ganzen Brimborium um die Beerdigung auch mal für dich sein.«

»Die Seniorenwohnungen, mit denen ihr reich werden wollt, sehen hoffentlich ein bisschen komfortabler aus …«

Doch so leicht ließ er sich nicht aus der Reserve locken. »Die Apartments sind größtenteils noch nicht fertig, sonst könntest du auch dort übernachten, aber wir wollten dir nicht zumuten, auf einer Baustelle zu wohnen, selbst wenn die meisten Gewerke gerade pausieren.«

»Und diese Hütte hast du selbst gebaut?«, erkundigte sie sich mit einer Mischung aus Spott und Bewunderung.

Ohne darauf einzugehen, kramte Matthias einen Schlüsselbund aus seiner Hosentasche, stieg die Stufen zur Veranda hoch und schloss die Tür auf. »Es ist ein bisschen primitiv, natürlich, aber Splitter wirst du dir hier nicht holen, das verspreche ich dir.«

Er ließ ihr den Vortritt und blieb in der Tür stehen, während sie sich umsah. Von innen wirkte das Häuschen völlig anders als von außen, größer und geräumiger, was sicher auch an der spärlichen Ausstattung lag. Es gab nicht viel mehr als Bett, Tisch und Stuhl. Doch »primitiv« war nicht das richtige Wort, es war wenig, aber wesentlich. Das Holz verlieh den einfachen Dingen tatsächlich einen Charakter und eine gewisse Zeitlosigkeit, so als hätten diese Möbel schon ewig so zusammengestanden, in stillem Einvernehmen, wie alte Verbündete. In einer Nische verbarg sich ein Wasserkocher samt Becher und einer Packung Teebeutel – vermutlich die Küche. Neben dem Bett stand ein Bücherregal mit einer Reihe von antiquarisch anmutenden Bänden und Taschenbüchern, die schon durch viele Hände gegangen waren.

»Eine Bibliothek gibt es auch«, sagte sie halb ironisch und bückte sich, um die Titel auf den Buchrücken zu entziffern. Aus irgendeinem Grund hätte sie gerne gewusst, was hier gelesen wurde, in diesem Raum ohne Ablenkung, in dem das Holz jegliche Bilder ersetzte.

»Die Bücher deines Vaters habe ich vorsorglich weggeräumt ...« Matthias hatte ihren Rucksack in die Ecke neben der Tür gestellt, sah ihr aber weiter beim Besichtigen zu, so als hätte sie das Entscheidende noch nicht entdeckt.

»Was ist?« Sie richtete sich wieder auf, ohne ein einziges Buch wiedererkannt zu haben, und schlenderte ein paar ziellose Schritte durch den Raum. »Was macht dich so sicher, dass die Hütte hier das Richtige für mich ist?«

Kaum hatte sie die Frage ausgesprochen, als ihr auffiel, dass der einzige Stuhl im Raum nicht am Tisch stand, sondern von ihm abgerückt und auf den Vorhang ausgerichtet war wie auf eine Bühne.

»Heiß«, sagte Matthias, »ganz heiß.«

Sie zog den Vorhang beiseite. Das Fenster war viel größer als erwartet, panoramabreit und bodentief. Vor ihren Augen lag der See.

»Nirgendwo hast du eine bessere Aussicht auf den Kuhteich.« Matthias lächelte triumphierend. »Und je näher am Wasser, dachte ich, desto besser – Vivien und ich dachten das.«

Hannah legte den Kopf schräg und sah hinaus. In drei, vier Metern Tiefe unter dem Fenster war noch ein Stück Sandufer zu erkennen. Ansonsten schwebte sie über dem Wasser.

»Welche Himmelsrichtung?«, fragte sie, um nicht sprachlos zu wirken.

»Osten.« Matthias war näher getreten und schaute mit ihr in die Weite über dem Wasser. »Die Sonne geht drüben über der Uferböschung auf und streift dann die Pappeln. Die Vorhänge sind für den Fall, dass du länger schlafen willst. Ich habe sie eigentlich nie gebraucht.«

Hannah nickte. Sie hatte so sehr von hier weggewollt, von ihrem Vater, von jeder Erinnerung – jetzt war sie seiner Welt näher denn je.

»In diesem Zimmer bin ich über meinen Vater hinweggekommen, nach all den Jahren«, sagte Matthias, als könnte er Gedanken lesen. »Hier habe ich meinen Frieden mit ihm gemacht.«

Aus den Augenwinkeln sah sie, wie er dastand mit gesenktem Kopf. Er trauert noch immer, dachte sie im ersten Moment. Aber Matthias zog nur den Türschlüssel von seinem Schlüsselbund ab und gab ihn ihr.

»Du kannst so lange bleiben, wie du willst, soll ich dir ausrichten von Vivien …« Auf seinem Gesicht machte sich ein Grinsen breit. »Und von mir.«

»Danke«, sagte sie.

Doch Matthias' Blick war schon weitergewandert zu dem Jungen, der plötzlich in der Tür stand, ohne dass sie ihn hatte kommen hören.

»Marvin …?«

Blank und ausdruckslos sah der Junge erst seinen Vater und dann sie an wie ein Schlafwandler, den man auf halbem Weg geweckt hatte. Ein Ärmel seines mit blauen Elefanten bedruckten Schlafanzugs hing schlaff an der Seite herunter.

»Marvin«, fragte Matthias noch einmal, »warum bist du nicht im Bett?«

»Ich bin euren Spuren gefolgt.« Seine Stimme klang merkwürdig wach und hell. »Euren Fußspuren …«

Verlegen blickte Hannah auf ihre nackten, sandigen Füße, die auch auf den Dielenbrettern kleinere Sandränder und -linien hinterlassen hatten. Der Verband um ihre Ferse sah schmutzig aus und fing an, sich aufzulösen. Irgendetwas daran schien ihr schwer zu erklären. Doch Matthias ließ sich auf keinerlei Diskussion ein.

»Wo ist Mama?«, fragte er.

»Schläft.«

»Und du?«

Die Antwort war so offensichtlich, dass Marvin seinen Vater mit großen Augen ansah. »Ich kann nicht«, sagte er achselzuckend. Sein leerer Ärmel baumelte hin und her.

»Schon gut, Großer.« Matthias hockte sich auf Augenhöhe vor ihn hin. »Ich habe dir Erdbeersaft mitgebracht, aus der Apotheke. Davon nimmst du einen Schluck, dann tut dein Arm nicht mehr weh.«

»Mein Arm tut nicht weh, ich kann nur nicht schlafen.« Jetzt, da er mit seinem Vater die Köpfe zusammensteckte und alle beide zu ihr herübersahen, fühlte sie sich wie ein Eindringling und Störenfried im Kreise der Familie. »Wer ist das?«, flüsterte der Junge, als würde nur Matthias ihn hören. »Wer ist die Frau?«

»Eine Freundin von Mama, die uns besucht.« Matthias machte eine vage Handbewegung, wie um alle Befürchtungen zu zerstreuen, dann klopfte er sich entschlossen auf die Schenkel. »Na los, wir gehen ins Haus und sagen Mama Bescheid, dass ihr Besuch da ist. Die ›Frau‹ heißt übrigens Hannah.«

Doch Marvin rührte sich nicht vom Fleck. »Warum ist sie so traurig?«

»Traurig? Wie kommst du denn darauf?« Matthias guckte ein bisschen ärgerlich erst zu Marvin, dann zu ihr.

»Ich bin bloß ein bisschen müde«, meldete Hannah sich zu Wort, »und ungeduscht.« Sie schob ein kleines entschuldigendes Lachen nach. Doch Marvin sah sie an, als wüsste er, dass sie nicht die Wahrheit sagte.

»Warum bist du traurig?«, fragte er sie so direkt und offen, dass sie nicht wusste, was sie sagen sollte.

»Wir unterhalten uns morgen, mein Lieber, ja?« Ohne ein weiteres Wort hob Matthias den Jungen hoch und schleuste ihn mit dem angelegten, eingegipsten Arm voran durch die schmale Brettertür hinaus auf die Veranda. Im Türausschnitt sah sie nur noch Marvins gesunden Ellbogen, wie er den Nacken seines Vaters umklammerte, so dünn und zerbrechlich, dass keine Fantasie nötig war, um sich seinen gebrochenen Ellbogen vorzustellen. Von draußen hörte sie Vivien.

Im ersten Moment wollte sie schnell ihre Schuhe anziehen, um niemandem eine Erklärung schuldig zu sein, aber dafür war es zu spät. Viviens Absätze klackerten auf dem Holz. Sie war offenbar schon auf der Treppe. Hannah entschloss sich zur Flucht nach vorn und trat ihr entgegen.

»Gefällt es dir, Süße«, wurde sie in der Tür mit Küsschen begrüßt, »oder ist es dir zu einsam im ›Thinktank‹, wie Matthias seine Holzhütte nennt? Hierhin zieht er sich zurück, um neue Projekte zu entwickeln, manchmal wochenlang.«

»Es handelt sich eher um Tage, und zum Essen bin ich drüben«, stellte er klar. Die ganze Familie stand jetzt auf der Veranda, während Hannah sich in den Türrahmen lehnte und die Arme verschränkte, als würde sie hier wohnen und die anderen wären nur zu Besuch.

»Ja, es ist der ideale Aufenthaltsort für Einsiedler mit dem Wunsch nach geregelten Mahlzeiten«, ließ Vivien ihr typisches Lachen hören, ihre Lachmelodie. »Aber du brauchst nur den Mund aufzumachen, wenn du lieber umziehen willst in eins der Gästezimmer bei uns, zurück zur Zivilisation und zur Hausbar …«

»Ach, weißt du, ich glaube, es tut mir mal ganz gut …« Sie warf einen Blick über die Schulter ins Innere der Hütte in Vorfreude auf die Einsamkeit, als wäre sie letzte Nacht nicht in der Wohnung des Toten allein gewesen.

»Und du? Willst du etwa auch hier wohnen, du Ausreißer?«, ging Vivien gleich zum Nächsten über und knuffte Marvin kurz in die Seite. Dann redete sie wieder über seinen Kopf hinweg. »Ich war so kaputt nach dem Tag heute, dass ich beim Vorlesen eingeschlafen bin, im Gegensatz zu meiner Zielgruppe. Entschuldigt. – Julia hat übrigens angerufen. Sie übernachtet bei einer Freundin und meinte, du hättest es ihr erlaubt.«

»Das war gestern, nicht heute, und unter der Bedingung, dass sie diese Nacht zu Hause schläft«, protestierte Matthias. »Julia ist schon die ganze Woche nicht mehr hier gewesen. Wenn das so weitergeht, müssen wir sie bald als vermisst melden!«

»Dann solltest du dich entweder klarer ausdrücken oder sie mit dem Lasso einfangen. – Willkommen, Hannah-Schatz, im munter chaotischen Familienleben«, wandte sich Vivien im nächsten Atemzug wieder an sie. »Ich sage dir, Single zu sein, hat auch seine Vorteile. Wenn es dir langweilig wird, können wir gerne mal tauschen …«

Sie richtete ihr Haar mit einer Hand, das auf der Schlafseite rechts tatsächlich etwas zerknautscht war. Auf ihrer Wange entdeckte Hannah einen leichten Kissenabdruck. Doch da hatte Vivien bereits ihre nackten Füße bemerkt.

»Sag bloß, du warst schon schwimmen?«

»Ich habe ihr nur den direkten Zugang zum Ufer gezeigt«, warf Matthias ein.

»Und du warst nicht im Wasser? Hannah! Was hat er dir denn erzählt, um dich davon abzuhalten? Matthias ist nämlich Nichtschwimmer, musst du wissen.«

»Ich schaue lieber aufs Wasser, als im Wasser zu sein, aber ›Nichtschwimmer‹ …«

»Wir wohnen seit fast sieben Jahren an diesem See, und er ist kein einziges Mal schwimmen gewesen, einschließlich der letzten drei oder vier Rekordsommer! Also wenn man das nicht wasserscheu nennt, was dann?«

»Es ist einfach kein Badesee, jedenfalls nicht so nah am Kieswerk.«

»Aber ich kann schwimmen, falls du Angst hast alleine«, mischte sich jetzt auch noch Marvin ein und sah Hannah treuherzig an.

»Nicht mit deinem Arm, Darling!«

»Es ist verboten, im ganzen See, aber besonders in Werksnähe, strengstens verboten, Ende der Diskussion«, sprach Matthias ein Machtwort. Doch die Stille danach wirkte eher wie ein Zugeständnis und Vivien wie die sichere Siegerin.

»Wie wäre es, wenn du Marvin jetzt ins Bett bringst?«, sagte sie dann. »Hannah und ich haben uns viel zu erzählen …«

»Das kann auch bis morgen warten, ich muss sowieso noch Duschen, Auspacken und so weiter«, meinte Hannah vermittelnd. Einem Vieraugengespräch mit Vivien fühlte sie sich heute nicht mehr gewachsen. Doch Matthias setzte sich schon in Bewegung und stieg mit dem Jungen auf dem Arm die Verandatreppe hinunter. »Unterhalten wir uns lieber ein andermal«, fügte sie schnell hinzu, »wenn wir nicht so müde sind.«

»Berufstätige Mütter sind immer müde«, ließ Vivien ihren Einwand nicht gelten. »Außerdem kann ich sowieso nicht schlafen, ohne zu wissen, was Lüders gesagt hat. Du warst doch bei Lüders?«

»Du warst schon beim Notar?«, fragte auch Matthias und blieb am Fuß der Treppe im Halbdunkel stehen.

Es war so ziemlich das Letzte, worüber Hannah reden wollte. Sie fand, dass es die beiden überhaupt nichts anging. Doch als ihr Gast konnte sie nicht so deutlich sein, wie sie wollte. Sie saß in der Falle.

»Ich würde jetzt wirklich gerne duschen«, sagte sie fast resigniert. Aus dem Dunkel kam die murmelnde Stimme des Jungen, der ihr wie auf Befehl Gute Nacht wünschte, erst leise, dann lauter. Vivien fiel mit einer flatterigen Umarmung über sie her.

»Matthias und ich nehmen nachher noch einen kleinen Schlummertrunk oben bei uns auf der Dachterrasse«, flüsterte sie ihr ins Ohr, so nah, dass es kitzelte. »Vielleicht hast du ja Lust rüberzukommen …«

»Ich überleg's mir«, versprach Hannah mit letzter Freundlichkeit und trat einen Schritt zurück. Sie würde eine sehr gute Ausrede brauchen, um nicht zu erscheinen.

»Schön, dass du da bist«, sagte Vivien lieb und streichelte wie zur Vergewisserung Hannahs Arm. Dann klapperte sie auf ihren Absätzen wieder treppab, um sich Matthias und Marvin anzuschließen.

Mit dem Gefühl, dass es ein Fehler war, herzukommen und sich hier einquartieren zu lassen, blieb Hannah zurück und sah der Dreiergruppe nach. In der Dunkelheit konnte sie kaum mehr als einige Umrisse ausmachen. Nur Marvins Kopf tauchte immer wieder mit einer wippenden Bewegung über der Schulter seines Vaters auf. Er sah als Einziger zurück, den Blick unwiderruflich auf sie gerichtet.

Warum ist er so traurig, dachte sie.

Hannah wartete, bis sie allein war und Licht aufschien in den hohen Fenstern gegenüber. Dann ging sie mit ihrem Rucksack in das kleine Badezimmer der Hütte und durchsuchte ihn über dem Waschbecken, um Spinnen oder Kriechtiere notfalls hinunterspülen zu können. Sie schüttelte ihre Klamotten in der Dusche aus und hängte die einzelnen Kleidungsstücke an verschiedene Haken im Holz. Von Getier in jeglicher Form war sie offenbar verschont geblieben.

Bevor sie duschte, sah sie sich noch ihre Ferse an und wusch um die Wunde herum, die nicht dreckig geworden war, sondern nur etwas weich an den Rändern. Im Badezimmerschrank fand sie ein wasserdichtes Pflaster in genau der richtigen Größe und klebte es auf. Das Duschwasser, das sie schon einmal laufen ließ, um die Temperatur einzustellen, wurde viel schneller warm als gedacht. Es war alles bereit, als Hannah das Foto von F auf dem Fliesenboden liegen sah. Es musste ihr beim Ausziehen aus der Tasche gerutscht sein. Sie hob es auf und sah es an mit dem Gefühl, dass irgendetwas anders war. Die Frau auf dem Foto mit den mittellangen, mittelblonden Haaren erschien ihr blasser, farblos irgendwie. Hannah stellte die Dusche wieder aus und sah sich das Bild noch einmal näher an. Vielleicht lag es an der Beleuchtung im Bad oder an ihren müden Augen, doch F schien ihr viel trauriger zu sein. Irgendetwas musste es geben, das sie bisher übersehen hatte und das erst jetzt wirklich zur Geltung kam. Doch so genau und neu sie auch hinzuschauen versuchte, sie konnte nicht erkennen, was es war. Kurzerhand steckte sie das Foto zurück in ihre Hosentasche, schnappte sich das Badetuch von der Stange und rannte hinaus in die Nacht.

In ihren eigenen Fußspuren lief sie zurück durch den Sand und weiter den Hang hinunter ans Ufer, wo sie mit dem Handtuch über den Schultern zum Stehen kam und Atem holte, bis sie so still war wie alles um sie herum. Lautlos ließ sie ihr Handtuch fallen und tastete sich zwei Schritte weiter vor. Das schwarze Wasser lag da, unberührt und unbewegt. Als wäre es schwerer in der Nacht, kräuselte es sich kaum, sondern ließ nur ein paar träge Wellenringe wandern und verebben. Hannah ging ganz langsam hinein und ließ sich von dem Dunkel umhüllen. Dann fiel der Boden ab, und sie spürte die Tiefe unter sich.

11

Kein Empfang.

22. April, 23.05 h

Sie stellte sich dicht ans Feuer und hielt ihre durchgefrorenen Hände über die Flammen. Wärme stieg ihr in Wellen entgegen und legte sich auf ihr Gesicht. Hannah schloss die Augen, verneigte sich vor der Hitze und fuhr sich mit klammen Fingern durchs Haar. Die nassen Strähnen, die nach vorne fielen, fühlten sich angenehm kühl an auf der Haut. Ihre Stirn glühte. Doch die Kälte in ihren Knochen würde bleiben und sie die ganze Nacht nicht verlassen. Das Wasser war sehr kalt gewesen und sehr schön. Sie hatte die Zeit vergessen im See.

»Brennt's?«

Matthias kam mit einem Arm voller Holzscheite und schichtete sie fachmännisch übereinander. Auf der Dachterrasse werde es nachts schnell kühl, erklärte er, deshalb der offene Kamin, damit man auch in den Frühjahrs- und Herbstnächten draußen sitzen könne. Das Feuer, das unter dem Holz erst zu ersticken schien, loderte auf. Hannah lächelte dankbar oder versuchte es wenigstens, ihre Gesichtsmuskeln waren starr. Sie musste einen ziemlich verfrorenen Eindruck machen, jedenfalls schaute Matthias skeptisch und um ihr Wohl besorgt. Dabei mochte sie diesen Zustand. Sie war weder müde noch traurig, sondern taub.

Ihr fehlte nichts.

Dennoch ließ sich Matthias nicht davon abbringen, eine Jacke für sie zu holen, und wies auch – ganz Gastgeber – auf die Decken hin, die ringsum auf den Korbsesseln lagen, ausgebreitet über den Lehnen oder zu flauschigen Rechtecken zusammengelegt. Natürlich könnten sie auch reingehen und drinnen was trinken, bot er Hannah in der Tür nochmals an. Aber darüber hatte sie schon so oft den Kopf geschüttelt, dass sie sich nur abwandte, die Arme vor der Brust gekreuzt, um das Zittern zu unterdrücken. Hier draußen, unter freiem Himmel, hatte sie am wenigsten das Gefühl, in der Falle zu sitzen. Hannah war Viviens Einladung doch noch gefolgt, nicht obwohl, sondern weil sie so lange im Wasser gewesen war. Sie hatte genau den richtigen Zustand erreicht. Die Kälte in ihr war besser als jede Ausrede, sie machte sie unverwundbar.

Einer der frischen Scheite knackte. Funken stoben in verschiedene Richtungen und stiegen dann mit der Wärme nach oben. Ein süßlich harziger Holzfeuergeruch verbreitete sich in der taufeuchten Luft. Im Haus rief Vivien irgendetwas, doch Hannah fühlte sich nicht gemeint. Sie schnappte sich eine Wolldecke und trat an die Brüstung, um herauszufinden, ob sie vorhin im Wasser zu sehen gewesen war, was sie beim Schwimmen mehr beschäftigt hatte als die Dunkelheit. Sie hasste es, beobachtet zu werden, deswegen war sie im Schutz des Steilufers geschwommen, im toten Winkel der Sandberge und Bruchkanten, ohne zu wissen, wie weit die Deckung wirklich reichte.

Sie reichte weit. Nicht nur das hohe Ufer, sondern auch der Bauzaun und ein paar wild wuchernde Büsche und Sträucher versperrten die Sicht. Nur die andere Seite des Sees war gut zu überblicken und wirkte von hier oben viel näher. Sogar der Uferstein schien sich abzuzeichnen und wie ein grauschwarzer Rücken ins Wasser zu tauchen. Von dieser Brüstung aus haben sie ihm also zugeschaut, dem alten Mann, der mein Vater war, dachte Hannah, sie haben mit angesehen, wie er seine Bahnen zog, zu jeder Jahreszeit, an jedem Tag, wie für immer.

Sie war nicht mehr auf dem Friedhof gewesen, ein Besuch dort lag ihr ferner denn je, doch auf einmal überkam sie das Gefühl, an seinem Grab zu sein.

»Es ist noch ein Schlachtfeld zum jetzigen Zeitpunkt, keine Frage«, kam Matthias zurück. »Aber wer sich mit Bauvorhaben auskennt, der weiß, dass sie nicht nur immer länger dauern als geplant, sondern auch jedes Mal bis kurz vor Schluss so aussehen, als würden sie nie fertig.«

Hannah wandte den Kopf nach rechts zur Dachseite, hinter der sich das Areal mit den Stallungen erstreckte. »Schlachtfeld« war übertrieben, aber mit den vielen Baugruben, Schächten, Fundamenten und angefangenen Grundmauern sah es tatsächlich so aus, als würde dort in diesem Leben kein Senior mehr einziehen. »Ich dachte«, sagte sie, ohne mit den Zähnen zu klappern, »die Haupteigenschaft von Bauvorhaben sei, dass sie am Ende mindestens fünfmal so viel Geld kosten …«

Der Kran, der ihr bei ihrer Ankunft schon aufgefallen war, sah aus, als hätte man ihn fluchtartig verlassen. Wie mitten im Schwenk schwebte ein gewaltiges Bauteil in der Luft. Bei näherem Hinsehen war es ein Werkzeugtisch. Auf einem Plateau in der Nähe standen mehrere Zementmischmaschinen, eine halb ausgefahrene Hebebühne und ein Bagger, dessen Schaufel im Sand lag, während er den leeren Schaufelarm wie flehend zum Himmel erhob. Alles ragte und ruhte in geisterhaftem Stillstand.

»Zur Einweihung nächstes Jahr lade ich dich höchstpersönlich ein. Bis dahin bitte ich, von faulen Witzen über Eröffnungstermine abzusehen.« Matthias legte ihr die mitgebrachte Jacke um die Schultern. Gegen ihren Willen durchlief sie ein wohliger Wärmeschauer. An dem Reißverschluss der aufgeplusterten Daunenjacke baumelte noch das Preisschild, mehrfach überklebt in einem längst vergangenen Winterschlussverkauf. Offenbar handelte es sich um die Sorte von Schnäppchen, die man für wahnsinnig praktisch hält und dann auf Nimmerwiedersehen in den Schrank hängt. »Vivien schwört auf diese Thermojacken, modisch nicht der letzte Schrei, aber es ist ja dunkel, und wir sind unter uns …«

Auch Matthias hatte sich umgezogen. Statt Gummistiefel trug er ein paar bunte Sneakers, einen schwarzen Rollkragenpulli und eine leichte Strickjacke. Auf einmal wirkte er überhaupt nicht mehr wie ein Waldschrat, sondern großstädtisch smart. Irgendwie enttäuschte sie das.

»Es geht bei diesem Projekt nicht um Luxus«, sagte er, auf die Brüstung gestützt, »nicht um noch mehr Konsum, sondern um die einfachen, elementaren Dinge, um eine Rückbesinnung auf das, was man wirklich braucht: Raum, Zeit, Licht, gute Luft, Erde, Wasser – und Feuer natürlich auch«, ergänzte er mit einem Seitenblick zum Kamin und zu ihr. »Im Grunde will ich nichts anderes als das, was für unsere Väter zum Leben gehört hat: ein weiter Blick über die Felder, die Nähe zum Wasser und die Möglichkeit, am Abend ins Feuer zu schauen.«

Er schien darauf zu warten, dass sie etwas sagte. Doch Hannah hatte keine Lust, ihm vorzuhalten, dass gerade die einfachen, elementaren Dinge für die meisten Menschen heute unerschwinglich waren.

»Sicher muss man sich das leisten können«, schien er ihren Einwand zu ahnen. »Es geht nicht ohne Geld – ohne Geld geht nichts. Wir können nur versuchen, es in die richtige Richtung zu lenken und Werte zu schaffen, die etwas vermitteln, das man nicht kaufen kann: eine Art Zufriedenheit, die nichts mit Besitz und Wohlstand zu tun hat, sondern mit der Art, wie man die Dinge anschaut.«

Hannah überkam das ungute Gefühl, nicht zu sehen, was Matthias sah. Er lehnte sich weit über das Geländer und betrachtete die Haufen von Brettern und Balken, die er von den sterbenden Höfen der Gegend zusammengetragen hatte.

»Von hier oben sieht es ziemlich chaotisch aus, aber wenn du magst, machen wir morgen eine kleine Führung. Ich muss allerdings früh los.«

Im Haus rief Vivien wieder und steckte dann den Kopf heraus. »Bekomme ich in diesem Leben noch eine Antwort? Mit Eis und Olive oder pur?«

Da Matthias nicht reagierte, reagierte auch Hannah nicht, doch die Frage ging an sie. »Wodka-Martini, unsere Spezialmischung von früher, weißt du noch?« Vivien kam mit zwei Cocktailgläsern zu ihnen heraus auf die Dachterrasse. Ihr Lächeln bröckelte, als sie sah, dass sich Hannahs Begeisterung in Grenzen hielt. »Ich habe dich mehrmals gefragt, und als von dir kein Einspruch kam, dachte ich, wenn es auf dieser Welt etwas gibt, das sich nie ändert, dann deine Vorliebe für Wodka in jeglicher Form …«

»Danke, aber ich trinke nichts.«

Vivien guckte wie nach einem schlechten Witz. »Seit wann das denn?«

Hannah zuckte mit den Achseln, ein bisschen überdeutlich, damit man es in der dicken Jacke auch sah.

»Und das fällt meiner besten Freundin gerade dann ein, wenn wir unser Wiedersehen feiern wollen«, wandte sich Vivien an Matthias, als wäre es ein Vorwurf an ihn.

Im Gegenzug bot er Hannah eine ganze Auswahl von Getränken an, Bier, Sekt, Cidre, alles alkoholfrei, bis sie sich schließlich für einen Pfefferminztee entschied, um sich für irgendetwas zu entscheiden. Es war klar, dass Matthias gehen und ihr diesen Tee kochen würde. Doch vorher rückte er Hannah den Korbsessel direkt am Kamin zurecht und wartete, bis sie sich eine Decke um die Hüften gewickelt und ans Feuer gesetzt hatte.

»Du bist total verkatert, Süße, ich sehe es dir doch an«, sagte Vivien, als er außer Hörweite war. »Ich habe es heute Morgen sogar gerochen. Aber das hat dich noch nie vom Weiterfeiern abgehalten.« Demonstrativ stellte Vivien den zweiten Cocktail vor sie hin und setzte sich ihr gegenüber. »Was hat Lüders denn gesagt, dass du auf einmal die Abstinenzlerin spielst? Oder liegt es an Matthias? Hat er dir Partylaune verdorben?«

»Wieso sollte er?« Hannah gab sich unbeteiligt, musste aber augenblicklich an die Geschichte vom Selbstmord seines Vaters denken und daran, dass es das Erste war, was sie von ihm gehört hatte.

»Er ist und bleibt ein Bauer, stur und unverbesserlich«, stieß Vivien einen Seufzer aus und hob ihr Glas in die Richtung, in der er verschwunden war. »Ich habe ihn so darum gebeten, dir gegenüber nicht gleich mit dem Ufer-Thema anzufangen, und was macht er? Zeigt dir als Erstes die Aufschüttungen für unseren Zugang zum See!«

Irritiert schaute Hannah sie an. Dass das Ufer ein Thema war, hatte sie weder gewusst noch von Matthias gehört. Doch Vivien ließ sich Zeit mit einer Erklärung, probierte erst ihren Cocktail und trank dann noch einen Schluck. »Ich hätte dich vorwarnen sollen. Seit dieser April wieder so rekordverdächtig heiß und trocken ausfällt, ist Matthias wie besessen von der Idee, dass wir einen direkten Zugang zum Wasser brauchen. Am liebsten würde er gleich den ganzen See kaufen, koste es, was es wolle, und damit meine ich mehr unsere Nerven als das Geld. Allein die Kämpfe, die wir hatten und haben um dieses schmale Stückchen Uferstreifen – glaub mir, das willst du alles gar nicht wissen!« Ihr Blick schweifte einen Moment in die Ferne und kehrte etwas weicher zurück. »Aber das liegt nun einmal in seiner DNA. Nichts löst bei Matthias mehr Existenzangst aus als Wasserknappheit und Dürre.«

»Er will den See kaufen?« Fast hätte Hannah gesagt: den See meines Vaters.

»Lass uns nicht darüber reden, sonst kriege ich auch noch schlechte Laune!« Vivien schwenkte ihr nicht mehr ganz volles Glas. »Die gute Nachricht lautet, dass Bauern früh schlafen gehen. Insofern können wir unseren Mädelsabend später noch feiern …« Sie setzte ein konspiratives Lächeln auf und nippte weiter an ihrem Drink.

Doch Hannah war noch immer wie vor den Kopf gestoßen. »Wenn man das Ufer zu seinem Eigentum erklärt, macht man sich damit bestimmt nicht beliebt …« Ihr kamen die Zäune und Barrieren wieder in den Sinn, die sie beim Schwimmen weiter unten am Ufer gesehen hatte. Irgendwie empörte es sie, dass diese Absperrungen samt Stacheldraht nicht nur zum Kieswerk gehörten, wie sie geglaubt hatte, sondern auch zu Matthias' Besitz.

»Bevor wir hierherkamen, hat sich niemand um das Ufergelände gekümmert. Das Ganze war eine Industriebrache, eine Müllkippe, auf gut Deutsch …« Von Vivien kam ein Schnauben des Unmuts. »Mit den Aufräumarbeiten hat uns die Stadt alleingelassen, so als sei das unser Privatvergnügen. Sämtliche Bemühungen um eine Renaturierung des Werksgeländes tut sie ab, als ginge sie das nichts an. Erst seit es ums große Geld geht, meldet sie sich wieder. Aber jahrelang hat sich kein Mensch für diesen See interessiert!«

Hannah hatte das Gefühl, widersprechen zu müssen, schwieg aber, weil sie nicht über ihren Vater reden wollte.

»Hast du eine Ahnung, wie das Ufer hier aussah, was wir alles aus dem Wasser gezogen und entsorgt haben, wie viele alte Autoreifen, Ölfässer, Fahrräder, Campingmöbel? Sogar eine Schrankwand mit Fernseher! Und es kam immer noch mehr zum Vorschein. Matthias hat die Container voller Gerümpel fotografiert, weil man es nicht glaubt, wenn man es nicht selbst gesehen hat. Als gäbe es in diesem Land keine Müllabfuhr! Man zweifelt wirklich an der Menschheit. Und ich fürchte, bis auch der Letzte gelernt hat, dass der See kein Aschenbecher ist und das Ufer kein Hundeklo, hilft nur ein Zaun.«

Vivien nahm noch einen Schluck, das Gespräch steckte fest. Matthias hingegen, der mit einem kleinen, dampfenden Becher in seinen großen Händen aus dem Haus kam, schien von dem angespannten Schweigen nichts zu merken. Er war vollauf damit beschäftigt, den Pfefferminztee zu servieren, ohne etwas zu verschütten.

»Heiß«, rief er, »kochend heiß!« Statt Hannah den Tee anzureichen, stellte er ihn schnell neben ihr ab, stutzte dann aber, weil dort der zweite Cocktail stand.

»Ich wollte Hannahs Willensstärke testen. Bedauerlicherweise ist sie hart geblieben«, sagte Vivien und wandte sich wieder ihr zu. »Ich hoffe, du hast wenigstens eine Zigarette für mich. Oder rauchst du auf einmal auch nicht mehr?«

»Die Packung ist leider in meinem Rucksack, und der ist in der Hütte.« Pro forma tastete Hannah die Jacke ab, die ihr nicht gehörte.

»Aber ihr schickt mich jetzt nicht auch noch Zigarettenholen«, stöhnte Matthias mit einem leicht gequälten Lächeln und sank in seinen Korbsessel. Weder Hannah noch Vivien sagten ein Wort. Leicht verwundert sah er zwischen ihnen hin und her. »Hab ich was verpasst?«

»Nein, nein, Hannah hat sich bisher nur in Schweigen gehüllt«, kam Vivien ihr zuvor und sah sie scharf an. »Aber jetzt hast du ja was zu trinken, Liebes. Also, wenn ich fragen darf, wie war dein Tag?«

Hannah hob die Ärmel ihrer dicken Daunenjacke und ließ sie zurück auf die Lehne fallen. »Schwer zu sagen.« Sie wollte nicht von Lüders sprechen und dem letzten Willen ihres Vaters laut Notar, doch weder Vivien noch Matthias machten Miene, ihr die Mühe zu ersparen.

»Ich war beim Haus, meinem Elternhaus«, lenkte sie ab. »Seit dem Verkauf bin ich nicht mehr dort gewesen, aber heute dachte ich, ich schaue mir unser altes Haus zum Abschied noch mal an. Wer weiß, ob ich je wieder in die Stadt komme, nachdem sozusagen der Grund dafür weggefallen ist …«

Vivien und Matthias wechselten einen Blick.

»Reine Nostalgie, ich weiß. Unterm Strich ist es bloß ein Haus, in dem man einen Teil seines Lebens verbracht hat, den man sonst irgendwo anders verbracht hätte. Aber wenn sich Erinnerungen und alte Geschichten damit verbinden, ist man voreingenommen gegen alles Neue, ein parteiischer Beobachter gewissermaßen, man steht aufseiten der Vergangenheit. Jedenfalls hatte ich mir fest vorgenommen, alles furchtbar zu finden, jede Veränderung, Renovierung, Modernisierung. Aber so war es nicht. Es war eben nicht nur neu, sondern wirklich liebevoll gemacht, viel schöner als zu unserer Zeit. Und jetzt sagt nicht, das Verlotterte von damals hätte mehr Charme gehabt oder wäre ehrlicher und echter gewesen! Ich dachte, ich würde das denken. Aber als ich davorstand, musste ich zugeben, dass es jetzt nicht nur schöner ist, sondern auch richtig und gut so, weil andere in diesem Haus glücklicher sind, als wir es waren. ›Die Neuen‹ haben die Vergangenheit nicht verdrängt, sie tun dem Haus besser als wir mit unserem Unfrieden, dem Streit und Sich-aus-dem-Weg-Gehen. Wir haben versucht, eine Familie zu sein, und sind daran gescheitert, während es unseren Nachfolgern scheinbar mühelos gelungen ist, in denselben Mauern und Wänden, Ende der Geschichte.«

Auf einmal wurde es so still, dass sie das Feuer hören konnte. Matthias saß unbewegt da und schaute leicht betreten vor sich hin. Vivien drehte das Glas in ihren Händen.

»Mehr war nicht«, sagte Hannah leise. »Ich stand bei meinem Elternhaus am Gartenzaun, und alles, was ich vermisst habe von früher, ist der Birnbaum. Aber wahrscheinlich war er morsch und musste gefällt werden.«

Kein Prasseln im Kamin, es knackte nur einige Male und war still. Seltsam, dachte Hannah, ich sitze nachts auf einer Dachterrasse mit Blick auf den See meines Vaters, und sogar das Feuer schweigt. Auf einmal kam ihr alles so unwirklich vor.

»Hast du die Glanerts gesprochen?«, fragte Vivien, als die Stille schon kein Gewicht mehr hatte. »Die Leute, die dort wohnen … Ihr Familienname ist Glanert.«

Hannah vergaß, den Kopf zu schütteln, sie sah Vivien einfach nur an.

»Frau Glanert war Marvins Musiklehrerin bis zur dritten Klasse. Du bist ihr nicht begegnet oder ihrem Mann?«

»Im Haus hat jemand Geige geübt, bei offenem Fenster, aber ich dachte, es wäre ein Kind«, antwortete sie, ohne zu wissen, ob das nun gut war oder schlecht. »Es haben haufenweise Kinder im Garten getobt, immer rundherum um die Sandkiste, die meisten in Marvins Alter.«

»Wahrscheinlich hat sie Stunden gegeben«, sagte Matthias knapp. Das Thema schien ihm unangenehm zu sein.

»Dann waren es nicht nur ihre eigenen, sondern auch ihre Schüler und Nachbarskinder? Das dachte ich mir schon …«

Vivien zögerte einen Augenblick und schaute auf den spärlichen Rest ihres Drinks, dann leerte sie ihr Glas. »Es werden vor allem ihre Pflegekinder gewesen sein, sie betreut drei – oder vier inzwischen. Frau Glanert hat lange versucht, schwanger zu werden, sehr lange. Dann haben sie und ihr Mann drei Pflegekinder aufgenommen, und wie das manchmal so ist, wenn man aufhört, etwas ganz unbedingt zu wollen: Plötzlich, o Wunder, hat es bei ihnen doch noch geklappt, und Frau Glanert war so stolz. Schon im vierten oder fünften Monat sah sie aus, als würde sie gleich niederkommen, weil sie so stolz war, stolzgeschwellt. Zu der Zeit hatte Marvin noch Geigenunterricht bei ihr, weil sie meinte, er sei hoch musikalisch, hochbegabt. Erst waren wir nicht gerade begeistert, Geige ist so ein grausames Instrument für Kinder wie Eltern, gerade am Anfang, aber Marvin hat erstaunlich schnell Fortschritte gemacht, und es klang ganz erträglich. Ich bin sogar oft ein paar Minuten vor der Zeit zum Abholen gekommen, um ihn noch ein bisschen spielen zu hören, mit ihr zusammen, und es war wie ein kleines Konzert. Dann, eines Tages, wir wollten uns gerade verabschieden, fragte er auf einmal: ›Frau Glanert, warum bist du so traurig?‹ Ich habe den Tonfall noch genau im Ohr, seine Stimme. Frau Glanert hat nur gelacht und gesagt, dass sie nun wirklich nicht traurig sei, sondern die glücklichste Frau auf der Welt, weil sie bald das Kind bekomme, das sie sich so lange gewünscht habe. Da war sie schon in Woche dreißig und in Mutterschutz. Ich habe mir also nichts weiter dabei gedacht und bin mit Marvin nach Hause gefahren. Na ja, und an dem Abend, keine drei Stunden später, hatte sie die Fehlgeburt.«

Vivien sah hinaus in die Nacht, sah nach oben, während Matthias den Blick gesenkt hielt. Aus demselben Grund.

»Marvin fragt ständig irgendwelche Leute, warum sie so traurig sind«, murmelte er, »das hat nichts zu bedeuten. Es ist seine Version von: ›Wie geht es dir?‹ Ich habe ihm schon tausendmal gesagt, dass er das lassen soll, weil er anderen Menschen damit zu nahe tritt. Von dem Erfolg konntest du dich ja vorhin selbst überzeugen.«

Hannah erinnerte sich an ihre eigene Überraschung, als er sie das gefragt hatte. »Vielleicht sind wir trauriger, als wir denken?«

»Unsinn!«, wurde Matthias lauter. »Jeder Mensch ist traurig, irgendwo, enttäuscht oder wütend. Das stimmt immer, bei allen, aber das muss jeder mit sich ausmachen. Man läuft nicht in der Gegend herum, sagt Hallo und legt den Finger in anderer Leute Wunden. Das gehört sich einfach nicht!«

Matthias schien noch mehr sagen zu wollen, fing sich aber und schwieg. Hannah hätte gerne gewusst, warum er so traurig war und so wütend, doch diese Frage, fand sie, stand ihr nicht zu.

»Die Sache ist die«, sagte Vivien und versuchte, dabei zu lächeln, »dass Frau Glanert seitdem behauptet, Marvin habe es ihr angesehen. Noch vor allen Ärzten, noch bevor es ihr selber bewusst gewesen sei, habe er den Tod ihres Kindes vorhergesehen, den Verlust und die Trauer in ihr. Es ist natürlich verrückt, aber sie ist fest davon überzeugt, dass Marvin das Zweite Gesicht hat.«

»Das Zweite Gesicht?«

»Einen sechsten Sinn, hellseherische Fähigkeiten …« Viviens Stimme wollte ruhig sein, beruhigend, aber sie zitterte. »So eine Fehlgeburt ist ein Schicksalsschlag und mit das Schlimmste, was einer Mutter passieren kann. Ich möchte nicht wissen, wie es mir an ihrer Stelle ergangen wäre, an was für fixe Ideen und Hirngespinste ich mich klammern würde. Aber bei allem Verständnis: Sie hätte nicht herumerzählen dürfen, dass Marvin den Tod kommen sehen kann, nicht in der Nachbarschaft, in der Schule, überall in der Stadt. Wenn ich ihn morgens bringe, höre ich heute noch, nach mehr als einem Jahr, dieselben dummen Sprüche: ›Da kommt der Marvin mit dem bösen Blick! Schau ihm nicht zu tief in die Augen, sonst stirbst du!‹ – Du weißt ja, wie Kinder sind.«

»Frau Glanert ist mittlerweile vom Schuldienst suspendiert und in psychiatrischer Behandlung«, kürzte Matthias ab.

»Und Marvin?«, fragte Hannah und dachte an die Art, wie er sie angesehen hatte. »Kommt er damit zurecht?«

»Ach, er bleibt eigentlich ganz gelassen, am gelassensten von allen.« Vivien nahm ihr gewohntes Lächeln wieder auf. »Mit Geige hat er verständlicherweise aufgehört, er macht jetzt Judo – wofür er leider nicht ganz so begabt ist, wie der Tag heute beweist. Und, nun ja, ein Einzelgänger war er im Grunde schon immer.«

»Er ist völlig normal«, insistierte Matthias, »ein ganz normaler Junge mit einem ganz normal gebrochenen Arm.«

»Einem angebrochenen Radiusköpfchen«, berichtigte ihn Vivien augenzwinkernd, doch der Scherz ging ins Leere. »Jedenfalls«, beeilte sie sich hinzuzufügen, »muss euer altes Haus noch eine Weile warten, bis das große Familienglück bei ihm einzieht. Der Immobilie geht es definitiv besser, das kann ich bestätigen, aber der Haussegen hängt nach wie vor schief.«

Matthias hatte sich erhoben, um Holz nachzulegen, und stand vor dem Kamin, einen Scheit in jeder Hand. Für einen Augenblick sah es so aus, als würde er sich daran festhalten. Dann baute er das Feuer mit ein paar gezielten Griffen um. Eine Funkenspur trieb hoch in die Nacht und verlor sich.

»Wir können dankbar sein«, sagte Vivien, »dankbar für alles.«

Es dauerte einen Moment, bis Matthias nickte. Etwas Bleiernes schien über allem zu liegen, nur das Feuer knackte wieder.

»Ich musste Marvin versprechen, dass ich noch einmal nach ihm sehe, wenn er brav im Bett bleibt und sich Mühe gibt zu schlafen …«, schien Matthias sich zu besinnen, vielleicht war es auch nur ein Vorwand. Hannah richtete sich ebenfalls in ihrem Sessel auf und versuchte, mit den Wörtern »spät« und »müde« einen passablen Satz zu bilden, um die Gelegenheit zum Aufbruch zu nutzen.

»Wenn er noch wach wäre, hätten wir von ihm gehört«, sagte Vivien zu ihrem Mann, als wäre sie gar nicht da.

»Ich habe es ihm versprochen«, wiederholte Matthias und ging.

»Danke«, sagte Vivien noch einmal in seinen Rücken.

Matthias blieb kurz in der Glastür stehen und nickte, ohne sich umzudrehen. »Nichts zu danken«, echote seine Stimme aus dem Türausschnitt, in dem er verschwand. Es war nicht klar, ob er sich damit verabschiedet hatte oder noch einmal wiederkommen würde. Doch Hannah gab vor, sich ihm anschließen zu wollen, und entstieg ihrer Decke, ohne dass Vivien ihr weiter Beachtung schenkte. Sie saß nur da und starrte vor sich hin.

»Wir reden normalerweise nicht über das Zweite Gesicht, damit sich Marvin nichts einbildet. Einbildungen können manchmal stärker sein als die Realität, wenn du weißt, was ich meine«, sagte sie mit gesenktem Kopf. »Dabei ist es einfach nicht wahr. Bei deinem Vater zum Beispiel war Marvin felsenfest davon überzeugt, er würde immer und immer wieder zum Wasser zurückkehren und schwimmen.«

Hannah hielt beim Zusammenlegen der Wolldecke inne. »Hat er ihn auch gefragt, warum er so traurig war?«

Zu spät wurde ihr bewusst, dass sie damit genau auf das Thema kam, um das sie die ganze Zeit einen Bogen gemacht hatte.

»Dein Vater war nicht traurig, gar nicht«, sagte Vivien und nahm sich den zweiten Cocktail, »nicht einmal bei seinen letzten Besuchen am See.«

Wortlos zog Hannah auch die Thermojacke aus und legte sie zu der Decke auf den Korbstuhl, aber sie ging nicht.

»Du hast noch gar nichts von Lüders erzählt ...« Langsam schaute Vivien an ihr hoch. »Was hat er gesagt?«

Die unvermeidliche Frage. Doch anstatt die Antwort auf morgen zu verschieben und Vivien zu vertrösten, setzte Hannah sich wieder. »Es war genauso seltsam«, sagte sie, »ein seltsames Gespräch an einem seltsamen Tag.«

Ihr Blick fiel auf den grauen, aufgeschwemmten Teebeutel, der noch immer in ihrem Becher an der Oberfläche dümpelte, umgeben von einem ölig schillernden Film.

»Und?«, fragte Vivien weiter. »Hast du deine Entscheidung getroffen?«

»Was für eine Entscheidung? Wie kommst du darauf?« Hannah konnte ihre Überraschung kaum verbergen: Woher wusste sie …?

»Du hast es mir selber gesagt, Liebes.« Um so unverdächtig zu gucken, hätte Vivien eine begnadete Schauspielerin sein müssen, falls sie log. »Du hast überlegt, ob du das Erbe deines Vaters ausschlagen sollst, sagtest du. Deswegen wolltest du dich von Lüders beraten lassen …«

Möglich, dass sie ihr all das bei ihrer kurzen Begegnung in der Fußgängerzone erzählt hatte. Trotzdem wurde Hannah das Gefühl nicht los, dass Vivien mehr wusste und die Antworten kannte, nach denen sie suchte.

»Irgendwas ist doch mit Lüders, Liebling, oder warum weichst du mir die ganze Zeit aus?« Vivien legte ihr eine Hand auf den Arm, wie um sie am Weglaufen zu hindern, und sah sie auf ihre wissende Art an. »Liebes, ich bin Personalberaterin, seit achtzehn Jahren, glaub mir, ich habe ein Auge für Macht und Abhängigkeit, und ich kenne alle Symptome, wenn sie missbraucht wird.«

»›Missbraucht‹ – wovon reden wir eigentlich?!«

»Das frage ich dich …« Vivien ließ sie nicht ganz los, sondern ging dazu über, mit den Fingerspitzen leicht um die Beuge ihres Unterarms herum zu streichen. »Ich bin deine älteste Freundin, Hannah, und wahrscheinlich hätten die Alarmglocken bei mir viel früher schrillen sollen, von heute aus gesehen. Als du bei Lüders in der Kanzlei gejobbt hast, gleich nach der Schule, kam mir schon der Verdacht. Aber ich war selber gerade erst in der Ausbildung und hatte keinerlei Erfahrung, ich habe es einfach nicht gewagt, dich darauf anzusprechen. Deswegen sieh mir bitte nach, dass ich es jetzt tue, um ein paar Jährchen klüger …«

»Lüders hat mir einen Job angeboten«, sagte Hannah, ihre Stimme klang fest. »Nicht in seiner Kanzlei, sondern beim Film – als Beraterin bei der Verfilmung eines Romans von meinem Vater. Lüders hat die Verträge für ihn verhandelt, noch zu Lebzeiten, ein ziemlicher Eiertanz offenbar, er muss sich wahnsinnig angestellt haben. Jetzt soll ich seine Interessen vertreten.«

»Lüders' Interessen?«

»Die meines Vaters.« Sie musterte Vivien kurz, um zu sehen, ob das Missverständnis Absicht war. »Es handelt sich um eine internationale Produktion, und meine Aufgabe wäre, neben dem Übersetzerischen, die Wahrung der künstlerischen Integrität seines Werks und seines Andenkens.«

»Du willst wieder für Lüders arbeiten?«

Hannah zuckte mit den Achseln und rückte ein Stück vom Kamin ab. Ihr war heiß. »Inwieweit ich mit ihm zu tun haben werde, weiß ich gar nicht.«

»Aber damit wärst du in Zukunft wieder so abhängig von ihm wie damals …«

»Du wolltest wissen, was so seltsam war an dem Gespräch. Jetzt weißt du es.« Hannah nahm ihren Becher zur Hand und trank einen Schluck, ohne den Teebeutel zu entfernen. Als sie die Augen schloss, kamen die Bilder von der Hotelnacht mit Lüders zurück, sein faltiger Hals, die Altersflecken auf seinen Händen, die grauen Haare auf seiner Brust. »Kalt«, sagte sie und stellte den Becher zurück. »Der Tee ist kalt.«

»Hast du zugesagt?«

»Rätst du mir davon ab?«, stellte sie prompt die Gegenfrage. »Du als Personalberaterin mit viel Erfahrung?« Für Hannah war die Grenze der Einmischung eindeutig überschritten.

»Nicht doch, Liebes, wie käme ich dazu«, wich Vivien zurück und legte sich etwas scheinheilig die Hand aufs Herz. »Das Einzige, was ich dir rate als deine Freundin, ist, dass du den Job nur übernehmen solltest, wenn du dir sicher bist, dass Lüders nichts von dir will …«

»Reicht es nicht, wenn ich mir sicher bin, dass ich nichts von ihm will?«, sagte Hannah mit aller Bestimmtheit und stand auf, um zu gehen. Es wurde Zeit, die Grenze zwischen ihnen neu zu ziehen. Doch Vivien ließ es kampflos geschehen, forderte sie nicht auf zu blieben, hielt sie nicht zurück, sondern saß einfach nur da zwischen verwaisten Stühlen und Getränkeresten, als wäre ihr Abschied schon gewesen. Viel war aus ihrem Mädelsabend nicht geworden.

»Wir wollen Freundinnen bleiben, ja?«, sagte Vivien leise und wie vor sich hin. Hannahs Blick fiel auf die übrig gebliebene Olive im Cocktailglas, in beiden Gläsern.

»Freundinnen«, bestätigte sie, nahm sich eine Olive mit den Fingern und steckte sie sich in den Mund.

Der Geschmack war merkwürdig nussig.

12

Nach Auflösung einiger Frühnebelfelder sonnig und trocken bei hochsommerlichen Temperaturen von bis zu 28° Celsius. Zunächst schwachwindig aus wechselnden Richtungen, im Tagesverlauf abflauend und weitgehend windstill. Keine Wetteränderung.

24-Stunden-Vorhersage 23. April, aktualisiert um 08.47 h

Wellenlinien, Wellenrauten, die ineinanderwanderten und sich verliefen – Hannah kam sich vor wie auf dem Grund eines kristallklaren Gewässers, als sie die Augen öffnete und das helle Flimmern und Zerfließen über sich sah. Sie lag in einem Aquarium aus Licht, von fern her die Geräusche der Frühe, ein paar verhallende Hammerschläge, das Tuckern eines alten Traktors oder Baufahrzeugs, doch all das wie aus einer anderen Welt. Nur langsam wurde ihr bewusst, dass es der See war, der im Licht schwamm und sich spiegelte auf der wettergrauen Holzdecke der Hütte. Es musste später sein, als sie dachte. Es war Tag.

Hannah seufzte und sank noch einmal zurück in die warme Schwerelosigkeit zwischen den Laken, nur für einen Moment. Bevor sie tiefer schwebte, drängten sich die Erinnerungen an gestern dazwischen, an die Gespräche mit Vivien und Matthias, mit Lüders und über ihn. Hannah wollte sich nicht erinnern, schob das

Bettzeug zur Seite und setzte die Füße auf den sandigen Dielenboden. Es war sehr grobkörniger, aus kleinsten Kieseln bestehender Sand, den sie in die Hütte hineingetragen hatte. Er kitzelte, als sie aufstand und die wenigen Schritte zum Panoramafenster ging.

So leuchtend hatte sie den See ihres Vaters nie erlebt. Einen Moment lang nahm sie diesen Eindruck in sich auf, durchflutet von Glanz und Helligkeit. Es schien ihr wie ein Beweis für den Satz, der sich ihr von allen gestern gesagten Sätzen am meisten eingeprägt hatte, dass ihr Vater nicht traurig gewesen war, auch nicht bei seinen letzten Besuchen am See. Möglicherweise waren es Momente wie dieser, die Marvin glauben ließen, dass er immer wieder zum Wasser zurückkehrte.

Hannah schloss die Augen und betrachtete das warme Orange hinter ihren Lidern wie ein auf unerfindliche Weise bewegtes Bild.

Sie hatte den Tod unterschätzt. Ihr hätte klar sein müssen, dass er nie nur einen Einzelnen betraf, sondern alles um ihn herum erfasste. Der Tod war die letzte große Besitzergreifung. In ihm kulminierte die gesamte Macht eines Menschen über das Leben der anderen. Er war auch nicht wie das Sterben, durch das sich eine Kluft auftat zwischen dem Sterbenden und der Welt. Der Tod war nicht einsam, sondern die Aufhebung aller Einsamkeit. Seither spürte Hannah ihren Vater mehr als im Leben.

Ein Vogel oder dergleichen flog gegen die Fensterscheibe und riss sie aus ihren Gedanken, doch es war kein Tier zu sehen. Die Sonne stand über den Pappelspitzen. Auf den Feldern dahinter erhob sich in Schwaden der Staub. Das ganze Land lag wie unter einem Nebel ohne jede Feuchtigkeit. Wenn Hannah genau hinsah, zeigten sich in dem silbrigen Frühlingsgrün der Pappeln erste welke Blätter. Matthias war das sicher nicht entgangen, und sie stellte sich vor, wie oft er hier an ihrer Stelle gestanden hatte, in den von Sonne gefluteten Morgenstunden, um mit besorgtem Blick den

Ufersaum zu betrachten und den immer größer werdenden Dürrestreifen an den Rändern ringsum. Es waren mindestens anderthalb Meter, schätzte sie, die der gesunkene Wasserspiegel mittlerweile freigab, Wurzelballen und Steinfriese, Schilfrohr mit verschiedenen Bleichestufen und ausgetrocknete Torfrücken. Auch in Kieswerknähe verrieten die Farbunterschiede des Ufersands, wie viel Wasser der See schon verloren hatte. Und es war Ende April, die Dürrezeit fing erst an.

Als der zweite Sandklumpen gegen die Scheibe flog, bemerkte sie Marvin auf dem unnatürlich weißen Strand wie auf einem überbelichteten Stück Film. Er stand unterhalb der Klippe, die wenige Meter vor dem Fenster zum See hin abfiel. Mit der unvergipsten Hand beschirmte er seine Augen und schaute zu ihr hoch, winkte aber nicht und zeigte auch sonst keine Reaktion. Bei der Sonneneinstrahlung konnte er sie hinter der Glasfläche unmöglich sehen. Doch Marvin starrte so durchdringend, dass ihr Zweifel kamen, ob sie nicht doch für ihn sichtbar war. Wie lange beobachtete er sie schon?

Hannah schüttelte den Kopf über sich selbst und schnitt wie zur Probe eine Grimasse. Der Junge unten am Strand blieb ernst – todernst, fand sie. Vielleicht hatte er wirklich das Zweite Gesicht und konnte durch alle Spiegelungen hindurch erkennen, dass sie an den Tod gedacht hatte. Vielleicht hatte sie sogar nur deshalb daran gedacht, weil er sie ansah. Für einen Moment schien es, als würden sich ihre Blicke begegnen. Auch das konnte im Grunde nicht sein, doch über Marvins Gesicht huschte ein Lächeln.

Mit klopfendem Herzen verharrte sie einen Augenblick wie ertappt. Dann griff sie sich ihre Jeans und schlüpfte hinein. Es war die Gelegenheit, Marvin nach der Frau mit den mittellangen, mittelblonden Haaren zu fragen. Vielleicht konnte er bestätigen, dass sie ihren Vater zum See begleitet hatte und mit ihm am Ufer oder sogar im Wasser gewesen war. Zum ersten Mal kam Hannah der Gedanke, ihr Vater könnte vielleicht sogar deshalb nicht traurig gewesen sein – wegen F.

Als sie unten am Wasser ankam, war Marvin verschwunden. Hannah sah hinauf zum Fenster der Hütte. Sie stand ziemlich genau an derselben Stelle, an der er noch vor ein, zwei Minuten gestanden hatte. Doch die Fußabdrücke, die von hier aus ins Wasser führten, kehrten nirgends an Land zurück. Verwundert schaute sie sich um. Keine Bewegung an der Wasseroberfläche verriet, dass er irgendwo schwamm oder tauchte, was er mit seinem Gips auch besser nicht tun sollte. Sie fing gerade an, sich Sorgen zu machen, da entdeckte sie ein ganzes Stück weiter strandabwärts eine lang gezogene, lagunenartige Pfütze, die in weniger trockenen Zeiten einmal ein größerer Kolk gewesen sein musste, der sich Richtung Kieswerk erstreckte. Offenbar war Marvin einen Großteil des Wegs durchs Wasser gelaufen.

Am Rand entlang wäre Hannah einigermaßen trockenen Fußes auf die andere Seite gekommen, aber das hätte einen größeren Umweg bedeutet. Also zog sie ihre Jeans wieder aus und watete mit nackten Beinen geradeaus durch das knietiefe Wasser. Sie war schon fast drüben, als sie in ein Schlammloch trat und bis zu den Hüften einsank. Ihre zusammengerollte Hose konnte sie gerade noch retten, doch ihr langes T-Shirt wurde nass bis über den Nabel und klebte an ihren Oberschenkeln. Für einen Sekundenbruchteil dachte sie ans Umkehren. Dann sah sie zum ersten Mal das Kieswerk aus der Nähe.

Von einer Renaturierung war das Ufer hier weit entfernt. Eine gewaltige Röhrenkonstruktion wand sich die Abhänge hinunter und tauchte rostbraun und marode in den See. Schwimmende Fässer, die auch schon bessere Tage gesehen hatten, trugen einzelne Ausleger und Plattformen mit Bagger- und Absaugvorrichtungen.

Die hangarförmigen Wellblechhütten und buckligen Maschinengehäuse schienen derart aus der Zeit gefallen, dass sie schon fast wieder futuristisch wirkten. Marvin war nirgends zu sehen, doch seine Spur führte weiter auf das Werksgelände zu.

Er musste gerannt sein, den Verwerfungen seiner Fußabdrücke nach zu urteilen. Auf der Uferseite verengte sich der Strand. Sandklippen schnitten den Blick ab. Mit ihren Vorsprüngen und Auswaschungen reichten sie hart an die Wasserkante heran. Der Grund fiel steil ins Bodenlose ab, wohl deshalb war Marvin nicht weiter im Uferwasser gelaufen. Hannah überquerte eine dünenartige Abbruchstelle aus geädertem, wurzeldurchflochtenem Sand. Dann versperrte der Zaun ihr die Sicht.

Er wirkte nicht ganz so gewaltig wie gestern Nacht vom Wasser aus, doch auch bei Tageslicht hatte er etwas Unheimliches. Wie sich zeigte, waren es zwei Zäune: eine palisadenartig gespitzte Pfahlreihe, brusthoch, die Matthias vermutlich an die Grundstücksgrenze gesetzt hatte, und gleich dahinter der alte, verrostete Industriezaun mit Stacheldrahtkrone. Irgendwie standen sie mehr gegen- als nebeneinander, zwei Bollwerke aus verschiedenen Zeiten, die sich belagerten und einen Frontverlauf bildeten bis ins Wasser hinein. Seit Hannah wusste, dass damit andere Strandgänger und Schwimmer von diesem Privatgrundstück ferngehalten werden sollten, fühlte sie sich eingesperrt.

Die Sonne blendete, brach sich an den Wellenrändern und blitzte über den Sand. Hannah bereute, dass sie ihre Fünf-Euro-Brille nicht eingesteckt hatte. Mit zusammengekniffenen Augen stolperte sie auf den Zaun zu. Die Fische sah sie erst, als sie schon fast davorstand. Es waren viele Fische, silbrige, großschuppige Tiere mit keilförmigen Körpern. Neben den Warnschildern wegen Lebensgefahr hatte das etwas Makabres. Wie ein Todesschwarm steckten diese Fische in den Maschen des Zauns und auf den Pfahlspitzen, die

Mäuler aufgerissenen, die Kiemen gespreizt, in grotesken Windungen und Zuckungen erstarrt. Es waren sehr viele, und ihre toten, hervorquellenden Augen richteten sich alle auf das Gut.

»Danke, dass du gekommen bist.«

Sie erschrak nicht, als Marvin auf einmal neben ihr stand. Irgendwie hatte sie seine Nähe gespürt. Vielleicht war sie auch einfach nur froh, dass er da war.

»Warum bist du nicht in der Schule?« Die Frage wollte sie am wenigsten stellen, aber eine andere brachte sie nicht heraus. Wer immer das getan hatte, die Drohung galt eindeutig dieser Seite des Sees.

Von Marvin kam nur ein halbes Schulterzucken. Vermutlich wollte er sie mit seinem Gipsarm daran erinnern, dass er eine gute Entschuldigung hatte.

»Es sind Brassen und Rotfedern«, sagte er dann, »keine Raubfische.« Als wäre dieser Gewaltakt noch grausamer, weil es sich um friedfertige Fischarten handelte.

Für einen Moment standen sie beieinander wie in denselben Gedanken versunken. Der Geruch von Fischblut wehte zu ihnen herüber. Hannah hielt den Atem an und versuchte, sich zu erinnern, ob sie beim Nachtschwimmen irgendetwas Ungewöhnliches bemerkt hatte. Es war nicht leicht, Rückschlüsse auf die Tatzeit zu ziehen. Das Blut an den Pfahlspitzen schien angedickt, geronnen und schwarz wie Pech oder Teer, aber der Glanz der Schuppenleiber war noch nicht erloschen, insofern konnte ihr Tod noch nicht lange her sein. Es waren keine Tierkadaver, sondern nach wie vor Fische – Fische ohne Wasser. Vielleicht war das sogar ein Teil der Botschaft.

»Du siehst so etwas nicht zum ersten Mal, oder?«, fragte sie vorsichtig.

Doch Marvin murmelte nur widerwillig: »Bitte sag Matthias nichts.«

»Meinst du nicht, er sollte das auch sehen?« Sie zögerte kurz, weil Marvin seinen Vater beim Vornamen nannte. »Er muss doch wissen, dass er Feinde hat und wie weit sie gehen. Ich meine, wer tut so etwas?«

»Nichts sagen, bitte«, wiederholte Marvin verbissen, fast verstockt. »Das macht ihn nur noch trauriger.« Fraglos tastete er nach ihrer Hand und hob sie hoch wie zum Schwur. Hannah musste versprechen, dass sie Matthias nie, niemals davon erzählen würde. Sie tat ihm den Gefallen.

»Die Fische sind Zeuge«, sagte Marvin und nickte bedeutsam, ohne sie loszulassen. Seine Finger waren zart und feingliedrig – die Hand eines Geigers, die ihr Handgelenk hielt.

Unter den toten Augen hatte es etwas Tröstliches, dass dieser kleine Junge seinen Vater beschützen wollte: vor der Traurigkeit mit Grund und ohne. Am liebsten hätte sie ihn umarmt. Doch Marvin drehte sich um und ging auf den Zaun zu. Auch er hatte nackte Beine und trug eine Badehose. Zum Glück war sein T-Shirt trocken und sein Gips auch.

»Weiß die Polizei wenigstens Bescheid?«, fragte sie halblaut in seinen Rücken. Bei aller Fürsorge für seinen Vater schien ihr der Vorfall zu groß, um ihn unter den Teppich zu kehren. Es konnte sich nur um eine Kriegserklärung handeln im Streit um das Ufer, das Wasser, den See. Ein bisschen zu viel für Marvins schmale Schultern, fand Hannah. »Man sollte in jedem Fall Anzeige erstatten gegen unbekannt ...«

Doch Marvin hörte sie nicht mehr. Er stand auf Zehenspitzen vor dem Zaun und machte sich lang. Behutsam, aber ohne Scheu und Ekel befreite er einen Fisch von einer Pfahlspitze und wiegte ihn in der Beuge seines eingegipsten Arms, als wollte er ihn streicheln. Dann kniete er sich in den Ufersand, schöpfte eine Handvoll Wasser und beträufelte den ausgetrockneten Schuppenleib – eine

Segnung, so verstand es Hannah, und eine Geste der Wiedergutmachung.

»Kannst du mir helfen?«, fragte er nach einem Moment der Andacht. Seine Stimme war tonlos, aber nicht belegt. Langsam richtete er sich wieder auf und trug den toten Fisch beinahe feierlich zu einem kleinen Sandplateau unter einer Klippe. Jeder Schritt schien Teil einer seltsamen Zeremonie zu sein und eigenen Gesetzen zu gehorchen. Im Schlagschatten des Klippenvorsprungs erkannte Hannah einen Kreis weißer Blüten und dahinter an der Höhlenwand ein in den kalkfarbenen Sand geritztes Kreuz. Deshalb also war Marvin vorausgelaufen, um alles für die Beerdigung vorzubereiten. Hannah verstand jetzt auch, wozu er ihre Hilfe brauchte.

»Wo soll ich graben?«

Mit seinem eingegipsten Arm deutete Marvin auf den Blütenkreis. Hannah schaute sich nach einem Spaten oder einer kleinen Schippe um, fand aber nicht mal einen Stock. Also hockte sie sich in den Sand und fing an, im Schatten des Vorsprungs mit bloßen Händen zu buddeln, während Marvin die toten Fische hertrug und vor dem Kreuz in eine Reihe legte wie aufgebahrt.

Nach der pulverigen ersten Schicht wurde der Sand feuchter, fester und drückte unter den Fingernägeln, wenn sie hineingriff. Hannah kam ins Schwitzen. Sie mühte sich nach Kräften, aber es reichte nicht, das Grab war noch zu flach. Am liebsten hätte sie ihr T-Shirt ausgezogen und wäre ins Wasser gesprungen, um sich abzukühlen. Aber das ging nicht, nicht vor dem Friedhof der Fische. Also krempelte sie die Ärmel hoch bis zur Schulter, ignorierte die Schweißränder unter den Achseln und grub, auch wenn es bald nur noch ein Scharren und Kratzen war. Zwischendurch wischte sie sich mit dem Handrücken über die Stirn und, als er zu sandig wurde, mit dem Unterarm, ohne verhindern zu können, dass der Schweiß vor ihr in die Grube tropfte und auf ihre Knie. Aber sie musste weitermachen und es gut zu Ende bringen, wenigstens dieses Begräbnis.

Sie war noch immer nicht tief genug.

Marvin stoppte sie, indem er dazu überging, die Fische in die Mulde zu betten. Er tat das ohne Umschweife, nicht hastig, aber in einem Fluss, und genauso unverzüglich bedeckte er die totenstarren, teils absurd gekrümmten Körper mit dem aufgehäuften Sand. Hannah sah an sich herab: ihr durchgeschwitztes T-Shirt, die schmutzigen Hände und die mit Sandkörnchen panierten Beine. Sie wollte etwas zu ihrer Entschuldigung sagen, so unwürdig fühlte sie sich. Doch Marvin ließ keine Lücke im Ablauf, strich den Sand über der Grabstätte glatt und streute den Blütenkreis nach. Das alles geschah so sehr auf seine Weise, so sehr in seiner eigenen Zeit, dass sie verlegen und ausgeschlossen danebenstand, sich den Sand aus dem Gesicht kratzte und zwei, drei Strähnen aus der Stirn, als würde sie sich schämen. Sie schämte sich wirklich, weil das Ganze wie eine Andacht war, ein Trauerritual, in das sie nicht hineinfand.

Sie fühlte sich als Teil von nichts.

Zu spät registrierte sie, dass Marvin geendet hatte und offenbar darauf wartete, dass auch sie Abschied nahm. Sein Blick ruhte auf ihr, seine dunklen Augen. Im Schatten der Höhle wirkten sie beinahe schwarz und ließen in ihr eine Stille entstehen, für die es keine Worte gab.

Warum bin ich so traurig, dachte Hannah und schwieg.

»Du bist schön«, sagte der Junge und ging.

13

Mit 25 bis 26° Celsius sind die Tageshöchstwerte in der Region annähernd erreicht. Um die Mittagsstunden kann es noch zwei bis maximal drei Grad wärmer werden. Mit Abkühlung ist erst in den Abendstunden zu rechnen. Aufgrund der Hitze und intensiven UV-Strahlung wird älteren Menschen und Kindern geraten, körperliche Belastungen und ungeschützte Aufenthalte im Freien zu vermeiden.

Gesundheitswetter 23. April, aktualisiert um 11.07 h

Am Frühstückstisch saß niemand. Der gesamte Wohn- und Esszimmerbereich wirkte wie aus einem Hochglanzprospekt, blitzblank und leblos. Entlang der verriegelten Fensterfront waren Jalousien heruntergelassen, ein großes Sonnensegel verdeckte die Dachterrasse von gestern Nacht. Im Hintergrund lief leise und unauffällig eine Klimaanlage. Trotz der prallen Sonne von Südosten war die Raumtemperatur angenehm. Durch die Lichtschlitze zwischen den Jalousienstreifen konnte Hannah die Hitze draußen flimmern sehen.

Sie klopfte an die Tür, durch die sie schon eingetreten war, und grüßte noch einmal ins Leere, ohne eine Antwort zu erwarten. Sie hatte sich absichtlich Zeit gelassen, um Vivien nicht mehr zu begegnen. Irgendwo in einem Zimmer weiter weg hörte sie Matthias telefonieren und wunderte sich, dass er so spät noch da war. Sie hatte lange geduscht, lange gebraucht: der Schweiß, der Sand, die toten Fische … Offenbar war sie auf dem besten Weg, sich zur Langduscherin aus Teenagerzeiten zurückzuentwickeln. Doch das gehörte vielleicht zu den Nebenwirkungen eines Wiedersehens mit der Vergangenheit.

Der Tisch war halb abgeräumt. Die Geschirrspülmaschine summte energie- und wassersparend vor sich hin. Alle hatten bereits gegessen, auch Marvin. Sein Platz war unschwer zu erkennen anhand der Frühstücksflocken, die in mehreren Packungen zur Auswahl standen neben einem mit Wildtieren bedruckten Frühstücksset. Nur ein einzelner Teller war noch übrig, unbenutzt, dazu Aufbackbrötchen, eine Platte mit Aufschnitt, von Klarsichtfolie überzogen, nebst einem nackten Stück Butter. Auch das war traurig auf seine Art.

Hannah hatte nicht vor zu frühstücken. Sie wusste, dass sie nur trauriger werden würde, wenn sie etwas aß. Es war die leichte Hunger-Euphorie, die sie am Laufen hielt, kein Loch im Bauch, sondern ein Magen wie ein kleiner, harter Ball, in dem kein Platz war. Sie pickte eine Handvoll Krümel aus dem Brotkorb, streute sie über ihren Teller und zog das Messer mit beiden Seiten über die Butter, bevor sie das Geschirr zur Spüle trug.

Mittlerweile hatte sie Matthias' Stimme geortet. Eigenartigerweise kam sie aus dem Kinderzimmer am Ende des Ganges, das offenbar Marvin gehörte. Die Tür schräg gegenüber war mit einem riesigen Konzertposter beklebt, düster und bedrohlich, wie zur Abschreckung vor Julias verlassenem Reich. Hannah entfernte sich so weit wie möglich von dem Flur. Es sollte nicht aussehen, als würde sie lauschen.

An der Rückwand des weitläufigen Wohnzimmers, hinter der weißen Ledercouch, hing eine Bilderserie, die das Gestüt und seine

Entwicklung von den Anfängen bis zu den rasanten Veränderungen der jüngsten Zeit dokumentierte, darunter auch die Fotos der Müllberge aus dem See, von denen Vivien gesprochen hatte, Container voller Gerümpel, bis zur Unkenntlichkeit veralgt, und haufenweise Fahrräder mit verzogenen Rahmen, verbogenen Lenkstangen, die meisten vermutlich gestohlen und versenkt. Zwischen zwei Containern stand besagte Schrankwand mit Fernseher und einer vielarmigen Stehlampe, ein komplettes Müllwohnzimmer, schräg und erschreckend zugleich. Doch genauso wollte dieses Bild auch gefunden werden, weshalb Hannah weiterging und die Fotogalerie bis zu den Anfängen abschritt.

Die alte Schwarz-Weiß-Fotografie ganz zu Beginn der Chronik hatte sie schon von Weitem angezogen, eine grobkörnige, stark vergrößerte Ansicht des Gutshauses und seiner Umgebung, die Hannah nicht sofort zuordnen konnte. Sie musste zweimal hinschauen, um zu realisieren, dass es den See ihres Vaters zu der Zeit noch nicht gab. Stattdessen breitete sich ein Weizenfeld über einen sanft geschwungenen Hügel, schwere, sich wiegende Ähren dort, wo heute Wasser war. Es sah so friedlich aus, kein Kieswerk, kein Zaun, kein Streit um das Ufer und den Zugang zum Wasser, als wäre es das Beste, den See zu begraben und alles enden zu lassen, wie es begonnen hatte.

Dann würde auch ihr Vater ein für alle Mal in Frieden ruhen.

Das Datum am unteren Bildrand war schwer zu entziffern. Es musste irgendwann in den frühen Sechzigern gewesen sein. Ihr Vater hatte die Landschaft noch so gekannt und vor Augen gehabt, dass dieser See künstlich war: kein Umweltopfer der Kieswerke, sondern ihr Nebenprodukt. Die konsequenteste Renaturierung, dachte Hannah, wäre sein Verschwinden.

Matthias wurde lauter, seine Stimme bekam auf einmal einen scharfen metallischen Klang. Die Tür in ihrem Rücken hatte sich geöffnet. Wie auf Zuruf drehte Hannah sich um und sah Marvin aus seinem Zimmer kommen, in der Hand ein Smartphone, aus dessen Lautsprecher samt Stör- und Atemgeräuschen sein Vater tönte.

Am liebsten hätte sie jetzt in Ruhe mit Marvin gesprochen und ihm das Foto von F gezeigt. Nach dem Vorfall an den Uferzäunen war sie davon überzeugt, dass er seine Geheimnisse hatte und mehr sah, als er sagte. Doch anstatt aufzulegen, trug er ihr Matthias' Telefonstimme zu, als wäre das Gespräch für sie.

»Sie ist jetzt hier«, unterbrach er seinen Vater und warf Hannah einen Blick zu, halb bittend, halb mahnend, nichts von den toten Fischen zu erzählen. Dann reichte er ihr das Telefon.

Sie wollte den Lautsprecher ausschalten, doch auf dem Display war Matthias zu sehen, live und leicht verpixelt, sodass ihr nichts anderes übrig blieb, als weiter über Facetime mit ihm zu sprechen und das Kameraauge auf sich zu richten.

»Hallo«, sagte Hannah und sah sich in einer Display-Ecke auftauchen.

Matthias grüßte zeitversetzt. Natürlich konnte er sich die Bemerkung nicht verkneifen, dass sie mit ihrem Frühstück spät dran war, die arbeitende Bevölkerung würde gleich Mittag machen. Dabei schwenkte er mit seiner Handykamera über unverputztes Gemäuer auf einen Bauwagen, an dessen Tür mehrere Signalwesten und Schutzhelme hingen. »Hattest du schon einen Kaffee?«

Hannah schüttelte den Kopf und gab Marvin ein Zeichen, dass sie ihn noch sprechen wollte. Er verstand ihren Wink sofort, zumindest blieb er stehen, während sie nach dem Foto in ihrer Hosentasche tastete, ohne es zu fassen zu bekommen. Eine Schrecksekunde später stellte sie fest, dass es noch da war, nur aufgeweicht und eingeknickt. Ihre Taschen waren voller Sand.

Matthias kehrte ins Bild zurück. »Ich habe hier auf der Baustelle noch zu tun, eine wichtige Besprechung, kann ein bisschen dauern. Aber einen Kaffee mache ich dir gerne. Moment …«

»Smarthome«, flüsterte Marvin und rollte mit den Augen, als Hannah ihn etwas ratlos ansah. Vollautomatisch setzte sich die Kaffeemaschine in Gang. Wasserdampf und Arabica-Aromen verbreiteten sich im Raum.

»Meine Spezialmischung«, meldete sich Matthias wieder. »Hast du die Zeitung von heute gelesen?«

»Wenn du so fragst, purzelt sie wahrscheinlich gleich aus der Mikrowelle …« Hannah erwiderte Marvins Blick und rollte ebenfalls mit den Augen.

Am anderen Ende lachte Matthias halb echt, das Bild wackelte. »Ich lege sie dir gleich aufs Display, die Meldung des Tages. Nur so viel vorweg: Die Finanzierung steht.«

»Welche Finanzierung?« Sie dachte an die Großbaustelle, Matthias' Zukunftspläne und den Uferkrieg.

»Wenn ich dir das verrate, ist es keine Überraschung mehr. Aber gut: Es geht um den Film, das heißt, ums Geld, in erster Linie, und dann um den Film und zuallerletzt um das Buch deines Vaters.«

Hannah sah sich versteinern. »Hat Vivien dir das erzählt?«

»Die Verfilmung ist seit Monaten Stadtgespräch …« Matthias guckte leicht irritiert auf sein Display und dann in die Kamera. Das war nicht die Reaktion, die er erwartet hatte. »Ehrlicherweise interessieren sich die Leute nicht plötzlich für Literatur – lügen wir uns nicht in die Tasche. Aber es soll hier vor Ort gedreht werden, und das bedeutet Geld, Prestige, PR, Tourismus und damit noch mehr Geld, hoffen zumindest die Stadtoberen. Steht alles in dem Artikel.«

»Seit wann ist das raus?« Ihr Gesicht blieb unbewegt.

»Du magst keine Überraschungen, wie?«, fragte Matthias zurück und trat aus dem Schatten neben dem Bauwagen. In der grellen Sonne zerfiel sein Anblick in changierende Flächen. »Es war die Schlagzeile heute Morgen, insofern gehe ich davon aus, dass es topaktuell ist. Willst du es ganz genau wissen?«

Sie verneinte. Auf ein paar Stunden früher oder später kam es nicht an. Als Insider hatte Lüders mit Sicherheit schon gestern vor ihrem Gespräch Bescheid gewusst. Sein ganzes Reden in Eventualitäten war nur ein Trick gewesen, um ihr nicht das Gefühl zu geben, dass sie vor vollendeten Tatsachen stand.

»Freust du dich denn gar nicht?« Matthias' Stimme klang finster, sein Bild war überstrahlt. »Vivien meinte, du würdest in dem Fall unter Umständen sogar einen gut dotierten Job bekommen, als Beraterin.«

»Dann hat sie dir bestimmt auch erzählt, dass sie mich davor warnt, wieder für Lüders zu arbeiten …« Natürlich hatte sie ihm alles zugetragen.

»Nein, wieso?«

»Für wie naiv hältst du mich, Matthias? Ihr beide redet über alles, sogar über ein Jobangebot, das ich ›unter Umständen‹ bei einem ›unter Umständen‹ gedrehten Film bekommen soll, aber über Lüders redet ihr nicht?« Hannah wusste überhaupt nicht mehr, wem sie noch trauen konnte.

»Entschuldige, wenn ich meine Nase in Angelegenheiten gesteckt habe, die mich nichts angehen, und für Vivien gilt das auch«, sagte er ruhig. »Es war nicht unsere Absicht.«

»Und was ist eure Absicht? Was wollt ihr eigentlich von mir?!«, wurde sie so heftig, dass Marvin erschrocken aufschaute. Er hatte ihr den fertigen Kaffee bringen wollen, war aber auf halbem Weg stehen geblieben, als ihre Antworten schärfer wurden. Jetzt stellte er die Tasse ab und wich vor ihr zurück.

Hannah tat das leid, und mit einer beschwichtigenden Geste gab sie Marvin zu verstehen, dass sie es nicht so meinte. Doch damit erreichte sie ihn nicht. So wie der Junge sie anschaute, war er fest entschlossen, seinen Vater gegen alles zu verteidigen, was ihn traurig machte, auch gegen sie.

»Danke für den Kaffee«, sagte sie sanft zu ihm, zu ihnen beiden, Sohn und Vater. Die Spezialmischung schmeckte cremig und kraftvoll. Hannah machte ein anerkennendes Gesicht und zeigte es, während Marvin abwartete, in Lauerstellung. Matthias auf dem Display war unsichtbar vor Helligkeit. Nur bruchstückhaft hörte sie ihn sagen, dass sie den Artikel vielleicht erst einmal lesen sollte.

Die Verbindung wurde immer schlechter. Auf der Suche nach Empfang wanderte Hannah ein paar Schritte durch den Raum, ohne dass der Junge sie aus den Augen ließ. Auch als sie sich in den hinteren Bereich zurückzog und noch einmal die Fotogalerie entlangging, fühlte sie sich von ihm beobachtet. Ihr war jetzt klar, dass sie Marvins Beschützerinstinkte unterschätzt hatte. Er machte sich nicht nur Sorgen um seinen Vater, er hatte regelrecht Angst um ihn.

Die Bilder auf dem Display ruckelten zusehends und gerieten ins Stocken. Hannah betrachtete stattdessen ein neueres Baustellenfoto an der Wand, auf dem Matthias mit Planskizzen und Handy im Vordergrund stand und telefonierte, während hinter ihm Hochbetrieb herrschte. Er trug dieselbe Art von Schutzhelm und Signalweste wie die Bauarbeiter in seinem Rücken, ohne dass es wie eine Verkleidung wirkte. Matthias sah damit nicht anders aus, sondern wie ein anderer, so als wäre er nie der Bauernsohn oder Start-upler gewesen, den sie gestern kennengelernt hatte.

»Bist du noch da?«, fragte er. Seine Stimme war noch dieselbe.

Hannah nickte, doch auf dem Display fand keine Bewegung statt.

»Es ist natürlich nur ein Film«, hörte sie Matthias weiterreden, ohne zu wissen, wo er aufgehört hatte, »ein Film von vielen. Niemand kann vorhersagen, ob er gleich wieder in der Versenkung verschwindet oder ob etwas Bleibendes entsteht. Doch so oder so bedeutet es eine Würdigung für deinen Vater und sein Werk. Er ist nicht vergessen.«

»Und wenn es das ist, was ich möchte«, sagte Hannah, selbst davon überrascht, wie sicher sie sich plötzlich war. »Wenn ich ihn vergessen will und alles, was ich von ihm habe ...« Sie stand unbewegt da und fixierte den telefonierenden Fremden auf dem Foto, als wäre es eine Sache zwischen ihm und ihr.

»Das denkst du jetzt vielleicht. Aber in ein paar Jahren, wenn dein Vater länger tot ist und die Wut nachlässt, wird dir die Erinnerung fehlen, glaub mir.« Seine Stimme am anderen Ende blieb ruhig. Es war klar, dass Matthias aus Erfahrung sprach, als jemand, der nach dem Tod seines Vaters allen Grund gehabt hatte, wütend zu sein. »Du solltest nichts überstürzen. Nicht dass du eine Entscheidung triffst, die du später bereust.«

Aber seine Geschichte war nicht ihre Geschichte. Ihr Vater hatte nicht sich, sondern sie ausgelöscht. Die Entscheidung war immer schon da gewesen – in seiner Wohnung, seinem Nachttisch, im Gespräch mit Lüders, auf dem Weg zum Bahnhof, zu ihrem Elternhaus und hierher. Hannah hatte sie nicht getroffen, sie war gefallen, ohne dass sie gefragt worden war.

»Ich hatte nie eine Wahl«, sagte sie. »Insofern gibt es auch nichts zu bereuen, außer dass ich mich so lange mit etwas gequält habe, dessen Ergebnis von vornherein feststand. Ich hätte das Erbe ausschlagen und gar nicht erst herkommen sollen. Jetzt ist es Zeit, Lebewohl zu sagen.«

Von Matthias kam nichts, keine Widerrede, kein Zuspruch. Funkstille. Die Verbindung war abgerissen, ohne dass Hannah wusste, wann und wie lange sie ins Nichts gesprochen hatte. Doch das spielte keine Rolle. Sie hatte gesagt, was sie sagen musste.

Sie wollte sich gerade von dem Mann auf dem Baustellenbild abwenden und Marvin sein Handy zurückgeben, da bemerkte sie rechts unten, vom Rahmen halb abgeschnitten und wie im Vorbeilaufen, die Frau mit den mittellangen, mittelblonden Haaren. Ihr Profil war etwas abgewandter als auf dem Foto, das ihr Vater in seiner Nachttischschublade gehabt hatte. Doch trotz des anderen Winkels und der Bewegungsunschärfe gab es keinen Zweifel. Sie war es, F.

Das Telefon in ihrer Hand fing an zu vibrieren, fast hätte Hannah es fallen gelassen. Auf dem Display erschien in Großbuchstaben »PAPA«. Offenbar hatte Matthias den Glauben ans Netz noch nicht verloren.

»Wer ist die Frau?«, fragte Hannah ins Telefon, als hätte sie ihn angerufen. »Matthias? Kannst du mich hören? Kannst du was erkennen? Wer ist die Frau auf dem Foto?«

Sein Gesicht tauchte auf, tonlos, mit geschlossenen Augen. Vermutlich konzentrierte er sich gerade auf die Tastatur.

»Auf dem Baustellenfoto«, versuchte Hannah es weiter, »dem vorletzten in der Reihe, auf dem du mit Helm und Telefon stehst, siehst du? Hier, vorne rechts läuft eine Frau durchs Bild, wer ist das? Matthias?«

Sie war nah an das Foto herangetreten und hielt das Kameraauge aus verschiedenen Blickwinkeln auf die Frau mit den mittellangen, mittelblonden Haaren, um wenigstens einen Schnappschuss von ihr zu erwischen. Nichts funktionierte.

Hannah nahm das Handy ans Ohr. »Ich muss mit dir reden. Wo genau auf der Baustelle bist du?« Matthias kannte F, keine Frage. Er musste wissen, wer sie war, wie sie wirklich hieß, wo sie sich aufhielt. Es war das Einzige, was Hannah hier noch wollte: die Frau sprechen, die ihrem Vater am Ende seines Lebens näher gewesen sein musste als seine eigene Tochter.

Das Display zeigte unverändert Matthias' Gesicht: eingefroren, untersichtig und gesenkt, mit niedergeschlagenen, fast geschlossenen Lidern. Er sah wirklich traurig aus, sehr traurig, dachte sie und hoffte, dass ihn Marvin so niemals zu sehen bekommen würde. Doch das Programm hatte sich aufgehängt. Das Bild ging nicht weg, auch nicht, als sie alle möglichen Tasten drückte, desgleichen ihr eigenes verwischtes Porträt in der Display-Ecke, die Kinnlinie, die halblangen, halbblonden Haare. Sie starrte sich an. Sie starrte F an.

Die Ähnlichkeit war erschreckend.

Aber sie war es nicht, das konnte nicht sein, die Frau auf dem Foto war jünger als sie, viel jünger, geradezu mädchenhaft. Sie konnten einander noch so sehr gleichen: Hannah war nie auf dem Reiterhof gewesen, weder zu Zeiten des Umbaus noch jemals als Schülerin oder jüngere Frau. Das alles ergab keinen Sinn.

»Marvin«, rief sie und ließ sein Telefon in ihrer Hosentasche verschwinden, »kannst du mir sagen, wer die Frau auf dem Foto ist und wo ich deinen Vater finde?«

Sie überlegte kurz, mit welchem Vorwand sie den Jungen dazu bringen konnte, ihr den Weg zu dem Bauwagen mit der Besprechung zu zeigen, ohne dass er befürchten musste, sie würde sich mit seinem Vater streiten. Vielleicht sollte sie Marvin auch das schwören. Doch als Hannah sich umsah, war sie allein.

14

Keine Verbindung zum Server.

23. April, 12.08 h

Draußen war es noch heller und heißer geworden. Der Sand brannte in der Sonne. Trotz Windstille schwebte über den Wegen, der Weite eine hauchdünne Staubschicht wie Rauch und verlieh der Landschaft in dem schneidenden Licht etwas Ungefähres. Hannah machte sich nicht sofort auf die Suche nach Matthias, sondern blieb einen Moment im knappen Schatten des Gutshauses stehen. Wenn sie das Areal durchstreifte, würde sie früher oder später auf den Bauwagen stoßen, in dem die Besprechung stattfinden sollte. Am klügsten schien es ihr, Marvin zu folgen. Er war mit Sicherheit auf dem Weg zu seinem Vater. Sie hatten dasselbe Ziel.

Die Absperrgitter der Baustelleneinfahrt standen leicht versetzt. Möglich, dass der Junge hier hindurchgeschlüpft war, Hannah konnte weit und breit keinen anderen Eingang entdecken. Sie zwängte sich durch die entkoppelten Zaunelemente und sah sich mit einer Hand über den Augen um. Die Baustelle glich einer Ruine, versunken in Stille und Sand: kein Motorenlärm, kein Hammerschlag, kein Gerede oder Gelächter von Arbeitern, die Pause machten. Über allem lag eine mittägliche Schwere und Schwermut.

Im Haus, bei den klimatisierten Temperaturen, hatte sie es noch eilig gehabt, jetzt musste sie gegen einen unsichtbaren Widerstand ankämpfen. Hannah blieb ein Stück auf der Zufahrtsstraße und kam an einer Reihe von eingerüsteten Fachwerkfassaden vorbei, von denen nur noch die Balken standen, in den Lücken Licht. Schwarz hob sich das Gebälk gegen den Himmel ab. Das ging eine beachtliche Strecke so. Dann gabelte sich der Weg, und vor ihr lag eine Bauwüste mit scheinbar planlos ausgehobenen Gruben und Gräben. Gemessen an den großformatigen Fotos im Wohnzimmer und dem sprunghaften Fortschritt, den sie zeigten, hatte sich hier nicht viel getan, obwohl es ein milder Winter gewesen war. Zur Orientierung bestieg Hannah einen kegelförmigen Sandberg, in den sich schon etliche Spuren gegraben hatten. Dabei trat sie in die kleinsten Fußstapfen, Marvins vermutlich, die aber alt waren und verkrustet. Der Junge, wo immer er steckte, hatte einen anderen Weg gewählt.

Von oben hielt Hannah Ausschau nach dem Bauwagen, der auf dem Display zu sehen gewesen war. Es gab zwei, direkt nebeneinander und nicht weit entfernt. Auf den ersten Blick wirkten sie fast identisch, nur weniger bunt als auf dem Kamerabild. Das Holz, der Sand, das Wasser, alles schien farblos vor Sonne und wie von Asche bedeckt. Die Ruhe der Maschinen ringsum war geisterhaft, so als hätte die Vergangenheit die Gegenwart eingeholt.

Sie war schon wieder auf dem Weg hangabwärts, als Hannah hinter einem Steinhaufen etwas Weißes, Winkliges aufblitzen sah. Sie erkannte das Dreieckstuch mit Gipsarm sofort, tat aber, als hätte sie nichts bemerkt. Kein Wunder, dass sie nicht weiterkam mit ihrem Versuch, sich an Marvins Fersen zu heften. Er war nicht vorausgelaufen, sondern verfolgte sie. Offensichtlich wollte er nicht, dass sie seinen Vater zur Rede stellte.

Seine Angst um ihn musste noch größer sein, als sie dachte.

Hannah lief um eine längere Mauer herum, anscheinend dieselbe wie auf den Facetime-Bildern im Hintergrund, ziemlich sicher sogar. Auf der anderen Seite kamen die Bauwagen wieder zum Vorschein. Sie sahen wirklich genau gleich aus. Beide Türen waren geschlossen. Es schien niemand da zu sein. Vielleicht hatte Matthias die Baustelle auch schon verlassen.

Obwohl sie Marvins Blick im Nacken spürte, konnte Hannah nicht anders: Sie kletterte mit beiden Füßen auf das Rad unter dem Fenster, um ins Wageninnere zu spähen. Beim ersten Versuch sah sie in der fleckigen Scheibe nur den Himmel. Beim zweiten hielt sie sich mit einer Hand am Fensterbrett fest und schirmte mit der anderen die Sonne ab. Schemenhaft waren Tisch und Stühle zu erkennen, eine Art Ofen, ein Spind, alles unbenutzt und angestaubt. Nur eine einsame alte Thermoskanne in der hintersten Tischecke zeugte davon, dass hier einmal so etwas wie Leben gewesen war.

Als sie sich den anderen Bauwagen vornehmen wollte, kam Marvin auf einmal aus seinem Versteck und stellte sich ihr in den Weg.

»Ist Matthias da drin«, deutete Hannah auf die Tür hinter ihm und bemühte sich gar nicht erst, es wie eine Frage klingen zu lassen. Sie wusste, dass es so war, sonst hätte der Kleine nicht all seinen Mut zusammengenommen, um sie aufzuhalten.

»Er ist nicht zu sprechen.« Sein Blick war geradezu feindselig.

»Gerade haben wir noch telefoniert …« Wie zum Beweis hielt sie ihm sein Handy hin, das er nahm und einsteckte, ohne einen Blick darauf zu werfen.

»Er ist traurig.« Marvins Unterlippe zitterte. Zum ersten Mal kam ihr der Gedanke, er könnte zu Recht in der Schule fehlen, so elend sah er aus. Irgendetwas quälte ihn.

»Aber es gab doch gute Nachrichten heute Morgen«, wandte sie ein, als könnte sie Marvin gleich mit aufmuntern. »Dein Vater hat sich gefreut über das Geld für den Film und darüber, dass hier bald gedreht werden soll …«

»Er ist zu traurig«, wiederholte Marvin.

Hannah überlegte kurz und entschied sich für einen versöhnlichen Ton. »Du brauchst dir wirklich keine Sorgen zu machen, ich habe nicht vor, mich mit ihm zu streiten. Ich will deinem Vater nur eine Frage stellen, bevor ich mich verabschiede und euch für immer in Ruhe lasse. Eine einzige Frage, das ist alles.«

Langsam, ganz langsam machte sie einen Schritt vorwärts. Doch Marvin wich nicht einen Zentimeter zurück oder zur Seite. Die Botschaft war unmissverständlich: Bis hierher und nicht weiter!

»Es ist meine Schwester«, sagte er.

Hannah verstand nicht ganz.

»Auf dem Foto, von dem du gesprochen hast, dem Foto von Matthias auf der Baustelle mit seinen Plänen. Du wolltest doch unbedingt wissen, wer die Frau ist, die durchs Bild läuft: Es ist meine Schwester, Julia.«

»Wie …« Sie verstand noch immer nicht. »Wie alt ist deine Schwester denn?«

»Sechzehn«, meinte Marvin achselzuckend, »sechzehndreiviertel. Ich weiß, sie sieht älter aus. Sagen alle.«

Sie sieht nicht nur älter aus, sie sieht aus wie ich vor zwanzig Jahren, dachte Hannah, behielt es aber für sich. Sie musste Julia von Angesicht zu Angesicht treffen, um ausschließen zu können, dass sie die Frau vom See war, die Frau, die das rote Fahrrad genommen hatte. »Ist sie hier? Weißt du, wann sie nach Hause kommt?«

Marvin wiegte misstrauisch den Kopf. »Warum ist das so wichtig?«

»Deine Schwester sieht aus wie die Person, die ich die ganze Zeit suche. Wahrscheinlich ist sie es nicht«, fügte Hannah schnell hinzu. Jetzt war nicht der richtige Zeitpunkt, mit dem Foto in ihrer

Hosentasche herauszurücken. »Aber vielleicht kann sie mir helfen, die Frau zu finden, die sich um meinen Vater gekümmert hat kurz vor seinem Tod. Sie war mehr bei ihm, als ich es sein konnte, und offenbar hat sie ihm am Schluss sogar mehr bedeutet als ich ...«

Es klang wie ein Geständnis, doch irgendetwas musste sie ihm sagen. Marvins Widerstand ließ nach, sein Blick wurde weicher.

»Und das ist meine einzige Frage«, fuhr sie fort. »Was weiß sie von ihm, was ich nicht weiß? In seinen letzten Tagen und Wochen hat mein Vater Dinge gesagt und getan, die ich mir nicht erklären kann, die ich aber verstehen muss, bevor ich hier wieder abreise. Es geht um meinen Vater, Marvin, nicht um deinen.«

Der Junge senkte den Kopf. Jetzt hatte sie ihn traurig gemacht.

»Wie gesagt, ich vermute, deine Schwester ist ein paar Jahre zu jung, um die Richtige zu sein«, spielte sie es herunter. »Oder kannte sie meinen Vater so gut? War sie zuletzt öfter bei ihm?«

Doch Marvin hatte sich bereits umgedreht und starrte auf den Bauwagen, dessen Tür langsam aufging. Die an Haken hängenden Signalwesten und Helme vom Videobild schwenkten wieder in den Blick. Der Türausschnitt blieb leer.

»Hannah?«, kam Matthias' Stimme aus dem Inneren des Wagens. Er sprach sehr leise und zeigte sich nicht.

»Ja, ich bin es, tut mir leid, ich wollte nicht stören«, entschuldigte sie sich und warf einen Seitenblick auf den Jungen. Das Gefühl der Beklemmung, das sie überkam, schien er schon zu kennen. »Es ist wirklich meine Schuld«, rief sie ihren Worten hinterher. »Marvin hat sein Bestes getan, damit ich dich in Ruhe lasse ...«

»Geh nach Hause, Marvin«, schickte er ihn weg. Seine Stimme klang merkwürdig rau und heiser, ganz anders als am Telefon. Der Junge ließ den Kopf vollends hängen. Er kannte diesen Ton.

»Ich begleite ihn zurück, wir unterhalten uns später ...« Hannah hätte lieber auf ihr ungutes Gefühl gehört und wäre nicht wieder zu Matthias in den Wagen gestiegen, schon gar nicht in diesen Bauwagen, der nirgendwohin fuhr. Doch als sie Marvin bei der Hand nehmen wollte, war er schon losgerannt, so als könnte er niemanden mehr vor dem beschützen, was jetzt kam. Einen Moment lang sah Hannah ihm beim Davonlaufen zu. Fast schien es, als würde er ein Bein nachziehen, aber vielleicht brachte ihn auch nur der Gips aus dem Gleichgewicht.

Ihr Weg ging in die andere Richtung.

Schon auf den Trittstufen schlug ihr eine Welle stickiger, schwülwarmer Luft entgegen, vermischt mit dem Geruch von altem Bauarbeiterschweiß und Bier. Drinnen war es drückend heiß. Es dauerte einen Moment, bis sich ihre Augen an das Halbdunkel gewöhnt hatten. Wie sich zeigte, war Matthias nicht nur allein, anscheinend war auch lange niemand anderes mehr hier gewesen.

Er schob mit dem Fuß einen Hocker unter dem Tisch hervor und wies darauf mit einer knappen Kopfbewegung. Es war der einzige Platz.

Hannah hätte viel gegeben für ein Stück freien Himmel und frische Luft, fügte sich aber dem Unvermeidlichen und setzte sich ihm gegenüber. Matthias hatte sich nicht ohne Grund in dieses dunkelste aller Löcher zurückgezogen. Offenbar war es so etwas wie sein Panikraum, eine Art Druck- und Depressionskammer. Marvin hatte das gewusst. Er kannte seinen Vater und wusste, dass er »zu traurig« war, wenn er sich hier verkroch.

Hätte sie bloß auf ihn gehört.

»Ich bin dir eine Erklärung schuldig«, sagte Matthias, ohne aufzuschauen. Seine großen Hände lagen tatenlos auf der Tischplatte, daneben sein Smartphone mit dem Display nach unten. Das hier, dachte Hannah, ist sein anderes Gesicht, das, was keiner sehen darf.

»Zu jeder guten Nachricht gehört eine schlechte. Du kennst bisher nur die sonnige Seite.« Er sprach langsam, fast schwerfällig, so als wäre jedes Wort eine ungeheure Kraftanstrengung. Die Hitze war kaum auszuhalten. Hannah merkte, wie ihr der Schweiß ausbrach im Nacken, am Haaransatz. Ein, zwei Tropfen liefen ihr den Rücken herunter, ohne dass sie es wagte, sich zu bewegen.

»Aber reden wir lieber über die Zukunft, reden wir davon, was hier in zehn, fünfzehn Jahren sein wird«, lenkte er selbst vom Thema ab, wie um sich aufzubauen. »Die Forellen, die ich ausgesetzt habe, steigen jetzt schon an den warmen Abenden und holen sich die Mücken an der Wasseroberfläche. Im Halbschatten unter den Haselbüschen am Südwestufer stehen sie am liebsten. Die Quellströmung ist dort sehr stark. An manchen Stellen kann man sogar sehen, wie das Wasser aus der Tiefe heraufdrängt ...«

Hannahs Blick wanderte zu dem milchig grauen Bauwagenfenster, in dem die Sonne den Staub beschien. Sie dachte an den Fischfriedhof und das Versprechen, das sie Marvin gegeben hatte. Selbstverständlich sagte sie nichts.

»Es ist genügend Zirkulation im See, genügend Sauerstoff zum Leben.« Matthias holte noch einmal Luft, um das zu unterstreichen oder auch nicht. »Normalerweise braucht man für Forellen einen Zufluss, Forellen lieben Fließgewässer, Wasser in Bewegung, aber der See hier wälzt sich selber um, weil so viel Grundwasser nach oben quillt. Dadurch bleibt er auch im Sommer kühl. Das ist wichtig für die Tiere, lebenswichtig. Wenn die Wassertemperatur zu sehr ansteigt und sich der Dreißig-Grad-Marke nähert, sterben die Forellen als Erstes, dann die Barsche, Brassen und Rotfedern. Bei mehr als dreißig Grad schwimmt hier alles mit dem Bauch nach oben. Zum Glück ist unser See sehr tief und wird einer der letzten sein, der stirbt ...«

Hatte Marvin nicht gesagt, es seien keine Raubfische gewesen, die in den Zäunen verendet waren, keine Forellen, nur Brassen und Rotfedern? Natürlich konnte das heißen, dass sie schwerer zu fangen waren oder sogar Matthias' Feinden zu schade. Doch aus irgendeinem Grund beschlich Hannah die Ahnung, die Forellen, von denen er sprach, könnten längst tot sein und auf Marvins Fischfriedhof liegen. Vielleicht musste sie deshalb schwören zu schweigen.

»Die Bedingung ist allerdings, dass der Grundwasserspiegel nicht noch weiter abfällt. Es gibt keinen See mehr, keinen Fluss weit und breit ohne Trockenränder, ohne Ufer, die aussehen, als hätte jemand irgendwo in dem großen Süßwassertank, von dem wir leben, den Stöpsel gezogen. Alle reden von der Dürre, der Hitze, den trockenen Feldern und Wäldern, doch am gefährlichsten ist die Grundwasserebbe unter uns ...«

»Und was willst du dagegen tun?«, gab Hannah ihre Zurückhaltung auf, nachdem er nun doch bei den schlechten Nachrichten angelangt war. »Das ganze Ufer einzäunen?«

Matthias wirkte überrascht und fast ein bisschen erfreut, dass sie auf einmal dagegenhielt.

»Wenn ich den See einzäunen muss, um ihn zu retten, zäune ich ihn ein.« Er bückte sich nach etwas und stellte eine Flasche Schnaps auf den Tisch, die er zu seinen Füßen versteckt haben musste. Während er den Verschluss langsam aufschraubte, sah er Hannah herausfordernd an. »Ich würde dir ja gerne was zu trinken anbieten. Aber das ist das Einzige, was ich hier habe, und du trinkst ja keinen Alkohol ...«

»Heute schon«, sagte sie.

»Erwarte keinen Cocktail, das hier ist Weizenkorn, selbst gebrannt, ein ziemlicher Fusel, ehrlich gesagt.«

Hannah war das egal, sie nahm die Herausforderung an.

Von seinem Platz aus angelte Matthias zwei Schnapsgläser und schenkte ein. Ohne ihr zuzuprosten, kippte er den Klaren schnell und schnörkellos aus dem Handgelenk. Als Hannah zum Trinken ansetzte, verstand sie, warum. Das Zeug war lauwarm und roch nach Spiritus. Im ersten Moment schüttelte es sie regelrecht, und sie bekam eine Gänsehaut bis zum Steiß. Doch mit der Wärme, die sich in ihrem Bauch ausbreitete, löste sich etwas, irgendeine Wut oder Traurigkeit.

Matthias schenkte nach. »Vielleicht solltest du mal nach einer lauen Sommernacht mit mir eine Runde um den See machen. Als dein Vater noch lebte, sind wir uns morgens oft beim Müllsammeln begegnet mit Säcken voller Plastik, Verpackung, Flaschen, Essensresten, Zigarettenkippen und so weiter. An jedem warmen Abend, jedem heißen Tag wird hier mehr weggeschmissen als der See in Hunderten von Jahren abbauen kann.«

»Trotzdem ist es ein seltsames Verständnis von Naturschutz: das Ufer zu verbarrikadieren und den Rest der Menschheit einfach auszusperren …«

»Die andere Möglichkeit wäre, sich in den Staub zu werfen und für Regen zu beten. Wenn sich der See so retten ließe, wäre das billiger.« Er schluckte auf dieselbe Weise auch den nächsten Schnaps.

»Es gibt noch andere Alternativen als Beten oder Besitzen. Man kann sich auch zusammentun mit Gleichgesinnten, Verbündete suchen, sich organisieren, wie auch immer.« Hannah trank und wand sich. »Mit Privateigentum machst du dir jedenfalls nur Feinde.«

Matthias sah ihr ins Gesicht, als wüsste er, was sie dachte. »Du bist bei den Zäunen gewesen, nicht wahr?«

Sie wich seinem Blick aus.

»Du warst heute Morgen mit Marvin am See …« Unaufhaltsam goss er sich nach, ihr Glas war schon wieder gefüllt. »Du warst mit ihm auf dem Friedhof.« Er wusste auch das.

Hannah versuchte, weder zu nicken noch den Kopf zu schütteln. Schweigend starrte sie auf das randvolle Schnapsglas vor sich. Wenn sie es austrank, würde er wieder nachschenken, so viel war sicher. Sie fühlte sich an die übelsten Trinkduelle mit Vivien erinnert. Jetzt rächte sich, dass sie nichts im Magen hatte.

»Meistens schaffe ich es, frühmorgens die Kadaver zu beseitigen, bevor er sie findet, aber an Tagen wie heute …« Matthias trank wieder auf ex, und sie trank mit, dieses Mal noch, sagte sie sich. Hannah wusste, dass es langsam riskant wurde, aber sie hatte immer weniger Angst.

»Ich musste Marvin schwören, dir nichts davon zu erzählen.«

»Du hast mir nichts erzählt, was ich nicht weiß«, sagte Matthias ohne erkennbare Regung. Sie hoffte, er würde jetzt eine kurze Pause einlegen, damit es nicht zu schnell ging. Aus den Augenwinkeln spähte sie durch das fast staubblinde Fenster, um sich zu vergewissern, dass Marvin nicht zurückgekommen war und sie belauschte. Die Baustelle mit ihren Sandkegeln und Kratern glich einer Mondlandschaft, menschenleer und ganz in weißes Licht getaucht, während sie hier im Dunkeln hockten, als warteten sie auf die Nacht.

»Sag ihm bitte trotzdem nichts. Marvin bemüht sich so sehr, die Sache mit den Fischen vor dir geheim zu halten, für ihn würde eine Welt zusammenbrechen.« Ihre Stimme hörte sich vollkommen klar und vernünftig an, doch ihr Gesicht, befürchtete sie, glühte. »Ich glaube, er hat Angst, dass es dich traurig macht.«

Matthias verzog den Mund zu einem schmerzlich-ironischen Grinsen und gab die nächste Runde aus. Bei dem Tempo, das er vorlegte, hätte selbst Vivien nicht mithalten können. Sie konnte von Glück reden, dass es gestern Nacht zu keiner Party gekommen war.

Pro forma nahm sie noch einen Schluck aus ihrem wieder vollen Glas, trank aber nur ein bisschen ab, innerlich hatte sie schon kapituliert. Hitzeschauer rieselten ihr über die Haut. Ihr Puls raste. Sie lehnte sich, soweit es ging, zurück in den Schatten neben dem Fensterausschnitt. Kühler war es dort auch nicht, aber ihr Gesicht lag im Dunkeln. »Tut mir leid, Matthias, ich überblicke das Dilemma nicht, in dem du steckst. Aber lass mich den einen Satz noch sagen, bevor ich betrunken bin: Es nützt nichts, wenn du dich hier einigelst. Warum setzt du dich nicht mit der Gegenseite an einen Tisch und –«

»Wer so weit gegangen ist«, unterbrach er sie schroff, »will mich an keinem Tisch, sondern am Boden.«

»Dann musst du die Polizei verständigen.«

»Die Polizei …« Matthias schnaubte verächtlich und griff wieder zur Flasche. Doch sie hielt rechtzeitig eine Hand über ihr halb volles Glas. Mit einer gewissen Befriedigung schien er zur Kenntnis zu nehmen, dass sie schon passen musste. Dann wurde sein Gesicht wieder hart.

»Es ist vorbei, Hannah. Der Uferstreit ist entschieden, in letzter Instanz. Heute früh erging der Bescheid, dass die Einzäunung meinerseits widerrechtlich ist. Mir wird eine Frist von drei Tagen eingeräumt, um den ungehinderten Zutritt zum See wiederherzustellen und dauerhaft zu gewährleisten. Andernfalls muss ich mit empfindlichen Geldstrafen rechnen und einer Zwangsräumung des Uferstreifens auf meine Kosten.«

Hannah fühlte sich schlagartig nüchtern.

»Laut Gerichtsbeschluss handelt es sich beim freien Zugang zum Wasser um ein Grundrecht«, zitierte er weiter. »Dementsprechend hat bei öffentlichen Gewässern ein Uferstreifen von drei Metern für die allgemeine Nutzung zur Verfügung zu stehen, insbesondere in Zeiten drohender Wasserknappheit. Sofern die Stadt nicht selbst Eigentümerin der Liegenschaften ist, hat sie das Recht die fraglichen Anlieger im Interesse der Allgemeinheit partiell zu enteignen.«

»Dann ist das die schlechte Nachricht?« Hannah konnte so schnell nicht folgen. Ihr Juristendeutsch war ziemlich eingerostet seit der Zeit bei Lüders in der Kanzlei, und der Alkohol machte sie langsam. »Ich wusste gar nicht, dass Enteignungen bei uns möglich sind, Enteignungen von Grund und Boden …«

»Zugunsten des Allgemeinwohls und als letztes Mittel, sagen die Richter. Gütliche Einigungen mit Entschädigungsleistungen finanzieller Art oder in Form von Ausgleichsflächen sind dieser Maßnahme vorzuziehen. Deswegen waren die Bauern ringsum so scharf auf den Deal. Den Uferstreifen dürfen sie ohnehin nicht düngen und bewirtschaften, nicht offiziell wenigstens, wegen der hohen Nitratbelastung fürs Grundwasser. Der Einzige, der sich geweigert hat, zu diesem schmutzigen Geschäft die Hand zu reichen, war ich. Aber natürlich hast du recht. Wenn man sich dieses Urteil anschaut, hätte ich mich wohl besser mit den Herren an einen Tisch setzen sollen. Selber schuld.«

Matthias goss sich schon wieder ein und trank. Ihr Versuch, ihn daran zu hindern, kam zu spät. »Das heißt, die anderen Anlieger haben verhandelt und sich schadlos gehalten?«

»Das ist ja der Grund, warum ich ihnen ein Dorn im Auge bin.«

»Aber wenn du weißt, dass es die Bauern waren – das mit den Fischen, meine ich –, warum zeigst du sie nicht an?«

Matthias stierte einen Moment vor sich hin mit demselben trotzigen Gesichtsausdruck, den sie von ihm schon kannte. »Es könnte jeder gewesen sein. Alle sind gegen mich, nicht nur die Bauern, auch die Aktivisten von der #Freies-Ufer-Kampagne, sogar meine ältesten Freunde und Bekannten aus Naturschützerzeiten. Du solltest mal die Hasskommentare über mich im Netz lesen. Gegen das, was da steht, sind ein paar tote Fische harmlos.«

Sie nickte unbestimmt.

»Für die meisten bin ich nur der Öko-Kapitalist«, fuhr er fort und fegte mit einer Handbewegung beinahe sein Glas vom Tisch, »der dubiose Investor mit grünem Anstrich, der aus Profitgier eine

Luxusresidenz für Senioren aus dem Boden stampft und den See zum Privatvergnügen für die Reichen und Gebrechlichen erklärt, exklusiv wie ein Golfplatz, während die normalen Bürger leider draußen bleiben müssen, hinter den Zäunen, und das Wasser nicht mal mehr zu Gesicht bekommen.«

Hannah nickte noch einmal. »Keiner an deiner Stelle wäre erfreut über die Aussicht, dass ihm in Zukunft Jogger und Spaziergänger durch den Seeblick latschen und in die Panoramafenster gucken. Und, ja, wahrscheinlich ist dein Grundstück durch den freien Zugang für alle weniger wert, doch dafür wirst du weniger gehasst. Es geht um gute Nachbarschaft, Matthias, so muss man es sehen.« Sie legte eine Hand auf seinen Unterarm wie zur Beruhigung und damit er nicht weitertrank. »Ich meine, wenn diese schlechte Nachricht dazu führt, dass die Drohungen aufhören und endlich Ruhe einkehrt, hat sie auch ihr Gutes.«

»Und der See?«, fragte er düster.

Hannah zuckte mit den Schultern. »Das Letzte, was dem See hilft, ist ein Krieg ums Wasser.«

Matthias senkte den Blick, doch nicht aus Traurigkeit, sondern vor Wut. »Es war von Anfang an ein schmutziges Geschäft. Dem Gestüt wurde der Pachtvertrag gekündigt, der Betreiber bekam die Nutzungsrechte nachgeworfen, samt Fördergeldern, Investitionszulagen, Steuervergünstigungen, und wofür? Für eine Handvoll Arbeitsplätze, die sofort wieder abgewickelt wurden, als es sich nicht mehr rentiert hat und der Insolvenzantrag folgte. Altlasten wurden nicht beseitigt, und niemand hat sich darüber aufgeregt, geschweige denn die Verursacher zur Rechenschaft gezogen. Gerade diejenigen, die heute am lautesten herumtönen von wegen Bürgerwohl, Teilhabe und Allgemeingut haben damals alles an die Privatwirtschaft verscherbelt, sämtliche Rechte zu Schleuderpreisen, koste es die öffentlichen Kassen später einmal, was es wolle.«

Sie hatte noch immer die Hand auf seinem Arm und nahm sie weg. »Es war eine andere Zeit.«

»Nein, Hannah, es hat sich seitdem nichts geändert, gar nichts. Es sind genau dieselben Leute mit genau denselben Interessen.«

Sie rückte ein Stück von Matthias ab, die Situation geriet langsam außer Kontrolle, warnte die Tramperin in ihr. Er packte sie am Handgelenk. »Du warst am Ufer bei den Zäunen und hast gesehen, dass es zwei sind. Warum beschließt ein Gericht, dass der Zaun auf dieser Seite weg muss und auf der anderen Seite stehen bleiben darf?« Sein Griff war nicht brutal, konnte es aber werden, falls sie versuchen sollte, sich herauszuwinden. »Warum redet keiner davon, dass auch das Kieswerk der Öffentlichkeit einen Zugang zum Wasser einräumen muss? Wieso werden von den Betreibern keine drei Meter Uferstreifen verlangt und enteignet, kannst du mir das verraten?«

Hannah sah ihm fest in die Augen und versuchte zu ignorieren, dass er immer kräftiger zudrückte. »Ich nehme an, es gibt Sicherheitsgründe. Betreten verboten, heißt es doch überall, wegen Lebensgefahr ...«

»Dann wäre es die verdammte Pflicht und Schuldigkeit der Verantwortlichen, diese Gefahren zu beseitigen und das Ufer zugänglich zu machen. Rückbau und Renaturierung, das fordere ich die ganze Zeit. Aber mein Engagement für den See wird als Eigennutz abgetan, meine Eingaben zur Beseitigung der Altlasten belächelt man, weil ich angeblich nur den Preis für meine Seniorenapartments in die Höhe treiben will. Und von der Presse werde ich als ›grüne Heuschrecke‹ verschrien!«

»Du tust mir weh«, sagte Hannah durch die Zähne und zog im selben Moment ihre Hand zurück. Dass er sie zu hart angefasst hatte, schien Matthias erst jetzt bewusst zu werden. Doch statt einer Entschuldigung kam von ihm bloß ein bitteres Lächeln, so als sei auch das nur ein weiterer Beweis, wie sehr ihn alle Welt missverstand.

»Einen Letzten, zur Versöhnung?« Er lächelte noch bitterer und spielte mit dem Schraubverschluss.

»Ich würde jetzt gerne gehen«, sagte Hannah ruhig, aber entschieden. Die Tramperin wusste, wie unklug es war, Angst zu zeigen. Wer die Flucht ergriff, wurde verfolgt. Sie kam allein und ohne Probleme von ihrem Hocker hoch. Obwohl sie ihre Beine kaum spürte, schwankte sie kein bisschen.

Matthias schien das nicht zu beeindrucken. Er füllte die Gläser. »Wenn du glaubst, das war's, täuschst du dich. Die eigentliche schlechte Nachricht kommt noch.«

»Mein Bedarf an schlechten Nachrichten ist für heute gedeckt.« Hannah schlängelte sich auf engstem Raum an ihm vorbei zur Tür. Auch nüchtern hätte sie ihn wahrscheinlich gestreift, mit der Hüfte an der Schulter und am Oberarm. Matthias war ein Sitzriese, selbst wenn er nicht gerade saß. Doch er packte sie nicht und versuchte auch nicht, sie festzuhalten. Er drehte sich nicht einmal um.

»Ich mache es kurz: Die Wahrheit ist, es wird kein freies Ufer geben, nicht einen einzigen Meter«, sagte er zu ihrem leeren Platz. »Das Urteil hat in einem Punkt recht: Ich hätte den Uferstreifen nie einzäunen dürfen. Der See, so wie er vor uns liegt, ist offiziell Teil des Betriebsgeländes, und die Kommune hat damals die gesamten Zugangs- und Nutzungsrechte an die Betreiber verpachtet – mit der Option auf eine Verlängerung um fünfzig Jahre. Diese Ansprüche wurden bei der Insolvenz der hiesigen Kieswerke auf den Mutterkonzern zurückübertragen, der bis dato nichts damit anfangen konnte. Doch inzwischen gibt es neue Pläne …«

Langsam schob er sein Glas über den Tisch, bis es mit ihrem anstieß, aber es klang nicht, sondern machte nur klick.

»Was für Pläne«, fragte sie. Er starrte weiter auf ihren Hocker, als wäre er im Gespräch mit der Luft.

»Was für Pläne?«, wiederholte sie.

Matthias erhob sein Glas. »Eine Deponie«, sagte er.

»Eine Mülldeponie?«

Er nickte und trank.

»Woher weißt du das?« Hannah machte einen Schritt zurück, drehte sich halb und stieß noch mal aus Versehen gegen seine Schulter, diesmal mit der anderen Hüfte und ein bisschen fester. Doch Matthias schien die Berührung gar nicht zu bemerken, er sah noch immer ins Leere.

»Die Stadt hat ein Kapazitätsproblem. Sie wächst, und mit ihr wachsen die Müllberge. Alle reden von Wohnungsnot und Bauprogrammen, aber keiner fragt sich, wohin mit dem Schutt, dem Sondermüll, den Tausenden Tonnen zusätzlicher Haushaltsabfälle. Früher wurde das alles elegant im Ausland entsorgt. Nur geht das heute nicht mehr so ohne Weiteres und wird außerdem immer teurer. Die Stadt hat bereits eine Kommission mit der Standortsuche beauftragt, die angeblich ›ergebnisoffen‹ nach ökologisch und sozial verträglichen Lösungen sucht. Doch es läuft alles auf den See hinaus. Sie werden ihn zuschütten, sobald das entsprechende Grundwasserschutzgutachten vorliegt, das die Schadstoffeinsickerungen, die Gefährdungen durch Mikroplastik und giftige Gase von der Deponie für unbedenklich erklärt. Und es ist nur eine Frage der Zeit, bis dieses Gutachten geschrieben wird.«

»Bist du sicher? Ich meine, geplant und begutachtet wird viel, aber ob es auch wirklich passiert …« Sie berührte ihn schon wieder, weil sie ein bisschen aus dem Gleichgewicht gekommen war und sich aufstützen musste. So fest stand sie wohl doch nicht auf den Beinen. Um nicht auf seinem Schoß zu landen, ließ sie sich wenig elegant auf den Hocker plumpsen. Sie saß Matthias jetzt wieder gegenüber, doch er sah an ihr vorbei aus dem Fenster und schwieg, als sei die Deponie beschlossene Sache und der See unter Müllbergen so gut wie begraben. Das Weizenfeld kam Hannah wieder in den Sinn, die geschwungenen, schwarz-weißen Hügel aus der Zeit vor den Farbfotos, weit weg und leicht verschwommen.

»Das ist eine verdammt schlechte Nachricht«, sagte sie.

»Es ist ein verdammt schöner See«, sagte er und sah durch das milchige Fenster.

Hannah schloss kurz die Augen, riss sie aber beim ersten Anflug von Schwindelgefühl gleich wieder auf und starrte auf die Tischplatte, Matthias' große Hände, ihr kleines Glas, die vielen Flaschenbodenränder. Auf einmal kam ihr alles so schade vor und so vergeblich. Vielleicht war es tatsächlich das Beste, sich zu betrinken. Schließlich hatte sie schon damit angefangen, und das Zeug schmeckte nicht mehr so scharf. Doch sie schaffte das Glas nur zur Hälfte.

»Wenn die Deponie nicht zu stoppen ist«, sagte sie, so klar sie konnte, »hieße das, du baust eine Seniorenresidenz am Rand einer Müllhalde ...«

»Es heißt«, Matthias blieb bei seinem Blick, »dass es nur eine Möglichkeit gibt, den See zu retten: ihn zu kaufen.«

In gewisser Weise fand sie das nicht weniger traurig und trank den Rest aus ihrem Glas. Sie schüttelte sich fast gar nicht mehr.

»Wenn die Deponie kommt, bin ich erledigt, das ist wahr«, schloss Matthias an einen Gedanken an, den sie schon fast wieder verloren hatte. »Dann landet alles, was ich hier aufbauen wollte, mit auf dem Müll. Ich kann mich nur retten, wenn ich den See rette, das habe ich nie geleugnet. Aber ich will, dass du weißt, Hannah, ich würde ihn auch retten, wenn es nicht so wäre.«

Sie wusste nicht, ob er das mit Absicht so sagte, doch der Satz erinnerte sie an ihren Vater und seine Liebe zu diesem, genau genommen, ziemlich hässlichen See. Unwillkürlich kam ihr in den Sinn, wie sich die beiden Männer morgens beim Müllsammeln am Ufer über den Weg liefen und grüßten, der Schwimmer den Nichtschwimmer und umgekehrt. Bei der Vorstellung musste sie lachen.

»Entschuldige, ich lache nicht über dich«, versuchte sie, Matthias mit etwas Mühe zu erklären. »Ich musste nur gerade an meinen Vater denken. Nicht beleidigt sein, bitte ...«

Er nickte nur und wartete, bis sie still war. »Wenn jemandem dieser See etwas bedeutet hat, dann ihm«, sagte er schließlich. »Insofern kann dir nicht ganz egal sein, was daraus wird.«

»Jetzt verlang du nicht auch noch von mir, dass ich sein Andenken wahre und die Verantwortung für sein geistiges Eigentum übernehme!« Von dem Gedanken an das Erbe ihres Vaters hatte sie wahrlich genug. Doch Matthias legte eine ungeahnte Milde in seinen Blick.

»Ich verlange gar nichts von dir, Hannah. Ich wäre nur froh, wenn du bleibst.«

Irgendetwas an der Art, wie er das sagte, berührte sie angenehm und unangenehm zugleich. Ihr wurde flau im Magen.

»Wie wär's mit einem Allerletzten?«, fragte sie schnell und nahm die Flasche, um es zu Ende zu bringen.

Matthias protestierte nicht, vielleicht war er auch zu betrunken. Er hatte ohnehin einen riesigen Vorsprung. Von dem Korn war nicht mehr viel übrig. Also goss sie ihm die Hälfte ein und trank den Rest aus der Flasche, verschätzte sich aber mit dem letzten Schluck. Ein kleines Rinnsal lief ihr über Kinn und Hals.

»Entschuldige«, wiederholte sie keuchend und vermied es, Matthias ins Gesicht zu sehen. »Du musst mich für eine Alkoholikerin halten, aber das ist nur der schlechte Einfluss von früher, weißt du?«

»Ich weiß«, sagte er, »ich kenne die Geschichten.«

Ihr Lächeln entgleiste. »Nicht alle, hoffe ich. Und hoffentlich keine Details …«, fügte sie leicht verzögert hinzu, während sie versuchte, die leere Flasche möglichst unauffällig zwischen ihren Beinen verschwinden zu lassen. Als sie hochschaute, ruhte Matthias' Blick auf ihr, schwer und unbeirrbar. Das flaue Gefühl war sofort wieder da, angenehm-unangenehm, noch heftiger als vorher.

»Ich muss jetzt gehen«, sagte die Tramperin, ihre Stimme zitterte nicht.

»Einen Moment«, bat Matthias und fing an, etwas zu suchen. Sie befürchtete, er würde aus irgendeinem Schrank oder Schubfach die nächste Flasche hervorkramen. Ein bisschen hoffte sie es auch. Doch Hannah war in ihrem Leben oft genug mit Männern abgestürzt, um zu wissen, dass es ab einem gewissen Punkt schwer war, Schwerstarbeit, ihnen klarzumachen, wann Schluss ist, wenn es nicht auf das Übliche hinauslaufen sollte. In diese Lage wollte sie mit Matthias auf keinen Fall kommen.

»Wo steckt eigentlich Vivien?«, fragte sie ganz direkt.

Matthias war noch immer mit Suchen beschäftigt und durchwühlte eine Kiste voller Krimskrams. »Du hast nicht zufällig Zigaretten dabei?«

Hannah verstand nicht ganz.

»Vivien und ich haben zusammen aufgehört«, brummte er vor sich hin, »und diesen idiotischen Nichtraucher-Pakt geschlossen. Seitdem verstecken wir unsere Zigaretten, und ich finde nichts mehr.«

Hannah erwähnte nicht noch mal, dass sie in ihrer Hütte eine Packung hatte, falls er darauf spekulierte. »Ich muss jetzt wirklich gehen«, sagte sie, als wäre es eine neue Erkenntnis. Beim Aufstehen stieß sie mit einem Fuß die Flasche um, die lautstark über den Boden polterte und gegen die Bretterwand knallte. Aber sie bückte sich nicht.

»Vivien bricht den Pakt ständig.« Matthias gab die Suche auf. »Wahrscheinlich sitzt sie gerade jetzt beim Italiener in der Stadt, raucht zum Nachtisch eine nach der anderen und denkt, ich merke es nicht.«

Er warf eine Schranktür zu, richtete sich auf und stand mit leeren Händen vor ihr, groß und gerade. In dem niedrigen Bauwagen reichte er fast bis an die Decke. Hannah war noch immer ein bisschen schwindelig vom Hochkommen. Sie musste sich einen Augenblick an der Tischkante festhalten, was sie ärgerte, weil sie eigentlich nicht so schlimm betrunken war. Ihr Kopf funktionierte, nur ihre Beine waren taub. Doch bevor sie ihm das lang und breit erklärte, lehnte sie sich einfach an Matthias' Schulter und ließ sich von ihm stützen, während er die Bauwagentür mit dem Fuß aufstieß und ihr die Treppe hinunterhalf ins Helle.

TEIL II

1

Wegen der anhaltenden Trockenheit gilt in der gesamten Region erhöhte bzw. höchste Waldbrandgefahr der Warnstufen vier bis fünf. Das Betreten des Waldes ist verboten. Auf Straßen und Parkplätzen in und am Wald besteht Parkverbot.

Amtliche Warnung des Deutschen Wetterdienstes,
23. April, 16.00 h

Ihr war so schnell schwarz vor Augen geworden wie bei einem Schlag in den Nacken. Hannah fehlte jedes Gefühl, ob sie nur kurz oder für längere Zeit weggetreten war. Langsam kam sie wieder zu sich. Ihre Lider waren schwer, sie konnte kaum die Augen offen halten. Wahrscheinlich lag es an der Verbindung von Alkohol und kaltem Wasser – auch davon hatte sie zu viel geschluckt bei ihrem Versuch, durch den See zu schwimmen. Es was so ziemlich das Letzte, was sie noch wusste.

»Erkennst du mich?« Die Frau von dem Foto tauchte vor ihr auf. Ihr Gesicht war so jung. »Kannst du verstehen, was ich sage?«

Hannah nickte. Aus der Nähe sah ihr die Fotofrau nicht sonderlich ähnlich, das Kinn vielleicht, die Kinnlinie und Haare, ansonsten hatte sie ganz andere Züge. Doch sie nickte ihr zu wie ein Spiegelbild und lächelte ein so junges Lächeln.

»Julia …?«, fiel ihr der Name wieder ein.

Das Lächeln verschwand, die junge Frau legte lautlos einen Finger auf die Lippen. Doch die Antwort war ja.

Viviens Tochter, dachte Hannah, froh, sie endlich gefunden zu haben, und gleichzeitig ein bisschen enttäuscht. Ihr fielen die hohen Wangenknochen auf – weniger ausgeprägt, aber unverkennbar – ebenso wie die mandelförmigen, schwarzen Augen ihrer Mutter.

»Was ist mit Matthias und Marvin, sind sie weg?« Mit einem Mal kamen die Bilder zurück, wie die beiden winkend und rufend am Ufer gestanden hatten, um sie davon abzuhalten, in ihrem Zustand auf den See hinauszuschwimmen. Der Junge war auch dabei gewesen, und ihr wurde wieder peinlich bewusst, dass er sie so betrunken gesehen hatte, am helllichten Tag, ausgerechnet Marvin mit seinem Blick.

Das Mädchen – Julias Züge waren, verglichen mit Vivien, sehr mädchenhaft – legte noch einmal den Finger auf den Mund und erklärte dann leise, die anderen hätten sich auf den Weg gemacht, um ihr etwas Warmes zum Anziehen zu holen.

Hannah sah an sich hinunter und musste feststellen, dass sie halb nackt war.

»Du hast dich mit deinen Klamotten ganz schön abgestrampelt. Wir dachten alle, du ertrinkst. Matthias hatte sogar schon den Notruf gewählt. Aber irgendwie bist du das Zeug losgeworden und weitergeschwommen …«

Bruchstückhaft erinnerte sie sich, wie sie mit ihrem T-Shirt gekämpft hatte, weil es im Wasser immer weiter und schwerer geworden war. Von ihrer Jeans wusste sie nichts mehr. Sie wusste nur, dass sie am liebsten im See versunken wäre, so sehr hatte sie sich vor Marvin geschämt.

»Am Ende hast du es noch ganz allein bis ans Ufer geschafft, sogar vor mir. Aber du bist nicht mehr aus dem Wasser gekommen, weil die Kotzerei plötzlich losging. Zum Glück waren Matthias und Marvin da, um zu helfen, und haben dich rausgezogen.« Julia streckte sich in ihrem Neoprenanzug auf dem Uferstein und rollte ein paar Mal mit den Schultern. Sie musste von der Einstiegsstelle ihres Vaters aus ins Wasser gesprungen und ihr entgegengeschwommen sein. Gleich neben ihren langen Beinen lag ihr Rucksack auf dem flachen grauen Fels.

»War was Wichtiges in deinen Hosentaschen, irgendwelche Wertsachen, Schlüssel, Ausweise, Geld?« Hannah hörte reaktionslos zu, als ginge es um eine unbekannte dritte Person. »Die Chancen, deine Sachen wieder aus dem Wasser zu fischen, stehen nämlich nicht so gut. Aber wenn du möchtest, springe ich noch mal rein, auf gut Glück, so ungefähr weiß ich die Stelle, wo du sie ausgezogen hast«, bot Julia ihr an und blickte hinaus auf den See. Nass sahen ihre Haare etwas länger aus als mittellang und dunkler als mittelblond, doch es gab keinen Zweifel: Sie war F. Seltsam, wie viel älter sie im Profil wirkte. Es war ihre Kinnlinie, ihr Ähnlichkeitskinn, das sie so erwachsen erscheinen ließ.

»Bleib«, sagte Hannah.

»Ich hoffe, es ist kein allzu großer Verlust.« Mit einem Ausdruck des Bedauerns wandte sich Julia ihr zu und wurde wieder zum Mädchen.

Da war vor allem das Foto in ihrer Hosentasche, das Bild von F, das ihr Vater in seinem Nachttisch gehabt hatte. Jetzt lag es auf dem Grund des Sees, und Julia saß neben ihr, so wie sie vielleicht an der Seite ihres Vaters gesessen hatte.

»Schon gut.«

Hannah versuchte, sich aufzurichten, doch das Mädchen stoppte sie, legte ihr eine schwarze Kapuzenjacke über die Schultern und umwickelte ihre nackten Beine mit einem Handtuch. »Du bist total unterkühlt. Alkohol ist ein Porenöffner und echt tückisch, weil du ganz viel Wärme abgibst, aber die Kälte nicht spürst …«

»Lernt man das heutzutage in der Schule?«, murmelte Hannah, doch die Ironie wollte ihr nicht gelingen, sie war zu erschöpft.

»Alles, was ich über Kälte weiß, habe ich von deinem Vater gelernt.« Julia ließ sich von Hannahs Blick nicht beirren und holte eine Tube Sonnencreme aus ihrem Rucksack. »Allerdings hat er sich immer mit Melkfett eingeschmiert, um eine Schutzschicht beim Schwimmen zu haben, während ich lieber UV-Blocker nehme. Ich bin nicht ganz so asketisch und bleibe meistens länger in der Sonne als im Wasser. Möchtest du?«

Julia wollte ihr etwas Sonnencreme auf die Hand geben. Doch Hannah zuckte zurück. Ihre Finger sahen leichengelb aus, die Handrücken ungesund blau vor Kälte und Schnaps. Lieber schaute sie zu, wie Julia sich weiter eincremte. Das glänzend schwarze Neopren sparte nur die Unterarme aus und die Beine knieabwärts, es waren eindeutig die Arme und Beine einer Schwimmerin.

»Habt ihr euch gut gekannt?«

»Wir haben uns leider zu spät kennengelernt, eigentlich erst Anfang letzten Winter, als es ihm schon schlechter ging …«, sagte Julia und verrieb die Cremereste am Hals und im Nacken. »Natürlich wusste ich längst, dass er Schriftsteller war, der Vater von Mamas alter Freundin und so weiter. Aber bis dahin hatte ich in ihm eigentlich nur einen merkwürdigen alten Mann gesehen, der bei jedem Wetter ins Wasser ging.«

»Und was hat deine Meinung geändert?«, folgte Hannah der Spur. »Musstest du meinen Vater auch aus dem See ziehen und für ihn Krankenschwester spielen?«

Dass sie mehr oder weniger ausgefragt wurde, schien Julia nicht weiter zu kümmern. Seelenruhig steckte sie die Sonnencreme wieder in ihren Rucksack und sagte dann mit einem Achselzucken: »Ich habe sein Buch gelesen, sein wichtigstes.«

Es war kein Vorwurf, überhaupt nicht, doch Hannah wurde

rot. Sie konnte spüren, wie ihr trotz Unterkühlung das Blut zu Kopf stieg. Glücklicherweise sah Julia woandershin. Das Mädchen, die Frau im Profil hatte sich aufgerichtet, schaute hoch und horchte. Im nächsten Moment hörte Hannah ebenfalls das Tuckern des Dieselmotors und das Quietschen alter Bremsen. Auf der anderen Seite der Böschung musste Matthias mit seinem Wagen vorgefahren sein.

Julia sprang auf die Füße. »Wie oft habe ich ihm schon gesagt, er soll das Auto stehen lassen, vor allem dieses Auto!«

Türen schlugen irgendwo jenseits der Böschung. Marvins helle Stimme war zu hören und eine dunkle, unverständliche Antwort von Matthias. Sie kamen.

Auch Hannah reckte den Kopf und setzte sich auf, um die Kapuzenjacke richtig anzuziehen. Sie hatte sich vor den beiden genug blamiert und wollte sich keine weitere Blöße geben. Julia half ihr in die Ärmel. Die Jacke passte gut.

Den Versuch, wieder auf die Beine zu kommen, musste sie allerdings aufgeben. Es ging einfach nicht. Hannah dachte einmal mehr, dass sie besser schwimmen konnte als laufen, doch es war genau der Gedanke, der sie in diese Lage gebracht hatte.

»Was ist denn mit deinem Fuß passiert?«

Um ihre Ferse herum waren sämtliche Hautrillen und Runzeln rostbraun gefärbt, über dem Einstich hing ein weißer, flappender Hautlappen. Offenbar war die Wunde wieder aufgegangen.

»Ich bin in irgendetwas Spitzes getreten beim letzten Mal, als ich hier schwimmen war, halb so wild.« Sie wich Julias Blick aus. Mit der Erinnerung an ihre seltsame erste Begegnung am Ufer kam ihr auch der Fahrraddiebstahl wieder in den Sinn. »F«, murmelte sie unfreiwillig und schaute die Böschung hinauf. Das rote Fahrrad stand fast wieder da, wo sie es bei ihrer Ankunft vorgestern abgestellt hatte. »Was bedeutet eigentlich dieses eingeritzte F?«

An dem leuchtenden Rot des Rahmens hatte sie sich die ganze Zeit im Wasser orientiert, das wurde ihr auf einmal wieder klar. Schon von Weitem, von der anderen Seite des Sees, hatte sie es angepeilt und war auf diesen Punkt zugeschwommen, sonst hätte sie das Ufer vielleicht nie erreicht.

»Du meinst das Fahrrad?« Julia lachte kurz und trocken. Offenbar hatte sie keinerlei schlechtes Gewissen und maß diesen Dingen wenig Bedeutung bei. »Eine Zeit lang haben ein paar Freunde und ich sämtliche brauchbaren Räder, die aus dem See gefischt wurden, wieder in Gang gebracht und frisch lackiert, aber nicht nur für uns, sondern als Freiräder für alle.«

»Freiräder?«

»Deswegen das F, damit jeder weiß, dass man sie nehmen und stehen lassen kann, wo man will, anstatt sie zu klauen und danach ins Wasser zu schmeißen. Leider fand die Polizei unsere Idee nicht so gut, weil bald auch Privaträder mit dem Freirad-F markiert und gestohlen wurden. Am Ende sind beinahe genauso viele Räder wieder im Wasser gelandet wie vorher. Aber ein paar Freiräder gibt es noch immer …«

Hannah sah noch einmal hinauf zu dem in der Sonne leuchtenden roten Gestänge, so als stünde dort jetzt ein ganz anderes Rad. Der Werkzeugkasten im Keller ihres Vaters fiel ihr wieder ein, womöglich gehörte er zur Ausrüstung von Julias Freirad-Freundeskreis, vielleicht hatte ihr Vater sogar an den Rädern geschraubt, auch wenn das nicht zu dem Mann passte, den sie vor Kurzem beerdigt hatte.

Am Rand der Böschung tauchten die Köpfe von Matthias und Marvin auf. Schweigend kletterten die beiden höher und dann Schritt für Schritt zu ihnen herab, schwer bepackt mit Decken, Kissen und einem Picknickkorb. Es sah aus, als wollten sie sich auf dem Uferstein häuslich niederlassen. Doch für die Komik der

Situation schien Matthias nichts übrigzuhaben. Offensichtlich war er ihr böse, weil sie sich mit ihrem betrunkenen Sprung ins Wasser in Lebensgefahr gebracht hatte. Marvin versteckte sich weitgehend hinter seinem Vater und vermied jeden Blickkontakt, so als hätte er sie schon tot gesehen. Eine Unterhaltung fand nicht statt, aber sie fehlte auch keinem.

Warm und unentwegt schien die nachmittägliche Sonne auf den Uferstein. Die Wasserspuren und flossenartigen Fußabdrücke auf der grauen, großporigen Oberfläche verblassten oder waren schon verblasst. Vom See stieg eine stille Kühle auf, flimmerte im Licht über dem Wasser und verflog. Vielleicht war es doch keine schlechte Idee, noch eine Weile hierzubleiben. Wortlos ließ sich Matthias den UV-Blocker geben und cremte erst Marvin ein und dann sich – eine hochsommerliche Szene wie bei einem Strandausflug. Nur Hannah saß da, in Decken gehüllt, noch immer zitternd und geschüttelt von einer Kälte, die sie kaum fühlte.

Im Picknickkorb befand sich neben Butterbroten und einer Thermoskanne Pfefferminztee auch ein Topf mit heißer Hühnerbrühe, ziemlich dünn, aber die Wärme würde guttun. Zum ersten Mal seit Langem verspürte Hannah wieder Appetit. Mit einer Art Erleichterung löste sich der unterdrückte Hunger ganzer Tage. Das Zittern ließ nach. Sie konnte ihren Umhang aus Decken bald abstreifen und machte sich mit der Brühe im Magen über die Brote her, die offensichtlich Marvin geschmiert hatte, eigen- und einhändig. Die Scheiben waren ungelenk geschnitten und mit Streifen harter Kühlschrankbutter mehr belegt als bestrichen. Der leichenblasse Käse, der schon auf dem Frühstückstisch gestanden hatte, schmeckte nicht so traurig, wie er aussah.

Sie aßen viel und sprachen wenig, als ginge es hauptsächlich darum, den Picknickkorb leer zu machen. Dass Julia sich nicht daran beteiligte, fanden Matthias und Marvin normal.

Schläfrig und schwerer werdend blinzelte Hannah in die Sonne, die langsam zu sinken begann auf ihrer vorgezeichneten Bahn über die Sandberge und Förderanlagen des Kieswerks. Der Tag war noch nicht zu Ende, doch die großen und kleinen Katastrophen der vergangenen Stunden schienen auf einmal weit weg. Nur der See war noch da in diesem Moment, als wäre er immer schon da gewesen und würde für immer da sein, still und in sich ruhend zwischen den kahlen Sandklippen und dem wuchernden Ufergestrüpp der Böschungen. Möglich, dachte Hannah, dass sie diesen Gedanken von ihrem Vater geerbt hatte, möglich, dass Julia genauso dachte.

Sie saß nicht im Profil, sondern mit dem Rücken zu ihr, zu ihnen allen. Irgendwann im Laufe des Picknicks hatte Julia sich an den unteren Rand des Ufersteins zurückgezogen, wo sie ihre Füße ins Wasser baumeln ließ. Aus dem Neoprenanzug hatte sie sich zur Hälfte herausgeschält, er hing wie ein leerer schwarzer Schlauch um ihre Hüften. Darunter trug sie ein anthrazitfarbenes Tanktop, das nicht nur sportlich wirkte, sondern in Verbindung mit ihrem durchtrainierten Körper fast schon militärisch. Die Wirbel ihres Rückgrats ließen sich einzeln zählen bis zu den Beckenknochen. Dieses Mädchen war stark und zäh, eine Schwimmerin und Kämpferin. Doch gerade das erfüllte Hannah mit Zärtlichkeit.

Julia war nicht wie sie in jung, aber wenn sie noch einmal jung wäre, würde sie gerne Julia sein.

Von dem Picknick war nicht viel übrig geblieben. Matthias hatte in weiser Voraussicht ein, zwei Butterbrothälften für seine Tochter beiseitegelegt und wartete offenbar auf den richtigen Augenblick, sie ihr anzubieten. Doch mit der sich ausbreitenden Trägheit und Stille nach dem Essen schien dieser Moment in immer weitere Ferne zu rücken.

Ob sie einen Schluck Pfefferminztee wolle, nicht zu heiß, nicht zu kalt, fragte er schließlich in ihren Rücken und goss den Rest aus der Thermoskanne in einen Becher. Seine Fürsorglichkeit rührte Hannah, aber sie wusste im selben Moment, dass Julia Nein sagen würde, nicht einmal das, sie würde einfach den Kopf schütteln, ohne sich umzudrehen, und weiter hinausschauen auf den See.

Und so war es. Julia sagte nichts, schüttelte nur den Kopf und sah sich nicht um. Genau so.

»Dann nimm dir wenigstens die Stulle, die Marvin extra für dich geschmiert hat, keine Butter, nur Hummus, hundertprozentig vegan«, unternahm Matthias einen zum Scheitern verurteilten Versuch, Julia das Brot schmackhaft zu machen. Merkwürdig, fand Hannah, wie leid ihr das tat und wie egal es ihr gleichzeitig war. Nur Marvin bemühte sich, seinen Vater von der Niederlage abzulenken, indem er behauptete, er habe eine Forelle springen sehen, nicht weit vom Ufer, rechts, bei den Haselbüschen. Doch selbst mit viel gutem Willen war an der Wasseroberfläche keine Bewegung zu erkennen. Julia schaute nicht mal in die Richtung, sondern kramte in ihrem Rucksack. Hannah war sich so sicher wie bei allem zuvor, dass sie einen Blick auf ihr Handy werfen würde. Doch was sie hervorholte, war rund, kugelrund. Julia drehte es ein, zwei Mal in der Hand, führte es dann an ihre Lippen und biss hinein.

Ein Apfel, natürlich. Sie hatte immer einen Apfel dabei.

Hannah schluckte. Seit sie das Foto im Nachttisch gefunden hatte, war sie davon überzeugt gewesen, dass Julia ihrem Vater am Ende seines Lebens viel bedeutet haben musste. Doch nie hätte sie für möglich gehalten, dass es offenbar auf Gegenseitigkeit beruhte.

Julia aß den Apfel ganz, streifte ein leichtes Sommerkleid über und war mit wenigen Handgriffen bereit zum Aufbruch. Es passte ins Bild, dass sie ihr Schwimmzeug zu einem ordentlichen Rechteck zusammenlegte, sodass es in ihrem Rucksack kaum Platz einnahm. Ihr Kommen und Gehen schien Teil einer eingespielten

Routine zu sein. Auch sie reiste mit leichtem Gepäck, und Hannah hätte es ihr gerne gleichgetan. Aber sie konnte sich nur mit Mühe auf den Beinen halten, humpelte und hinkte mehr schlecht als recht die Böschung hinauf und wieder hinunter zum Wagen, wo Matthias und Marvin sie der Länge nach auf die Rückbank verfrachteten. Spätestens in dem Moment hätte ihr klar sein müssen, dass Julia nicht in dieses Auto einsteigen würde. Trotzdem wollte Hannah nicht glauben, dass sie nicht mitfuhr, sondern sich auf das rot leuchtende Fahrrad schwang und ihrer Wege radelte, ohne Abschied.

Sie drehte sich nicht einmal um.

2

Am Abend und in der ersten Nachthälfte auffrischender, in Böen teils kräftiger Wind aus südöstlichen Richtungen. Gebietsweise ist mit Sichtbehinderungen durch Sand- und Staubstürme zu rechnen.

tagesschau.de, 23. April, 18.00 h

Der Wagen hielt direkt vor dem Gutshaus. Marvin eilte mit dem leeren Picknickkorb voran, Matthias kam mit Hannah hinterher die Treppe hoch. Als sie es endlich geschafft hatte, musste sie sich hinlegen. Glücklicherweise gab es im selben Flur ein Gästezimmer, eigentlich für die Freundinnen und Freunde von Julia und Marvin – sein Zimmer befand sich schräg gegenüber am Ende des Ganges, Julias gleich nebenan. Doch das war Hannah gerade recht. Sie wollte heute nicht allein sein.

Matthias kümmerte sich um alles, brachte frische Wäsche, Handtücher, stellte ihr noch eine Flasche Wasser ans Bett und einen Eimer für den Notfall. Außerdem versprach er, ihr Bescheid zu sagen, sobald Vivien aus der Stadt zurückkam. Hannah bedankte sich dafür, obwohl sie hauptsächlich mit Julia sprechen wollte, die diese Nacht hoffentlich zu Hause schlafen würde, Wand an Wand mit ihr. Es war der größte Reiz des Zimmers, dass sie F zur Nachbarin hatte.

In der einkehrenden Ruhe horchte sie auf ein Lebenszeichen von nebenan. Doch die Geräusche, die sie immer wieder aus ihrem leichten Dämmerschlaf rissen, kamen entweder aus Marvins Zimmer oder aus dem Wohn- und Esszimmerbereich am anderen Ende des Flurs. Hannah wollte in Bereitschaft bleiben und sofort aufstehen, wenn sie Julias Stimme hörte oder ihre Zimmertür. Doch die Erschöpfung war stärker und trug sie davon.

Als sie die Augen wieder aufschlug, war es dunkel und still. Sie brauchte einen Moment, um sich zu besinnen, wo sie war. Auf einem Regal am Fußende des Bettes stand ein Wecker mit Leuchtziffern, doch es dauerte einen weiteren Moment, bis sie realisiert hatte, dass sich die Zeiger nicht bewegten. Es musste mitten in der Nacht sein. Durchs Fenster fiel kein Licht von irgendwoher, keine Straßenbeleuchtung, keine Scheinwerfer. Die Aussicht war ein schwarzes Rechteck in der Wand. Hannah knipste das Licht an, setzte sich auf und staunte über das Schlaf-T-Shirt, in dem sie steckte. Beim Anziehen hatte sie nicht weiter darauf geachtet, jetzt sah sie, dass es mit einem verblichenen David-Bowie-Porträt aus alten Zeiten bedruckt war. Unwahrscheinlich, dass Vivien noch damit herumlief, vermutlich hatte Julia es reaktiviert aus Retro- oder Recycling-Gründen.

Sie stand auf, zog sich Julias Kapuzenjacke über und nahm einen Schluck aus der Wasserflasche. Ihre Kehle brannte, die Speiseröhre war verätzt, ihr Nachdurst hätte für den ganzen Liter gereicht. Doch Hannah beließ es dabei. Sie öffnete die Tür einen Spalt, sah hinaus auf den Flur und huschte die wenigen Schritte über die knarrenden Dielenbretter, so leichtfüßig, wie es mit ihrer Ferse eben ging. Vor Julias Zimmertür stoppte sie. Auf dem riesigen Konzertposter waren, wie ihr jetzt erst auffiel, alle Gesichter geschwärzt, deshalb wirkte es so düster. Hannah klopfte – zu leise vielleicht, um sich bemerkbar zu machen –, kratzte mit den Fingernägeln an der Maserung und lauschte. Von drinnen kam kein Laut, kein noch so leises Geräusch. Nur aus einiger Entfernung, von der Dachterrasse, hörte sie Viviens Stimme, die in einem monotonen, fast beschwörenden Singsang auf Matthias einredete, der selten und kurz zu Wort kam. Anscheinend saßen die beiden draußen am offenen Kamin wie letzte Nacht, bloß ohne sie. Bei Viviens Rückkehr musste sie so fest geschlafen haben, dass niemand sie wecken konnte oder wollte. Jetzt war sie hellwach, wartete auf einen lebhaft-lauten Moment in der Unterhaltung und drückte die Klinke. Die Tür war nicht abgeschlossen. Ein Ruck, und sie war in Julias Zimmer.

Einen Moment stand sie nur da im Dunkeln und wagte kaum zu atmen. Doch es ging kein Atem sonst. Sie war allein.

Die Tür hatte sie hinter sich bloß angelehnt und nicht zugemacht. Das Licht vom Flur schnitt einen Winkel in den rechteckigen Raum und erhellte eine Regalreihe samt Kleiderschrank. Das Bett war leer, wie Hannah nach und nach erkennen konnte. Julia war nicht mehr gekommen und schien auch lange nicht mehr hier gewesen zu sein. Die Tagesdecke mit dem Patchwork-Muster lag auf der Matratze, nicht auf einem Federbett, das in Gebrauch war. Der aufgeräumte Schreibtisch, die kleine Sitzecke am Fenster, alles wirkte wie verwaist.

Allmählich wurde Hannah bewusst, was ihr von Anfang an merkwürdig vorgekommen war. In diesem Mädchenzimmer roch es keine Spur nach Mädchen, sondern ältlich, sogar richtig alt.

Was sie hier eigentlich machte, schien ihr mit jeder Sekunde fragwürdiger. Doch irgendetwas ließ sie nicht los. Wie eine Schlafwandlerin tastete sie sich immer tiefer hinein in das Zimmerdunkel, die Regalreihe entlang, wo zwischen Schulheften und Mappen altes Spielzeug verstaubte, für das Julia zu groß war. Erst als immer mehr Buchrücken aufeinanderfolgten, wurde ihr klar, wonach sie die ganze Zeit suchte. Es war das Buch, das Julias Meinung über ihren Vater geändert hatte, sein »wichtigstes«.

Doch der Name ihres Vaters stand auf keinem Titel, keins der Bücher war von ihm. Trotzdem kam Hannah der Anblick bekannt vor. Wie im Traum glaubte sie vorhersagen zu können, wie groß, wie dick, wie alt der nächste Band sein würde, bis sie auf einmal wusste, wo sie genau diese Bücherreihe schon einmal gesehen hatte: in der Bibliothek ihres Vaters. Es waren alles seine Bücher – die Bücher, die ihm am wichtigsten gewesen waren, sein geistiges Erbe.

Hannah stockte. Das, was so alt roch, war der Staub, wie sie ihn von den Büchern ihres Vaters kannte. Es war der Geruch seiner Wohnung.

Natürlich konnte das heißen, dass er Julia die Bücher nur geliehen hatte. Vielleicht war ihm wichtig gewesen, dass sie das alles las. Doch das würde Jahre dauern, mehr Zeit, als ihm blieb. Er hatte gewusst, dass er seine Bücher niemals zurückbekommen würde. Er hatte gewollt, dass Julia sie bekam und behielt, die Summe seines Lesens. Es war sein letzter Wille.

Hannah verspürte das dringende Bedürfnis, sich zu setzen.

Wahllos griff sie nach einem Buch aus der Sammlung und schlug es auf. Doch sie fand weder eine Widmung für Julia noch irgendwelche handschriftlichen Zeilen, die verrieten, dass ihr Vater durch diese Bücher in gewisser Weise noch immer mit ihr sprach. Hannah drehte sich schräg zum einfallenden Flurlicht, um besser sehen zu können, und blätterte durch die Seiten, auf der Suche nach Bleistiftstrichen oder Randnotizen, die nicht für ihn selbst gedacht waren, sondern für seine Nachleserin. Vielleicht hatte er Julia einen Hinweis hinterlassen, was dieses Buch so wichtig machte, irgendeine Erkenntnis oder Botschaft, die er nicht verloren geben wollte für die nächste oder übernächste Generation.

Erst in der zweiten Hälfte des Buches mehrten sich Ausrufezeichen und Unterstreichungen. Hinzu kamen kleinere Kommentare am Rand, oft nur ein Wort oder zwei, doch kaum zu entziffern in dem spärlichen Licht. Hannah setzte sich auf die äußerste Bettkante, fand das Kabel der Nachttischlampe und tastete sich bis zum Schalter vor. Einen Moment sah sie der Energiesparbirne beim Aufglimmen zu. Dann fiel ihr Blick auf den Nachttisch und den Schlüssel, der in der Schublade steckte.

Jetzt wusste sie, wo sie suchen musste.

Als sie den Schlüssel umdrehte, schlug ihr das Herz bis zum Hals. Hannah war klar, dass sie eine Grenze überschritt, doch im Grunde lag die rote Linie längst hinter ihr.

In der Schublade lag das *Wolkenbuch*. Der Name ihres Vaters stand etwas kleiner gedruckt unter dem Titel, wolkenweiß auf Himmelblau. Das Exemplar sah gebraucht aus und leicht gewellt, so als wäre es in der Badewanne gelesen worden oder – was wahrscheinlicher war – am See. Dennoch hatte es etwas Heiliges, so wie es dalag, mittig und im exakt gleichen Abstand zu allen Seiten. Es war das Einzige überhaupt in dieser Schublade.

Hannah nahm es ohne Zögern. Sie fand auf eine Art, dass es ihr zustand.

Ihre Aufregung legte sich, während sie das schmale Bändchen überflog. Es war tatsächlich geschrieben wie das Tagebuch von einem, der nichts anderes machte, als in den Himmel zu gucken: Wolkenbeschreibungen, mal ausufernd poetisch, mal sachlich und kurz wie ein Wetterbericht, genau datiert auf Tag und Stunde – und auf die Dauer so spannend wie das Wetter von vorgestern. Hannah war einigermaßen enttäuscht.

»Ich habe mich auch sehr gewundert, dass es Julia so viel bedeutet …«

Sie hob den Kopf und sah Vivien im Raum stehen, ohne sagen zu können, ob sie gerade hereingekommen war oder ihr schon länger zusah.

»Als ich versucht habe, es zu lesen«, fuhr Vivien fort, »dachte ich immer nur, jetzt muss doch mal was passieren, irgendeine Handlung, eine Geschichte, aber es kommen gar keine Menschen drin vor. Das ganze Buch ist ein Stillleben.«

Hannah klappte es zu und schüttelte den Kopf, weniger darüber als über die Situation, in der sie steckte. Aber sie stand nicht vom Bett auf oder legte das Buch aus der Hand. »Du kennst es?«

»Es ist, genau genommen, mein Buch. Ich habe es mir gleich gekauft, als es rauskam, einige Male damit angefangen, nachts vorm Einschlafen, und das Interesse verloren, wie das so ist. Irgendwann nach dem Rekordsommer letztes Jahr hat Julia es dann entdeckt und nicht wieder hergegeben. Sie gehört, glaube ich, zu den wenigen, die es von vorne bis hinten durchgelesen haben, Zeile für Zeile.«

»Und sie hat dir nie verraten, was sie am Wetter so wichtig findet?«

»Es geht nicht ums Wetter, würde Julia sagen, sondern darum, dass Wolken eine bedrohte Spezies sind.«

Hannah sah zu ihr hoch, um herauszufinden, auf wessen Kosten sie sich gerade lustig machte. Doch es schien ihr ernst zu sein.

»Ja, die Wolken sterben aus, nach Julias Meinung und der deines Vaters. Die beiden waren sich einig, dass der Himmel zusehends eine Wüste wird und die Wolken, so wie wir sie kennen, verschwinden. Deshalb wollte er ihnen mit diesem Buch ein Denkmal setzen als den letzten ihrer Art. Und das mag ja alles sein, ich finde Wolken auch faszinierend, Wolkenschiffe, Wolkentürme, Wolkentiere, wie sie sich bewegen, verwandeln, über uns hinwegziehen – wunderschön. Nur kann ich nicht mit ihnen mitfühlen, seitenweise, und das Wolkensterben als persönlichen Verlust empfinden. Da stoße ich, offen gestanden, an die Grenzen meiner Empathie. Wir sprechen schließlich von Wasserdampf.«

Anstatt sich neben sie aufs Bett zu setzen, lehnte Vivien sich an den Kleiderschrank, die Arme vor der Brust verschränkt. Sie wirkte sehr müde und sehr elegant mit ihrer champagnerfarbenen Seidenbluse, einem knielangen Nadelstreifenrock und schwarzen Perlonstrümpfen in halbhohen Schuhen. Bis auf das Jackett, das sie schon ausgezogen hatte, und ein, zwei eigenwillige Strähnen ihrer Hochsteckfrisur war sie komplett im Chefetagen-Look. Hannah fühlte sich unangenehm daran erinnert, dass sie ihr in einem David-Bowie-T-Shirt gegenübersaß. Mit einem Handgriff zog sie die Kapuzenjacke zu.

»Warum hast du mir nichts davon erzählt?«, fragte sie Vivien, wohl wissend, dass es eine der Fragen war, die sie an ihren Vater hatte. »Warum hast du mir nicht erzählt, wie gut sich Julia mit ihm verstanden hat?«

Vivien schwieg, doch ihr Blick schien zu sagen: Was bist du für eine Tochter gewesen, dass er es dir nicht erzählt hat?

Hannah raffte die Tagesdecke ein Stück zusammen, zog sie an sich und bedeckte damit ihre Beine. Ihr war nicht kalt, ihr war nicht warm, sie hatte einfach keine Antwort.

»Ich weiß doch auch nicht, was mit Julia ist und wie ich mit ihr reden soll«, sagte Vivien dann, als hätte es nie eine Unterbrechung gegeben. »Am Anfang haben wir uns für dasselbe eingesetzt, *Parents For Future.* Die Freitagsdemos, das Schuleschwänzen, die Protestaktionen – alles haben wir als Eltern unterstützt, ich ein bisschen weniger, Matthias etwas mehr. Er hat Julia sogar dabei geholfen, die Fahrräder aus dem Wasser zu fischen und zu reparieren, als sie mit ihrer Gruppe die Freirad-Kampagne gestartet hat. Es sind ja genau seine Themen: Dürre, Naturschutz, der See. Aber sie ist uns immer mehr entglitten.«

Vivien machte die Tür zu und wandte den Blick zum Fenster, das genauso eine schwarze Fläche war wie im Nebenzimmer, nur spiegelte sich darin jetzt das Licht der Lampe, die mittlerweile heller leuchtete.

»Vielleicht ist es normal, dass sich der Protest der Kinder irgendwann gegen die Eltern richtet, auch wenn sie am selben Strang ziehen. Vielleicht interessiert sich jede jüngere Generation zu jeder Zeit mehr für die Unterschiede als für die Gemeinsamkeiten, schon allein um sich abzunabeln. Aber Julia ist immer extremer geworden, immer fanatischer nicht nur im Hinblick auf Ernährung oder Kleidung, sondern auch in der Art, wie sie uns angefeindet hat, unsere Art zu leben, Matthias und mich – mich vor allem.«

Sie war ans Fenster getreten, eine Silhouette vor dem schwarzen Vorhang aus Nacht, Hannah konnte ihr Gesicht nicht sehen. Stattdessen folgte sie der Schattenlinie von Viviens Schulterblättern unter der hellen Bluse bis zum Verschluss ihres Spitzen-BHs und achtete auf jede noch so kleine Erschütterung in und unter der Seide, um sich zu vergewissern, ob sie weinte oder nicht. Doch es ging kein Beben oder Schluchzen durch ihren Körper. Trotz aller Müdigkeit und Schwere hielt sie sich vorbildlich gerade und aufrecht. Wie hoch zu Pferde, dachte Hannah, stand auf und ging zu ihr. Einen Moment sah sie an ihr vorbei in das einsam leuchtende Leselicht im Fenster, dann strich sie mit einer Hand Viviens Bluse glatt, strich über ihren Nacken, ihren Hals und legte den Arm um sie.

Eine Zeit lang standen sie so da.

»Danke«, flüsterte Vivien.

»Seit wann bedanken wir uns beieinander?« Hannah dachte an die merkwürdige Danksagung der Eheleute auf der Dachterrasse.

»Danke trotzdem.«

Einen Moment lang starrten sie zusammen ins Dunkel. Hannah atmete den Geruch von Rauch und Sommeralkohol, Gin vermutlich, Gin und Tonic, süßlich unter Viviens Parfüm. Dann war der Augenblick vorbei.

»Ist es denn wirklich so falsch, wie wir leben? Sind wir selber unser größter Feind? – Mutterprobleme, entschuldige, aber wenn wir schon in Julias Zimmer sind ...« Vivien trat einen Schritt beiseite und hebelte das Fenster auf. Die Nachtluft strömte oder wehte nicht herein, sondern drückte nur ganz langsam in den Raum. Viviens Geruch umgab sie noch immer, auch als sie sich mit beiden Händen auf das Fensterbrett stützte und in die Nacht hinauslehnte.

»Mir ist erst durch dich so richtig klar geworden, Hannah, dass ich trauere, dass ich um meine Tochter trauere, so wie du um deinen Vater. Sie ist nicht tot, Gott sei Dank, insofern ist es nicht das Gleiche. Aber ich liebe sie, und sie ist nicht mehr da. Dass sie am Leben ist, ändert nichts daran. Ich bin tot, ich bin für sie gestorben. – Willst du auch eine?« Vivien holte eine Packung Lights hinter den Büchern hervor, gab ihr eine Zigarette und Feuer. Eine Verliererzigarette, dachte Hannah.

Eine Weile rauchten sie beide wortlos an Julias Fenster und bliesen den blauen Dunst in die Nacht, Wolken.

»Ich habe immer geglaubt, wir hätten noch Zeit, Julia und ich, bis sie geht. Ich dachte, wir würden irgendwann – nun ja – vielleicht nicht Freundinnen sein, aber wenigstens nicht immer nur Mutter und Tochter, sondern einfach zwei Frauen, eine ältere, eine jüngere, die sich ein Stück weit verstehen. Aber ich habe sie verloren, bevor wir uns richtig kennenlernen konnten.«

Vivien nahm einen langen Zug und sah dem Rauch hinterher.

»Natürlich ist das *Wolkenbuch* nicht schuld«, fuhr sie fort, »aber irgendwie ist sie darüber mit deinem Vater ins Gespräch gekommen, war häufiger mit ihm schwimmen und hat ihn immer mal wieder besucht. Dagegen war nichts zu sagen. Ihm hat es sichtlich gutgetan, dass eine junge Frau sich auf einmal für seine Arbeit interessiert, nach so vielen Jahren in der Versenkung, er ist richtig aufgeblüht. Und Julia hat es auch nicht geschadet, an ganz andere Dinge, andere Horizonte herangeführt zu werden, Bücher, die sie nie in die Hand genommen hätte, wenn sie von mir gekommen wären, mal abgesehen davon, dass ich die meisten auch nicht kenne. Keine Ahnung, wie viel sie von diesen Wälzern verstanden oder missverstanden hat und warum das auf einmal so wichtig war. Stundenlang hat sie am See gesessen, in ihre Lektüre vertieft, niemand durfte sie stören.«

»Das ist doch schön«, sagte Hannah.

»Ja, das lesende Mädchen am See. Manchmal habe ich mir gewünscht, genauso dasitzen zu können, mit einem Buch auf den Knien, oder so dagesessen zu haben, als ich so alt war wie sie, anstatt die Zeit mit all dem belanglosen Zeug zu vertun, das wir damals getrieben haben. Aber spätestens als das mit dem Film kam, hätte ich aufwachen müssen aus meinem Traum.«

»Wieso, was war denn mit dem Film?«, wurde Hannah wachsam.

»Ich meine nicht den Film, der gedreht werden soll«, Vivien nahm ihr die aufgerauchte Zigarette aus der Hand, »sondern die Verfilmung des *Wolkenbuchs*, die Julia und dein Vater um jeden Preis wollten. Es war ein so klares Zeichen, dass sie den Boden der Realität verlassen hatten. Was für ein Film hätte das werden sollen, neunzig Minuten Blick in den Himmel? Also, ich bin nun wirklich keine TV-Expertin, aber das klingt wie Sendeschluss.« Sie ging mit den Kippen zu einer kleinen Vase ohne Blumen im Regal und warf sie hinein.

»Waren sie auch zusammen bei Lüders?«, fragte Hannah ein bisschen zu schnell. Irgendetwas an Viviens Tonfall erinnerte sie an seine ironisch-herablassende Haltung in der Sache.

»Hat er dir etwa schon alles erzählt?«

»Nein, nein«, beeilte sie sich zu versichern, »Lüders meinte nur, dass mein Vater ihn genötigt hätte, den Filmproduzenten sein letztes Buch anzubieten und sich den ziemlich vorhersehbaren Korb abzuholen …« Hannah sagte die Wahrheit, doch sie fand selbst, dass es sich anhörte, als würde sie lügen.

Vivien überlegte kurz. »Lass uns lieber nicht davon reden.«

»Ich rede nicht von dem Film, sondern von Lüders«, versuchte Hannah es weiter. »Hat Julia dir je erzählt, dass sie mit meinem Vater bei ihm war?«

»Ich rede auch nicht von dem Film«, sagte Vivien knapp und wandte sich zum Gehen. »Tut mir leid, Liebes. Ich muss zurück zu Matthias. Er wird sowieso immer sauer, wenn ich heimlich rauche.« Sie hatte die Zimmertür geöffnet und zeigte mit der Zigaretten-Vase die Richtung an. »Kommst du mit?«

Hannah sah an sich herunter auf die Kapuzenjacke und den ausgeleierten Saum des David-Bowie-T-Shirts. »Darf ich heute Nacht hierblieben, in Julias Zimmer?«, fragte sie. »Das Bettzeug hole ich mir selbst von nebenan, keine Umstände. Ich glaube einfach, ich kann hier besser schlafen.«

Offensichtlich wusste Vivien nicht recht, was sie davon halten sollte. Einen Moment lang starrte sie auf das Poster mit den schwarz übermalten Gesichtern. Dann zuckte sie die Achseln.

»Wie du willst«, sagte sie.

3

Nur geringer Temperaturrückgang in der Nacht und den frühen Morgenstunden auf Werte um 18°. Aufgrund der vielerorts aufgestauten Hitze kann es beim Zusammentreffen mit heranziehender kühlerer Luft zu vereinzelten Staub- und Wärmegewittern kommen, die aber wenig bis gar keinen Niederschlag bringen (Regenwahrscheinlichkeit 10 %).

wetteronline.de, 24. April, 3.51 h

Sie wollte in Julias Zimmer wirklich nur schlafen, nicht herumspionieren. Bettzeug brauchte sie keins. Die Nacht war so warm, dass sie bei offenem Fenster auf der Tagesdecke liegen konnte und nur ihre Beine darin einwickelte. Eine Zeit lang lag Hannah wach. Dann las sie im *Wolkenbuch*, ohne zur Ruhe oder zu einer Erkenntnis zu kommen. Sie knipste das Licht wieder aus und hoffte, dass sich die Stille der Nacht langsam auf sie niedersenken würde, wenn sie sich nicht rührte. Doch in Wahrheit wartete sie auf Julia, die ganze Zeit schon, und sie hörte nicht auf damit, als Vivien und Matthias längst ins Bett gegangen waren.

Irgendwann hielt es nicht mehr aus und stand auf. Wenn Julia nicht kam, musste sie nach ihr suchen.

Es war nicht schwer herauszufinden, auf welche Schule sie ging, um sie dort abzupassen. Im Regal standen genügend Schulbücher,

Hefte, Urkunden mit dem Stempel desselben Gymnasiums, auf das alle in diesem Haus gegangen waren und Marvin vermutlich bald gehen würde.

Im Schrank fand Hannah eine Jogginghose in ihrer Länge, die sogar zu der Kapuzenjacke passte. Fehlten nur noch die Schuhe, wobei ihr ein paar Badelatschen oder Crocs genügt hätten. Doch in dem Schrank gab es kein entsprechendes Fach, und vielleicht besaß Julia dergleichen auch gar nicht. Hannah wollte sich schon barfuß auf den Weg machen, als sie in dem Spalt unter dem Bett das Schaumgummi-Ende eines Flipflops entdeckte. Sie bückte sich, tastete ein bisschen umher und zog die Turnschuhe ihres Vaters hervor.

Genau dieselbe Marke, genau dieselbe Machart.

Einigermaßen perplex setzte sie sich aufs Bett und überlegte, auf welche Weise seine Schuhe hierhergekommen sein könnten. Dann fiel ihr auf, dass die Sohlen abgelaufener waren als in ihrer Erinnerung. Außerdem fehlte, bei Licht besehen, die wolkig-verwaschene Blutspur, die sie nach ihrem Gang durch die Stadt trotz mehrerer Reinigungsversuche im Fußbett hinterlassen hatte.

Es musste sich um zwei gleiche Paare handeln.

Die Schuhe passten so gut wie die anderen. Während ihrer ersten Probeschritte kam Hannah zu der Überzeugung, dass es nie die Schuhe ihres Vaters gewesen waren. Julia hatte sie eingelaufen. Beide Paare, hier wie dort, gehörten ihr. Und dass sie eines davon in seiner Wohnung deponiert hatte, konnte nur bedeuten, dass sie sehr viel öfter und länger bei ihm gewesen war, als Vivien ihr erzählt hatte – nicht nur für ein paar Buchdiskussionen und Krankenbesuche, sondern ganze Tage und Nächte.

Vielleicht wusste Vivien es nicht besser, vielleicht verschwieg sie es ihr auch. So oder so musste sie Julia sprechen, damit sie die Wahrheit erfuhr.

Hannah öffnete die Tür und spähte hinaus auf den Flur. Einen Moment blieb ihr Blick an dem Poster hängen. Die Gesichter der Musiker auf der von Scheinwerfern überstrahlten Konzertbühne waren nicht einfach nur mit schwarzem Edding übermalt, es waren Wolken, teils schraffiert, teils ausgemalt und gerundet, in den verschiedensten Formen. Das Ganze hatte einmal ein David-Bowie-Konzert dargestellt, jetzt war es ein Stillleben.

Die Tür zu Marvins Zimmer stand halb offen, wahrscheinlich damit er beim Einschlafen seine Eltern hören konnte und sie notfalls ihn. Hannah schlich in die andere Richtung und betrat die Wohnküche, wo der Frühstückstisch schon für den nächsten Tag gedeckt war. Statt der Aufbackbrötchen gab es Toast. Ansonsten erinnerte der Anblick sehr an das Frühstück von gestern. Nur hatte sie diesmal richtig Hunger, Heißhunger geradezu.

Aus dem Kühlschrank holte sie sich Frischkäse und Butter. Erdbeermarmelade und ein Glas Nutella standen neben dem in Plastik abgepackten Toastbrot bereit, das zwar eine vollkornbraune Färbung hatte, sich aber weich und fluffig anfühlte. In der Besteckschublade fand Hannah ein kleines Gummiband, mit dem sie sich die Haare zurückknotete. Ein Blick auf die Küchenuhr zeigte, dass es schon nach vier war und allmählich auf fünf zuging. Eine Digitalanzeige über dem Herd sagte dasselbe.

Zeit für ein paar Schulbrote, sagte sie sich.

Mit dem Toaster hielt sich Hannah nicht auf, auch nicht mit der in diesem Haushalt chronisch harten Butter. Sie schmierte reichlich Frischkäse, Nutella und Erdbeermarmelade auf die schaumweichen Scheiben, pappte sie zusammen und fiel darüber her. Noch mit vollem Mund holte sie sich ein Tetra-Pak Milch aus dem Kühlschrank und spülte die klebrige Teigmasse mit ein paar Schlucken herunter, um sich das Gleiche noch einmal zu schmieren, nur mit noch mehr Frischkäse, Nutella und einer Extraschicht Erdbeermarmelade. Hannah machte sich einen ganzen Teller voll süßer Sandwiches, klemmte den Milchkarton unter den Arm und schob mit dem Ellbogen die Glastür zur Dachterrasse auf, die ein kleines Stück offen stand. Sie lief ganz leicht und lautlos in den Schienen.

Das Feuer in dem offenen Kamin war heruntergebrannt, ein Aschegeruch lag in der Luft, die Hannah wärmer vorkam als gestern. Mit dem Teller in den Händen stellte sie sich an die Brüstung und schaute nach Osten, wo ein erster milchiger Schimmer zu erahnen war, ein Vorschein des Sonnenaufgangs am äußersten Rand der Uferböschung. Als sie sich umdrehte, saß Marvin eingesunken in dem Sessel gleich neben dem Kamin, mit einer dicken Steppjacke um die Schultern und einer Decke über den Knien. Seine ganze Haltung war die eines Schlafenden, aber er hatte die Augen weit offen und schien jeder ihrer Bewegungen zu folgen.

»Ich wollte mir das Gewitter angucken.« Seine Stimme klang etwas belegt, aber nicht schläfrig. »Für heute Nacht waren kleinere Hitzegewitter vorhergesagt, und ich dachte, vielleicht bringen sie doch etwas Regen.«

Hannah folgte seinem Blick in nordöstliche Richtung über die planen Felder fernab der Stadt. Einzelne Staubsäulen standen über den Ackerflächen, von keinem Wind getrieben. Weiter nördlich zog eine Reihe kleiner, zersplissener Wölkchen dahin.

»Das ist nur Rauch«, sagte Marvin, als könnte er sehen, was sie sah. »In den Wäldern hinter der Autobahn hat es gebrannt, kein größeres Feuer.«

Sein Blick kehrte wieder zu ihr zurück.

»Hast du Schmerzen?«, fragte Hannah. »Tut dir dein Arm wieder weh?«

Marvin ließ die Frage einfach vorbeigehen und sah zu, wie sie den Teller und die Milch auf dem kleinen Tisch abstellte.

»Wenn du möchtest, bedien dich. Es ist nicht gerade eine vollwertige Mahlzeit, aber lecker …« Sie schob den Teller noch ein Stück zu ihm hin in der Hoffnung, sich ein bisschen bei ihm revanchieren zu können. Doch Marvin ging auch darauf nicht ein.

»Wohin willst du so früh?«, fragte er tonlos.

»In die Schule«, antwortete Hannah ohne Umschweife, während sie noch einen Toast in sich hineinstopfte

»Heute ist keine Schule.«

Im ersten Moment bezog Hannah das nur auf ihn und seinen gebrochenen Arm, weshalb sie hinzufügte, dass es ihr darum ginge, Julia zu sprechen. Doch nach ein paar daddelnden Daumenbewegungen zeigte er ihr sein Smartphone mit der Ankündigung eines Schülerstreiks für mehr Klimagerechtigkeit, »#Ende der Geduld«.

»Heute ist Freitag.«

»Und Julia?«, geriet Hannah ein bisschen aus dem Konzept. »Ist sie auch da?«

Marvin nickte. »Gib mir deine Nummer, ich schicke dir den Link.«

Er wartete geduldig, bis sie die Zahlen mit einem Finger seine Tastatur absuchend eingetippt hatte. Wenn sie in die Hütte ging, um ihr Handy zu holen, würde sie gleich ihr ganzes Gepäck mitnehmen, beschloss Hannah.

»Wolltest du zur Schule joggen?« Julias Trainingsklamotten kamen ihm offensichtlich bekannt vor. Sein Blick landete auf ihren Schuhen.

»Sie hat zwei Paar davon«, sagte Hannah wie zur Entschuldigung. »Genau die gleichen stehen in der Wohnung meines Vaters. So wie es aussieht, hat sie sich mehr bei ihm aufgehalten als hier …«

Marvin sagte nichts dazu, kein Wort zu der Frage, die darin enthalten war. Doch er sah sie mit seinen dunklen Augen an, als hätte er auch das gewusst.

Von Weitem war ein lang gezogenes Rumpeln zu hören, wie leises Donnergrollen. Hannah horchte auf. Ein Gewitter hätte sie ein Stück weit erlöst. Doch Marvin wandte nicht einmal den Kopf in die Richtung. »Bloß ein Viehlaster auf der Autobahn«, murmelte er. Dann wurde es wieder still.

»Was ich nicht verstehe …«, versuchte Hannah es noch einmal anders und leckte sich einen Marmeladenrest aus dem Mundwinkel. »Warum war Julia dann nicht auf seiner Beerdigung? Ich frage nicht meinetwegen, an Beileid glaube ich nicht. Aber ihr kanntet ihn, jeder auf seine Art und Julia am besten, sogar besser als ich, wie es scheint. Wieso seid ihr dann lieber in den Urlaub gefahren, statt Abschied von ihm zu nehmen?«

»Mama wollte es so«, sagte er knapp.

»Vivien erzählt es umgekehrt. Sie meinte, sie wollte euch nicht die Ferien verderben …«, forderte Hannah ihn weiter heraus. Gegen das klebrig-trockene Gefühl am Gaumen trank sie schnell einen Schluck Milch.

»Sie wollte, dass es vorbei ist.« Marvin zögerte kurz. »Und dass Julia auf andere Gedanken kommt. Sie hat sich zu sehr hineingesteigert.«

»In was, in die Trauer um ihn?«

Der Junge musterte sie einen Moment, als würde er überlegen, wie er es ihr beibringen sollte. »Sie fühlt sich wie seine Tochter«, sagte er und sah weg.

»Julia – seine Tochter?« Sie lachte ungläubig. »Du meinst, wie seine geistige Erbin, eine Art Seelenverwandte von ihm?«

»Wie seine Tochter«, wiederholte der Junge.

»Aber sie ist nicht seine Tochter. Seine Tochter bin ich!«

Es schien so ziemlich die Reaktion zu sein, die er vorausgesehen hatte. Leise, sehr leise flüsterte er: »Dann geh und sag ihr das.«

Hannah verstummte. Sie hatte so viele Fragen – wie er darauf komme, was Vivien dazu sage, wie er sich das überhaupt vorstelle, so ein Gespräch! Aber sie biss sich auf die Lippen und schwieg. Auch Marvin schien nicht weiter daran rühren zu wollen. Sein Blick ging über sie hinaus. Die Morgendämmerung ließ auf sich warten. Der helle Streifen am Himmel entlang der Uferböschung, den sie für einen Vorboten des Tages gehalten hatte, war vermutlich bloß ein Abglanz der Stadt.

»Jetzt kommt die Feuerwehr von ihrem Einsatz zurück.« Auf einmal klang Marvin sehr müde. Sein schmächtiger Körper wirkte merkwürdig schief. Die Daunenjacke über seinen Schultern war verrutscht, so als würde irgendetwas Unsichtbares an ihm ziehen. Hannah lauschte kurz dem sich entfernenden Motorenlärm, dem Singsang der Reifen. Es schien sich tatsächlich um eine Kolonne von mehreren Löschfahrzeugen zu handeln, ohne Blaulicht und Tatütata, aber mit schwerem Gerät. Weiter im Norden stand eine Rauchsäule über den Wäldern und Forstflächen, ein riesiger Trichter, wie eine Nacht in der Nacht, kein Regen, sondern das Gegenteil davon, ein Wolkenphantom aus Asche und Staub.

Der Junge kannte sich erstaunlich gut aus im Dunkeln.

Hannah wollte etwas einwenden, auf irgendetwas zurückkommen, doch sie verlor den Satz aus dem Sinn. Dass Vivien ein Verhältnis mit ihrem Vater gehabt haben könnte, dass er in seiner mönchischen Art zu so etwas wie einem Doppelleben oder auch nur einem Fehltritt fähig gewesen sein sollte, überstieg ihre Vorstellungskraft.

»Unmöglich«, befand sie.

Marvin schien sofort zu wissen, was sie meinte, und sah zu Boden. »Julia hatte schon lange den Verdacht, dass wir nicht denselben Vater haben, dass sie nicht wirklich meine Schwester ist …«

»Das denken alle Kinder oder Jugendlichen irgendwann, in irgendeiner Phase«, zeigte Hannah sich überzeugt. »Das geht vorbei.«

»Du musst es ihr sagen.« Marvin sprach wirklich sehr leise, doch es klang mehr nach einer Beschwörung als nach einer Bitte. »Auf dich hört sie bestimmt.«

Doch Hannah konnte es ihm weder versprechen noch schwören. Diesmal ging es nicht um ein paar tote Fische. Es war zu verrückt. Ihr Blick wanderte zur Schiebetür und dem Flur mit den Schlafzimmern. Im Kopf überschlug sie noch einmal alles, alle Vorfälle und Möglichkeiten. Doch selbst wenn es in Viviens Leben eine Affäre mit Folgen gegeben haben sollte, war ihr Vater von allen Männern dieser Welt mit Sicherheit der Letzte und Ungeeignetste für einen Seitensprung.

»Es ist nicht möglich«, schüttelte sie den Gedanken ab, »und das werde ich Julia auch sagen. Nur, wenn ich ehrlich bin, glaube ich nicht, dass ich euch helfen kann, wieder eine Familie zu sein, falls es das ist, was du von mir willst.« Sie machte sich zum Gehen bereit. »Ich bin nicht sehr gut darin, Menschen zusammenzuhalten oder wieder zusammenzubringen, weißt du? Das ist mir im Leben noch nie gelungen.«

Marvin sah sie erwartungsvoll an, als müsste von ihr noch etwas kommen, irgendeine Geste oder wenigstens ein halbes Versprechen zum Trost. Doch Hannah stand auf. Der Teller, den sie versehentlich anstieß, trudelte ein paar Runden um die eigene Achse bis an Rand des Glastischs, fiel aber nicht zu Boden. Zu ihrer Überraschung stellte sie fest, dass er leer war, bis auf das Anstandsstück.

»Habe ich den Rest ganz allein aufgegessen?«, wunderte sie sich und bot Marvin das letzte Marmeladen-Nutella-Brot an, ohne dass er Interesse zeigte.

»Dann nehme ich es als Proviant«, sagte sie und ging. Sie war schon bei der Tür, als Marvin irgendetwas von einem Fahrrad nuschelte, das er ihr leihen würde.

Hannah hätte das auch überhören und einfach so weitergehen können, da er es trotz der Entfernung nicht für nötig hielt, lauter zu sprechen. Doch sie blieb stehen und drehte sich noch einmal um. »Komisch«, stellte sie fest und versuchte zu lächeln, »du hast mich gar nicht gefragt, warum ich so traurig bin.«

»Du bist nicht traurig, sondern wütend«, sagte er.

Hannah hielt ihr Lächeln aufrecht, obwohl sie wusste, dass es nichts verbarg. Sie fühlte sich durchschaut, schärfer und gnadenloser, als sie sich selbst durchschauen konnte. Das Zweite Gesicht, dachte sie, der Junge hatte es wirklich. Doch sie konnte ihm einfach nicht böse sein, denn gleichzeitig tat er ihr leid, so wie er dasaß in dem viel zu großen Korbsessel, starr und vollkommen regungslos, als würde er immer und ewig so dasitzen müssen. Ihr wurde jetzt erst klar, dass er nur dafür die ganze Zeit hier ausgeharrt und auf sie gewartet hatte, für seine unmögliche Bitte an sie.

»Versuch, noch ein bisschen zu schlafen«, sagte sie sanft.

»Mein Fahrrad ist das blaue, im Schuppen unten rechts«, flüsterte Marvin und schloss die Augen.

4

Zu Tagesbeginn warm und freundlich mit viel Sonne und Temperaturen um 18°. Von Südwesten her einzelne Schönwetterwolken, die sich im Tagesverlauf auflösen, bei Spitzenwerten von 28 bis 29°. Weiterhin hochsommerlich warm und trocken. Amtlicher Warnhinweis: Nach vereinzelten Waldbränden ist gebietsweise mit erheblichen Sichtbehinderungen sowie Rauch- und Feinstaubbelastungen zu rechnen. Anwohner werden gebeten, Fenster und Türen geschlossen zu halten. Beim Betreten des Waldes besteht Lebensgefahr.

regio-wetter.de, 24. April, 5.27 h

Es war der Vorteil von leichtem Gepäck, dass sie in der Hütte nicht viel zusammensuchen musste. Ihr Rucksack war in ein paar Minuten gepackt. Eigentlich hätte sie sofort aufbrechen können, doch der Akku ihres Handys war fast leer. Also steckte sie das Ladekabel in die Steckdose über dem Waschbecken und putzte sich gründlich die Zähne nach dem Zuckerschock. Im Panoramafenster ging vor einem bräunlichen Schleier die Sonne auf, karamellfarben bis orange, dann wieder schwefelgelb und toxisch wie Braunkohleruß. Das Handy im Badezimmer brummte einige Male. Offenbar hatte sie wieder Netz.

Die erste Nachricht war noch von gestern Vormittag. Lüders' Kanzlei hatte sich gemeldet mit Terminvorschlägen für ein Rechtsberatungsgespräch »aus gegebenem Anlass« – damit war zweifellos der Film gemeint. Wahrscheinlich erhöhte das zugesagte Geld den Entscheidungsdruck für oder gegen ihre Mitarbeit an dem Projekt, weil es auf einmal etwas zu verdienen gab.

Die zweite Nachricht bestand aus mehreren Links und stammte von einem unbekannten Absender, Marvin vermutlich. Die Mitteilung war erst wenige Minuten alt und über den verschiedenen Webadressen stand in Großbuchstaben »JULIA«. Als Drittes folgte ein PS mit ihren Kontaktdaten. Offenbar wollte Marvin ganz sichergehen, dass sie seine Schwester nicht verfehlte.

Wahllos tippte sie auf einen der Links. Unter »#Ende der Geduld« erschien auf dem Display ein Tweet der Polizeidirektion, in dem die Radikalisierung der Schülerproteste gegen die Klimapolitik als »besorgniserregende Entwicklung« bezeichnet wurde. Es folgten reihenweise Pro- und Kontra-Kommentare zur angeblichen Unterwanderung der friedlichen Freitagsbewegung durch autonome Gruppen und eine militante Antifa-Szene. Boykottaufrufe wechselten mit Appellen, die Ende-der-Geduld-Demo unbedingt zu unterstützen und den Extremisten nicht das Feld zu überlassen. Die Polizeidirektion kündigte am Rande der genehmigten Route vom Hauptbahnhof bis zum Rathausmarkt Personenkontrollen an und schloss mit der unmissverständlichen Warnung, dass der Schutz des Demonstrationsrechts bedeute, diejenigen zu entfernen, die es durch Missbrauch gefährdeten.

Auch die nächsten Links bezogen sich auf die bevorstehende Ende-der-Geduld-Demo, darunter ein YouTube-Video mit dem Titel *Patience Killed The Planet*. Unter den Machern und Mitwirkenden des Films tauchte Julias Name auf. Doch die Übertragung stotterte schon beim Vorspann und brach schließlich ganz ab.

So viel zum Thema Geduld, sagte sich Hannah und beschloss, das Video später in der Stadt noch einmal hochzuladen. Für den Fall, dass sie Julia auf der Demonstration nicht finden sollte, speicherte Hannah den Kontakt, auch wenn sie fest davon ausging, dass sie ihr über den Weg laufen würde. Aus irgendeinem Grund sah sie Julia in vorderster Front des Protestzugs, und in ihrer Vorstellung marschierte ihr Vater an Julias Seite mit, eine graue Eminenz wie aus einer anderen Zeit zwischen den vielen Schülerinnen und Schülern, eine Großvaterfigur allenfalls. Die Vaterschaftsfrage, die Marvin so quälte, würde sich sicher schnell klären lassen.

Hannah legte ihr Handy weg und klatschte sich Wasser ins Gesicht, was so guttat, dass sie die Bewegung gleich ein paar Mal wiederholte. Ihr Spiegelbild tauchte hellwach und geschärft vor ihr auf. Sie band sich die Haare so stramm wie möglich zurück, setzte ihre Billigsonnenbrille auf und zog sich die Kapuze über den Kopf.

Der Akku war erst bei dreißig Prozent. Dennoch zog sie das Kabel ab, verstaute es in ihrem Rucksack und stopfte das Handy in die Vordertasche ihrer Kapuzenjacke. Sie wollte rechtzeitig vor Demonstrationsbeginn am Hauptbahnhof sein, um Julia abzupassen und mit ihr zu sprechen, bevor sie sich zusammen ins Getümmel stürzten.

Mit dem Rucksack auf den Schultern verließ Hannah die Hütte. Sie würde nicht wiederkommen, so viel stand fest. Der Himmel über der Uferböschung war hell erleuchtet, das Wasser schwarz und glatt unter der Nacht. Nur am äußersten Rand des Sees in der Nähe des Kieswerks kräuselte sich die Oberfläche. Forellen, dachte Hannah im ersten Moment. Doch die Bewegung war zu groß, der Wellenschlag zu unruhig, es hätte ein riesiger Schwarm sein müssen. Irgendetwas stimmte da nicht.

Der Verdacht, dass Matthias' Feinde wieder am Werk sein könnten und die Zäune mit toten Fischen spickten, ließ Hannah vorsichtig sein. Sie hielt sich in sicherem Abstand auf Höhe des Baustellenplateaus und stieg nicht zum Ufer hinunter, sondern lief leicht geduckt die Sandkante entlang. Als sie die Absperrgitter des Kieswerks erreichte, musste sie zu ihrem Erstaunen feststellen, dass an der Grundstücksgrenze am Strand keine erwachsenen Männer zugange waren. Statt wütender Bauern entdeckte sie eine Gruppe von Jugendlichen, die zwischen den Sandhöhlen und dem See hin und her rannten wie in einem heimlichen, verrückten Spiel.

Es dauerte einen Augenblick, bis Hannah begriff, dass sie gerade dabei waren, Marvins Friedhof zu plündern. Offenbar gruben sie die toten Fische wieder aus und liefen damit zum Wasser, um die Kadaver zu waschen und in Eimer zu werfen, die bereits gut gefüllt waren. Der Gestank musste fürchterlich sein, die meisten von ihnen hatten Tücher vor Mund und Nase gebunden. Hannah drückte ihr Kinn in den Kragen der Kapuzenjacke und atmete durch den Stoff. Sie hatte ihr Handy schon gezückt, um die Polizei zu rufen oder zumindest damit zu drohen und so dem Treiben Einhalt zu gebieten, als sie unter den Vermummten ausgerechnet die Person wiedererkannte, die immer wieder Anweisungen gab und die Aktion offenbar steuerte.

Es war Julia.

Hannah trat einen Schritt von der Bruchkante zurück, lehnte sich an den Gitterzaun und kämpfte mit dem Toastbrotklumpen in ihrem Magen. Ein paar Mal musste sie tief durchatmen. Dann krallte sie sich an den Maschen fest, beugte sich wieder ein Stück vor und hielt nach einem Weg oder irgendeiner Abstiegsmöglichkeit Ausschau, um Julia zur Rede zu stellen. Doch die Sandklippen waren steil in diesem Abschnitt, größtenteils sogar Überhänge und zu hoch, um zu springen.

Das Beste war, es unter der Handynummer zu versuchen, die sie von Marvin bekommen hatte, und aus der Deckung zu beobachten, was passierte. Doch es meldete sich nur eine Servicestimme, das Gerät war aus. Mehr und mehr überkam Hannah das mulmige Gefühl, es würde vielleicht doch nicht so leicht werden, Julia etwas auszureden, von dem sie überzeugt war. Das Mädchen, das sich auf dem Uferstein um sie gekümmert hatte, konnte offenbar auch anders.

Unten am Strand hatte die Rennerei aufgehört. Einige der Vermummten reinigten noch Fische, andere wuschen sich schon den Schleim von den Händen. Ein ziemlich hochgewachsenes Mädchen und Julia – sie war es eindeutig – versiegelten ihre Beute luftdicht mit Farbeimerdeckeln. Eigentlich hätte der Gestank jetzt nachlassen müssen, doch die heftigste Welle von Fisch- und Verwesungsgestank traf Hannah mit Verspätung. Sie hielt den Atem an und beschränkte sich darauf, mit ihrem Handy ein paar Fotos von Julia und ihren Leuten zu machen, den Fischleichen, Eimern, der gesamten Aktion, um später beweisen zu können, dass sie nicht geträumt hatte. Bevor sie das Handy wegsteckte, überlegte sie kurz, ob sie Marvin die Bilder schicken sollte. Doch sie beschloss, ihn schlafen zu lassen. Er wusste schon zu viel.

Als Hannah wieder nach unten schaute, packten auch die Letzten zusammen und verschwanden, allerdings nicht den Uferstreifen am Gestüt entlang, wie sie erwartet hatte, sondern über das Gelände des Kieswerks. Offenbar gab es ein Loch in der Zaunfront, sodass sich die Gruppe aus dem Staub machen konnte, ohne von Julias Eltern oder sonst irgendwem beobachtet oder verfolgt zu werden. Hannah blieb nichts anderes übrig, als den sich entfernenden Schritten und Stimmen nachzulauschen, während sie zusah, wie das Wasser sich wieder glättete. Als alles still war, nahm sie ihren Rucksack und machte sich auf den Weg.

Ursprünglich hatte sie vorgehabt, zur nächsten Haltestelle zu laufen und einen Bus in die Stadt zu nehmen. Aber der Weg dahin war weit, und die Busse fuhren selten. Also akzeptierte sie Marvins Angebot nachträglich, ging zum Schuppen und schnappte sich das blaue Jungsfahrrad, das nicht so klein war wie befürchtet: ein Mountainbike, dessen Sattel sich mit ein paar Handgriffen verstellen ließ. Trotzdem fühlte sie sich wie eine Diebin. Das Haus, dem sie den Rücken zukehrte, schlief.

In der Einfahrt stand noch immer der geerbte Opel und versperrte den Weg. Hannah schob und hob das Fahrrad über die Balken und Bretter, die verstreut danebenlagen. Matthias musste das ganze Holz gestern in höchster Eile aus dem Wagen geräumt haben, um sie vom See abzuholen und auf die Rückbank zu verfrachten. Es tat ihr leid, dass sie ein solches Chaos hinterließ, während um Matthias herum die Welt zusammenbrach, all seine Pläne und Projekte. Aber sie konnte ihm nicht helfen. Jetzt blieb nur noch Marvin, um ihn zu beschützen.

Das Fahrrad fuhr sich besser als erwartet. Mit den breiten Reifen kam sie über die sandigen Stellen und Schlaglöcher problemlos hinweg. Statt auf der Straße zu fahren, bog Hannah in den Trampelpfad unterhalb der Böschung ein und folgte der schmalen, kahlen Spur, die sich an den Weiden und Äckern entlangschlängelte wie ein ausgetrockneter Bach. Die Rauchsäulen über den Wäldern breiteten sich langsam von Norden her aus, der Brandgeruch war schon da. Es roch nach Müllfeuer, nicht nach Holz oder Harz und erinnerte unangenehm daran, dass es keineswegs nur Bäume waren, die in Flammen aufgingen.

Hannah fuhr in einer Schlaufe um die Ausläufer der Böschung herum. Der Himmel kam erneut in den Blick, ganz ohne Rand und Rahmen. Weiter östlich zogen einzelne Wolken auf, Wölkchen eher, eine kleine Reihe oder Herde. Wie lange, dachte Hannah auf einmal, hatte sie keine Wolken gesehen. Wäre sie gestern bei ihrer Lektüre etwas wacher und aufmerksamer gewesen, hätten ihr jetzt nicht die Worte gefehlt. Bisher waren Wolken für sie so selbstverständlich gewesen, sie hatte gar keine Sprache dafür. Noch nie hatte sie darauf geachtet, wie flach und ebenmäßig ihre Unterseiten waren, so als würde die ganze Schar – unversehens schienen es mehr zu werden – auf einer Luftschicht segeln oder sich hereinschieben auf einem breiten sphärischen Plateau. Noch nie hatte sie ernsthaft über ihre Formen und Farben nachgedacht, jetzt schien es fast schon zu spät. In gewisser Weise waren es nicht mehr Wolken wie früher, so als hätten sie mit der Macht zu regnen auch ihre Realität verloren und wären unwirklich geworden, Wolkenbilder, Wolkenwiedergänger, Erinnerungen an den Regen. Vielleicht hatte ihr Vater deswegen darüber geschrieben. Vielleicht war das sogar ein Satz aus dem *Wolkenbuch*.

5

Allein in der vergangenen Nacht verzeichnete die Regionalleitstelle der Feuerwehr den Ausbruch von vierzehn kleineren Waldbränden mit teils erheblichen Schäden für Flora und Fauna. »Wir sitzen auf einem Pulverfass«, so ein Sprecher des Deutschen Feuerwehrverbands, der angesichts der Gefahr der Ausweitung vereinzelter Brandherde auf unkontrollierbar große Waldflächen oder ganze Landstriche mehr Löschhubschrauber forderte. Helikopter mit Außenlastbehältern seien für die Brandbekämpfung sinnvoll. Die größten Wasserbehälter fassten 5.000 Liter, könnten aber nur von Helikoptern der Bundeswehr vom Typ CH-53 geflogen werden. Angesichts der höchsten Alarmstufe wiederholte auch der Deutsche Wetterdienst nochmals seine Warnung an alle Autofahrer, ihre Wagen nicht auf Wiesen oder Böschungsrändern abzustellen: »Die heißen Katalysatoren können die trockenen Gräser wie Heu in Flammen setzen und Flächenbrände verursachen.«

spiegel.de, 24. April, 7.15 h

Die Straßen in Bahnhofsnähe waren von quer stehenden Polizeiwagen abgeriegelt, der Autoverkehr wurde umgeleitet. Einzelne Schülergruppen mit zusammengefalteten Transparenten, selbst gebastelten Schildern und Fahnen pilgerten an Absperrgittern und

Flatterbändern vorbei Richtung Bahnhofshalle. Hier und da waren Sprechchöre zu hören, Trommelschläge und Musik. Hannah stieg vom Fahrrad und schob es mit dem Strom der Schülerinnen und Schüler, der immer dichter wurde. Weit und breit schien sie die Älteste zu sein, die Einzige ihrer Generation, weshalb sie sich am liebsten ihre Kapuze tief ins Gesicht gezogen hätte. Aber sie befürchtete, damit gegen das Vermummungsverbot zu verstoßen. Die Sonnenbrille nahm sie ab.

Vor einer Kolonne von Mannschaftswagen mit vergitterten Scheiben standen Bereitschaftspolizisten in schwerer Kampfausrüstung Spalier. Die meisten hatten ihre Helme abgesetzt, sodass die Spiralkabel hinter ihren Ohren zu sehen waren, mit denen sie Funkkontakt hielten. Fast alle trugen Körperkameras. Es waren erstaunlich viele junge Frauen darunter. Vermutlich sahen sie in Hannah eine der Lehrerinnen, die das Demonstrieren ihrer Klasse während der Schulzeit toll fanden und unterstützten. Doch die Blicke, die sie trafen, waren weder böse noch verbissen. Manche lächelten sogar.

Je mehr sie sich dem Bahnhof näherte, desto enger und lauter wurde es um sie herum. Hannah spürte die warmen, semideodorierten Ausdünstungen der anderen und den kalten Schweiß in ihren Handflächen. Sie war seit Ewigkeiten auf keiner Demo mehr gewesen, als Studentin zuletzt. Irgendwie hatte sie es verlernt, sich als Teil einer größeren Menge oder gar Masse zu fühlen. Außerdem war Marvins Fahrrad im Weg. Ständig stieß sie jemanden an, wurde angestoßen und rammte jungen Leuten ihren Vorderreifen in die Hacken. Dummerweise hatte sie vergessen, ein Schloss mitzunehmen, und der Bahnhof schien so ziemlich der letzte Ort zu sein, an dem man ein Fahrrad ohne Weiteres stehen lassen konnte.

Der Trott, in dem sie mitging, wurde immer langsamer und kam fast völlig zum Stillstand. Offenbar war der Vorplatz schon jetzt überlaufen – zur Bahnhofshalle gab es kein Durchkommen.

Dabei hatte Hannah eigentlich vorgehabt, sich dort noch etwas zu trinken zu kaufen, bevor der Marsch begann. Ein Eistee hätte gutgetan oder wenigstens ein Schluck Wasser, nicht nur wegen der zunehmenden Hitze. Trotz des penetranten Müllfeuergeruchs, der durch die Stadt zog, hatte Hannah die ganze Zeit den Geschmack von verwesendem Fisch im Mund.

Julia war nirgends zu sehen, auch niemand aus ihrer Gruppe.

Nicht weit entfernt von der Bahnhofsuhr, auf einer improvisierten Tribüne, erschien über den unzähligen Pappschildern und Plakaten eine junge Frau in Julias Alter. Ihre Stimme klang ernst, aber zerbrechlich, als sie die ersten Worte ins Mikrofon sprach. Die Schülerinnen und Schüler ringsum schienen sie zu kennen und erwiderten ihre schüchterne, schlichte Begrüßung mit vielstimmigem Jubel, Pfiffen und Applaus. Von ihrer Rede und den tapfer vorgetragenen Thesen verstand Hannah leider kaum etwas, bis auf das immer wiederkehrende Motto vom »Ende der Geduld«, weil die Lautsprecher so ausgerichtet waren, dass bei ihr nur das Echo eines Echos ankam.

Auf dem Vorplatz war kein schwarzer Block, kein radikaler Flügel zu entdecken. Dafür standen auffallend viele Silberlocken und Uralt-68er herum, die reichlich welken Flower-Power-Charme und Friedensmarsch-Nostalgie verbreiteten. Vertreter ihrer eigenen Generation sah Hannah kaum. Es schien, als hätten sich die Jüngsten und die Ältesten zusammengetan, um gegen die mittlere Generation zu demonstrieren, die das System am Laufen hielt und somit verantwortlich war für den Zustand der Welt. Doch wahrscheinlich mussten die meisten Eltern schlicht arbeiten und konnten deshalb nicht hier sein.

Julias Altersgenossin beendete ihre Rede, wobei sie eher leiser als lauter wurde. Während sie so unspektakulär von der Tribüne verschwand, wie sie aufgetreten war, bildete sich auf dem Vorplatz ein Sprechchor mit einem Slogan, der »Geduld« auf »Schuld« reimte. Auch alle neben und hinter Hannah stimmten mit ein und murmelten diesen Spruch in unterschiedlichen Lautstärken vor sich hin wie ein Gebet. Sie schwieg und stierte irgendwie halb betroffen an Freund und Feind vorbei, obwohl sie mit dem meisten, was sie verstanden hatte, einverstanden war. Es entstand kein »Wir-Gefühl«, das sie sich selber glaubte. Ich muss dieses Fahrrad loswerden, dachte sie.

Über die Lautsprecher kam jetzt Musik, hallte von den Häuserwänden wider und vermischte sich zu einem diffusen, stampfenden Klangbrei. Unter tausend Entschuldigungen schob Hannah das Mountainbike in umgekehrter Richtung. Auch wenn nichts mehr voranging, drängten noch immer ganze Schulklassen, teils mit Ranzen auf dem Rücken, weiter zum Vorplatz. Sie war die Geisterfahrerin in diesem Stau.

Als sie sich endlich aus dem Gedränge herausgearbeitet hatte und in die Randbereiche kam, wo die Umstehenden eher Schaulustige als Teilnehmer der Proteste waren, bugsierte sie das Rad unter einem Absperrband hindurch in einen Fahrradständer, der von zwei Einsatzwagen beinahe zugeparkt war. Am offenen Fenster eines Wagens, dessen Blaulicht lautlos vor sich hin flackerte, lehnten zwei höherrangige Beamte, berieten miteinander und gaben hin und wieder kurze Lageberichte durch. Von Hannah nahmen sie keine Notiz, doch sie hoffte, Marvins Fahrrad würde unter den Augen der Polizei einigermaßen sicher sein.

Auf der Bühne stand inzwischen ein Gymnasiast mit langen braunen Locken, der aussah wie der Frontsänger einer Boyband. Aber er sang nicht, sondern umklammerte das Mikrofon mit beiden Händen und schwieg wie in einem Augenblick der Einkehr und Besinnung, auch wenn er vermutlich nur auf seinen Einsatz wartete. Für Hannahs Geschmack waren das ein paar Star-Allüren zu viel, ihr hatte das strenge Prediger-Mädchen am Anfang besser gefallen. Dennoch drängelte sie sich weiter Richtung Bühne. In einer der vordersten Reihen oder backstage vermutete sie Julia.

Die ersten Worte des Braungelockten verpasste sie, weil sie bei einem Ausweichmanöver mit einer älteren Dame zusammenstieß, die ihr Platz machen wollte. Einen Moment lang hielten sich die Frau und sie in den Armen, um nicht umzufallen. Dann zwängten sie sich aneinander vorbei. Die Menge stand hier schon sehr dicht. Hannah schaffte es, so weit nach vorne zu kommen, dass sie die ersten Reihen überblicken konnte – von Julia keine Spur. Einigermaßen frustriert tastete sie nach ihrem Handy in der Vordertasche, zog es dann aber doch nicht heraus. Es war klüger, mit einem Anruf noch zu warten.

Der Junge am Mikro hatte eine sehr schöne Stimme, er sang nicht wirklich, sprach aber seinen Text auf die Musik in einem eingängigen Rhythmus, eher sanft als aggressiv und ohne dass er rappte oder reimte. Hannah ertappte sich dabei, wie sie im Takt wippte und nickte. Sie war bei Weitem nicht die Einzige. Wie auf einem Konzert wogten die Köpfe hin und her, etliche klatschten mit. Auch wenn sie alle unter dem zornigen Motto »Ende der Geduld« zusammengekommen waren, erinnerte dieser riesige Auflauf von Schülerinnen und Schülern weniger an die mit der Polizei auf Kriegsfuß stehenden Demos von früher als an ein großes Straßenfest oder Open-Air-Konzert. Hannah fragte sich unwillkürlich, wie ihr Vater diese Art von Protest wohl gefunden hatte, ob es ihm zu viel Show und Entertainment gewesen war, während er die reine Lehre des politischen Straßenkampfs bevorzugte, oder ob ihm das Friedliche, Unverbitterte, Pop- und Partymäßige daran vielleicht sogar gefallen hatte. Sie wusste selbst nicht, was sie davon halten sollte.

Unvermittelt, wie auf ein Zeichen von oben, wechselte der Sänger in einen Sprechgesang und textete frei über das Wetter, die

Waldbrände, den Rauch und Ruß in der Luft. Er improvisierte offensichtlich, flocht Zahlen, Fakten, neueste Nachrichten von seinem Smartphone mit ein, überschlug sich geradezu und fing sich wieder in dem polemischen, von irgendwoher zitierten Refrain: »Ist das noch Wetter, oder ist es schon Klima?« Dabei zeigte er jedes Mal hoch in den Himmel, der sich tatsächlich zu verfinstern schien. Auch der Müllfeuergeruch nahm weiter zu, wurde immer ätzender, beißender, was zum Teil bestimmt Suggestion und Einbildung war, aber nicht nur.

Hannah zog ihre Kapuzenjacke hoch über Mund und Nase, knotete die Kordel fest und atmete durch den Stoff. Sie hatte angenommen, dass die aufziehenden Rauchwolken von den schon gelöschten Bränden stammten, die sie in der Frühe gesehen hatte. Aber sicher war sie sich nicht. Um sie herum wurden immer mehr Handys gezückt und Meldungen gescrollt, Displays leuchteten vor besorgten Gesichtern. Kaum jemand sang oder klatschte noch mit. Offenbar spitzte die Lage sich weiter zu.

Der Sänger hörte plötzlich auf, ohne den Song zu beenden. Es gab vereinzelte Bravorufe, aber keinen Applaus. Die Stimmung drohte zu kippen. Ganz in der Nähe war das Martinshorn eines Rettungswagens oder der Feuerwehr zu hören, nichts Besonderes an einem Tag wie diesem, doch in der angespannten Stille klang es geradezu gespenstisch. Die größte Gefahr im Augenblick war nicht das Feuer, sondern die Angst, die in der Luft lag. Eine Angst, die blitzschnell in Panik umschlagen konnte, das spürten alle. Sie waren zu viele Menschen auf zu engem Raum.

Die Einsatzleitung meldete sich über die Lautsprecher eines Polizeiwagens auf der Bahnhofsseite mit einer Durchsage. Keine akute Gefahr, keine Grenzwerte überschritten, die Lage sei unter Kontrolle, Ruhe bewahren, so die üblichen Floskeln, die offensichtlich dazu dienen sollten, eine Massenpanik zu verhindern, und diesen Zweck vielleicht sogar deshalb am besten erfüllten, weil es die üblichen Floskeln waren. Es folgte die Ankündigung, dass die Polizei jetzt die Absperrungen öffnen und sämtliche Wege und Korridore für einen ruhigen, geordneten Abzug freigeben werde, eine reine Vorsichtsmaßnahme, kein Grund zur Beunruhigung.

Hier und da gab es höhnisches Gelächter und erste Zwischenrufe, die sich darüber empörten, dass die Demonstration offenbar aufgelöst werden sollte. Gellende Pfiffe ertönten. Ein kleinerer Trupp von Abiturienten oder Studenten krakeelte unter lautem Trommeln und Ratschen: »Meinungsfreiheit, Meinungsfreiheit!« Ein älterer Herr in Hannahs Nähe rief mit sich überschlagender Stimme dazwischen: »Ausgangssperre! Versammlungsverbot! Polizeistaat!«, gefolgt von einem lang gezogenen »Pfui!« Nach den zauseligen grauen Haaren zu urteilen, war er schon bei den Anfängen der Anti-AKW-Bewegung dabei gewesen, womöglich sogar mit demselben Text. Von der Pop- und Partystimmung des Anfangs war nichts mehr übrig. Doch zwischen den immer lauter werdenden Protestlern zählte Hannah mindestens genauso viele Nachdenkliche und Unentschlossene, die überlegten, ob sie wirklich weiter demonstrieren sollten oder nicht doch besser daran taten, nach Hause zu gehen. Einige schauten in den Himmel, so als wollten sie ihre Entscheidung von den Rauchwolken ablesen, andere besprachen sich leise untereinander. Fast alle hielten sich Tücher oder T-Shirts vor Mund und Nase.

Mit zittrigen Fingern schrieb Hannah eine SMS an Julia, ob sie auch auf der Demonstration sei und sich mit ihr treffen könne, irgendwo am Rande des Geschehens. Der Rauch senkte sich immer tiefer herab, das Licht wurde von Augenblick zu Augenblick trüber. Die Bereitschaftspolizisten, die damit beschäftigt waren, die Absperrgitter auseinanderzuziehen, hatten inzwischen ihre Helme aufgesetzt, nicht zuletzt wegen der Atemfilter. Hier und da segelten einzelne Ascheteilchen durch die Luft, so als wäre die Wolke nicht mehr über ihnen, sondern um sie.

Julias Antwort kam so prompt, dass ihr vor Überraschung fast das Telefon aus der Hand fiel. Es handelte sich um ein einziges Wort: »Später.« Damit stand die Entscheidung fest. Hannah musste hier weiter ausharren, sie konnte nicht weg.

Über die Kanäle der Einsatzleitung meldete sich jetzt die Stimme einer Frau, die sich als Leiterin der Justizbehörde vorstellte und allen Anwesenden zunächst großen Respekt bezeugte für ihr politisches Engagement. Das Recht auf freie Meinungsäußerung sowie die Demonstrations- und Versammlungsfreiheit seien hohe Güter, und kein Politiker, niemand, der ein gewähltes Amt bekleide, könne ein Interesse haben, sie einzuschränken. Von einem »Verbot« oder einer »Auflösung« der Demonstration sei auch nicht die Rede, die Einsatzleitung spreche lediglich eine Empfehlung aus, mit Rücksicht auf die Gesundheit und Unversehrtheit aller Beteiligten, auch der Kolleginnen und Kollegen der Polizei, die nicht als Gegner dieser Demonstration angetreten seien, sondern um sie zu schützen und ihre Sicherheit zu gewährleisten. Insofern werde es mit ihr als Behördenchefin keine Räumung des Bahnhofsvorplatzes geben. Sie appelliere vielmehr an die Vernunft jeder und jedes Einzelnen, sich freiwillig zurückzuziehen, den Anweisungen der Sicherheitskräfte Folge zu leisten und auf dem kürzesten Weg nach Hause zu gehen.

Es war ganz offensichtlich Teil einer Deeskalationsstrategie, eine Frau – insbesondere diese Frau – zu den Demonstrierenden sprechen zu lassen. Das Kalkül verfehlte seine Wirkung nicht: Die Sprecherin bekam zwar keinen Beifall, aber nirgends regte sich Protest, die Trillerpfeifen schwiegen. An den Rändern fing die Menge bereits an, sich aufzulösen.

»Was muss denn noch passieren?«, fragte auf einmal der Sänger, der zu Hannahs Erstaunen noch immer auf der Bühne stand. Nicht nur sie horchte auf, auch die beginnende Abwanderung schien noch einmal zu stoppen. »Wenn eine Demonstration für Klimagerechtigkeit wegen Waldbränden und Luftverschmutzung nicht mehr stattfinden kann, dann frage ich Sie und alle politisch Verantwortlichen: Was muss noch passieren?«

Die Frage verhallte. Einen Moment war es still. Dann, nach einem kurzen Knacken und Knistern, antwortete die Frauenstimme tatsächlich: Es müsse keineswegs noch mehr passieren, im Gegenteil, ihre Aufgabe sei vielmehr, dafür zu sorgen, dass nicht noch mehr passiere, insofern könne sie ihren Appell nur wiederholen, geordnet und friedlich nach Hause zu gehen. Wer hierbleibe, tue das auf eigene Gefahr.

»Und was tun Sie?«, fragte der Sänger ganz in Ruhe zurück. »Was haben Sie gegen die Gefahr getan?«

»Falls Sie sich für meine Arbeit interessieren, lade ich Sie und alle, die mitkommen möchten, gerne zu einem Gespräch in meine Behörde ein«, erwiderte die Sprecherin mit etwas strapazierter Freundlichkeit. »Aber wir sollten jetzt wirklich zum Ende kommen und weiterreden, wenn die Luft besser ist.«

»Wann ist das?«, fragte er unbeirrt. »Wann wird die Luft besser sein?«

Die Frauenstimme sagte nichts mehr.

»Sie haben keine Antwort?«

Weiterhin Schweigen auf der anderen Seite, Schweigen und Rauschen. Dann klickte es kurz. Die Verbindung war unterbrochen.

»Sie kennen die Fragen seit Langem, Sie sehen, wie die Probleme immer größer werden, aber Sie haben noch immer keine Antwort.« Er schimpfte nicht, er agitierte nicht von der Bühne herab, er blieb der Sänger mit der sanften Stimme. Und nach und nach sangen alle mit: »Sie haben keine Antwort, Sie haben keine Antwort, wir sind am Ende der Geduld …«

Beinahe geschlossen setzte sich die Schülerschaft in Bewegung Richtung Rathausmarkt, und Hannah ging mit, nicht ganz aus freien Stücken, sie war wegen Julia hier, doch sie hatte zum ersten Mal seit ihrer Ankunft in dieser Stadt das Gefühl, das Richtige zu tun.

Vom Bahnhofsvorplatz ging es über zwei normalerweise viel befahrene Kreuzungen in den Innenstadtbereich. Die Ampeln waren ausgeschaltet und die Straßen in beide Richtungen gesperrt. Die wenigen Autos am Straßenrand sahen verlassen aus und wie von Staub bedeckt. Auch die Fußgängerzone, in der sich sonst um diese Uhrzeit der späte Lieferverkehr und die frühen Kunden kreuzten, war wie leer gefegt. Die meisten Geschäfte hatten gleich wieder geschlossen oder gar nicht erst aufgemacht – ob wegen der Waldbrände oder der Demonstration, kam auf dasselbe heraus. Der Rauch wurde noch dichter. Die Leuchtreklamen, das Glitzern der Schaufenster, die Straßenlaternen, die wieder angeschaltet worden waren, alles wirkte wie unter Wasser, merkwürdig flüssig und verschwommen. Die ganze Stadt schien eine Wolke zu sein.

In den Eingangsbereichen der größeren Kaufhäuser standen Teile der Belegschaft hinter Schiebetüren aus Glas und sahen den Demonstranten zu. Einige Schülerinnen und Schüler grüßten, mehr aus Übermut als aus Höflichkeit, winkten und riefen den Gaffenden Sprüche zu. Andere ermunterten sie, sich einzureihen und mit vors Rathaus zu ziehen. Doch sämtliche Türen und Fenster blieben geschlossen.

Nach allem, was Hannah sehen konnte, wurde ihr Marsch von keinem großen Polizeiaufgebot begleitet. Hier und da, an markanten Punkten, waren einzelne Posten aufgestellt, gut sichtbar und mit bestem Überblick. In den Seitengassen und Nebenstraßen standen in regelmäßigen Abständen Einsatzwagen quer und blockierten die Zufahrt, doch die Beamten wirkten eher unbeteiligt und erweckten nicht gerade den Eindruck, jederzeit eingreifen zu wollen. Die meisten saßen hinter getönten Scheiben in ihren Autos und beobachteten, wenn überhaupt, das Geschehen von dort. Die Bereitschaftspolizei hatte sich komplett zurückgezogen. Es gehörte anscheinend zum Sicherheitskonzept, gerade so viel Präsenz zu zeigen wie nötig, aber so wenig massiv aufzutreten wie möglich. Die viel beschworenen Krawallmacher der linksautonomen Szene existierten wohl nur in den Medien. Selbst die Einsatzleitung schien nicht mit größeren Zwischenfällen oder Ausschreitungen zu rechnen, auch wenn so manches Schaufenster zum Einschlagen und so mancher Luxusladen zum Plündern einlud.

Auf den letzten paar Hundert Metern geriet der Zug noch einmal ins Stocken, weil sich eine große Masse an Menschen durch die schmalen historischen Gassen zum Rathaus quetschen musste. Hannah ließ ein paar Mädchen den Vortritt, bis zwei Freundinnen aus der Clique sie kurzerhand unterhakten und mitzogen, vorbei an den totrenovierten Fassaden der alten Speicher- und Warenhäuser, hinter deren prunkvollen Schmuckgiebeln es heller wurde. Der rauchende Himmel schien aufzuklaren und wieder mehr Licht durchzulassen. Aber das täuschte. Der Marktplatz war genauso verhangen, nur das Rathaus erstrahlte unter einer ganzen Batterie von Scheinwerfern. Gesichert wurde die Lichtanlage auf dem eigens in Stellung gebrachten Spezialfahrzeug durch einen Trupp mit mannshohen Plexiglas-Schilden. Links und rechts waren zwei Panzerwagen mit Wasserwerfern angerückt, flankiert von Bereitschaftspolizisten mit heruntergelassenem Visier. Offenbar war die gesamte Einheit vom Bahnhof hierher verlegt worden, um die Demonstranten zu erwarten und in Schach zu halten. Es schien sogar noch Verstärkung eingetroffen zu sein. Im Stimmungssog des Protestzugs wollte sich Hannah schon über diese Art der Aufrüstung empören, die durch nichts gerechtfertigt schien angesichts des friedlichen Demonstrationsverlaufs. Dann sah sie, was vor sich ging.

Einer Gruppe von Vermummten war es gelungen, über Strickleitern auf den repräsentativen Rathausbalkon zu klettern. Dort, wo sonst Ehrungen, Empfänge und Jubiläumsveranstaltungen stattfanden, entrollten sie entlang der Balustrade ein Transparent mit der Aufschrift »Klimanotstand, Artensterben, Umwelttod – uns stinkt's!« Hannah fand das vergleichsweise harmlos, doch die Menge bejubelte und feierte die Aktion wie einen Triumph, während die Einsatzleitung die Grenze der Toleranz offensichtlich für überschritten hielt und den Sicherheitskräften Order gab, dagegen vorzugehen. Eine Keilformation rückte mit erhobenen Plexiglas-Schilden aus und schob sich durch die Reihen der Schülerinnen und Schüler, kam aber nicht schnell genug durch, um zu verhindern, dass die Strickleitern hochgezogen wurden. Gleichzeitig näherte sich im Laufschritt ein zweites Einsatzkommando von der anderen Seite und verschwand im Eingang des Rathauses, um das Wach- und Schließpersonal drinnen zu unterstützen, das versuchte, durch die Balkontüren des großen Sitzungssaals zu den Aktivisten vorzudringen. Die Glasscheiben in den Türflügeln erzitterten und spiegelten das grelle Scheinwerferlicht auf den Platz zurück, während daran gerüttelt wurde. Doch irgendwie schafften es zwei, drei Mitglieder der Gruppe, den Zugang zum Balkon so zu verbarrikadieren, dass sich die historischen Türen nicht unbeschadet öffnen ließen. In der Zeit packten die anderen stapelweise Flugblätter aus, warfen sie mit vollen Händen in die Menge und stellten dann mehrere Farbeimer auf die Brüstung.

Die Eimer vom See – Hannah erkannte sie wieder.

Damit stand fest, was sie befürchtet hatte: Bei den Vermummten auf dem Rathausbalkon handelte es sich um Julias Gruppe, auch wenn nicht zu erkennen war, hinter welcher Verkleidung sie steckte. Alle trugen die gleichen Anonymus-Masken mit dicken Schals oder Palästinensertüchern vorm Mund und dazu halblange schwarze Umhänge um die Schultern. Mit gestreckten Armen öffneten sie beinahe im Gleichtakt die Eimer, hoben wie auf Kommando Fischkadaver hoch und wickelten sie in die Flugblätter, auch das fast synchron und mit so abgezirkelten Bewegungen, als wüssten sie, dass sich durch die Scheinwerfer an den Mauern des Rathauses hinter ihnen eine Art Schattenchoreografie abzeichnete. Drei, vier Fische schlugen sie auf diese Weise ein, während der Druck auf die Balkontüren immer größer wurde und die Einsatzleitung über Lautsprecher damit drohte, die ganze Gruppe und ihre Komplizen wegen schweren Hausfriedensbruchs, Störung der öffentlichen Ordnung und Sachbeschädigung vor Gericht zu bringen und die Demonstration aufzulösen, sollten sie ihre gesetzwidrige Aktion nicht sofort einstellen.

Allein diese Ankündigung sorgte für eine gewisse Verunsicherung unter den Teilnehmern. Die wenigsten feuerten die Gruppe weiter an, manche wichen sogar zurück, während Hannah versuchte, die entstehenden Lücken zu nutzen und so nah wie möglich an den Balkon heranzukommen. Es gab nicht viel, was sie tun konnte. Aber sie wollte wenigstens zur Stelle sein, um genau bezeugen zu können, was geschah.

Die Einsatzleitung wiederholte ihre Warnung, unmissverständlich und ultimativ. Auf alle Anwesenden machte das Eindruck, nur nicht auf die Gruppe. Sie setzte ihre Aktion unbeirrt fort, obwohl sich die Stimmung spürbar gegen sie wendete. Selbst diejenigen, die gerade noch Beifall geklatscht hatten, schienen fassungslos, dass es die Maskierten mit ihren Fischeimern so weit trieben. »Aufhören«, mehrten sich die Zwischenrufe aus den verschiedensten Richtungen, »Tierquälerei!« Eine Riege von Ordnerinnen in neongelben und signalorangefarbenen Westen leierte mit rührend hohen

Mädchenstimmen einen Reim, der sich in Hannahs Ohren anhörte wie: »Friedliche Proteste / Feiern wie die Feste!« Es änderte nichts. Nach einer kurzen, ohrenbetäubenden Rückkopplung folgte die endgültige Durchsage: Die Demonstration werde offiziell aufgelöst wegen wiederholter Verstöße gegen polizeiliche Auflagen, gesetzeswidriger Handlungen und Gefährdung der öffentlichen Ordnung. Sämtliche Teilnehmer seien aufgefordert, den Platz unverzüglich zu verlassen. Wer sich dem widersetze und Gegenwehr leiste, mache sich strafbar im Sinne von Paragraf 113, StGB, Widerstand gegen die Staatsgewalt.

Mit einer gewissen Verzögerung fügten sich die Schülerinnen und Schüler in ihr Schicksal. Niemand schien darauf aus zu sein, sich mit den Einsatzkräften anzulegen, die ein Stück weit auf- und zusammengerückt waren. Die Strategie hieß jetzt offenbar nicht mehr Deeskalation, sondern Einschüchterung. Nur ein paar größere Jungs gaben sich trotzig, weniger aus radikaler Gesinnung oder Protest, sondern eher um nicht zu denen zu gehören, die sich herumschubsen und schikanieren ließen. Doch auch sie verzogen sich feixend, nachdem sie ein paar Sprüche geklopft hatten. Ein breiter Rückstrom setzte ein, dem Hannah standhielt, obwohl sie sich alt und unerfahren zugleich fühlte unter den ganzen Demonstrationsprofis aus der Mittel- und Oberstufe. Sie starrte weiter auf den Balkon und versuchte, Julia nicht aus den Augen zu verlieren, ohne mit Sicherheit sagen zu können, welche von den Gestalten da oben eigentlich Julia war. Vermutlich vollführten sie deshalb diese seltsam roboterhafte Einwickel-Choreografie, um sich nicht durch ihre individuelle Körpersprache zu verraten. Nur blieb ihnen nicht mehr viel Zeit. Die Glastüren, befürchtete Hannah, würden dem Druck bald nachgeben.

Stattdessen waren es die Seitenfenster links und rechts, die plötzlich aufgerissen wurden. Security-Leute und Polizisten hatten sie geöffnet, um über die Fenstersimse zu klettern und den Balkon zu stürmen. Doch die Aktivisten zeigten sich davon keineswegs überrascht, offenbar hatten sie nur darauf gewartet. Wie auf ein geheimes Zeichen drehten sie sich um und schleuderten die Fischkadaver mit voller Wucht Richtung Rathaus, um gleich die nächste Ladung zu nehmen und hinterherzuschmeißen. Dabei zielten sie weniger auf die Beamten und Sicherheitskräfte als in die Fensteröffnung. Ein Fisch nach dem anderen flog im hohen Bogen in den Sitzungssaal, so als hätten sie die toten Tiere genau deshalb in die Flugblätter gewickelt, damit ihre Botschaft auf dem Tisch des Hauses landete. »Klimanotstand, Artensterben, Umwelttod – uns stinkt's!«, riefen sie mit eigenartig verstellten oder durch ihre Masken verzerrten Stimmen, und viele der Demonstranten, die sich schon abgewendet hatten, schienen wieder Gefallen zu finden an dem Coup, dass die Ordnungshüter und Politikerbewacher selbst die Schleusen für die Botschaft der toten Fische geöffnet hatten. Überall auf dem ganzen Rathausmarkt erhoben sich immer mehr Handys in den Himmel. Zahllose Signallampen und Lichter leuchteten geradezu feierlich auf. Und Hannah begriff, als eine der Letzten vielleicht, dass auch das Gefilmtwerden Teil des Plans war: dass es um Bilder ging, die bleiben würden, und dass Julias Gruppe in diesem Moment gewonnen hatte, egal, was jetzt noch passierte. Die Botschaft der toten Fische war ab sofort nicht nur im Rathaus, sondern auf Tausenden von Videos, die kursieren würden und vielleicht sogar jetzt schon kursierten. Sie war in der Welt.

Das Sicherheitspersonal des Rathauses war zurückgewichen und hatte den Polizisten das Feld überlassen. Nur ein Security-Mann war ohne Helm und Atemmaske so weit vorgeprescht, dass er nicht schnell genug wieder über die Fensterbank zurückkam und zwischen den Fischkadavern ins Taumeln geriet. Hannah erinnerte sich nur zu gut an den Verwesungsgestank und konnte kaum hinsehen. Doch ihr entging nicht, dass die meisten anderen gerade jetzt so nah wie möglich an den Mann zwischen den toten Fischen heranzoomten, der sich später vermutlich unter allerlei lustigen Titeln auf YouTube wiederfinden würde. Mit derselben hämischen Teilnahmslosigkeit wurde weitergefilmt, wie die übrigen Polizisten gegen Julia und ihre Leute vorgingen. Den Ersten gelang es noch, sich über die Strickleitern abzuseilen, die sie auf der anderen Seite der Brüstung wieder heruntergelassenen hatten. Von dort versuchten sie, mit teilweise waghalsigen Sprüngen dem Zugriff der Beamten am Boden zu entkommen und in der Menge unterzutauchen. Ob sie trotzdem gestellt und festgenommen wurden, konnte Hannah von ihrem Standort aus nicht erkennen. Die zwei, drei Aktivistinnen, die es nicht mehr vom Balkon runtergeschafft hatten, wurden geräuschlos abgeführt und verschwanden im Inneren des Rathauses. Gut möglich, dass Julia unter ihnen war.

Was zurückblieb, war ein komisches Gefühl zwischen Niederlage und Triumph. Julias Gruppe hatte die Schlacht der Bilder gewonnen, aber die Realität war kein Clip mit einer Pointe am Schluss, sie würde weitergehen mit ernsten Schwierigkeiten und Konsequenzen. Hannah überlegte, ob sie Vivien anrufen sollte oder Lüders, um für die Festgenommenen eine Art Rechtsbeistand zu besorgen. Aber was sollte sie sagen? Sie hatte Julia bei der Aktion nicht hundertprozentig erkannt und konnte auch nicht sicher sein, ob sie wirklich verhaftet worden war.

Eine Weile wartete Hannah ab und behielt einen kleinbusartigen Gefangenentransporter im Auge, weil sie hoffte, ein paar Gesichter zu sehen oder einen Namen aufzuschnappen, wenn die Gruppe dort hineinverfrachtet und aufs Präsidium gebracht wurde. Doch nichts dergleichen geschah. Offenbar hatte die Einsatzleitung beschlossen, den Aktivisten keine Bühne mehr zu bieten, und hielt sie im Rathaus unter Verschluss, um den Netzwerken nicht noch zusätzliches Videomaterial zu liefern. Es gab nichts weiter zu filmen, keine Polizeigewalt, keine größeren Operationen oder rasanten Abfahrten. Sogar das Blaulicht blieb aus.

Angesichts der Ereignislosigkeit verschwanden die Handys wieder in den Hosentaschen. Die Menge verlief sich sang- und klanglos. Schneller als bei jeder Räumung leerte sich der Rathausmarkt. Auf dem Kopfsteinpflaster blieben ein paar verstreute Flugblätter zurück. Hannah bückte sich, hob eines auf und überflog die Zeilen mit den weitgehend bekannten Fakten und Forderungen, die in einem Appell an die Stadtverordneten gipfelten, nicht nur vom Klimanotstand zu reden, sondern auch dementsprechend zu handeln und Schluss zu machen mit ihrer reinen Symbolpolitik. Konkret wurde die Einsetzung einer unabhängigen Expertenkommission verlangt, die rechtsverbindliche Überprüfung der Klimagerechtigkeit aller Beschlüsse und Maßnahmen nicht nur der öffentlichen Hand, sondern auch der Privatwirtschaft sowie ein sofortiger Investitionsstopp für sämtliche Projekte, die diesem Kriterium nicht genügten.

Das las sich für Hannah wie ein klares Nein zu den Plänen der Stadt und der Kieswerkbetreiber, aus dem See eine Deponie zu machen – sofern es stimmte, was Matthias ihr erzählt hatte. Doch ob Julia seine Vorstellung vom Umweltschutz durch Privatbesitz unterstützte, schien ihr mehr als fraglich. Die jüngere Generation ging wohl kaum auf die Straße, damit aus einem Baggersee für alle eine Seniorenresidenz mit Privatgewässer wurde.

Hannah faltete das Flugblatt zusammen und steckte es ein. Bis auf ein paar jugendliche Ordner in Signalwesten, die mit Aufräumarbeiten beschäftigt waren, befand sich so gut wie kein Demonstrant mehr auf dem Platz. Auch die Bereitschaftspolizisten saßen schon wieder in ihren Mannschaftswagen. Die Scheinwerfer, die das Rathaus angestrahlt hatten, brannten nicht mehr. Rauch bedeckte den Himmel noch immer, aber keine Schwaden oder Gespinste, vielmehr schien alles eine einzige Wolke zu sein, hochnebelartig, formlos und grau.

Ohne den Gefangenentransporter ganz aus den Augen zu lassen, zog sich Hannah in einen Winkel zwischen den Arkaden des Multistores zurück, nicht weit von der Sitzbank, wo sie Vivien wiederbegegnet war. Hier fühlte sie sich so unbeobachtet, dass sie ihr Handy noch einmal hervorholte, um die Bilder aufzurufen, die sie von der Plünderung des Fischfriedhofs am See gemacht hatte. Fast alle aus der Gruppe, einschließlich Julia, waren darauf unvermummt zu sehen, sodass sie die Schnappschüsse mit dem Video vom Rathausbalkon abgleichen konnte, um die Einzelnen zu identifizieren. Sie wollte sichergehen, dass es sich um dieselben Leute handelte und dass eine der Maskierten Julia war, bevor sie Vivien anrief. Oder Lüders. Oder erst sie und dann ihn.

»Entschuldigen Sie, Sie können hier nicht stehenbleiben.« Sie hörte eine Frauenstimme hinter sich und zuckte zusammen bei dem Gedanken an die vielen jungen Polizistinnen mit Körperkameras und Funkkontakt. Sie konnte nur hoffen, dass ihr keine von ihnen über die Schulter geguckt und die Bilder auf ihrem Display gesehen hatte.

Als sie sich umdrehte, war es Julia, die dastand und grinste. »Schöne Kapuzenjacke übrigens. Ich habe genau die gleiche.«

»Ja, das …« Hannah konnte es nicht fassen. »Das ist deine.«

Doch Julia schien sich nur für die Aufnahmen auf Hannahs Handy zu interessieren, so als sei es ganz selbstverständlich, dass sie auf freiem Fuß war. »Sind die Bilder was geworden?«

Hannah brauchte einen Moment, um zu verstehen, dass sie die Videobilder vom Rathausbalkon meinte. »Ich dachte, ehrlich gesagt, du hättest bei der Aktion gerade mitgemacht und wärst auf dem Weg in die nächste Arrestzelle …«

Julia grinste verschwörerisch.

»Du bist ihnen entwischt?« Hannah steckte ihr Handy schnell weg.

»Nicht nötig. Unser Fluchtversuch über die Strickleiter war hauptsächlich für die Kameras. Die Polizei weiß, wer wir sind, schließlich ist es nicht unsere erste Intervention zu dem Thema. Bei so einer Aktion wie heute stellen die Ermittlungsbeamten nur noch mal unsere Personalien fest und nehmen den Tathergang zu Protokoll.«

»Und lassen euch einfach so laufen …?«

»Sobald wir das Protokoll unterschrieben haben, ja.« Julia holte angestrengt Luft, als hätte sie das schon ein bisschen zu oft wiederholt. »Es gibt keinen Haftgrund, weder wegen Fluchtgefahr noch wegen Verdunklung. Wir geben ja alles zu, ohne Probleme, weil wir nicht voll strafmündig sind. Der Rest läuft über unseren Anwalt.«

Einmal mehr kam Hannah sich vor wie eine Anfängerin unter lauter Protest-Routiniers. »Und ich war schon kurz davor, Lüders anzurufen, um ihn zu bitten, dass er euch aus dem Gefängnis holt …«

»Lüders ist unser Anwalt.« Julia musterte sie, wie um zu sehen, ob das ein Zufallstreffer war oder ob sie mehr wusste, doch Hannah wirkte glaubhaft überrascht. »Dein Vater hat ihn uns vermittelt«, erklärte sie weiter. »Rein juristisch ist er zwar nicht gerade eine Koryphäe auf dem Gebiet Demonstrationsrecht und ziviler Ungehorsam, aber er hat ein gutes Standing in der Stadt.«

»Was heißt, mein Vater hat ihn euch vermittelt?«

»Wollen wir jetzt wirklich über Lüders reden?«, fragte Julia etwas unwirsch und sah sich um. Das Multistore und einige andere Geschäfte am Rathausmarkt wollten tatsächlich nach Demonstrationsende noch öffnen. Erste Passanten und Schnäppchenjäger tauchten auf. Hannah senkte den Kopf, sie fühlte sich unsagbar ahnungslos.

Julia nahm ihre Hand. »Gehen wir«, entschied sie.

Ohne zu fragen, wohin, ließ Hannah sich führen. Einen Augenblick dachte sie an Marvins blaues Mountainbike. Sie bezweifelte, dass es nach dem ganzen Chaos noch am Bahnhof stand.

»Am besten nehmen wir den Bus. Der ÖPNV müsste jetzt wieder anlaufen.« Julia eilte eine Armeslänge voraus, humpelte und hinkte aber leicht. Wie unter Schmerzen steuerte sie auf dieselbe Haltestelle zu, an der auch Hannah als Schülerin immer ein- und ausgestiegen war.

»Was ist mit deinem Fuß passiert? – Julia, jetzt warte doch mal!«

Sie stoppte kurz und drehte sich mit einem schiefen Lächeln um. »Ich habe es etwas übertrieben und bin zu weit oben von der Strickleiter abgesprungen.«

»Du hast dir den Knöchel verstaucht …«

»Es ist nichts«, winkte Julia ab. Sie wollte weiter, doch Hannah hielt sie fest, um sich die Sache genauer anzusehen.

In ein und demselben Moment schauten sie auf ihre Füße, dann einander ins Gesicht und wieder zu Boden, ein bisschen belustigt, ein bisschen verlegen. Sie hatten beide die gleichen Turnschuhe an.

6

Nach dem verheerenden Großbrand auf einer Waldfläche von 370 Hektar – etwa 500 Fußballfeldern – ist das Feuer inzwischen weitgehend unter Kontrolle. Einzelne Glutnester werden noch von Feuerwehrleuten bekämpft. »Wir hoffen natürlich auf Regen«, so der Sprecher der Regionalleitstelle, »und auf möglichst wenig Wind, damit die Flammen nicht wieder angefacht werden und sich durch Funkenflug ausbreiten.« Diese Hoffnung wird sich nach Einschätzung des Deutschen Wetterdienstes nicht erfüllen. Die Vorhersage für das Wochenende und die darauffolgenden Tage lautet: heiß, sonnig und trocken, bis auf vereinzelte Hitzegewitter mit Sturmböen.

lokalzeit.de, 24. April, 12.34 h

Schon nach ein, zwei Haltestellen war Hannah klar, wohin die Busfahrt ging. Julia wollte mit ihr offensichtlich nicht zum Gestüt, sondern zu der Wohnung ihres Vaters. Dagegen hatte sie nichts einzuwenden. Auch mit Fragen hielt sie sich zurück, da der Bus ziemlich voll war – hauptsächlich junge, teils sehr junge Demonstranten sowie einige ältere Damen und Herren, von denen sie niemanden kannte. Schweigend saß sie neben Julia auf einem der hinteren Doppelsitze und schaute aus dem Fenster auf die halb vertrauten, halb fremd gewordenen Straßenzüge.

Es fühlte sich fast an wie ein Heimweg.

Nach dem Aussteigen wurde Julias Fuß schlimmer, sie konnte bald gar nicht mehr auftreten. Hannah fasste sie um die Hüfte, während Julia sich auf ihre Schulter stützte, den kaputten Fuß in der Luft balancierte und auf einem Bein weiter hüpfte. Es war erstaunlich, wie wenig sie dabei ins Schwitzen kam, trotz der Mittagshitze. Leicht und federnd sprang sie Schritt für Schritt, ohne ihr Körpergewicht auf Hannah zu verlagern, sie brauchte offenbar nur etwas Halt. Auf den Platten des Bürgersteigs setzten jetzt drei gleiche Turnschuhe auf, abwechselnd wie bei einem Kinderspiel.

Im Eingangsbereich suchte Hannah den Schlüssel, den sie für den Hausmeister dort deponiert hatte. Er lag tatsächlich noch in dem Versteck unter dem mit welken Grasbüscheln bewachsenen Blumentopf. Doch Julia hatte die Haustür längst mit einem eigenen Schlüssel aufgesperrt. Die Treppe zum Hochparterre schaffte sie mittels Geländer allein und schloss auch die Wohnung im Handumdrehen auf, ohne aus dem Gleichgewicht zu kommen. Hannah blieb nichts anderes übrig, als ihr zu folgen.

Die Wohnung sah genauso aus wie beim letzten Mal, nichts war umgeräumt, alles beim Alten. Nur der Tote wohnte nicht mehr hier, und mit ihm schien auch der Geruch von Tod verschwunden, obwohl die Fenster geschlossen und die wenigen Vorhänge zugezogen waren. Im Vergleich zu der Hitze und dem Brandgeruch draußen fand Hannah es angenehm kühl.

Sie stellte ihren Rucksack an dieselbe Stelle im Flur wie beim letzten Mal und sah zu, wie ungeniert sich Julia durch die Räume bewegte. Offensichtlich fühlte sie sich hier wie zu Hause. Auf dem Couchtisch im Wohnzimmer stand ihr Laptop, den sie aufklappte, während sie erzählte, dass sie die letzten beiden Nächte hier verbracht habe, um die Aktion ungestört planen zu können. Sie sagte das nicht zu ihrer Rechtfertigung, sondern als Feststellung. Dabei scrollte sie in rasender Geschwindigkeit durch verschiedene Nachrichtenseiten, Foren und Kommentarspalten, um das Echo auf ihre Aktion abzuschätzen.

Hannah fragte sich, ob Julia auf der Couch übernachtet hatte oder im Bett ihres Vaters, wollte aber lieber nicht im Schlafzimmer nachsehen. Stattdessen entschuldigte sie sich kurz für einen Gang auf die Toilette. Im Spiegel über dem Waschbecken erblickte sie noch immer dieselbe Frau, was ihr seltsam erschien. Wenn sie mit Julia zu tun hatte, kam sie sich jünger vor und manchmal sehr alt.

»Diese Tierschützer …« Sie hörte Julias Stimme im Selbstgespräch aus dem Wohnzimmer und drehte den Wasserhahn auf. Die Wohnung war zu hellhörig für mehr als eine Person. Sie wusch sich die Hände und Unterarme bis zum Ellbogen, klatschte sich kaltes Wasser ins Gesicht und rieb sich die Schläfen, Wangen, Augenlider, wie um den Ruß und Fischgestank aus jeder einzelnen Pore zu bekommen. Ihr Gesicht sah danach noch nackter aus.

Als sie wieder zur Wohnzimmertür hereinschaute, wirkte Julia nicht gerade zufrieden, sondern hämmerte mit einer Zornesfalte zwischen den Brauen einen erbosten Satz nach dem anderen in die Tastatur. »Gleich fertig, bin sofort für dich da«, murmelte sie vertröstend vor sich hin, ohne aufzuschauen, so als wäre Hannah zu Besuch in den vier Wänden, in denen ihr Vater zuletzt gelebt hatte. Ob Julia wusste, dass die braunen, kaffeefleckähnlichen Spritzer, die sich über die Sofapolster verteilten, Blutspuren von ihrer durchlöcherten Ferse waren? Dass sie einen ganzen Blutsee in der Decke hinterlassen hatte, die jetzt zusammengefaltet und mit der sauberen Seite nach oben über der Rückenlehne lag?

»Entschuldige, das konnte nicht warten.« Ein paar letzte Anschläge noch, dann klappte Julia den Bildschirm wieder zu. »Es ist klar, dass unsere Aktionen polarisieren, nicht nur in der breiten Öffentlichkeit, auch innerhalb der Bewegung. Aber ich schwöre dir, du wirst die Leute beim Thema Artensterben nicht aufrütteln, wenn du ihnen nicht den Tod vor Augen hältst, an dem sie mit schuld sind. Den meisten Tierschützern geht das natürlich zu weit. Sie sehen darin eine Verletzung der Tierwürde, was es auch ist – fragt sich nur, durch wen. Doch die Debatte kennen wir bereits zur Genüge von unserer vorletzten Aktion. Damals haben wir 48 Stunden lang alle überfahrenen Tiere im Umkreis eingesammelt und beim Straßenverkehrsamt vor die Kfz-Zulassungsstelle gekippt: für ein Tempolimit auf Autobahnen und Landstraßen, gegen die Neuzulassung von immer noch mehr SUVs im Stadtverkehr! Da kam wirklich was zusammen, wir hatten das echt unterschätzt, ein ganzer Leichenberg aus Kleintieren und daneben ein ausgewachsenes Reh, das am Anfang noch warm war. Was das für einen Aufstand gab, kannst du dir nicht vorstellen, von allen Seiten, auch aus den eigenen Reihen! Und so soll es im Prinzip ja sein, Aktionen müssen Wellen schlagen, sonst können wir es auch bleiben lassen. Das Einzige, wogegen ich mich wehre, ist die böswillige Unterstellung, wir hätten die Tiere extra getötet. Das war schon bei den überfahrenen Kaninchen, Eichhörnchen und vielen, vielen Igeln gelogen, und das ist auch jetzt falsch bei den toten Fischen, Fake News. Wir bringen keine Tiere um! Wir spiegeln nur die ganz alltägliche Gewalt und Grausamkeit, zeigen die Opfer und sorgen dafür, dass die Leute hin- und nicht wegsehen!«

Sie schob ihren Laptop noch etwas weiter von sich, in die Mitte des Tisches, und stützte das Kinn auf die Faust, als müsste sie den nächsten Coup ersinnen, um einen Shitstorm zu verhindern. Hannah wollte schon ihre Hilfe anbieten, schließlich hatte sie reihenweise Beweisfotos von der Exhumierung der Fischleichen am See. Doch sie hielt es für klüger, darüber zu schweigen, um nicht den Eindruck zu erwecken, sie würde Julia und ihrer Gruppe nachspionieren.

»Dann seid ihr also eine von den Gruppen, vor denen die Polizei auf Twitter warnt«, sagte sie stattdessen, »und der Grund, warum den Freitagsdemos eine zunehmende Radikalisierung vorgeworfen wird?«

Julia verharrte in ihrer grüblerischen Haltung, hob aber die Augenbrauen. »Es geht nicht um Radikalisierung, sondern um Mobilisierung. Wir sind Aktivisten. Das heißt, wir tun etwas gegen das Nichtstun, und da von der Politik noch immer viel zu wenig getan wird, müssen wir mehr tun, um den Handlungsdruck zu erhöhen.«

»Die Polizei stellt das ein bisschen anders dar«, versuchte Hannah, sie aus der Reserve locken. Doch Julia schien diese Diskussion nicht zum ersten Mal zu führen.

»Wir protestieren, sie kriminalisieren, so läuft das Medienspiel zwischen uns und der Polizei, die übrigens bis auf wenige Ausnahmen nicht das Problem ist. Im Gegenteil. Sie kann einem fast leidtun bei der Politik, die sie durchsetzen und verteidigen muss. Nein, wirklich«, beteuerte Julia, wie um einem Einwand zuvorzukommen, »die meisten Polizisten sind nicht gegen uns. Viele, gerade von den jüngeren, finden gut, was wir machen. Aber ihr Job ist es nun mal, unsere Aktionen als Gesetzesverstöße zu behandeln, Festnahmen durchzuführen und so zu tun, als würden sie für Ordnung sorgen, während das Wasser verbrennt, die Wälder verbrennen, in denen Wasser und CO_2 gespeichert waren, sodass die Dürre noch größer wird. Es ist ein Teufelskreis.«

Hannah nickte – mehr um zu zeigen, dass sie zuhörte – und setzte sich in den Sessel schräg gegenüber, in dem ihr Vater immer gesessen hatte, wenn sie bei ihm gewesen war. Zu spät fiel ihr auf, dass sie die Beine übereinandergeschlagen hatte wie er und genauso mit der Fußspitze wippte, langsam kreiselnd. Doch sie schämte sich nicht.

»Mittlerweile weiß jeder, dass es so nicht weitergeht«, fuhr Julia fort, »dass die Art, wie wir leben, zerstörerisch ist und wir keinen ›ökologischen Fußabdruck‹ hinterlassen, sondern eine Schneise der Verwüstung, Schutt und Asche, Müllberge und Tierleichen, jeden Tag. Unsere Lebensweise zerstört das Leben auf diesem Planeten, sie ist die größte Bedrohung der Menschheit und der Klimawandel nur ein Symptom, eine Ungerechtigkeit unter vielen, genauso wie die Ausbeutung anderer Länder, ärmerer Völker, Unterdrückung und Krieg. Und ich weiß, was du jetzt denkst, dass ich sechzehn bin und die Welt aus den Angeln heben will, aber ich habe nichts gegen den Kapitalismus, vorausgesetzt, die Dinge kosten, was sie kosten. Märkte sind eine gute Möglichkeit, vieles zu regeln, doch sie führen nur zu fairem Handel, wenn der Preis die wirklichen Kosten enthält und derjenige dafür bezahlt, der sie verursacht. Die teuerste Energie ist die Atomenergie, weil die Entsorgung Jahrtausende kostet, Kohle ist die zweitteuerste, Plastik die teuerste Verpackung, Fliegen die teuerste Art der Fortbewegung, Fleisch das teuerste Lebensmittel, aber nichts davon, gar nichts spiegelt sich wider im Preis, deshalb konsumieren wir unsere Zerstörung zum Billigtarif, und das ändern wir nur, wenn wir unser Leben ändern. Wir werden auf vieles verzichten müssen, wenn wir diesen Systemfehler eliminieren. Wenn wir ihn nicht eliminieren, eliminiert er uns.«

Mehr als Julias Argumentation beschäftigte Hannah die Frage, wie oft sie wohl mit ihrem Vater so zusammengesessen und solche Gespräche geführt hatte. Wie viel hatte er mitgeredet, wie viele von seinen Gedanken für sich behalten …?

Julia sah ihr ins Gesicht. »Was denkst du?«

»Nichts, gar nichts, ich …« Hannah machte eine ausweichende Handbewegung in der Hoffnung, nicht mehr sagen zu müssen.

»Man kann nur nicht denken, aber nicht nichts.«

»Ich höre dir zu«, sagte sie.

Einen Moment lang überlegte Julia, dann sprach sie weiter. »Natürlich ist das alles nicht neu. Aber das ist ja das Erschreckende, dass es so lange bekannt war, ohne dass etwas getan wurde. Neu sind nicht die Erkenntnisse, sondern unser Wille zu handeln, das Ende der Geduld meiner Generation mit deiner und der des Planeten mit uns. Die letzte Chance, etwas zu verändern, ist jetzt. Deswegen diskutieren wir nicht länger, sondern fahren in die Braunkohlereviere, behindern den Tagebau und blockieren die Zufahrten der Kohlekraftwerke. Wir werden so lange stören, so hohe Kosten verursachen, bis sich das Geschäft nicht mehr lohnt. Und das gilt für alle Deals zulasten der Zukunft: die Grundwasserabsenkungen für den Tagebau und die Neubaugebiete, die zu noch trockeneren Böden führen, zu noch mehr verlandeten Seen und brennenden Bäumen. Wir werden dem nicht tatenlos zuschauen, sondern die Baugruben unter Wasser setzen und alle Tiefgaragen fluten. Wir öffnen die Käfige der Massentierhalter, wir gehen in die Supermärkte und kleben Abschreckungssticker auf alle überzuckerten Produkte: ›Förderer der weltweiten Diabetes-Epidemie!‹ Und wir werden nicht damit aufhören, bis die umweltverträglichste und gesündeste Art zu leben, die billigste ist. Oder andersherum: Wie krank ist ein System, in dem alles, was ökologisch hergestellt und fair gehandelt wird, für die meisten unbezahlbar ist?«

»Und was hat mein Vater zu euren Plänen gesagt?«, fragte Hannah und hielt die Fußspitze still.

»Eine ganze Menge, aber am wichtigsten war in dem Zusammenhang sein Satz: Ihr braucht einen sehr guten Anwalt.«

»Lüders …«

»Immerhin ist es ihm bisher jedes Mal gelungen, uns für strafunmündig oder nur bedingt strafmündig erklären zu lassen, auch die Älteren aus unserer Gruppe. In sämtlichen Fällen wurde, wenn überhaupt, das Jugendstrafrecht angewandt. Ein paar Sozialstunden waren die Höchststrafe. Und er verzichtet er sogar auf sein Honorar.«

»Lüders? Ja, aber …« Hannah wusste nicht mehr, was sie denken sollte. »Das klingt überhaupt nicht nach Lüders. Ich meine, was hat er denn davon?«

»Ein besseres Gewissen, was weiß ich«, Julia lehnte sich mit einem Achselzucken zurück. »Jedenfalls muss man schon durch und durch Anwalt sein, um vor Gericht darauf zu plädieren, dass es uns Klimaschützern an Unrechtsbewusstsein und Einsicht in die Tragweite unserer Handlungen fehle – im Gegensatz etwa zu einem gestandenen VW-Manager. Wir seien schließlich noch halbe Kinder, und unser zu gut gemeintes Engagement für die Umwelt würde sich noch relativieren im weiteren gesellschaftlichen Lernprozess … Also wenn Erwachsensein gleichbedeutend ist mit einer Schummel-Software im Gehirn, dann vielen Dank!«

Vermutlich hätte sie jetzt lachen oder zumindest schmunzeln sollen, doch Hannah schüttelte nur den Kopf. Dass Lüders sich mehr oder weniger ehrenamtlich für eine Gruppe junger Klimaaktivisten einsetzte, brachte sie mit ihrem Bild von ihm nicht in Einklang.

»Mit deinem Vater würde ich mich jetzt wahrscheinlich streiten, ob es wirklich Lüders und seiner Cleverness zu verdanken ist, dass die Gerichte so viel Milde walten lassen, oder ob dahinter nicht eine politische Absicht steckt.« Offenbar erinnerte die Situation auch Julia an die Gespräche mit ihm. »Vor ein paar Monaten haben wir uns noch darüber unterhalten, wie viel einfacher es für den Staat war, die Studentenproteste 68 zu bekämpfen als uns Schülerinnen und Schüler heute. Er meinte, kein Staat der Welt könne es sich leisten, Krieg zu führen gegen seine Kinder. Die Mächtigen haben gar keine andere Wahl, als nett zu uns zu sein oder schlimmstenfalls den pädagogischen Zeigefinger zu heben. Aber sie werden nicht zuschlagen, weil sie Angst haben vor dem Bild einer überalterten, besitzstandswahrenden Gesellschaft, die ihren Lebensstil gegen die kommenden Generationen verteidigt und deren Zukunft vernichtet. Dabei ist es genau das, was gerade passiert. Wir haben das sogar in unserem Blog geschrieben …« Julia zog noch einmal ihren Laptop zu sich heran, wischte und tippte rasend schnell, während Hannah sich vorzustellen versuchte, wie ihr alter, analoger Vater noch kurz vor seinem Tod hier gesessen und Blog-Einträge mitverfasst hatte.

»Hier«, rief Julia und las vor. »Klimaungerechtigkeit = Generationenungerechtigkeit. Die Vernichtung der Zukunft findet statt mit jedem Tag, den sich die Gegenwart weiter an ihre überkommenen Privilegien klammert – auf Kosten der Restlaufzeit dieses Planeten. Eine Wirtschaft, die nach immer mehr Wachstum und schneller Rendite strebt, hat kein echtes Interesse an Nachhaltigkeit. Eine Regierung, die sich ihre Politik von Konzernen und Lobbyisten diktieren lässt, wird nichts tun, um daran etwas zu ändern. Sie kaschiert ihre Tatenlosigkeit mit falschen Versprechungen und billigen Symbolhandlungen. Unseren Protesten begegnet sie mit scheinbarem Wohlwollen und lauwarmer Toleranz, weil sie weiß, dass sich der Zukunftsbetrug nicht länger leugnen lässt, sobald die ersten Kinder von Polizisten zusammengeschlagen werden, sobald ganze Schulklassen mit Handschellen im Gerichtssaal sitzen, sobald das Bildungssystem stillsteht, weil kein Schulkind mehr einsieht, warum es an der Auslöschung der Erde mitwirken soll. – Entschuldige, du willst das wahrscheinlich alles gar nicht hören«, unterbrach Julia sich selbst mit einem Lächeln, das etwas erzwungen wirkte. »Aber wenigstens weißt du jetzt, dass wir hier keine Kaffeekränzchen abgehalten haben …«

Hannah versuchte gar erst nicht, in eine Diskussion einzusteigen, sondern schaute über den Tisch hinweg aus dem Fenster. Der

Himmel hinter den staubigen Scheiben war noch immer rauchgrau, auch wenn die Dunstschleier zusehends dünner und durchlässiger wurden. Zum ersten Mal wurde ihr klar, dass Julia ebenfalls um ihren Vater trauerte.

»Ich habe die ganze Zeit dieses Foto im Kopf«, sagte sie dann, »wobei ich nicht mal weiß, ob ich es wirklich gesehen habe oder es mir nur einbilde: ein irgendwie grobkörniges Bild von meinem Vater auf einer Demonstration mit einem Transparent, so einem langen Banner aus Bettlaken, das er mit anderen zusammen hochhält, während er in vorderster Reihe marschiert …«

»Du meinst das Schwarz-Weiß-Foto aus der Zeitung, das mit dem ›Stoppt die Stromkonzerne!‹-Transparent«, fragte oder sagte Julia.

Dass es schwarz-weiß war, wurde Hannah erst jetzt bewusst. »Dann kennst du es auch?«

»Es ist von einer Anti-AKW-Demo Anfang der Achtziger, kurz nach seinem ersten Buch. Dass er sich an den Protesten beteiligt hat, war der »Bild«-Zeitung damals immerhin eine Schlagzeile wert, wenn auch nur im Regionalteil. Für ihn waren die politischen Anfeindungen in dem Artikel das größte Lob, das er als Schriftsteller je bekommen hat.«

»Aber auf dem Foto ist er doch schon grau, eine graue Eminenz unter lauter jungen Leuten. Ich hätte schwören können, dass du an seiner Seite mitmarschierst, gleich neben ihm, untergehakt …«

»Damals war ich noch nicht auf der Welt«, schien Julia sich sicher, »falls wir dasselbe Bild meinen. Es hängt in der Küche.«

Hannah nickte, auf seltsame Art und Weise bestürzt. Auf einmal schien der Tote wieder da zu sein, zwischen ihnen, ohne dass sich sagen ließ, ob er sie trennte oder miteinander verband. »Willst du was trinken?«, fragte sie, um aufstehen zu können.

»Ich hol uns was«, sagte Julia und schnellte hoch, als Hannah den Raum verlassen wollte, wie um zu zeigen, dass sie sich in dieser Wohnung besser auskannte und die eigentliche Gastgeberin war. Doch sie konnte noch immer nicht richtig auftreten, stützte sich auf die Lehne und krempelte ein Hosenbein hoch. Ihr Knöchel war ziemlich geschwollen.

»Du brauchst was zum Kühlen«, sagte Hannah knapp und ging allein in die Küche, an die sie keine guten Erinnerungen hatte. Als sie den Kühlschrank öffnete, um im Gefrierfach nach Eiswürfeln zu suchen, entdeckte Hannah ein paar braune Packpapiertüten, keinen Kunststoff, kein Plastik, nicht einmal einen Joghurtbecher, und bis auf einen einsamen Apfel lauter Obst und Gemüse, das ihr Vater nie gekauft hätte. Eiswürfel waren keine da. Es stand auch kein Bier oder Weißwein kalt, nicht einmal Prosecco. Hannah hätte jetzt gerne etwas Erwachsenes getrunken.

Sie sah sich nach einem geeigneten Werkzeug um, mit dem sie die ewigen Eisschichten im Gefrierfach bearbeiten konnte. Einmal mehr nahm sie mangels Alternativen das Grillbesteck, allerdings nicht die Gabel mit den langen Zinken, sondern eine Zange, mit der sie auf die wulstigen Eisränder einhieb und -hackte, um die Bruchstücke in einem Geschirrtuch zu einem Eisbeutel zu verknoten. Das ging einigermaßen. Die Kälte, die ihr entgegenkam, tat gut.

Als sie die Kühlschranktür zumachte, flatterte an der Seite eine längere Einkaufsliste auf, die Julia dort mit Magnetscheiben befestigt haben musste. Ihrem Vater sah das nicht ähnlich – als Gewohnheitsmensch hatte er immer das Gleiche gekauft. Den Zeitungsausschnitt zwischen den Magneten daneben erkannte Hannah sofort. Auf dem grobkörnigen Schwarz-Weiß-Foto hatte ihr Vater tatsächlich noch seinen vollen Haarschopf, hell, nicht grau. Das Transparent aus weißen Laken sah genauso aus wie in ihrer Erinnerung. Nur die junge Frau neben ihm war nicht Julia, sondern der Bildunterschrift zufolge eine bekannte Schauspielerin. »Künstler gegen Konzerne« nannte sich dieser Teil des Demonstrationszuges, bei dem ihr Vater damals zu den prominenteren Namen gehörte.

Wie lange der Artikel hier schon hing, war schwer zu sagen. Anscheinend hatte sie ihn bei ihrem letzten Aufenthalt im Vorübergehen immer mal wieder mit Blicken gestreift. Anders konnte Hannah sich nicht erklären, warum ihr dieses Bild so bekannt vorkam. Doch auch wenn es ein Foto aus einer anderen Zeit war, fühlte sie sich bestätigt: Julia hätte die junge Frau an seiner Seite sein können und schien sich selbst darin wiederzuerkennen. Die Mitstreiterin, nach der ihr Vater sich immer gesehnt hatte – in ihr glaubte er sie gefunden zu haben, und Hannah fühlte sich zu alt, zu müde und zu überflüssig, um Julia diesen Platz nachträglich streitig zu machen.

Sie drehte das Wasser auf und ließ es ins Spülbecken laufen. Es war jetzt, wie Leitungswasser sein sollte, klar und geruchlos. Eine Zeit lang hielt sie abwechselnd Handrücken und Pulsadern unter den Strahl und wartete noch ein wenig, bis es richtig kalt wurde. Dann füllte sie zwei Gläser, eins für Julia, eins für sich, überlegte es sich dann aber anders, kippte ihr Wasser weg und holte die Wodkaflasche aus dem Schrank, die sie als Ersatz gekauft hatte. Der Verschluss war unberührt und knackte beim Öffnen. Zwei Nächte lang hatte Julia hier sturmfreie Bude gehabt, ohne sich dafür zu interessieren. Vermutlich war ihr nicht einmal aufgefallen, dass es sich nicht um dieselbe Marke handelte wie vorher, sondern um ein Billigimitat, das fast genauso aussah und schmeckte, aber nur die Hälfte kostete.

Hannah füllte ihr Glas zwei Finger breit. Sie kannte sich und ihre Dosis, trank nicht zu viel auf einmal, nicht zu schnell und merkte so wenig, dass sie noch etwas nachschenkte, bevor sie die Flasche wegstellte. Dann prostete sie dem Mann auf dem Foto zu.

Sie war eine schlechte Tochter gewesen, auch ohne jeden Vergleich. Julia hatte sie nicht verdrängt, sondern nur eine Leerstelle gefüllt. Zu dem Bild ihres Vaters in vorderster Front hatte sie nie gepasst, nicht einmal zu passen versucht. Sie war keine Kämpferin, sie kämpfte um gar nichts. Und sie kämpfte auch jetzt nicht um ihn.

In aller Ruhe stellte sie ihr leeres Glas neben die Spüle, nahm das Wasser für Julia und den Eisbeutel zur Hand. »Schon unterwegs«, rief sie, blieb aber stehen und hauchte noch einige Male kräftig vor sich hin, um ein paar Volumenprozente in ihrem Atem loszuwerden. Gegen die Wodka-Röte tupfte sie Stirn und Wangen mit dem Eisbeutel ab und drückte ihr heißes Gesicht in das schon nässende Geschirrtuch, so als müsste sie Beulen und Blessuren kühlen von einem Kampf, der niemals stattgefunden hatte.

Als sie ins Wohnzimmer kam, stand Julia auf dem Balkon, ohne Turnschuhe und Socken. Ihren Knöchel hatte sie mit einem speziellen blauen Textilpflaster bandagiert, das nach Sportmedizin aussah. Vermutlich hatte sie es zusammen mit den Turnschuhen zum Haushalt beigesteuert, oder es stammte aus denselben alten Pflegebeständen wie die Salben und Verbände in der ausgezogenen Schublade, von denen Hannah nichts gewusst hatte. Auf dem Couchtisch verstreut lagen zwei, drei verschieden große Scheren und genau die Art von Pinzette, die Hannah für ihre Fußoperation gebraucht hätte.

Julia hingegen schien sich erfolgreich verarztet zu haben und machte ein paar vorsichtige Schritte auf Hannah zu, um das Glas Wasser entgegenzunehmen. Den Eisbeutel lehnte sie dankend ab, weil ihr Pflaster angeblich nicht nass werden durfte. Von dem Wasser nahm sie nur einen Schluck, um gleich weiterzuerzählen, dass sie das Problem mit dem Knöchel schon kenne, es seien die Bänder, eine alte Verletzung von einem Reitunfall aus Kindertagen, als sie noch geglaubt habe, ihrer Mutter zuliebe aufs Pferd steigen zu müssen und so weiter. Hannah fand es ganz angenehm, dass sie das nichts anging. Sie beschränkte sich darauf zuzuhören und in eine andere Richtung zu atmen. Langsam manövrierte sie sich von der Mitte des Raumes zum Fenster, setzte sich mit einer Pobacke auf die Fensterbank und suchte sich eine Wolke am Himmel. Es ging ihr gut, besser als je zuvor, sie entfernte sich immer weiter von allem, was eben noch wichtig schien.

Als Julia auf den Film zu sprechen kam und darauf, was allein schon die Dreharbeiten an Aufmerksamkeit bringen würden für ihren Vater und seine Themen, entschuldigte sich Hannah und ging zurück in die Küche unter dem Vorwand, dass der Eisbeutel angefangen habe zu tropfen, was auch der Fall war. Über der Spüle knotete sie das Geschirrtuch wieder auf und tat die größeren Eisstücke in ihr Glas, wo sie so schnell tauten, dass der Wodka, den sie dazukippte, nicht nur kalt, sondern auch weniger stark sein würde. Eine Füllung glaubte sie sich noch genehmigen zu können, vorausgesetzt, dass sie eine Kleinigkeit aß. Doch das Sandwich in der ersten Packpapiertüte war mit Knoblauch, und auf den Sojasprossensalat in der zweiten hatte sie absolut keine Lust. Hannah nahm das Bild ihres Vaters vom Kühlschrank ab, drehte den Zeitungsausschnitt um und befestigte ihn mit den Magneten wieder an Ort und Stelle, damit er ihr nicht zuschaute. Auf der Rückseite war eine Aldi-Reklame mit einem Uralt-Logo und Filterkaffee im Sonderangebot zu D-Mark-Preisen.

Im Wohnzimmer hatte Julia angefangen zu telefonieren, insofern musste sie sich nicht beeilen. Hannah nippte ein bisschen an der obersten, etwas wässrigen Schicht und spielte mit dem Gedanken, die ganze Flasche einzustecken, damit sie nicht auf Vorrat zu trinken brauchte. Doch noch ehe sie sich auf den Flur schleichen und den Wodka in ihrem Rucksack verschwinden lassen konnte, hörte sie Julias Telefonstimme näher kommen. Reflexartig goss sie den Rest ihres Drinks in den Ausguss, bereute es aber im nächsten Moment. Sie hatte nichts zu verbergen, schon gar nicht vor einer Sechzehnjährigen, die sich in der Wohnung ihres Vaters versteckte.

»Alles in Ordnung?«

Julia erschien in die Küchentür, Handy zwischen Ohr und Achsel, Klinke in der Hand, und sah sie fragend an, als müsste sie sich dafür rechtfertigen, dass sie etwas trank in dieser Totenwohnung, unter diesen Umständen. Doch das eine war das Leben ihres Vaters, in dem Julia sich unentbehrlich gemacht hatte, das andere war ihr eigenes. Und dafür brauchte Hannah keine Hilfe. Es fand woanders statt.

Einen Moment lang standen sie starr voreinander, dann nahm Julia ihr Handy runter. Das Telefonat schien beendet. »Schöne Grüße von Lüders. Du sollst dich nicht vom Fleck rühren. Er ist in einer Viertelstunde da.«

Hannah beschloss, das als Scherz aufzufassen. »Seit wann macht Lüders Hausbesuche?«

»Seine Kanzlei versucht seit Tagen, dich zu erreichen«, ließ Julia keinen Zweifel daran, dass sie meinte, was sie sagte. »Und da er uns beide sprechen will …«

»Wieso uns beide?«

Julias Blick wanderte über die Flasche zum Glas zu den Eiswürfeln in der Spüle und wieder zu Hannah zurück, doch sie verkniff sich jeden Kommentar. »Es geht um den Film und die Stiftung.«

Angesichts der Auseinandersetzungen, die auf sie zukamen, hatte Hannah plötzlich das dumme Gefühl, dass es ein Fehler war, nicht mehr ganz nüchtern zu sein. »Grüße an Lüders zurück. Du kannst ihm von mir ausrichten, dass ich mit dem Ganzen nichts zu tun haben will«, sagte sie und drängte sich an Julia vorbei in den Flur. »Was dagegen, wenn ich die Flasche hier mitnehme?« Demonstrativ hielt Hannah den Wodka hoch, stopfte ihn in ihren Rucksack und zog den Reißverschluss zu. Sie hatte große Lust, sich in den nächsten Zug zu setzen und weiterzutrinken.

Doch Julia schien entschlossen, sie am Gehen zu hindern, und hielt sie erst an der Schulter, dann am Oberarm fest. Als Hannah trotzdem nicht stehen blieb, packte sie fester zu, stellte sich ihr in den Weg und drängte sie zurück. Ob es am Alkohol lag oder an Julias Fitness, sie konnte weder dagegenhalten noch sich losreißen, taumelte rückwärts, stieß gegen die angelehnte Schlafzimmertür und landete rücklings auf dem Bett ihres Vaters, Julia neben ihr. Dort blieben sie keuchend liegen, Schulter an Schulter, und starrten an die Zimmerdecke, bis sie wieder zu Atem kamen.

Das Bettzeug roch süßlich, nicht nach Tod, sondern nach Mädchenparfüm.

Mit etwas Mühe hob Hannah den Kopf, schob ihren Rucksack beiseite, den sie beim Hinfallen nur halb abgestreift hatte, und angelte sich ein Kissen. Dabei fiel ihr Blick auf das Buch. Es lag aufgeschlagen auf dem Nachttisch, nicht in der Schublade, doch es war derselbe schmale Band, derselbe Umschlag mit dem Namen ihres Vaters – seine Gute-Nacht-Lektüre vor dem Tod.

»Ich lese im Moment noch einmal alles von ihm«, erklärte Julia, die offenbar sah, was sie sah.

»Und er«, fragte Hannah, »warum wollte er es ein letztes Mal hören?«

Julias Gesicht tauchte über ihr auf, groß und sprachlos.

»Ich dachte, so sei es gewesen in seinen letzten Tagen, als er schon bettlägerig war: Du hättest neben ihm gesessen und ihm aus seinen Büchern vorgelesen …«

»Deinem Vater?« Julia lächelte ungläubig. »Niemals. Er hat alle Bücher von sich gehasst, bis auf das letzte, sein *Wolkenbuch*. Wusstest du das nicht?«

»Zwischen den Seiten steckte ein Foto als Lesezeichen. Ich habe es einfach mitgenommen, ehrlich gesagt, und verloren. Aber du weißt, welches ich meine? Hast du es gar nicht vermisst?«

Julia schwieg und sah sie abwartend an.

»Es war ein Foto von dir. Und das ist es, was ich mich die ganze Zeit frage …« Hannah schaffte es, ihr in die Augen zu sehen. »Was bedeutet dieses Bild? Was bedeutet es, dass er es bei sich hatte, in seinem Buch, seinem Nachttisch, kurz vor seinem Tod?« Sie konnte nicht weitersprechen, die Worte hatten zu lange in ihr festgesteckt. Doch Julia ließ sich Zeit mit einer Antwort, bis auch das Unausgesprochene verklungen war und es wirklich still wurde zwischen ihnen.

»Ich habe angefangen zu lesen in der Nacht, als er starb. Er hat nichts davon mitbekommen. Als ich das erste Buch von ihm aufschlug, war er schon nicht mehr da. Und das Foto …« Julia machte eine kurze Pause. »Die Wahrheit ist, ich habe es rausgesucht, weil ich dir darauf so ähnlich sehe, finde ich, so wie auf den alten Bildern, die dein Vater mir von dir gezeigt hat. Wenn ich beim Lesen abgeschweift bin und mich dabei ertappt habe, dass ich mir das Foto anschaue, dachte ich immer, wir gehören zusammen.«

Jetzt war es wirklich still. Hannah wagte nicht, sich zu bewegen.

»Vielleicht habe ich mir falsche Vorstellungen von uns gemacht oder einfach zu viele, ich kannte dich ja nur von Fotoalben und Erzählungen, also gar nicht eigentlich. In Wirklichkeit hatte ich Angst, dir zu begegnen.« Julias Stimme war auf einmal ganz nah. »Ich hatte Angst davor, dich zu enttäuschen – oder von dir enttäuscht zu werden, wahrscheinlich auch das. Jedenfalls wäre es schlimm gewesen, wenn wir uns nichts zu sagen gehabt hätten. Deshalb bin ich dir aus dem Weg gegangen und habe dich erst mal nur aus der Ferne beobachtet. Aber ich war mir sicher, der Moment würde kommen …«

»Der Moment, in dem du mich betrunken aus dem Wasser ziehst.« Hannah wollte nicht ironisch sein, nur ehrlich.

»Ich habe dich nicht aus dem Wasser gezogen, du bist selbst geschwommen.«

»Du warst da, für alle Fälle, um mir zu helfen. Habe ich mich eigentlich bei dir bedankt?«

»Du hast dich tausendmal entschuldigt«, sagte Julia. »Aber das musst du nicht. Niemand macht dir einen Vorwurf.«

»Danke«, sagte Hannah trotzdem. »Danke für deine Hilfe, auch wenn ich sie nicht gebraucht habe.« Sie merkte, wie sie anfing, sich weniger allein zu fühlen. Doch gerade diese Nähe war ihr fremd, und Hannah fragte sich, ob es nur ihr so ging oder ob sich ihr Vater in Julias Beisein auch so gefühlt hatte. Sie konnte sich einfach nicht vorstellen, dass er bereit gewesen war, seine lebenslange Einsamkeit am Ende aufzugeben, ohne Weiteres. So wie sie ihn kannte, hätte er das nie getan. Nur wie gut kannte sie ihn überhaupt? Hannah richtete sich auf, um dem Gefühl der Gemeinsamkeit auf diesem Bett nicht weiter nachzugeben und sich ihren Rucksack zu schnappen. Doch Julia hatte sich schon danach gestreckt.

»Darf ich?« Ohne eine Antwort abzuwarten, holte sie den Wodka heraus, schraubte die Flasche auf und roch daran. »Ich frage mich, wie du das Zeug runterkriegst …«

»Das ist keine besondere Fähigkeit«, sagte Hannah so streng wie möglich und versuchte, ihr die Flasche wegzunehmen, war aber zu langsam.

»Ich möchte doch nur mit dir Schwesternschaft trinken«, neckte Julia sie vom anderen Ende des Bettes aus.

»Schwesternschaft kann man nicht trinken. Komm, gib schon her!«

»Dann eben Bruderschaft unter Schwestern!« Julia nahm einen Schluck und hielt ihr die Flasche jetzt hin. Doch Hannah machte keine Anstalten mitzutrinken. Wenn sie ihr Versprechen Marvin gegenüber halten wollte, dann war jetzt der Zeitpunkt, an dem sie Julia sagen musste, dass der Mann, auf dessen Bett sie lagen, nicht ihr gemeinsamer Vater war und sie nicht ihre Halbschwester. Doch das erschien ihr nicht nur schwer, weil Julia so fest daran glaubte, sondern vor allem deshalb, weil sie selbst auf einmal nicht mehr sicher war, wer recht hatte.

»Freust du dich denn gar nicht, dass wir uns gefunden haben?« Julia klang wirklich enttäuscht. »Irgendwie habe ich immer geglaubt, dir würde es genauso gehen wie mir, dass du spürst oder wenigstens ahnst, dass es mich gibt ...« Auf einmal wirkte sie wieder unglaublich jung, beinahe kindlich, so wie sie in ihrer Ecke des Bettes hockte.

»Ich habe dich die ganze Zeit gesucht«, sagte Hannah, nahm ihr den Wodka weg und verstaute ihn zuunterst in ihrem Rucksack. »Aber ich will deinen Eltern keinen Kummer machen.«

»Meine Mutter kann es kaum erwarten, mit mir um die Häuser zu ziehen, insofern ...«

»Dann eben deinem Vater«, fiel Hannah ihr ins Wort. »Er ist schon traurig genug.«

»Du hast mit Marvin gesprochen«, sagte Julia und sah selber traurig aus. »Doch was auch immer er dir erzählt hat, Matthias ist nicht mein Vater. Er selbst hat mir die Wahrheit gesagt, an meinem Geburtstag, das hatte ich mir gewünscht. Und so komisch es klingt, es war das größte Geschenk, das er mir machen konnte.«

Hannah wusste überhaupt nicht mehr, wem sie glauben sollte. »Also wenn du mich fragst, hast du mit Matthias eine Menge gemeinsam, euer Engagement für die Umwelt, für den See ...«

»Er ist und bleibt ein Bauer, der glaubt, der Natur ginge es gut, wenn sie ihm gehört«, widersprach Julia. »Matthias hält mir ständig vor, dass ich die ganze Welt retten will, aber schon an dem See vor unserer Haustür scheitere, während ich ihm klarzumachen versuche, dass es nicht möglich ist, den See zu retten, es sei denn, wir retten die Welt.«

»Auch darin seid ihr euch ähnlich, in eurer Leidenschaft für große Debatten.« Hannah stand auf und schulterte ihren Rucksack.

»Er wird immer der Mann sein, der mich großgezogen hat, aber er ist nicht mein Vater«, beharrte Julia, »nicht mein leiblicher. Das wusste er schon, bevor ich auf die Welt kam, und ich wusste es irgendwie auch.«

»Ich muss jetzt gehen«, sagte Hannah, mehr konnte sie für Marvin nicht tun. Sie überquerte den Flur, doch Julia war schneller an der Wohnungstür. »Bleib noch kurz, nur fünf Minuten. Lüders meinte, die Filmproduzenten würden Druck machen, er bräuchte heute noch dein Ja oder Nein zu dem Vertragsangebot, er braucht uns beide. Es ist die einzige Möglichkeit, wie wir auf das Skript Einfluss nehmen können im Sinne des *Wolkenbuchs*. Deswegen hat er ja so weitreichende Mitspracherechte für uns ausgehandelt. Damit am Ende die richtige Botschaft steht …«

Von der Straße, unweit des Hauseingangs, hörte Hannah den Lärm eines einparkenden Autos und horchte auf, ob dem Türenschlagen Schritte über den Torweg folgten. Sie wollte Lüders auf keinen Fall in die Arme laufen.

»Hör zu«, sagte sie dann, als es still blieb und niemand das Haus betrat, »ich habe mich vielleicht etwas schwer getan mit der Entscheidung, auf das Erbe meines Vaters zu verzichten, aber auf den Job beim Film verzichte ich leichten Herzens.«

»Ist es wegen Lüders«, fragte Julia und ließ den Kopf hängen, »oder meinetwegen?«

»Nein«, antwortete sie, »ich bin nicht die Richtige.«

»Bitte«, Julia flüsterte nur noch, ohne sie anzusehen. »Es wäre wirklich das Größte für mich, und ich glaube sogar, auch für ihn, wenn wir beide zusammen an dem Film arbeiten würden, die Töchter des Schriftstellers.«

»Die Töchter des Schriftstellers«, das klang wie der Titel eines Films, in dem sie nicht vorkam. Sie verstand, dass es Julias Traum war und vielleicht sogar der ihres Vaters, doch sie konnte kein Teil davon sein.

»Tut mir leid«, sagte Hannah und schaute noch einmal zurück durch die offene Schlafzimmertür auf die seltsamen Abdrücke, die Julia und sie auf dem Bett ihres Vaters hinterlassen hatten. Es war das, woran sie sich erinnern würde, wenn sie sich an jetzt erinnerte. Dann stieg sie die Treppen hinunter und trat hinaus ins Freie. Aus der Wohnung kam kein weiteres Wort, kein Rufen, kein Geräusch, nicht mal das Schließen der Tür oder das Öffnen eines Fensters. Es blieb still in Hannahs Rücken, während sie die wenigen Meter zum Gehweg hinunterlief.

An der Straße überlegte sie kurz, in welche Richtung sie gehen sollte, um Lüders nicht zu begegnen. Die Luft roch noch immer nach Rauch, aber der Himmel war weiß, hell und hoch. Sie fand die Sonnenbrille in der Tasche von Julias Kapuzenjacke und setzte sie auf.

7

Aufgrund von Engpässen bei den kommunalen Wasserversorgern gilt ab sofort für alle Haushalte ein Rasensprengverbot von 7 bis 21 h. Auch die Entnahme von Oberflächenwasser aus Flüssen und Seen ist nur in Ausnahmefällen gestattet und genehmigungspflichtig. Absoluten Vorrang haben die Trinkwasserversorgung der Bevölkerung und die Löschwasserentnahme zur Brandbekämpfung. Bei Zuwiderhandlung können Bußgelder von bis zu 500 Euro verhängt werden.

regio-aktuell.de, 24. April, 14.59 h

Sie hatte einen unbeobachteten Moment abgepasst und wollte die Flasche gerade in einen Mülleimer am Straßenrand werfen, als das nächste Auto kam. Hannah beugte sich tiefer über die Öffnung, was sie vermutlich noch verdächtiger machte – zu einer Person, die halb volle Schnapsflaschen nicht wegwarf, sondern aus Mülleimern fischte. Doch auch das war egal. Sie ließ einfach los, ließ es scheppern und klirren. Wofür schämte sie sich?

Mit einem Rest von Würde rückte sie ihre Sonnenbrille zurecht und nahm Kurs auf den Bahnhof. Vielleicht ging sie etwas zu schnell dafür, dass sie weder eine Ahnung von den Abfahrtszeiten hatte noch ein gültiges Ticket. Doch je weiter sie sich von Julia und der Wohnung entfernte, desto besser.

Das Handy in ihrer Hosentasche vibrierte. Mit etwas Glück war es der Rückruf von Matthias, den sie versucht hatte zu erreichen, um mit ihm über Julia zu sprechen und nach Möglichkeit herauszufinden, ob sie die Wahrheit sagte und er wirklich nicht ihr Vater war. Auf dem Display erschien die 0800er-Nummer irgendeines Callcenters. Als sie den Anruf wegdrückte, spürte Hannah eine Mischung aus Enttäuschung und Erleichterung.

In ihrem Rücken wendete ein Auto – das Auto? – und kehrte wieder um. Wenn es tatsächlich derselbe Wagen war, fuhr er jetzt langsam hinter ihr her. Beschwören konnte Hannah das nicht, sie wagte auch nicht, über die Schulter zu schauen. In ihrer Tramperinnenzeit hatte sie gelernt, sich niemals umzudrehen, wenn sie verfolgt wurde. Daran hielt sie sich und hoffte gegen jede Wahrscheinlichkeit, Matthias könnte auf ihren Anruf hin sofort losgefahren sein, um sie hier abzuholen, wie vor einigen Tagen. Doch das leise Motorsummen hinter ihr klang ganz und gar nicht wie sein alter Opel. Der Wagen fuhr wirklich sehr langsam.

Hannah stellte ihr Handy auf Selfie-Modus und hielt es so schräg, dass sie den Hintergrund im Blick hatte, bekam aber nur die schemenhaften Umrisse eines schwarzen BMW oder Mercedes mit getönten Scheiben ins Bild. Nach Matthias sah das nicht aus. Einen Moment lang überlegte Hannah, ob sie nicht einfach Vivien anrufen sollte. Doch die Vorstellung, ihre beste Schulfreundin zu fragen, ob sie mit ihrem Vater geschlafen habe, und sich dann ihre Version der Geschichte anhören zu müssen, gelogen, wahr oder halb wahr, erfüllte Hannah mit unüberwindlichem Ekel. Dann lieber Matthias, der wie sie zu den Betrogenen und Getäuschten gehörte und vermutlich ihren Ekel teilte. Sie probierte erneut seine Mobilnummer, doch es ertönte nicht mal ein Rufzeichen. Offenbar befand er sich im größten Funkloch der Gegend.

Inzwischen fuhr der Wagen im Schritttempo neben ihr. Anscheinend genügten in dieser Stadt Trainingsklamotten und eine Billigsonnenbrille, um als Freiwild angesehen zu werden. Hannah würdigte ihren Verfolger noch immer keines Blickes, hörte aber, wie die Seitenfenster elektronisch herunterfuhren. Auf einmal bereute sie es, sich von dem Wodka getrennt zu haben. Sie hätte jetzt gern noch einen Schluck getrunken und dem Fahrer zugerufen, er solle sich verpissen.

Im Fensterausschnitt erkannte sie Lüders.

»Steig ein.«

Hannah schaute geradeaus und ging weiter. Doch Lüders blieb mit seinem Wagen gleichauf. Dass sie ihn nicht beachtete, kümmerte ihn wenig.

»Wir haben einen Termin, genau jetzt, das wollte Julia dir eigentlich ausrichten …«

»Dann sprich mit ihr, und lass mich in Ruhe«, sagte sie ohne Wirkung. Er lächelte weiter im Seitenfenster, als handle es sich nicht um eine Absage, sondern nur um das übliche Vorspiel. Siegesgewiss überholte er sie und stellte sich dann mit seinem Wagen quer über den Bürgersteig, Hannah in den Weg.

»Was soll das werden, eine Entführung?«

»Eine Einladung …« Lüders stieg aus, ging um den Wagen herum und hielt ihr die Tür auf. »Nun steig schon ein.«

Hannah schaute über das Autodach hinweg auf die andere Straßenseite zu einem Bus, der gerade wieder anfuhr und zwei betagte Damen samt Rollatoren zurückließ. Ein älterer Herr schleppte sich mit schlurfenden Schritten in die entgegengesetzte Richtung. Von niemandem war Hilfe zu erwarten. Doch Tramperinnen liefen nicht weg.

»Die Bedeutung des Wortes ›Nötigung‹ sollte dir als Anwalt bekannt sein.« Ohne jede Hast strich Hannah die Motorhaube entlang und trat ihm entgegen. Lüders behielt seine Hände bei sich.

»Hast du was getrunken?« Natürlich hatte er sie mit der Flasche am Mülleimer beobachtet.

»Mach dir keine Hoffnungen, heute ist mein nüchternster Tag seit der Beerdigung.«

Lüders sah sie kurz an und seufzte. »Lass uns vernünftig miteinander reden.«

»Das ist nicht so leicht, wenn der Rest der Welt verrücktspielt. Oder kannst du mir erklären, wie Julia darauf kommt, dass mein Vater auch ihr Vater ist?« Hannah machte einen letzten Schritt auf ihn zu, entschlossen, sich ihren Weg zu bahnen, notfalls mit Gewalt. Doch Lüders wich zur Seite, wich ihr aus.

»Du hast Angst vor mir?«, fragte sie ihn ins Gesicht. »Warum hast du Angst? Sag mir einfach die Wahrheit: Hatte mein Vater ein Verhältnis mit meiner besten Freundin? Ist das der Grund für seinen Sinneswandel und die Verrenkungen mit seinem Testament? Ich kann auch Vivien direkt fragen oder Matthias, wenn du meinst, dass es im Sinne deines Mandanten ist …«

Da Lüders keine Miene machte zu antworten, ließ sie ihn einfach stehen. Erst in ihrem Rücken hob er die Stimme. »Hat Julia dir erzählt, dass sie bei der Testamentsänderung dabei war?«

Offenbar hatte er wirklich Angst vor ihr oder dem, was sie als Nächstes tun würde. Hannah drehte sich um. »Ich dachte, du darfst mir nicht sagen, ob mein Vater in Begleitung war bei seinem letzten Besuch in der Kanzlei.«

»Falls du mit Julia darüber gesprochen haben solltest und die Information von ihr käme, könnte ich es nicht abstreiten. Ich bin nicht verpflichtet zu lügen«, klang er wieder so süffisant-souverän wie immer. »Und abgesehen davon, war es ein Besuch bei mir zu Hause.«

»Bei dir?«

»Ein Abendessen unter Freunden …«

Einen Augenblick sah Hannah den älteren Damen nach, die es noch immer nicht bis zu ihrem Hauseingang geschafft hatten. »Und Julia war dabei?«

»Hat sie dir das nicht erzählt?«, legte Lüders ihr nahe. Doch Hannah sah ihn ohne Worte an. Sie wollte nichts zu tun haben mit seinen Lügen.

»Im Übrigen war auch keine Testamentsänderung geplant«, schlug er einen vertraulichen Ton an und begleitete sie zu seinem Wagen. »Wir kamen nur beim Essen auf das Thema Stiftungen. Es war nicht mal als Vorschlag gemeint, eigentlich habe ich bloß laut gedacht, beim Abendessen im privaten Rahmen, wie gesagt.« Er hielt ihr die Beifahrertür auf. Doch Hannah entschied sich für den Rücksitz und ließ sich in die Polster fallen. »Nur für ein kurzes Gespräch unter vier Augen, und ich fahre nicht wieder in seine Wohnung zurück«, stellte sie klar.

Lüders setzte sich ans Steuer und nickte. »Ich suche bloß einen Parkplatz, hier kann ich nicht stehen bleiben.« Damit startete er den Wagen und fädelte sich in den Verkehr ein. Die Parkbuchten am Straßenrand waren durchweg besetzt, der Lieferverkehr hielt in zweiter Reihe. Lüders' Parkplatzsuche drohte sich zu einer kleinen Spritztour auszuwachsen. Wenigstens entfernten sie sich immer weiter von der Wohnung.

»Ihr hattet also dieses Abendessen bei dir …«, kam Hannah zum Thema zurück und beugte sich vor. Für einen Moment streifte sie der Verdacht, Lüders könnte sie mit zu sich nach Hause nehmen wollen. Doch wenn er noch in derselben Penthousewohnung lebte wie früher, war das nicht der Weg.

»Abendessen ist vielleicht zu viel gesagt, es gab eine Auswahl Antipasti frei Haus von Rolando, ich habe nicht selbst gekocht. Dein Vater hat ja nicht mehr viel gegessen zu der Zeit. Aber er schien voller Tatendrang und hat Julia und mich unterhalten mit seinen neuesten Plänen und Ideen. Es war gewissermaßen eine Ironie des Schicksals, dass er seinen Glauben gerade in dem Moment wiedergefunden hatte, als seine Kräfte ihn verließen …«

»Seinen Glauben?«, fragte sie spöttisch.

»An die Veränderung. An die Veränderbarkeit der Welt.«

»Dank Julia.« Hannah hoffte, dass sie jetzt nicht eifersüchtig klang. »Wenn du hier in Bahnhofsnähe irgendwo parken könntest, wäre das übrigens sehr nett. Dann habe ich es nachher nicht so weit.«

Lüders warf ihr einen Schulterblick zu, wechselte kurz vorm Bahnhof auf die Busspur und zog an einem Feierabendstau vorbei. »Es ging deinem Vater nicht um Julia als Einzelperson, sondern um ihre Generation. Deshalb habe ich ja die Möglichkeit einer Stiftung angesprochen, auf Grundlage aller zu erwartenden Tantiemen und Lizenzgebühren. Ich dachte – offen gestanden –, dass weder seine Kraft noch seine Lebenszeit ausreichen würden, um auch nur einen Bruchteil von dem anzuschieben oder umzusetzen, was ihm vorschwebte. Eine Stiftung in seinem Namen mit klaren Vorgaben und Zielsetzungen schien mir dafür am besten geeignet, besser als er selbst in seinem Zustand oder seine Erben mit ihren potenziellen Interessenkonflikten, auch wenn das Stiftungsrecht in Deutschland ein Kapitel für sich ist. Aber das Wichtigste in diesem Fall scheint mir weniger das Rechtliche als die Gerechtigkeit.«

Hannah neigte den Kopf. Wenn sie Lüders so zuhörte, fand sie den Gedanken ganz einleuchtend und konnte kaum mehr nachvollziehen, was ihr daran bislang wie eine Zumutung erschienen war.

»Dein Vater war begeistert und hat gleich am Esstisch angefangen, die Leitlinien und das Programm zu skizzieren, auf einer Serviette übrigens, wie früher seine ersten Texte, die er alle verbrannt hat. Gültig ist ein letzter Wille auch in dieser Form, sofern Datum und Unterschrift nicht fehlen. Wenn es noch dazu Zeugen gibt, lässt sich daran nicht rütteln, dann sind zur Not auch das Tischtuch oder ein Bierdeckel als Dokument rechtsverbindlich.« Lüders lächelte in sich hinein bei der Erinnerung und behielt einen leicht amüsierten Zug um die Mundwinkel. »Die Papierserviette deines Vaters ist bemerkenswert eng beschrieben, und zwar beidseitig. Er konnte es nicht lassen, Politik und Poesie zu vermischen, was in der Wirkung durchaus beeindruckend ist, im Detail aber vieles offenlässt. Wir wollten uns eigentlich in der Kanzlei noch mal zusammensetzen, zeitnah, um die Statuten weiter auszuarbeiten. Aber dazu ist es nicht mehr gekommen. Drei Tage später war er tot.«

Der Wagen wurde langsamer. Lüders war vom Gas gegangen und steuerte auf einen großen, fast leeren Parkplatz abseits der Straße zu, Hannah sah nicht aus dem Fenster, sondern nur vor sich hin.

»Erst im Nachhinein ist mir klar geworden, dass er es an dem Abend schon gewusst haben muss.« Lüders' Stimme verschmolz mit dem kaum noch hörbaren Motorschnurren. »Er wusste, dass es unser letztes Abendessen sein würde. Deshalb, nehme ich an, war er so aufgedreht. Dein Vater ist wirklich zu Hochform aufgelaufen, aber er hat nur eine halbe Auberginenscheibe gegessen und ein paar Mal an seinem Wasserglas genippt. Womöglich war es das Letzte, was er überhaupt zu sich genommen hat.«

Sie hielten und saßen bei abgestelltem Motor eingesunken auf ihren Sitzen, als hätten sie eine lange Fahrt hinter sich.

»Und Julia?«, fragte sie in die Stille.

»Julia«, Lüders nahm die Hände vom Lenkrad, »ist eigentlich immer Julia: ein bisschen zu ernst für ihr Alter, ein bisschen zu erwachsen. Vor lauter Kampf um die Zukunft, denke ich manchmal, kommt ihre Jugend zu kurz. Du hast sie ja kennengelernt. Aber an dem Abend wirkte sie geradezu gelöst, fast schon locker für ihre Verhältnisse. Sie hat erst viel gelacht und dann ein wenig geweint, weil ein Testament an sich ja nichts Erheiterndes ist. Sie wollte nicht, dass er stirbt.«

Einen Augenblick lang überlegte Hannah, ob sie sich auch an den Gedanken gewöhnen konnte, eine Schwester oder Halbschwester zu haben. Aber dann musste sie an Vivien und ihren Vater denken, soweit es für sie denkbar war.

»Ich finde den Weg zum Bahnhof allein«, sagte sie und suchte den Türgriff. Doch erst beim Blick durch die Heckscheibe realisierte sie, wo Lüders geparkt hatte. Die bemoosten Ziegelmauern, die verwaisten Sitzbänke, der Torweg mit dem tristen Brunnen aus Beton – es war die Rückseite des Friedhofs, auf dem ihr Vater lag.

»Entschuldige, ich hätte dich vorwarnen sollen.« Lüders hob die Hände über das Lenkrad, wie um sich zu ergeben. »Aber nachdem wir schon so weit gefahren waren, dachte ich auf einmal, wenn der Friedhof heutzutage der letzte Ort ist, wo man einen Parkplatz bekommt, dann soll es vielleicht so sein, dass wir hier reinen Tisch machen.«

»An seinem Grab?« Irritiert schaute Hannah sich um.

»Wenn ich die Zeit zurückdrehen könnte, was uns beide angeht, würde ich genau an dieser Stelle noch einmal neu anfangen, am Tag seiner Beerdigung.«

»Und was würdest du ändern?« Hannah glaubte ihm kein Wort. Zwischen Rückbank und Fahrersitz bemerkte sie ein weißes, serviettengroßes Tuch, das über einen henkelförmigen Gegenstand gebreitet war. Sie hob es an und entdeckte eine Flasche Champagner in einem Präsentkorb mit einer goldgelben Schleife. »Willst du die Trauerfeier noch mal wiederholen ohne die anderen Gäste?«

Lüders bemerkte ihren Blick. »Nicht wiederholen, wiedergutmachen.«

»Mit einer Flasche Schampus?« Ihr Kommentar klang genauso abfällig, wie er gemeint war.

»Mit einer Entschuldigung«, entgegnete Lüders langsam, »bei dir und bei ihm.«

Spätestens jetzt wäre die Tramperin ausgestiegen, wenn sie die Wahl gehabt hätte. Es war nicht nur das, was er sagte, sondern die Vertrautheit, die er damit unterstellte. Hannah wurde das Gefühl nicht los, dass Lüders sie in eine Falle locken wollte, so als wüsste er, dass sie nichts fester hielt als ihr schlechtes Gewissen.

»Ich muss zugeben, ich bin seitdem nicht wieder auf dem Friedhof gewesen«, gestand er ihr genau in dem Moment, als sie anfing, sich Vorwürfe zu machen, weil sie das Grab ihres Vaters nicht von sich aus besucht hatte. Im Grunde war es der einzige Flecken Erde in dieser Stadt, dem sie noch einen Besuch schuldig war. Sie tastete mit einer Hand nach dem Rucksack zu ihren Füßen. Den Türgriff hatte sie gefunden.

»Ich erwarte nicht, dass du meine Entschuldigung annimmst. Aber ich will wenigstens versuchen, deinen Vater und dich ein Stück weit wieder zu versöhnen.« Lüders sah ihr im Rückspiegel in die Augen. Dann zog er sein Handy hervor und tippte eine kurze Nachricht, angeblich an die Kanzlei, dass er später kommen würde. Seine gepflegten Fingernägel machten auf dem Display ein hackendes, klackendes Geräusch.

Der richtige Moment, um abzuhauen, schien verstrichen. Hannah wartete, bis sich seine SMS mit einem Zischlaut verabschiedet hatte. »Warum tust du das?«, fragte sie das wieder aufschauende Augenpaar im Spiegel. »Warum investierst du so viel Zeit in einen Fall, der juristisch so gut wie erledigt ist und finanziell nicht viel hergibt?«

Lüders fixierte sie, ohne zu blinzeln. »Ich möchte nicht, dass wir so auseinandergehen. – Kommst du?«

Er steckte sein Handy weg und stieß die Fahrertür auf. Als sie sich nicht regte, stieg er allein aus und ließ Hannah im Unklaren, ob sie nun in der Falle saß oder kurz davor war, in die Falle zu gehen. Sie rechnete fest damit, dass er zurückkommen würde, wenn sie hier einfach sitzen blieb. Doch sie hörte nur seine immer entfernteren Schritte, erst auf Asphalt, dann auf Kies.

»Und was soll das werden, eine anständige Beerdigung, nachträglich?«, rief sie ihm hinterher, ein bisschen zu leise, ein bisschen zu spät; er war schon im Torweg verschwunden. Hannah saß mit ihrem Rucksack auf den Knien da, irgendwo zwischen Weglaufen und Bleiben.

Eine Weile behielt sie den Rückspiegel im Auge und veränderte ihre Haltung nur leicht, um die Wipfel der Zwillingstannen in den Blick zu bekommen, weiter oben, weiter rechts, und dahinter die Blutbuche. Etwa in der Mitte dazwischen befand sich das Grab ihres Vaters. Die Bäume hatten sich ihr bei der Beerdigung am tiefsten eingeprägt, vielleicht weil sein Grab als solches so nichtssagend war, ein Urnenschacht mit Liegestein, eingelassen in eine Rasenfläche neben anderen Liegesteinen. Das einzig Ansehnliche waren die Baumkronen gewesen. An sie hatte Hannah sich während der kurzen Zeremonie gehalten. Jetzt war der Himmel über den schattenhaften Spitzen blau mit einem dünnen, fließenden Wolkenschleier, der sich in Abständen verdichtete und aufbauschte wie Schaum auf einer langen Welle, die immer weiterzog.

Über die Mittelkonsole lehnte sich Hannah nach vorne und versuchte, das Radio einzuschalten, was ihr überraschend problemlos gelang. Am liebsten hätte sie jetzt laut Musik gehört, doch es kam nur der Wetterbericht, den sie, ohne es zu wollen, anließ bis zum Schluss. Bei den Verkehrsnachrichten stieg sie aus dem Wagen und schlug die Tür zu. Sie hatte nicht vor, Lüders nachzugehen, sie wollte nur noch einmal zu den Bäumen.

Kurz hinter dem Torweg waren zwei Männer in den gleichen grünen Overalls wie die Gärtner vom Schlosspark damit beschäftigt, die Pumpanlage des Brunnens zu reparieren. Durch die Reihen der Grabsteine und Kreuze tuckerte ein Kleinlaster mit Wassertank, hielt vor einer Staffel neu gepflanzter, von Holzgestellen gestützter Jungbäume und füllte die gelben Spiralschläuche, die wie Rüssel aus der Erde ragten. Auf dem breiteren Hauptweg gegenüber schob eine Frau im bunten Kleid einen Kinderwagen spazieren. Sie schien vor allem wegen des Klimas hier zu sein, genoss die Friedhofskühle sichtlich und bog ab in einen Seitenpfad mit noch üppigerem Blätterschatten. Es war tatsächlich viel weniger heiß und stickig in diesem Garten der Toten. Sogar die Ruhe, die über allem lag, wirkte wie aus einer anderen Zeit. Doch darüber hatte sich Hannah ein bisschen zu früh gefreut. Im nächsten Moment startete auf Höhe der Zwillingstannen, die sie anpeilte, ein Overallträger mit Visierhelm seinen Laubbläser und trieb unter lautem Geknatter Schwaden von Staub vor sich her, als müsste er die Hölle selbst ausräuchern. Die Witwen und sonstigen Hinterbliebenen, die sich hier und da zwischen den Grabsteinen bückten, um Unkraut zu zupfen und Blumen zu gießen, schien das nicht weiter zu stören. Sie hoben nicht einmal die Köpfe.

Um so wenigen Menschen wie möglich zu begegnen, machte Hannah einen Schlenker über die Peripherie des Friedhofs. An den Rändern entlang wollte sie, von Lüders unbemerkt, einen Bogen um die offene Rasenfläche schlagen und sich den Bäumen aus der entgegengesetzten Richtung nähern. Am Grab ihres Vaters würde sie vielleicht auf dem Rückweg vorbeigehen.

Schon bald zeigte sich, warum hier die stillsten Wege verliefen. Kleine gemusterte Windräder, bunte Votivlichter und leicht verblichene Wimpel säumten einen nahezu unbehauenen Findling unweit der Ziegelmauer. Drei Gräber weiter war eine Spielzeugeisenbahn aufgebaut, daneben ein grauer, schadhafter Teddy, der an einem Holzkreuz halb lehnte, halb lag. Das Motorengeheul hatte sich entfernt oder wurde vom Wind weggetragen, der die Blätter aufrauschen ließ und eine Art Melodie mit sich führte, ein Kinderlied oder einen Akkord, der sich immer wieder neu erfand, auffächerte und zusammenklang. Doch die Musik kam von keinem Instrument, wie Hannah feststellte, sondern von einer jungen Birke, vor der sie stehen blieb. In den Zweigen war eine Art Mobile befestigt, ein Windspiel aus herabhängenden Bambusrohren, wie Flöten geschnitten, die frei in der Luft schwangen.

Einen Moment lang hörte sie den wiederkehrenden, leicht variierenden Tonfolgen zu, dann ging sie weiter und vermied es, die Jahreszahlen der Inschriften zu lesen. Nur bei einem Stein, in den nur ein einziger Tag gemeißelt war, zögerte sie kurz und beschleunigte dann ihre Schritte. Der Weg kam ihr länger vor als gedacht, dabei hatte sie nicht einmal die Hälfte geschafft. Sie lief jetzt schon fast, doch der Gedanke an Marvin und sein Zweites Gesicht war schneller. »Warum bist du so traurig«, holte seine helle Stimme mit ihrem typischen Singsang sie ein.

Die Zwillingstannen waren in ihrer Erinnerung höher und dunkler gewesen, oder sie selbst hatte sich während der Beerdigung kleiner gefühlt. Jedenfalls erschienen sie ihr von dieser Seite des Friedhofs aus eher blau als schwarz. Auch das Weinrot der Buchenblätter hatte heute einen Stich ins Olivgrüne. Der ganze Baum, der ihr während der Zeremonie so leuchtend und fast schon unerträglich symbolisch vorgekommen war, wirkte auf einmal unscheinbar, wie ein Baum unter vielen.

Einigermaßen verblüfft merkte Hannah, dass sie weder trauerte noch traurig war. Die Kindergräber waren traurig, die hier versammelten Schicksale, viele von ihnen, und in gewisser Weise auch die Hilflosigkeit, mit der ihrer gedacht wurde. Aber sie selbst war so wenig traurig wie seit Tagen und Wochen nicht mehr. Alles hier war trauriger als sie. Und vielleicht war das bereits mehr Trost, als ihr zukam.

Am Grab ihres Vaters – an dem Rasenstück, wo es sich befinden musste – stand oder saß niemand. Lüders' zweiter Abschied von ihrem Vater war offenbar ziemlich kurz geraten. Sie selbst verspürte nicht das geringste Bedürfnis danach, der Beerdigung etwas hinzuzufügen, geschweige denn Abbitte dafür zu leisten.

Sie ging auf das Grab ihres Vaters zu, diesen flachen, schmucklosen schwarzen Stein mit seinem Namen und den Zahlen, die sein Leben rahmten. Eine Weile stand sie davor und wartete auf irgendeine innere Regung, doch es blieb bei dem Gedanken, dass es gut war, ihren Vater zu besuchen, weil es gut sein würde, ihn besucht zu haben. Alles war gut: dass die Trauer einen Ort hatte, dass es hier vielerlei Verrichtungen und Rituale gab, damit der Tod in Alltag überging und die Bäume aufhörten, mehr als nur Bäume zu sein. Sie verstand das und faltete sogar für einen Augenblick die Hände. Doch sie tat es nur, um es getan zu haben.

Jetzt konnte sie gehen.

Lüders saß in einer Nische abseits des Weges, einem kleinen von Ligusterhecken umfriedeten Halbrund auf mittlerer Höhe der Liegesteinreihe, zu deren Ende hin ihr Vater lag. Die Bänke waren so weit eingerückt, dass er hier ungesehen warten und alles im Blick behalten konnte. Er hatte gewusst, dass sie kommen würde, und sie war gekommen, dennoch wirkte er enttäuscht. Lüders, der große Menschenkenner und Stratege, hockte in sich zusammengesunken da, die Ellbogen auf die Schenkel gestützt, die Hände zwischen den Knien verschränkt, und starrte vor sich auf den Boden. Er schaute auch nicht hoch, als Hannah auf ihn zuging. Einem Beobachter wie ihm konnte nicht entgangen sein, dass eigentlich alles eingetreten war, weshalb er sie hierher gelockt hatte, nur das nicht, worum es bei einer Beerdigung ging: Versöhnung oder wenigstens eine letzte Annäherung zum Abschied. Der Moment zwischen ihr und ihrem Vater am Grab war leer geblieben.

Sie hätte weitergehen und Lüders sich selbst überlassen können. Vermutlich rechnete er sogar damit. Doch Hannah setzte sich neben ihn. In gewisser Weise waren sie jetzt beide gleich – gleich weit von allem entfernt.

»Du kennst meine alte Schwäche für dich«, hob Lüders auf einmal an, nachdem sie eine Zeit lang stumm nebeneinandergesessen und auf den Friedhofsrasen geblickt hatten wie ein Paar. »Spätestens seit du bei mir in der Kanzlei gearbeitet hast, kennt sie jeder. Ich habe dich so bevorzugt, deine Fehler heruntergespielt, deine Leistungen in den Himmel gelobt, dabei warst du die schlimmste Aushilfe, die wir hatten, damals zumindest – mit der Zeit ist auch das Schlimmste noch steigerungsfähig. Alle wussten, dass ich dich protegiere, aus nicht beruflichen Gründen, nur dein Vater wollte nichts davon wissen. Man kann das weltfremd nennen oder naiv, aber er hat mir vertraut, mir dich anvertraut, seine Tochter, und das hat mich geehrt. Er hielt mich für einen anständigen Menschen.«

Sie ließ ihren Blick über die Liegesteinreihe wandern. Von ihrem Platz auf der Bank war nur ein Winkel seines Grabs zu sehen. Sie erkannte es daran, dass vor den anderen neuen Steinen Blumensträuße und kleinere Kränze oder Gebinde lagen. Sie war mit leeren Händen gekommen.

»Du hast mich gefragt, warum ich tue, was ich tue, und diesen Fall nicht einfach ad acta lege. Die erste und beste Antwort darauf lautet: deinet- und seinetwegen. Was ich für dich getan habe, habe ich auch für ihn getan, um mir das Vertrauen zu verdienen, das er mir geschenkt hat. Doch Tatsache ist, ich war nicht stark genug. Ich hätte stärker sein müssen als du, trotz meiner Schwäche für dich, trotz deiner und meiner Trauer.«

»Es ist passiert«, unterbrach ihn Hannah, um ihn zu unterbrechen. »Passiert ist passiert.« Sie wollte nicht daran erinnert werden und sah sich demonstrativ im Halbrund der Sitzbänke um. Am anderen Ende, leicht versetzt, befand sich ein Blumenständer mit Sträußen in verschiedenen Stadien des Verwelkens, gleich daneben ein Gitterkasten für Kompostabfälle. Das pfeilförmige Schild mit dem Hinweis »Blumen bitte hier« war doppeldeutig.

»Ja, es ist passiert«, sagte Lüders leise, »aber es wird nicht wieder passieren. Bei deiner Entscheidung für oder gegen das Erbe, für oder gegen die Stiftung und deine Mitarbeit bei der Verfilmung darf das keine Rolle spielen. Ich will nicht der Grund dafür sein, dass du auf irgendetwas verzichtest, selbst wenn das bedeutet, dass wir uns in Zukunft besser aus dem Weg gehen.«

Hannah musterte ihn überrascht, beinahe belustigt. »Heißt das, du machst Schluss mit mir?«

Lüders warf ihr einen langen, fast beleidigten Blick zu. »Unsere Beziehung war, aus meiner Sicht, bislang eher einseitig.«

»Und deshalb hast du mich hierher gebracht?«, kokettierte sie jetzt geradezu. »Du willst unsere eher einseitige Beziehung beenden oder ›beerdigen‹ und mir mitteilen, dass wir uns in Zukunft nicht mehr sehen sollten?«

»Natürlich werden wir uns sehen, Hannah, in dem üblichen Rahmen, sofern du das Testament nicht anfechtest und ich als Sachwalter der Stiftung fungiere«, bemühte sich Lüders um Sachlichkeit. »Ich spreche nicht von dem offiziellen Teil, sondern von dem privaten.«

»Ich auch«, sagte Hannah und nahm seine Hand.

Lüders sah sie abwägend an. Für einen Moment schien die Unsicherheit auf seiner Seite. »Es wird mir schwererfallen als dir«, sagte er dann. »Aber auch wenn wir trauern und die Umstände so sind, wie sie sind: Es liegt in meiner Verantwortung, deine Traurigkeit nicht auszunutzen.« Damit löste er seine Hand aus ihrer und stand auf.

»Ich bin nicht traurig.« Hannah starrte an ihm vorbei auf den Komposthaufen mit den Friedhofsabfällen und drängte die Erinnerungen an ihre Hotelnacht zurück. »Ich bin wütend.« Erst jetzt entdeckte sie unter dem »Blumen bitte hier«-Pfeil den klein gedruckten Hinweis, dass aus gartenpflegerischen Gründen das Ablegen von Sträußen, Kränzen und anderem Grabschmuck auf dem Rasen nicht gestattet war. Den Toten in ihren Urnen brachte man nichts mit.

Unentschlossen stand Lüders noch immer vor ihr in dem Halbrund, offenbar hin- und hergerissen, ob er sie allein lassen konnte.

»Wenn du losmusst, fahr vorsichtig«, sagte sie. Jetzt fühlte es sich an, als würde sie ihm den Laufpass geben. »Im Radio kam eine amtliche Unwetterwarnung. Hitzegewitter mit Starkregen, Hagel und orkanartigen Böen.«

Lüders taxierte sie unverschämt offen und sagte dann ruhig: »Wenn dem so ist, solltest du vielleicht besser nicht ohne ein Dach über dem Kopf auf dem Friedhof sitzen. Außerdem findet gleich noch eine kleine Feier statt, und ich würde mich freuen, wenn du mitkommst …«

»Und was wird gefeiert, ein Leichenschmaus?«

»Ein freudiger Anlass.« Langsam wurde er ungeduldig.

»Danke für das Angebot, aber wir wollen doch deine guten Vorsätze nicht gefährden.« Mit einem Gefühl der Überlegenheit lehnte sich Hannah auf ihrer Friedhofsbank zurück, schaute in den Himmel und genoss seine Ratlosigkeit wie eine Art Rache. Von einer Gewitterfront keine Spur. Es sah nicht einmal nach Regen aus.

»Hör endlich auf mit den Spielchen«, hob Lüders die Stimme, senkte sie aber gleich wieder. »Ich versuche doch nur, die Voraussetzungen zu klären, unter denen wir uns in Zukunft begegnen,

Hannah, nicht mehr und nicht weniger. Du kannst dir sicher sein, dass ich dich in Ruhe lasse, wenn du dich für die Mitarbeit beim Film entscheidest. Mit mir und der Stiftung hättest du nichts zu tun. Es bestünde keinerlei Abhängigkeitsverhältnis, keine Verpflichtung in irgendeiner Form …«

»Du hast mit Vivien gesprochen«, staunte Hannah. Es waren genau Viviens Worte, nur dass sie ihr abgeraten hatte und Lüders ihr zuriet.

»Selbstverständlich habe ich mit ihr gesprochen, wir sprechen oft«, wiegelte er ab. »Du kannst sie auf der Feier gerne selber fragen. Sie wird auch da sein.«

»Du triffst dich mit ihr privat?« Angesichts der Vorbehalte, die Vivien gegen Lüders hatte, erschien ihr das einigermaßen verwunderlich.

»Nicht privat, eher semioffiziell«, stellte er richtig. »Mit ihr, Matthias und ein paar Leuten. Es gibt etwas zu feiern, wie gesagt.«

»Der Champagner, verstehe.« Hannah verstand, dass der Präsentkorb auf dem Rücksitz nicht für sie bestimmt war.

Lüders seufzte. »Sonst sind unsere Zusammentreffen in letzter Zeit leider nicht so erfreulich. Vivien ist ziemlich verzweifelt, was Julia und ihre Abkehr von der Familie betrifft. Ich bin so ziemlich der Einzige, bei dem sie sich noch meldet, wenn sie in Schwierigkeiten steckt. Wobei das Juristische das geringste Problem ist …« Als Indiz dafür zog er etwas Rechteckiges aus seiner Jackentasche und wedelte damit in der Luft herum. Es war ein schmaler, zerknitterter Band.

Das *Wolkenbuch*.

»Das hat hier eigentlich nichts zu suchen.« Lüders ging ein paar Schritte auf den Blumenständer mit dem Hinweisschild zu. »Vor den Liegesteinen dürfen weder Blumen noch sonstige Beigaben abgelegt werden, streng genommen ist das Rasenstück nicht Teil des Urnengrabs. ›Aus gartenpflegerischen Gründen‹ heißt, wie du dir denken kannst, dass hier alle zwei Wochen ein Sitzrasenmäher drüberfährt, der nicht vor jeder Devotionalie anhalten kann. Doch sooft die Gärtner es wegräumen oder auch wegschmeißen, Julia legt offenbar immer wieder ein Buch von ihm dahin. Die Friedhofsverwaltung hat sich schon beschwert.«

»Julia kommt hierher? Wie oft denn?«

Lüders zuckte mit den Achseln. »Oft. Aber dagegen ist nichts einzuwenden. Nur macht sie sich nicht viel aus Vorschriften. Angeblich hat sie auf diesem Fleckchen Rasen schon eine halbe Bibliothek geopfert.« Er klopfte mit dem Buchrücken irgendwie unschlüssig auf seinen Oberschenkel, so als könnte er sich nicht zwischen Blumenständer und Komposthaufen entscheiden.

Hannah stand auf und schaute kurz nach beiden Seiten, um sich zu vergewissern, dass ihnen niemand zuhörte. »Und was heißt das? Ich meine, es steht doch nicht zu befürchten, dass die Friedhofsverwaltung Julia wegen nicht ordnungsgemäß platzierter Grabbeigaben verklagt …«

Geistesabwesend legte Lüders den Kopf schräg und betrachtete den Buchumschlag so nachdenklich, als wäre er ihm neu. »Wir hatten alle gehofft, dass es nach seinem Tod besser werden würde, dass Julia sich wieder besinnt und zur Vernunft kommt, aber es ist schlimmer geworden mit ihrer Vatersuche, schlimmer denn je. Dass sie hier eine Art Totenkult abhält, ist nur ein Symptom.«

»Ein Symptom für was?« Hannah wurde schwindelig, womöglich war sie ein bisschen zu schnell von der Bank aufgestanden.

»Vielleicht hätten wir viel früher viel energischer einschreiten müssen, aber der Übergang von Julias Vatersuche zum Wunschdenken war fließend und fing ganz harmlos an mit ein bisschen Schwärmerei und Seelenverwandtschaftsgesäusel. Dein Vater hat ihr gegenüber gerne von der Rückkehr der verlorenen Tochter gesprochen, halb scherzhaft, halb im übertragenen Sinn, weil ihr euch in gewisser Weise ähnlich seid, Julia und du. Ein paar Mal hat er sie sogar versehentlich Hannah genannt.«

»Er hat uns verwechselt?« Sie legte sich eine Hand auf den Bauch.

»Er hat sich versprochen, mehr nicht«, beschwichtigte Lüders. »Keiner hat das ernst genommen, er selbst am allerwenigsten – nur Julia. Wir hätten das wirklich nicht auf sich beruhen lassen dürfen, da hat Vivien recht. Aber erklär das mal einem Mädchen, das sich gar nichts mehr sagen lässt! Julia ist in ihrer Antihaltung so was von unbeirrbar und radikal, weil sie unterstellt, dass wir Erwachsenen sie grundsätzlich belügen. Ihrer Mutter glaubt sie kein Wort, und in mir sieht sie sowieso nur einen Vertreter des Systems, der manchmal ganz nützlich ist, aber Teil der großen Lüge. Aus ihrer Sicht hat dein Vater als Einziger die Wahrheit gesagt, wenn auch nur in Metaphern. Auf seine Weise, glaubt sie, hat er ihr verraten, was wir ihr verheimlichen wollten.«

»Und wenn sie recht hat?«Hannah nahm ihre zweite Hand zu Hilfe und presste sie sich auf den Magen. »Wenn ich sie wäre, würde ich uns auch kein Wort glauben. Trau keinem über dreißig ...«

Sie hätte sich jetzt gerne übergeben, um alles loszuwerden, Toast, Nutella, Wodka, ihren ganzen Ekel. Schritt für Schritt, auf etwas wackligen Beinen, näherte sie sich dem Kompost, der gut gefüllt war und nach Friedhof roch.

»Als Julias Anwalt bin ich der Letzte, der nicht versteht, dass die jüngere Generation ein Gerechtigkeitsproblem mit uns Älteren hat.« Lüders folgte ihr mit einer gewissen Besorgnis, redete aber weiter auf sie ein. »Wenn die Devise lauten würde, ›Bitte hinterlassen Sie diesen Planeten so, wie Sie ihn vorfinden möchten‹, kann ich nur sagen: Sorry, wir haben das Gegenteil getan und uns wie die Schweine benommen, schlimmer als jedes Schwein. Julia hat uns einmal ›die lebenden Altlasten‹ genannt, und, ehrlich gesagt, ich bin heilfroh, dass ich ein paar Jahrzehnte früher geboren bin und nicht mit den tickenden Zeitbomben leben muss, die wir den kommenden Generationen vererben. Doch alles Lüge zu nennen und das ganze System zu verdammen, tut mir leid, das ist mir zu ungenau. – Entschuldige«, unterbrach er sich, weil Hannah, beim Kompost angekommen, das obere Gitter zu öffnen versuchte, »ich komme gleich zur Antwort auf deine Frage, falls es dich noch interessiert. Kurzum, das Ganze war ein schleichender Prozess, aber im Grunde kann ich dir ganz genau sagen, an welchem Punkt wir Julia endgültig verloren haben. Der Fehler war, sie hätte bei der Testamentsänderung nicht dabei sein dürfen. An dem Abend ist bei ihr etwas eingerastet, weil sie den Eindruck hatte – die vermeintliche ›Offenbarung‹ –, es ginge bei dem letzten, allerletzten Willen deines Vaters um sie.«

Hannah hielt inne, hielt still. Sprich weiter, wollte sie sagen, doch ihr war zu übel.

»Julia glaubt, sie ist der Grund, warum dein Vater sein Testament noch einmal geändert hat und unbedingt die Stiftung ins Leben rufen wollte. In ihren Augen hat er das alles für sie getan, nicht nur für ihre gemeinsamen Ziele, ihr gemeinsames Anliegen, sondern um sie als seine Tochter anzuerkennen …«

Ein, zwei Mal ruckelte Hannah an dem Kompostkasten, aber das Gitter ging nicht auf, der Verschlusshaken klemmte. Mit etwas mehr Kraft hätte sie die Klappe öffnen können, aber ihre Finger gehorchten ihr kaum noch. Sie merkte, wie ihr Blickfeld sich verengte und alles Blut ihren Kopf verließ. Kompostgeruch stieg ihr entgegen, eine Mischung von altem Blumenwasser, fauligen Rosenblättern und ermatteten Lilien.

»Julia ist davon überzeugt, dass es die Stiftung nur gibt, um eine Art Gleichheit, Gleichwertigkeit herzustellen zwischen ihr und dir: Beide verzichten auf jeglichen privaten Anspruch, beide erben von ihm den Auftrag, sich für die Ziele der Stiftung zu engagieren, geschwisterlich und jede auf ihre Art. Man kann das so sehen. Vielleicht hätte dein Vater tatsächlich am liebsten zwei Töchter gehabt, dich und Julia, in der er sich wiedererkannt hat, seinen Protest, seinen Furor als der ewige Enthusiast und Wasserprediger. Aber er ist nicht ihr Vater, das ist die Wahrheit. Er ist es einfach nicht.«

Im letzten Moment bekam Hannah den Gitterrost auf, ihr Magen fing schon an, sich zu heben. Sie beugte sich tiefer in die Grünabfälle, damit der Gestank das Übrige tat. Doch aus der Nähe roch es auf einmal nach gemähtem Gras, Heu, Pferdewärme und kitzelte in der Nase.

»Geht's?«, erkundigte sich Lüders im Flüsterton. Er stand jetzt direkt hinter ihr, eine Hand in ihrem Haar, das er ihr aus dem Gesicht zu halten versuchte, die andere hatte er auf ihre Hüfte gelegt.

»Weiter«, keuchte Hannah, »red weiter!« Der Würgereiz ließ auf sich warten. Nach und nach wichen der Druck und das Schwindelgefühl. Offenbar verstand Lüders nicht, dass es noch nicht reichte, dass er ihr alles sagen musste, damit sie sich endlich erleichtern konnte. Doch stattdessen fragte er nur wieder, ob es denn gehen würde und sie sich auf den Beinen halten konnte.

Seine Hände schlossen sich um ihre Oberarme, damit sie nicht fiel, während er sein Knie von hinten zwischen ihre Schenkel schob und sie gegen den Kasten drückte, um sie zu fixieren. Der Geruch seines Aftershaves vermischte sich mit den Kompostausdünstungen. Hannahs Körper straffte sich in Erwartung von allem Möglichen. An ihrer rechten Seite spürte sie die Ecken und Kanten des *Wolkenbuchs*, das er wieder in seine Jackentasche gesteckt haben musste. Sie bekam es zu fassen und warf es vor sich auf den Komposthaufen, wo es mit dem Titelbild voran zwischen gammligen Schnittblumen und veralgten Stielen landete. Auf der Rückseite war das Bild ihres Vaters zu sehen, briefmarkengroß. Sie krümmte sich so weit, dass sie es beinahe mit der Nasenspitze berührte. Aber sie schaffte es nicht zu kotzen. Es kam nichts.

Als sie sich wieder zurücklehnte, saß sie rittlings auf Lüders' Oberschenkel und spürte seine Anspannung in ihren Pobacken. »Ich bin nicht so gut in Beerdigungen, was Anstand betrifft, tut mir leid.«

Lüders lockerte seinen Griff ein wenig, woraufhin sie sich noch weiter in ihn hineinfallen ließ. Einen Moment lang geschah nichts. Er schien sich nicht sicher zu sein, was er mit ihr machen sollte. Offensichtlich verstand er noch immer nicht, dass es darum ging, alles loszuwerden, wegzuwerfen, zu vergessen, auch sich selbst.

»Gilt dein Angebot noch für eine letzte Fahrt?«, fragte sie beinahe müde, legte den Kopf in den Nacken und schnappte lustlos nach seinem Kragen. »Oder soll ich lieber zu Fuß gehen?«

8

Extrem-April: Dürre, Hitze, Hagel, Starkregen, Gewitter mit orkanartigen Böen, heiter bis wolkig.

gmx.de, 24.April, 16.46 h

»Schnell jetzt, ihr verpasst ja die Hälfte!« Ungeduldig winkend kam ihnen Vivien über den Rathausmarkt entgegen, kaum dass sie aus dem Wagen gestiegen waren. Während Hannah sich im Hintergrund hielt und immer noch etwas an sich wiederherzurichten fand, ging Lüders geradewegs auf sie zu, die Arme halb ausgebreitet in einer Mischung aus Begrüßung und Entschuldigung. Nach einer kurzen, förmlichen Umarmung verwickelte er sie gleich in ein Gespräch.

Nachzügelnd ließ Hannah sich Zeit, blieb auf dem Weg über den Marktplatz mehrmals stehen und schaute sich ungläubig um. Es sah aus, als hätte es die Proteste heute Vormittag nie gegeben. Anstelle von Rauch und Blaulicht schien die Sonne durch Wolkenlücken auf ein Fußgängerzonen-Idyll: offene Geschäfte, voll besetzte Cafés mit Tischen draußen, gestreiften Markisen und Blumenrabatten, das Rathaus postkartenreif, alle Fenster geputzt, alle Fahnen gehisst, keine Spur von Fischkadavern und Gestank. Dort, wo vor wenigen Stunden noch Einsatzkommandos aufmarschiert waren, standen jetzt die Dienstlimousinen der Stadtoberen und kleinere, reklamebedruckte Flitzer von verschiedenen Sendern neben einem Übertragungswagen mit Satellitenschüsseln. Vom Belagerungszustand war man in kürzester Zeit zur Tagesordnung übergegangen. Schwer zu sagen, was beängstigender war: die Demonstration des Ausnahmezustands oder des Status quo.

Hannah fühlte sich überwältigt von der Unwirklichkeit dieses ganz normalen Nachmittags.

Vor dem Eingang zu seinem Lieblingsitaliener waren Lüders und Vivien noch einmal beiseitegetreten. Jetzt hatte sie offensichtlich das Wort und redete im Schutz von zwei Oleandersträuchern auf ihn ein. Vivien schien wirklich sehr erbost und fuchtelte immerzu mit den Händen, bis Hannah begriff, dass sie gemeint war und sich beeilen sollte. Warum sie gehorchte, wusste sie selbst nicht. Alles um sie herum kam ihr vor wie ein greller, viel zu bunter Traum, durch den sie schlafwandelte und dessen Geschehnisse sie auf seltsame Weise nichts angingen.

»Was ist jetzt mit dem Film? Hast du dich endlich entschieden? Übernimmst du den Job?«, fragte Vivien ohne Atempause und fuchtelte weiter in ihre Richtung. Hannah zuckte mit den Achseln, während sie sich dem Oleander näherte, dessen rosa Blüten irgendwie künstlich aussahen. Wahrscheinlich waren die Sträucher aus Plastik.

»Sagt bloß, ihr habt gar nicht über den Film gesprochen?« Einigermaßen fassungslos sah Vivien zwischen ihr und Lüders hin und her.

»Selbstverständlich haben wir darüber gesprochen und die Rahmenbedingungen geklärt«, antwortete er an ihrer Stelle. »Aber für ihre endgültige Entscheidung braucht Hannah noch etwas Bedenkzeit.«

»Ja, und was wollt ihr dann auf dem Empfang?«

Durch die Oleandersträucher hindurch schimmerte ein roter

Teppich, der bis zum Restauranteingang ausgerollt war, flankiert von mehreren Scheinwerfern auf Stativen. Direkt vor dem Portal standen zwei Pressefotografen und ein bulliger Typ, der wie ein Leibwächter oder Türsteher aussah.

Lüders' Ton wurde vertraulich. »Ich möchte Hannah erst ein paar Leute vorstellen, damit sie ein Gefühl dafür bekommt, mit wem sie zusammenarbeiten würde, wenn sie sich dazu entschließt. So ein Film ist schließlich immer Teamwork ...«

Hannah wollte einwenden, dass sie nur zu einer Feier im kleinen Kreis mitgekommen sei, nicht um irgendwelche Filmleute kennenzulernen und Smalltalk zu machen. Doch Vivien war böser und schneller. »Mit anderen Worten: Du hast fast zwei Stunden mit einer Klientin verbracht, ohne einen Schritt weiterzukommen?«

»Wir waren auf dem Friedhof«, entgegnete Hannah jetzt an Lüders' Stelle, »am Grab.« Es klang makaber, und das sollte es auch. Ein Empfang mit Filmleuten und Fotografen nach einem Friedhofsbesuch erschien ihr mindestens genauso absurd wie der Konsumtrubel nach einer Klima-Demo.

»Ich wüsste trotzdem gerne, was man auf einem Friedhof so lange treibt«, bemerkte Vivien spitz, entschied sich dann aber, das Thema zu wechseln. Matthias habe sie auch versetzt, seufzte sie, dabei seien sie schon zur Pressekonferenz im Rathaus verabredet gewesen und nicht erst zum Empfang, um in der Öffentlichkeit auf allen Bildern als Paar wahrgenommen zu werden. »Ich habe ihn mindestens hundertmal angerufen, aber er geht nicht ans Telefon, keine Nachricht, kein Rückruf, nichts. Dieser Mann scheint Funklöcher magisch anzuziehen!«

Hannah fragte sich, wann das Gefühl der Absurdität nachlassen würde, und setzte sich auf den wulstigen Rand eines Blumenkübels, der mit echter Erde gefüllt zu sein schien. Die Plastikblätter piksten im Rücken. Vivien war weiter damit beschäftigt, sich aufzuregen, und Lüders damit, sie zu beruhigen, die Uhren in der Filmbranche würden anders gehen, Kreative kämen nie pünktlich, das Übliche.

»Aber es sind längst alle da! Der OB hat schon gesprochen und der Abteilungsleiter Stadttouristik auch. Gedreht werden soll in diesem Sommer. Der See ist definitiv einer der zentralen Schauplätze, und ich habe von unserer Seite einen Baustopp zugesichert an sämtlichen Drehtagen und für alle relevanten Motive, damit die Aufnahmen nicht beeinträchtigt werden. Das wäre eigentlich Matthias' Part gewesen, eine schöne Gelegenheit, um sich von der kooperativen Seite zu zeigen und die alten Grabenkämpfe zu beenden!«

»Es wird nicht die letzte Gelegenheit sein«, ging Lüders zum Trösten über, und Hannah hörte endgültig weg. Am liebsten hätte sie jetzt eine geraucht und sich eingenebelt. Sie hatte zu viel von ihrem Parfüm aufgetragen und bekam manchmal mehr Duft als Luft in die Nase. Auf ihrer Zunge hielt sich hartnäckig der Geschmack seines Aftershaves.

»Von dir war auch die Rede!«, ließ Vivien sie nicht in Ruhe. »Der OB meinte, er habe angeregt, den See – der bis heute nur ›Baggersee‹ heißt – nach deinem Vater zu benennen, und er hat ausdrücklich hinzugefügt, dass die Tochter des Schriftstellers sich sicher ganz besonders über diese Würdigung seiner Wahlheimat freuen würde. Alle haben sich nach dir umgedreht. Schade, dass du nicht da warst ...«

Ohne irgendein Zeichen des Interesses blinzelte Hannah an Vivien vorbei in die Sonne, die laut Wetterbericht gar nicht so viel zu sehen sein sollte, doch immer wenn sich dichtere Wolken davorschoben, schien sie trotzdem noch durch einen Riss oder über einen Wolkenrand hinweg. Nur in der Ferne war undeutliches Donnergrollen zu hören.

»Die Anregung kam, um der Wahrheit die Ehre zu geben, von mir«, erklärte Lüders, »ein Vorschlag aus Stiftungskreisen sozusagen, zumal die Stiftung auch den Namen deines Vaters tragen wird. Aber es ist immer das Beste, wenn die politisch Verantwortlichen glauben, es wäre ihre Idee.«

»Ich hoffe, der OB hat recht, und du freust dich, Hannah. Aber so oder so wäre es schön, wenn du es ihm zeigst.« Vivien wurde durch ihr klingelndes Handy unterbrochen und warf einen kurzen Blick auf das Display.

»Marvin«, konstatierte sie enttäuscht. »Er macht sich wie immer große Sorgen um seinen Vater und malt sich alles Mögliche aus, vom Autounfall bis zum Suizid. Auch daran hätte Matthias denken können, bevor er sich aus der kommunizierenden Welt verabschiedet hat: dass sein Sohn jetzt zu Hause sitzt und halb verrückt wird vor Angst …«

»Und wenn Matthias wirklich etwas passiert ist?«, fragte Hannah, überrascht, dass Vivien diese Möglichkeit völlig ausschloss.

»Wenn allen Leuten passieren würde, was Marvin sich vorstellt, gäbe es in dieser Stadt einen Leerstand von fünfzig Prozent.«

Hannah wollte sie gerade bitten, wenigstens kurz ranzugehen, als das Klingeln verstummte. Doch Vivien registrierte ihren flehenden Blick.

»Er hat schon dreimal angerufen«, erklärte sie, »und jedes Mal bin ich raus vor die Tür, nur um mir seine wilden Spekulationen anzuhören. Die Zeit haben wir nicht. Wenn du dich beim OB persönlich bedanken willst, was ich dir raten würde, musst du dich beeilen. Er hat heute noch andere Termine.«

»Bedanken? Dafür, dass der Baggersee und ich bald denselben Nachnamen haben?« Hannah tastete ihre Taschen ab und versuchte, sich zu erinnern, wo sie die Zigaretten hingetan hatte. »Ich verstehe überhaupt nicht, was das Ganze soll …«

»Wir müssen hier alle unsere Rolle spielen, also stell dich nicht so an«, drängte Vivien ungehalten. Doch Lüders schaltete sich vermittelnd ein und holte zu einer Erklärung aus, deren Anfang Hannah nicht mitbekam, weil sie sich nach seinen ersten Worten fragte, wann sie das letzte Mal nüchtern Sex gehabt hatte, vor wie vielen Jahren. Von dem Wodka merkte sie nichts mehr, trotzdem fühlte sie sich wie betäubt.

»Der Film mit dem See als Hauptschauplatz, die PR und Touristik, noch dazu die Namensgebung«, wandte sich Lüders jetzt direkt an sie, »das alles sind Schritte, um die Ansprüche der Kieswerke-Holding null und nichtig zu machen. Die Rechnung ist im Grunde ganz einfach: Ein Oberbürgermeister, der einen See auf einen Schriftsteller tauft, wird einer Umnutzung der Liegenschaft als Mülldeponie nicht zustimmen, jedenfalls nicht in derselben Amtszeit. Und dafür solltest du ihm danken, wenn nicht zu Ehren deines Vaters, dann dem See zuliebe.«

»Du willst den See retten?« Hannah versuchte, ihre fünf Sinne scharf zu stellen und in Lüders Gesicht zu lesen, ob sie ihm glauben konnte. »Ich dachte, das sei Matthias' Projekt …«

»Unser gemeinsames«, übernahm Vivien wieder, »nur dass Matthias sich dabei nicht sonderlich geschickt angestellt hat.«

»Ich glaube nicht, dass ich mich viel geschickter anstellen würde.« Ihre Blicke trafen sich. Die Feindseligkeit zwischen ihr und ihrer besten Freundin war noch nicht aus der Welt.

»Das ist kein Vergleich. In deinem Fall, Schätzchen, geht es um eine rein repräsentative Aufgabe, nicht wahr?«, ließ sich Vivien von Lüders mit einem Nicken bestätigen. »Es macht sich einfach gut, Hannah, wenn du als Schriftstellertochter das Filmprojekt begleitest und wir alle an einem Strang ziehen …«

Nachts am Kamin hatte Vivien noch anders geredet, doch angesichts des wunden Gefühls zwischen ihren Schenkeln wollte Hannah lieber nicht an ihr kleines Personal- und Intimberatungsgespräch erinnern. Offenbar hatte Vivien sich umstimmen lassen unter der Bedingung, dass Lüders sich von ihr fernhielt. Die beiden wechselten einen Blick. Er übernahm.

»Vor allem wollte dein Vater den See retten. Das ist die Idee hinter der Stiftung, ihr erstes und vordringlichstes Anliegen. Eine gemeinnützige Einrichtung kann ganz anders auftreten und um die Nutzungsrechte des Areals verhandeln als ein Privatmann mit einem so offenkundigen Eigeninteresse wie Matthias. Außerdem verbrennt sich die Politik nicht die Finger, wenn sie die Stiftung eines namhaften, naturverbundenen und jüngst verstorbenen Schriftstellers unterstützt, im Gegenteil. Der See, der Name, der Film, das ist für alle Partner eine runde und medienwirksame Geschichte. Wobei ich betonen möchte, dass wir Matthias den Erwerb der Nutzungsrechte nicht streitig gemacht haben, geschweige denn den Kauf des Sees, wie er ihm vorschwebte. Es gab von unserer Seite keine Konkurrenz, keine Gegenangebote. Die Stiftung ist erst nach dem sich abzeichnenden Gerichtsentscheid zum Uferweg in die Verhandlungen eingestiegen.«

»Je mehr du davon sprichst, desto weniger verstehe ich, warum du das tust«, sagte Hannah und ließ Lüders nicht aus den Augen.

»Nach dem Gerichtsurteil«, fuhr er ohne die geringste Verunsicherung fort, »hatten es alle – auch Matthias – schwarz auf weiß, dass er mit seiner Strategie gegen die Wand gefahren war. Nicht nur als Sachwalter deines Vaters, sondern auch in Matthias' Interesse musste ich handeln und ein von der Stiftung getragenes Nutzungskonzept für den See ins Spiel bringen, das dem Gemeinwohl, dem Umweltschutz und der Stadttouristik gleichermaßen dient. Hätten sich die Pläne für eine Deponie weiter herumgesprochen, wäre das ganze Bauvorhaben ›Seniorenresidenz am See‹ erledigt gewesen. Alle Interessenten wären abgesprungen, die Banken hätten ihr Geld zurückgefordert, und Matthias hätte ruck, zuck Insolvenz anmelden müssen. Es ging um seine wirtschaftliche Existenz – und um das richtige Timing.«

»Eben«, sagte sie unverändert. »Warum tust du das?« Hannah gefiel es, ihn ein bisschen zu quälen, nicht aus Rache, sondern weil es ihr so egal war.

»Ich habe dir erklärt, dass ich etwas wiedergutzumachen habe«, ließ Lüders sich nicht aus der Ruhe bringen und erwiderte ihren herausfordernden Blick ohne Lidschlag.

Hannah sah zu Boden. Auch wenn es im Grunde dasselbe war, hätte sie im Nachhinein lieber gekotzt als mit ihm geschlafen.

»Wenn wir den OB noch sprechen und ihm für seine Unterstützung danken wollen, sollten wir jetzt wirklich da reingehen.« Vivien trat ungeduldig von einem Fuß auf den anderen und streckte einen Arm zwischen die Oleanderzweige, wie um ihnen schon einmal den Weg zu bahnen. Inzwischen waren die Fotografen auf sie aufmerksam geworden, besonders auf Lüders als stadtbekannte Persönlichkeit. Einer der beiden, der eine große Kamera um den Hals trug und eine kleinere in der Hand, stellte sich jenseits der Oleandersträucher auf seine Höhe und fragte halb im Scherz, ob er nicht rüberkommen wolle auf den roten Teppich für ein Foto in Begleitung zweier schöner Frauen. Lüders grüßte zuerst über die Zweige hinweg den Leibwächter an der Tür mit Namen, bevor er antwortete, dass er den roten Teppich lieber den Filmemachern überlasse.

»Die hübschen Damen auch?«, kam es von der anderen Seite zurück.

Die hübschen Damen seien mehr miteinander befreundet als mit ihm, und jeder, der etwas anderes behaupte, würde von ihm zivilgerichtlich wegen Rufschädigung verklagt, sagte Lüders durchs Gebüsch. »Rufschädigung für die Damen, versteht sich.« Selbst wenn das halbwegs scherzhaft gemeint war, schien dem Fotografen die Lust auf weitere Witzeleien vergangen zu sein. Er verzog sich wortlos ins Restaurant, sein Kollege folgte ihm einen Augenblick später.

»Am besten, ich gehe vor«, murmelte Lüders, an Vivien gewandt, die ein weiteres Mal auf ihr Handy sah.

»Also ich rauche erst mal eine …« Es lag Hannah völlig fern, nachmittags auf einem Empfang des Bürgermeisters schauzulaufen, gegen den sie vormittags demonstriert hatte. Sie wunderte sich nur, warum Lüders bei seinem Image so viel Wert auf ihren guten Ruf legte.

»Aber du kommst nach, versprochen?« Er sah sie noch einmal unausweichlich an.

»Versprochen«, sagte Hannah, ohne es zu meinen, und klopfte sich die Hose ab. Nicht nur die Erde in den Blumentöpfen schien echt gewesen zu sein, es gab auch echte welke Blätter, die an ihr klebten.

»Ich sorge dafür, dass sie nachkommt«, versicherte Vivien, »vorausgesetzt, dass eine Zigarette für mich dabei rausspringt. – Ach, warte, ganz kurz!«, fiel sie sich selbst ins Wort, als Lüders sich schon durch die Büsche zwängte. »Vielleicht dankst du dem OB noch mal ganz besonders im Namen der Stiftung. Er hat bei seiner Ansprache vorhin in Aussicht gestellt, für jeden Euro, den die Stiftung in Rückbau und Renaturierung steckt, einen Euro aus dem Stadtsäckel dazuzugeben, vorausgesetzt, er erwischt den Kämmerer an einem spendablen Tag.«

»Das hat er schon ausgeplaudert?« Lüders trat noch einmal einen Schritt zurück und ließ die Zweige wieder los. »Das sollte meine Überraschung sein, unser Grund zum Feiern!«

»Was erwartest du? Er ist Politiker. Politiker brauchen jede gute Nachricht, die sie kriegen können.«

»Gestern, als ich es ihm vorgeschlagen habe, war er noch skeptisch. Deswegen dachte ich, ich versuche es nach den Freitagsdemonstrationen noch mal …«

»Jetzt ist er jedenfalls optimistisch.« Vivien grinste. »Wobei die Demo vielleicht dazu beigetragen hat. Von der Renaturierung des Seeufers verspricht er sich wahrscheinlich ein paar Sympathiepunkte bei den Umwelt- und Klimaschützern. Am Ende müssen wir Julia sogar noch dankbar sein, weil die Politik es inzwischen für nötig hält, sich bei ihr und ihren Mitaktivisten anzubiedern. Sie kommen ja bald ins Wahlalter …«

»Der Stadtkämmerer ist ein alter Freund von mir und war übrigens gestern schon optimistisch. Aber wie dem auch sei, wir haben die Rettung des Sees zu feiern! Also raucht nicht so viel, und lasst mich nicht zu lange warten«, ermahnte Lüders besonders Hannah mit halb erhobenem Zeigefinger und schlug sich dann in die Büsche. Erst als sie mit Vivien alleine dastand, wurde ihr bewusst, dass dies genau die Situation war, die sie die ganze Zeit hatte vermeiden wollen. Es gab zwischen ihnen kein einziges Gesprächsthema, das nicht belastet war.

Auch Vivien schien das so zu gehen. Sie wirkte auf einmal seltsam befangen, sah öfter als nötig über die Schulter und sagte kein Wort.

»Wie findet es Matthias eigentlich, dass sich jetzt Lüders und der Oberbürgermeister wegen der Renaturierung des Ufers selber feiern?«, knüpfte Hannah nach einer viel zu langen Pause an das Vorherige an. »Dafür hat er sich doch so eingesetzt …« Sie wusste nicht, was ihr mehr widerstrebte: die Art, wie mit Matthias umgegangen wurde, oder die Vereinnahmung von Julia und ihrem Protest.

»Hauptsache, die Dinge passieren, und zwar bald«, sagte Vivien diskussionsmüde. »Wo sind die Zigaretten?«

Hannah machte eine Geste des Bedauerns.

»Ich dachte, du willst eine rauchen …«

»Ich dachte, du hättest welche.«

»Es gibt ein paar Dinge, die ändern sich nie«, sagte Vivien und lachte leicht fröstelnd. Die Sonne war nun doch hinter einer bleigrauen Wolkenfront verschwunden und zeigte sich nur für Momente als ein milchiges, mondartiges Rund.

»Ich will ehrlich sein, Vivien, ich kann da jetzt nicht aufkreuzen auf eurem Empfang. Tut mir leid.«

»Das dachte ich am Anfang auch, aber dann habe ich den französischen Koproduzenten gesehen. Erstens ist er Korse, zweitens sieht er auch so aus, und drittens raucht er Kette. Er hat bestimmt Zigaretten für uns. Allerdings müsstest du ihn darum bitten, ich kann auf Französisch nur *voulez-vous coucher avec moi*, und das ist nicht ganz der Punkt.«

»Willst du mich verkuppeln?«, witzelte Hannah lahm zurück. Sie hatte das dumme Gefühl, dass es hier um etwas ganz anderes ging.

»Sag bloß, du bist nicht interessiert«, tat Vivien erstaunt. »Oder hattest du heute schon Sex?«

Hannah holte tief Luft, verkniff sich aber eine schnelle Antwort, um nichts zu sagen, was sie später bereuen würde. Stattdessen griff sie nach ihrem Rucksack und wollte schon gehen, als ihr einfiel, dass irgendwo in einer der Seitentaschen noch eine Packung Lights stecken musste. Leider hatte die Schachtel unter dem vielen Hin und Her sehr gelitten. Die ein, zwei Zigaretten, die nicht zerbrochen waren, wirkten so zerdrückt und angeknackst, dass sie vermutlich nicht einmal mehr brannten.

»Womit wir wieder beim Schnorren wären«, kommentierte Vivien ihre Bemühungen. »Nun hab dich nicht so, Liebes! Du bist die Einzige, mit der sich unser Korse hier flüssig unterhalten kann. Ich wollte mit meinem Schulenglisch bei ihm punkten, aber so wie er Englisch spricht, muss man Französisch können, um zu wissen, was er meint.« Vivien hatte die Unterarme verschränkt und gegen ihren Körper gepresst. Doch Hannah war inzwischen davon überzeugt, dass sie nur die Frierende markierte, um einen Grund zum Reingehen zu haben.

»Ich werde hier keine Show abziehen und zwischen Sekt und Häppchen die trauernde Schriftstellertochter geben, auf keinen Fall«, blieb sie hart. »Außerdem habe ich mich längst entschieden und das Filmangebot abgelehnt, sogar mehrfach. Nur akzeptiert Lüders offenbar kein Nein.«

»Hat er dich angefasst?«, fragte Vivien hart zurück.

Hannah schwieg, teils, weil sie nicht darauf vorbereitet war, teils, weil sie hoffte, um eine Antwort herumzukommen. Sie wollte nicht, dass Vivien sie für so schwach hielt und so vorhersagbar.

»Er hat dich nicht angefasst?« Es klang, als wüsste sie die Antwort. »Du wolltest doch ehrlich sein …«

»Und du?«, hielt Hannah dagegen. »Bist du ehrlich zu mir?«

Vivien sah sie an und ließ das Frösteln. »Ihr wart auf dem Friedhof am Grab deines Vaters, und dann …? Seid ihr auf direktem Weg hierher gefahren, Lüders und du, ohne Zwischenstopp auf irgendeinem Parkplatz, in irgendeinem besseren oder schlechteren Hotel und ohne dass er dich angefasst hat?«

»So ist es.« Es ging Vivien nichts an, und wenn sie sich noch so sehr als Personalchefin aufspielte.

»Er hat dich nicht einmal berührt?«

Hannah sah ihr in die Augen. Jetzt führte sie endgültig das Gespräch, das sie nie führen wollte. »Es war nichts«, sagte sie so aufrecht und offen, sie glaubte sich fast selbst. Die ganze Zeit hatte sie der schwülstige Duft ihres eigenen Parfüms gestört. Jetzt hoffte sie, dass sie genug davon aufgetragen hatte.

»Dann beantworte mir eine einfache Frage, meine Hübsche: Was hat so lange gedauert, wenn ihr euch kein Zimmer genommen habt wie an dem Abend nach der Trauerfeier?«

Ihr war, als hätte sie einen Regentropfen abbekommen, den ersten Tropfen seit Wochen. Doch am Boden waren keine Flecken zu sehen, und als Hannah in den Himmel schaute, kämpfte sich die Sonne gerade wieder hervor. Unter der tief hängenden Wolkendecke wurde noch mal alles hell.

»Na schön«, sagte sie entschlossen, »Wahrheit gegen Wahrheit. Ja, wir waren lange auf dem Friedhof, Lüders und ich, und, ja, es gibt einen Grund, den ich dir verschweigen wollte. Wir haben über Julia gesprochen, über die Suche nach ihrem Vater. Matthias ist es nicht, sagt sie, und Lüders sagt, mein Vater wäre es nicht gewesen. Aber wer dann? Die Frage kann leider niemand beantworten, ausgenommen die Person, die es als Einzige wissen muss …«

Es war die Frage, um die sie seit Tagen herumgeredet hatten. Doch Vivien sagte nichts, sie nagte nur an ihrer Unterlippe.

»War es mein Vater?«, sprach Hannah aus, wogegen sich alles in ihr sträubte.

»Ich glaube nicht, dass ich diese Unterhaltung ohne Zigarette überstehe.« Vivien wich ihrem Blick aus und schaute über die Schulter zu dem Leibwächter, der nicht den Eindruck machte, als könnte man ihn einfach so von der Seite anschnorren.

»Ich will dich nicht zu einer Antwort zwingen«, sagte Hannah, »aber bitte zwing du mich auch zu nichts.« Es wäre ein guter Satz gewesen, um zu gehen, doch Vivien nahm ihre Hand.

»Warum sind wir keine Freundinnen mehr?«

»Ich weiß nicht.« Hannah zögerte. »Wahrscheinlich haben wir uns irgendwann für verschiedene Arten zu leben entschieden.«

»Nein, ich meine, Julia und mich. Wir waren auf dem Weg, beste Freundinnen zu werden. Warum sind wir es nicht mehr?«

»Wahrscheinlich habt ihr euch irgendwann für verschiedene Arten zu leben entschieden.«

Vivien lächelte matt und ließ ihre Hand wieder los. »Ich verstehe, dass die Frage nach dem großen Unbekannten wichtig für sie ist. Abstammung, Herkunft, die Gene, all das ist wichtig. Ich verstehe sogar ihren Wunsch, nicht mehr die Tochter sein zu wollen, die sie war, sich neu zu erfinden, losgelöst von der Familie, den festgefahrenen Mustern, losgelöst von mir. Aber Julia hat einen Vater, der sich vorbildlich um sie kümmert, den besten aller möglichen Väter, Matthias. Im Grunde genommen hat sie sogar zwei. Andere Kinder wären froh, wenn sich überhaupt jemand für sie interessiert.«

»Warum sagst du ihr nicht einfach, wer es ist?«

Vivien schüttelte den Kopf. »Julia glaubt sowieso, was sie will, und mir glaubt sie gar nichts.«

In dem Moment trat der Leibwächter einen großen Schritt beiseite und hielt die Tür auf. Hannah dachte schon, Lüders käme zurück, um sie zu holen, oder der Koproduzent aus Korsika würde für ein paar Züge Gauloises ohne Filter an die frische Luft gehen, doch es war der Kellner, den sie schon von ihrem letzten Restaurantbesuch kannte. Ein Tablett mit zwei langstieligen Gläsern vor sich her balancierend, kurvte er einmal um die Sträucher herum und kam auf sie zu.

»*Dobar dan*«, begrüßte ihn Hannah auf Urlaubskroatisch, wofür er sich auf Italienisch bedankte, um ihnen dann die Gläser zu überreichen mit einem schönen Gruß vom *dottore*.

»Champagner?«, fragte Vivien.

»Prosecco. Die Stadt muss für die Renaturierung sparen, soll ich sagen. *Scusa*, Champagner gibt es hinterher.«

Vivien lächelte nett, sie schien den Kellner gut zu kennen. Als sie ihn nach Zigaretten fragte, hatte er trotzdem nur Feuer. »Aber für die verehrte *signora* und *l'attrice popolare* besorge ich alles …«

Bevor Hannah darauf hinweisen konnte, dass sie keine Schauspielerin war, klingelte wieder ein Handy, diesmal in ihrem Rucksack.

»Marvin«, stöhnte Vivien. »Jetzt versucht er es bei dir.«

Hannah gab ihr das Glas zum Halten und kramte ihr Telefon hervor. Die Nummer auf dem Display war ihr unbekannt, doch Vivien erkannte sie sofort. »Ich habe ihm verraten, dass wir uns hier treffen. Und weil er mich nicht erreicht, terrorisiert er jetzt dich …«

»Soll ich rangehen?«

»Nein, nein, ich melde mich bei ihm.«

»Marlboro?«, fragte der Kellner beflissen, als das Klingeln vorbei war. Doch Vivien schüttelte den Kopf.

»Sag dem *dottore*, wir kommen gleich.«

Der Kellner verbeugte sich und bahnte sich dann mit dem Tablett als Schutzschild den kurzen Weg durch die Sträucher.

»Immerhin hält er mich jetzt für eine Schauspielerin«, sagte Hannah. »Beim letzten Mal war ich für ihn noch eine Prostituierte.«

»Gratuliere zu der Beförderung«, meinte Vivien mit einem müden Lächeln. »Trinkst du jetzt einen Schluck mit mir?« Sie gab ihr das Glas zurück, wohl wissend, dass Hannah es nicht wagen würde, sie nach der gescheiterten Cocktailparty schon wieder hängen zu lassen.

»Wieso habe ich eigentlich permanent das Gefühl, dass du mich betrunken machen willst?«, versuchte sie es mit Humor.

»Ich will dich nicht abfüllen, ich will nur nicht alleine trinken«, antwortete Vivien.

Sie stießen an, ohne sich etwas zu wünschen.

»Machst du dir gar keine Sorgen wegen Matthias?«, kam Hannah nach ein, zwei Mal Nippen auf Marvin und seine Anrufe zurück.

»Ich mache mir die größten Sorgen, deswegen bin ich hier.« Vivien hob ihr Glas noch einmal für einen imaginären Toast. »Lüders hat vollkommen recht: Es geht darum, alle Gerüchte darüber, was mit dem See werden soll, aus der Welt zu schaffen. Die Uferlage muss wieder eine Wertsteigerung bedeuten, keine Belastung, sonst hat Matthias bald wirklich jeden Grund, in die Fußstapfen seines Vaters zu treten, wenn du weißt, was ich meine. Ich könnte es auch so formulieren, Liebes: Lüders und ich retten ihm hier gerade im Namen der Stiftung den Arsch.«

Sie trank aus und sah sich nach einer Möglichkeit um, ihr leeres Glas loszuwerden.

»Und wenn Matthias es herausgefunden hat …?«

»Fängst du jetzt auch schon an wie Marvin!«

»Nein, nein«, verbesserte Hannah, »ich meine, wenn er herausgefunden hat, wer der Vater ist.«

Vivien sah sie entgeistert an, das leere Glas in der Hand. »Er weiß es. Ich habe es ihm vorher gesagt, vor unserer Hochzeit, und er hat sich jede erdenkliche Mühe gegeben, damit Julia ihren leiblichen Vater nie vermisst.«

»Ja, aber wenn Matthias Bescheid weiß«, jetzt guckte Hannah entgeistert, »warum machst du dann so ein Geheimnis daraus und sagst Julia nicht, wer es wirklich ist?«

»Weil er es nicht möchte.«

»Er?« Hannah zuckte leicht zurück, nicht weil Vivien zum ersten Mal tatsächlich von dem »großen Unbekannten« sprach, sondern wegen des Ausdrucks in ihrem Gesicht. »Also das hätte ›er‹ sich gefälligst vor sechzehn Jahren überlegen müssen, würde ich sagen. Was hindert dich jetzt noch daran, es Julia zu verraten, ob er will oder nicht?«

Einen solchen Gesichtsausdruck hatte sie bei Vivien – der starken, schlagfertigen Vivien – noch nie gesehen, selbst auf den schlimmsten Partys nicht, so eine Mischung von Hilflosigkeit, Lähmung und Angst – Angst vor allem. Unwillkürlich machte Hannah einen Schritt auf sie zu, um sie festzuhalten und zum Festhalten da zu sein. So nah waren sie sich in den Tagen ihres Wiedersehens nie gewesen.

Vivien lehnte den Kopf an ihre Schulter und seufzte tief. Hannah spürte ihren warmen Prosecco-Atem. Der Geruch schien ihr so vertraut, als hätte sie sich in die hohle Hand gehaucht.

»Es ist nicht vorbei«, hörte sie dann Viviens Stimme an ihrem Hals. »Es ist noch immer nicht vorbei.«

Hannah erstarrte. Während Viven immer weicher zu werden schien, hatte sie plötzlich das Gefühl, sich kaum noch bewegen zu können. »Das heißt, die ganze Zeit, seit mehr als sechzehn Jahren, hast du etwas mit ihm?« Sie versuchte zu ermessen, was für ein Verhältnis das sein musste zwischen Julias biologischem Vater und ihr, brachte aber das Wort »Doppelleben« nicht über die Lippen, sondern flüsterte nur: »Und weiß Matthias das auch?«

»Niemand«, sagte Vivien, hob den Kopf von ihrer Schulter und sah ihr in die Augen, »niemand darf das wissen.«

Für einen Moment standen sie still und atmeten eine den Atem der anderen. Dann drückte Vivien die Lippen fest auf ihren Mund und küsste sie hart. Zu ihrer eigenen Überraschung küsste Hannah zurück. Sie tat es einfach.

9

In Teilen des Sendegebiets weiterhin heiter bis wolkig mit Temperaturen bis zu 32 Grad. Andernorts haben lokal begrenzte Hitzegewitter mit Sturmböen und sintflutartigen Regenfällen von bis 250 Litern Niederschlag pro Quadratmeter zu katastrophalen Verhältnissen geführt. Aufgrund von umgestürzten Bäumen, überfluteten Straßen und vollgelaufenen Kellern musste die Feuerwehr binnen weniger Stunden zu mehr als 120 Einsätzen ausrücken und hat inzwischen den Ausnahmezustand ausgerufen. Notrufe werden ab sofort nicht mehr nach dem Zeitpunkt ihres Eingangs bearbeitet, sondern nach Wichtigkeit, da zahlreiche Einsatzkräfte durch die wiederaufflammenden Schwelbrände in den Waldbrandgebieten gebunden sind. Die für den Katastrophenschutz zuständige Regionalleitstelle bittet um Verständnis bei Verzögerungen in der Bearbeitung einzelner Schadensfälle, rät zu äußerster Vorsicht bei der Selbsthilfe und betont, dass die Einsatzkräfte seit Tagen im Kampf mit den Elementen Übermenschliches leisteten.

inforadio.de, 24. April, 17.23 h

Hannah hörte nicht auf zu laufen, auch als das Gedränge der Einkaufsbummler und Passanten dichter wurde und sie sich durch die Grüppchen und Paare hindurchschlängeln musste. Hier und da eckte sie mit ihrem Rucksack an und entschuldigte sich atemlos. Sie stoppte erst, als sie mit einem Mann zusammenstieß, der einen Riesenteddy unterm Arm trug – ein Familienvater in Begleitung seiner Ehefrau und Tochter. Die drei sahen sie verstört an, während Hannah nach einer Erklärung dafür suchte, dass sie ein Glas in der Hand hielt und ihnen den Rest ihres Proseccos über die Schuhe geschüttet hatte. Doch bevor sie ihre Entschuldigung zu Ende stammeln konnte, zog der Mann seine Familie weiter und ließ Hannah stehen.

Langsam kam sie wieder zu Atem und ging die wenigen Schritte zu einem nahe gelegenen Brunnen. Das Glas stellte sie auf der Betonumrandung ab. Dann tauchte sie die Hände ins Wasser und rieb es sich in ihr heißes, verschwitztes Gesicht. Mit der Zungenspitze schmeckte sie Viviens Lippenstift. Sie hatte völlig vergessen, was für eine gute Küsserin Vivien war und wie oft sie sich früher geküsst hatten, als Provokation, aus Spaß oder um ihre Freundschaft zu feiern. Jetzt war daraus ein Abschiedskuss geworden.

Beim Blick auf ihr Handy im Selfie-Modus stellte sie fest, dass ihr Mund von Lippenstift ganz verschmiert war. Wenn Vivien nur halb so clownesk aussah, würde sie auf dem Empfang mit den Filmleuten einige Aufmerksamkeit erregen. Doch sicher hatte sie es nicht versäumt, ihren Schminkspiegel zu zücken und sich die Lippen nachzuziehen, bevor sie sich irgendwo blicken ließ. Vivien machte keine dummen Fehler. Nur eins hatte sie übersehen, dass sie bei ihrem Kuss auch Lüders mitgeküsst und mitumarmt hatte, die Spuren seines Aftershaves, seiner Berührungen überall. Im Nachhinein erschien es Hannah unglaublich, dass ausgerechnet Vivien und er die letzten beiden Menschen waren, die sie angefasst hatten. Doch der Ekel blieb aus und auch die Übelkeit. Sie fühlte sich nicht benutzt oder beschmutzt, nur ein bisschen ausgelaugt, ein bisschen kaputt. Der Abschied machte alles erträglich.

Mit ein paar Tropfen Brunnenwasser und dem Saum ihres T-Shirts stellte sich Hannah einigermaßen wieder her. Sie wollte ihr Handy gerade wegstecken, als ihr die Mitteilung über einen Anruf in Abwesenheit noch einmal Marvins Nummer anzeigte. Kurz entschlossen rief sie zurück.

Doch der erste Versuch ging ins Leere, beim zweiten Mal nahm niemand ab.

Hannah aktivierte eine Rückrufbitte per SMS, wollte es aber in ein paar Minuten selbst noch mal versuchen für den Fall, dass Marvin nicht reagierte. Sie war sich sicher, dass er Hilfe brauchte, und konnte nur staunen, wie wenig sich Vivien von seiner Sorge um Matthias hatte anstecken lassen nach den Niederlagen der letzten Tage. Der Mann in dem dunklen, stickigen Bauwagen war nicht nur traurig gewesen, sondern kurz vor seinem Zerreißpunkt. Um das zu sehen, brauchte man keinen besonderen Blick. Dass der Bankrott abgewendet schien dank Lüders und der Stiftung, half Matthias vielleicht, sein Gesicht als Geschäftsmann zu wahren, aber für seinen Stolz war es bestimmt ein harter Schlag. Er hatte den See nicht gerettet, jetzt lag sein Schicksal in den Händen anderer, und nur mit ihrem guten Willen rettete ihn vielleicht der See.

Auch der dritte Anruf bei Marvin blieb erfolglos. Hannah ging schneller und kämpfte sich durch Busladungen von Wochenendausflüglern, die schon am Freitagnachmittag in die Stadt einfielen. Der Strom und Gang der Dinge schien so viel mächtiger als der Protest. Und in dem ganz normalen Wahnsinn erinnerten sich auch die Angestellten, die am Morgen durch die Schaufenster und Schiebetüren gestarrt hatten, wohl kaum noch an das bisschen Demo vor Geschäftsbeginn.

Zum Bahnhof war es nicht mehr weit. Ehe sie sich auf den Weg zu Marvin machte, wollte Hannah wenigstens nach seinem Fahrrad gesucht haben. Die Ampeln waren wieder geschaltet, der Verkehr staute sich in langen Kolonnen. An der Kreuzung zum Bahnhofsvorplatz bildeten sich Menschentrauben: Die einen wollten in die Stadt, die anderen so schnell wie möglich raus. In dem Gewimmel reckte Hannah immerzu den Kopf, um zu überblicken, wo die Absperrung mit den Polizeiwagen gewesen war, hinter der sie das Fahrrad abgestellt hatte. Doch auf dem gesamten Vorplatz waren jetzt Wurst- und Imbissbuden aufgebaut, flächendeckend beschallt mit Bierzeltmusik. Am rechten Seitenflügel, etwas abseits, wo sie den Fahrradstand vermutete, fand eine Tombola statt.

Ihr Handy vibrierte, angeblich war der gewünschte Teilnehmer wieder erreichbar, doch auch beim nächsten Anruf tat sich am anderen Ende nichts. Ein paar Mal umkreiste Hannah mit einer Art Phantomschmerz die Stelle neben einer Losbude, wo sich Marvins Fahrrad in Luft aufgelöst zu haben schien. Dann, um den Jungen nicht länger sich selbst zu überlassen, peilte sie die Schlange am Taxistand an: fünf, sechs Leute mit größeren und kleineren Koffern. Ihr blieb kaum etwas anderes übrig, als sich hinten anzustellen und die Wartenden vor ihr zu fragen, ob sie eventuell ein Stück zusammen fahren könnten. Doch entweder mussten sie wirklich in die entgegensetzte Richtung, oder sie wollten nichts mit ihr zu tun haben.

Ein paar Minuten wartete Hannah noch in der Reihe, zählte ihr Bargeld und hoffte, dass sie im Taxi mit Karte zahlen konnte, dann hielt sie es nicht mehr aus und lief weg, am Bahnhof vorbei durch die Unterführung und weiter zur Ausfallstraße, wo sie sich einen geeigneten Standort am Seitenstreifen suchte und den Daumen raushielt.

Ob heutzutage überhaupt noch jemand trampte, wusste sie nicht. Die meisten Autofahrer jedenfalls schienen sie für ein Relikt aus der Vergangenheit zu halten oder für geistesgestört. Im Grunde konnte Hannah nur auf einen Nostalgiker hoffen, der sie mitnahm. Doch fast alle Wagen, die an ihr vorüberfuhren, waren neu. Anfangs zählte sie noch die panzerartigen SUVs mit den gut frisierten Frauen am Steuer, mittlere oder späte Mütter, die ihren Nachwuchs von irgendeinem Training abholten oder zu Freunden brachten. Bei fünfundzwanzig hörte sie auf, keine von ihnen hielt an. Mehrere Lkws schienen unterwegs in die vorhergesagten Unwetter gekommen zu sein. Von den Planen rann Schmutzwasser, spritzte oder stäubte im Vorbeidonnern. Doch die Straße war, soweit sie sehen konnte, trocken. Falls es in der Nähe einen Schauer gegeben hatte, musste der Niederschlag bis auf die letzte Pfütze verdampft und verdunstet sein. Ein leichter Regengeruch lag in der Luft. Aber damit es wirklich regnete, schien irgendetwas zu fehlen im Himmel über ihr, irgendein Riss oder Zusammenstoß, damit dieses graue, gestaltlose Wolkenplateau sein Wasser hergab.

Ein Rettungswagen war von Weitem zu hören und raste auf sie zu mit schrillem Tatütata, das in Sekundenschnelle anschwoll, sich verformte und dann seltsam blechern und gedehnt in der Ferne verklang. Hannah war zwei, drei Schritte auf den Gehweg zurückgesprungen vor Schreck. Doch sie beschloss, dass es nichts zu bedeuten hatte. Den Gedanken, dass der Rettungsdienst auf dem Weg zum Gestüt sein könnte, verbannte sie aus ihrem Kopf. Sie musste sich zusammenreißen und endlich unter den unzähligen Autos, die an ihr vorüberrauschten, das eine finden, das sie ans Ziel bringen würde oder wenigstens in dessen Nähe.

Doch der einzige Wagen, der verlangsamte, war ein schwarzer Mercedes mit wummernden Bässen und zwei Halbstarken, die sie im Vorbeifahren anglotzten wie Frischfleisch auf dem Straßenstrich. Der einzige Regen, der fiel, war das mit Reinigungsmittel versetzte Sprühwasser einer Scheibenwischanlage. Hannah merkte, wie sie immer ungeduldiger wurde. Der Augenkontakt, der früher ihr sicheres Mitfahrticket gewesen war, funktionierte nicht mehr. Das leichte, unaufdringliche Lächeln, ihr einstiger Türöffner, löste Versteinerung aus, als wäre sie, so wie sie hier am Straßenrand stand, das leibhaftige schlechte Gewissen eines jeden, der allein in seinem Vier- oder Sechssitzer saß. Julia an ihrer Stelle hätte daraus vielleicht eine Aktion gemacht und an sämtlichen Hauptverkehrsstraßen Tramperinnen aufgestellt aus Protest gegen den ökologischen Irrsinn, sie dagegen wollte wirklich nur von A nach B.

Noch fünf Minuten, sagte sie sich, dann würde sie zum Taxistand zurücklaufen, auch wenn das eine Niederlage war. Nach sieben Minuten hielt ein weißer, leicht verbeulter Transporter, und Hannah stieg ein. Dass sie dabei alle Tramperinnenregeln missachtete, war ihr egal. Sie musste hier weg und kletterte auf den Beifahrersitz, ohne den Fahrer überhaupt anzusehen oder nach der Richtung zu fragen. Sie sagte nur Hallo.

Es ging sofort los.

Der Fahrer trug einen Overall, hatte Tätowierungen vom Kragen bis zum Kinn, die Haare kurz rasiert, war schätzungsweise um die dreißig und eine Frau. Sie nannte sich Miriam, eine Paketzustellerin, die Hannah auf dem Rastplatz am Autobahnkreuz rauslassen wollte, wo ein großer Logistiker sein Zentrallager hatte und es jede Menge Lieferverkehr von allen möglichen Speditionen gab. Dort würde sie schon irgendein Kollege aufsteigen lassen, wohin auch immer die Reise ging. Doch Hannah musste gar nicht weiter. Es war das Autobahnkreuz, das mit dem Sand aus dem Baggersee gebaut worden war.

»Du trampst für 'ne Stadtfahrt?« Miriam warf ihr einen Seitenblick zu.

»Ich kann dir Benzingeld geben …« Hannah schaute kurz auf ihr Handy. Seit ihrem letzten Anrufversuch war eine Dreiviertelstunde vergangen.

»Seh ich aus wie Uber für Arme?«, winkte Miriam ab und haute auf die Hupe, weil der Cabriofahrer vor ihnen an der Ampel eine SMS tippte, statt loszufahren. Dann wuchtete sie den ersten Gang rein.

Hannah bedankte sich.

»Bedank dich bei deiner Sonnenbrille, ich habe genau die gleiche.« Sie klappte ihre Spiegelbrille kurz herunter, schob sie aber sofort wieder hoch und grinste. Hannah war gar nicht bewusst gewesen, dass sie das Ding noch auf dem Kopf hatte. Die Sonne war verschwunden. Durch die Windschutzscheibe des Transporters betrachtet sah der Himmel sehr weit aus und sehr leer. Die graue Wolkenschicht, die alles bedeckte, hatte mit der Erde nichts zu tun.

Miriam drehte das Radio lauter. »Keine Angst, ich hör nur Wetter und Verkehr, der Rest ist sowieso Gedöns.«

Einen Moment lang lauschten sie der Unwetterwarnung, die Hannah schon kannte. Sie wunderte sich nur, wo der Starkregen blieb, den die Feuerwehr angeblich aus so vielen Kellern pumpte.

»Die Hälfte ist in meinem Zustellbezirk runtergekommen. Ich musste die Auslieferung abbrechen, sonst hätte ich jetzt noch nicht Feierabend. Gerade freitags am späten Nachmittag, wenn die meisten schon Schicht haben und zu Hause sind, ist eine gute Zeit. Aber als Subunternehmerin des Subunternehmers stelle ich das Fahrzeug, und ich hatte Schiss, dass mir die Karre absäuft oder die Bordelektronik 'nen Kurzschluss kriegt. Kann übrigens ein bisschen feucht sein bei dir in der Fußgegend«, fügte Miriam mit einem Blick in den Rückspiegel hinzu. »Der rechte Kotflügel ist an manchen Stellen durchgerostet. Nimm deinen Rucksack lieber hoch.«

Sie näherten sich dem Stadtrand. Zwischen den Häusern gab es plötzlich Platz, neben der einen oder anderen Einfahrt stand ein Baum. In zehn Minuten, schätzte Hannah, konnte sie bei Marvin sein. Von jetzt an ging es eigentlich immer geradeaus, vorbei an den Feldern, die sie von ihrer Fahrradfahrt kannte. Staus waren für die

Strecke nicht angesagt. Aus der anderen Richtung kam ihnen ein Rettungswagen entgegen, vielleicht sogar derselbe wie vorhin, nur ohne Blaulicht und Alarm. Hannah beschloss, das als gutes Zeichen aufzufassen.

»Im Grunde kann man sich die Wettervorhersage auch schenken.« Miriam stellte das Radio wieder leise. »Inzwischen hat jeder sein eigenes Wetter. Du schleppst Kartons in der brütenden Hitze und erkennst kaum was auf deinem Display beim Quittieren, weil die Sonne so blendet, während zwei Straßen weiter die Welt untergeht.«

»Brennt es da vorne?«, fragte Hannah dazwischen.

»Genau was ich sage. Draußen auf der Umgehungsstraße siehst du die Wälder brennen, dann fährst du rein in die Siedlung, und alles liegt voller Hagelkörner, groß wie Taubeneier, über dir Gewitter, und die Bäume am Straßenrand biegen sich so, dass du froh sein kannst, wenn dir kein Ast vor den Kühler kracht.«

»Da vorne brennt was!« Rauch zog am Ende der langen Geraden über die Felder bis zur Straße. Hannah beugte sich so weit wie möglich über das Armaturenbrett. »Ist das nicht schon das Gestüt?«

»Kein Wald jedenfalls, der Rauch bei Waldbränden ist nicht so weiß und dampfig, sondern dunkler, dunkelgrau, weil das Holz feucht ist und so viel Wasser mitverbrennt«, meinte Miriam, als würde sie dergleichen jeden Tag sehen. Sie nahm eine Schachtel aus ihrer Brusttasche, schnippte mit einer gekonnten Handbewegung eine Zigarette aus der Packung und hielt sie ihr hin. Doch Hannah war nicht interessiert, sie wollte nur wissen, wo es brannte und ob das Gestüt betroffen war. Die Rauchwolke wurde dichter, je weiter sie fuhren, und verschlang die Sicht auf die Böschung des Sees, als stünde er selbst in Flammen.

»Wenn der Wald brennt, brennt die Lunge des Planeten, sag ich immer.« Miriam schnappte mit den Lippen nach der Zigarette und zündete sie an. »Und wenn die Erde raucht, rauchen wir alle mit. Da spielt ein bisschen Nikotin mehr oder weniger keine Rolle.«

»Ich rufe die Feuerwehr.« Hannah wollte wenigstens etwas tun und tat es schnell, um jedem Einwand zuvorzukommen, landete aber nur in einer Warteschleife mit der Durchsage, dass zurzeit sämtliche Annahmestellen besetzt seien.

Indessen kurbelte Miriam ihr Fenster einen Spalt herunter und blies den Rauch zur Seite. »Keine Panik. Sieht so aus, als wären es nur ein paar Felder und Wiesen ...«

Dunstschleier verhüllten die Straße. Die Autos vor ihnen schalteten Licht und Warnblinker an, eins nach dem anderen, in dichter Folge. Die roten und gelben Leuchten schwammen im Smog, ein Lichtfluss, der erlosch und wieder aufglomm in einem seltsam verlangsamten Takt. Über dem Feld schwebte der Rauch wie eine vom Himmel gefallene weiße Wolke, anderthalb Meter über dem Boden, darunter ein orangeroter Flammensaum, der immer noch mehr Qualm befeuerte, umwälzte und wie eine Welle über das Feld trieb. Heufeuergeruch drang mit einem Schwall heißer Luft durch den Fensterspalt und überlagerte das Nikotin.

»Nur Felder und Wiesen«, wiederholte Miriam, nahm noch einen Zug von ihrer Zigarette und lehnte sich zurück, damit Hannah besser an ihr vorbei aus dem Seitenfenster gucken konnte. Sie waren jetzt auf der Höhe des Feuers.

Das strohige Getreidefeld mit seiner verkümmerten Aussaat grenzte an eine Weide, den eigentlichen Brandherd, wie es schien, zumindest schlugen die Flammen hier höher und fraßen das Gras, das in blass blühenden Halmen bis an den Feldweg stand, den Hannah heute früh noch hinuntergeradelt war. Doch akute Gefahr bestand kaum. Der Abstand zur Straße betrug mehrere Hundert Meter. Die Feuerwehr war bereits mit zwei Löschfahrzeugen im Einsatz. Ein drittes näherte sich über den Feldweg vom See aus und hinterließ eine Staubfahne. Richtung Uferböschung lichtete sich der Rauch, die Baumkronen der Pappelreihe zeichneten sich immer deutlicher ab, silbergrün und unversehrt. Über dem See und dem Reiterhof war kein Qualm zu sehen. Hannah spürte eine tiefe Erleichterung. Ihre Befürchtungen hatten sich als unnötig erwiesen. Die Lage war unter Kontrolle.

»So ein Idiot«, fluchte Miriam auf einmal und streckte ihren Mittelfinger aus dem Seitenfenster. Wem das galt, wurde Hannah erst klar, als auch für sie der ausgebrannte Wagen in den Blick kam, der dreißig, vierzig Meter von den Löschfahrzeugen entfernt auf der Weide stand. »So ein verdammter Vollidiot! Überall wird davor gewarnt, heiß gelaufene Pkws auf trockenen Wiesen abzustellen, das kommt davon …«

Hannah versuchte, über Miriams Schulter hinweg Marke und Modell zu erkennen, aber das verkohlte Wrack glich allen möglichen Autos und keinem. Es stand mit dem Heck zu ihnen, das seltsam verformt und verzogen wirkte. Die Fensterscheiben mussten unter der Hitze geborsten und ausgefallen sein. Von der ursprünglichen Farbe war nichts mehr übrig. In diesem Zustand hätte es vermutlich nicht mal sein Besitzer wiedererkannt. Doch für Hannah gab es keinen Zweifel, dass es sich um einen alten Opel handelte, Matthias' Erbe.

»Du kannst mich hier rauslassen«, sagte sie.

»Hier?« Miriam stutzte. »Wo willst du denn hin, zur freiwilligen Feuerwehr?«

»Halt einfach an, so bald wie möglich.« Hannah hatte es plötzlich eilig. Das Wrack lag bereits hinter ihnen, der Tacho zeigte achtzig km/h.

Nach einem schnellen letzten Zug drückte Miriam ihre Zigarette in den randvollen Aschenbecher, packte das Lenkrad mit beiden Händen und bog, scharf bremsend, in einen landwirtschaftlichen

Nutzweg ein. Der Transporter kam knapp vor der Zufahrtschranke zum Stehen.

»Nichts zu danken«, sagte sie trocken, bevor Hannah auch nur Luft holen konnte, um sich zu verabschieden. Ihre Gedanken waren bei Matthias, der hoffentlich nicht das Schicksal seines Wagens teilte und seines Vaters, dem er einmal gehört hatte.

Als sie die Tür aufstieß und ihren Rucksack nahm, merkte sie, wie nass er geworden war. Auch ihre Schuhsohlen quietschten vor Nässe, als sie vom Beifahrersitz sprang. »Danke trotzdem«, rief sie in den Türausschnitt.

»Moment!« Miriam kam noch einmal halb zum Vorschein und schwenkte etwas in der Hand. »Deine Brille!« Sie musste ihr bei dem Bremsmanöver vom Kopf gerutscht sein.

»Behalt sie, als Andenken oder als Ersatz …« Mit etwas Mühe brachte Hannah ein Lächeln zustande. Doch Miriam würdigte sie keines weiteren Blickes, zog die Tür zu, setzte mit durchdrehenden Reifen zurück und drängelte sich zwischen zwei Kleinwagen.

Der Rauch von der Weide war nicht so scharf und schmutzig wie der Waldbrandgeruch am Morgen, sondern hatte die Süße von Gras. Dennoch kramte Hannah ein Tuch aus ihrem Rucksack und band es sich vor Mund und Nase. Seit sie das Wrack gesehen hatte, roch sie auch Spuren von verbranntem Gummi und Lack. Die Autofahrer, die sie als Tramperin geflissentlich ignoriert hatten, starrten sie jetzt reihenweise an, als wäre es Selbstmord, diese Straße mitten im Feierabendverkehr überqueren zu wollen. Doch die vielen irritierten Blicke waren ihr egal. Sie würde keinen dieser Menschen jemals wiedersehen und ging.

Das Hupen überhörte sie.

Auf der anderen Seite duckte sich Hannah in den ausgetrockneten Graben am Rand einer großen, umgepflügten Ackerfläche, die dem Feuer keine Nahrung bot. Bis zum Feldweg waren es etwa drei-, vierhundert Meter und noch einmal so viele bis zur Einsatzstelle; der See in umgekehrter Richtung lag näher als gedacht. Dort, wo das dritte Löschfahrzeug hergekommen war, befand sich im Zaun rings um die Böschung ein entriegeltes Tor mit einer Schneise zum Ufer. Offenbar füllte die Feuerwehr dort ihre Wassertanks. Es berührte Hannah irgendwie eigenartig, dass jetzt der See mit seinem Wasser Matthias retten sollte oder gerettet hatte, falls er noch einmal davongekommen war.

In der Deckung des Grabens lief sie wie durch einen Hohlweg weiter auf die Einsatzwagen zu. Sie durfte sich nicht erwischen lassen, sonst würde sie als Gafferin dastehen, die mit ihrer Neugier die Löscharbeiten behinderte. Auf die Frage, ob es Verletzte gab und um wen es sich dabei handelte, würde sie von den Feuerwehrleuten keine Antwort erhalten, das war klar. Trotzdem konnte sie dem Drang nicht widerstehen, so nah wie möglich an das Wrack heranzukommen. Nicht weil sie ihre Befürchtungen bestätigt sehen wollte, sondern weil sie die leise Hoffnung hatte, dass sie sich täuschte und es vielleicht doch nicht sein Wagen war.

In regelmäßigen Abständen streckte sie den Kopf heraus, um das Wrack von einem anderen Blickwinkel aus anzuvisieren. Doch je näher sie ihm kam, desto unkenntlicher und gestaltloser erschien es ihr, nicht wie ein Modell, sondern wie das Gerippe eines Fahrzeugs, verzerrt, verzogen und in sich zusammengesunken.

Die Hitze nahm zu. Unter ihrem Tuch bekam Hannah kaum noch Luft. Ihr Rücken war schweißnass, wie alles um ihren Rucksack und die Riemen. Viel dichter konnte sie ohne Schutzanzug und Atemmaske nicht an den Brand heran, doch sie war noch immer zu weit weg, um die Feuerwehrleute zu belauschen oder ihre Funksprüche zu verstehen. Das Feuer war erstaunlich laut.

Der Ackergraben stieß in einem Knick auf den Feldweg und verflachte zu einer Senke zwischen Wegrand und Weide. Um in

Deckung zu bleiben und vor der Hitzeeinstrahlung einigermaßen geschützt zu sein, würde sie kriechen und über den Boden robben müssen. Es war das Vernünftigste umzukehren, doch Hannah schnallte kurzerhand ihren Rucksack ab und ließ ihn in der Grabenrinne zurück. Nur ihr Handy nahm sie mit, um versteckt fotografieren zu können. Von jetzt an war es zu riskant, mit Kopf und Körper aufzutauchen.

Umstandslos ließ sie sich auf alle viere nieder und kroch weiter durch das von Disteln durchsetzte, ausgeblichene Grün, das in der Senke krautiger und niedriger wuchs. Zwischendurch hob sie immer wieder ihr Handy über die hohen Halme des Weiderands für einen Schnappschuss, aber sie schaute nicht auf, sondern lauschte nur den knappen, unverständlichen Kommandos der Feuerwehrleute und dem Feuer selbst. Unter dem Knistern und Prasseln der Flammen hörte Hannah, wie es sang, vielstimmig und hell. Vermutlich handelte es sich um die letzte austretende Feuchtigkeit, die in der Hitze verzischte, aber es klang wie der Klagegesang Tausender und Abertausender verbrennender Tiere im hohen Gras.

Dann stieß sie auf das Brett. Es war kein besonderes Brett – alt, verwittert, regengrau –, in den Scheunen und Ställen der Umgebung waren etliche davon verbaut. Wenige Meter weiter lag ein Balken, auch in die Jahre gekommen und vom Wetter gezeichnet, drum herum noch mehr Balken und Bretter, alle aus demselben Holz. Damit endete ihr Weg. Hannah stoppte und setzte sich auf die Knie. Ob man sie sehen konnte oder nicht, war ihr gleich. Ihre Hoffnung hatte aufgehört.

Es war Matthias' Holz. Es war der Wagen seines Vaters, sie hatte es sofort gewusst, als sie das Wrack im Vorbeifahren sah. Miriam hatte ihn zu Unrecht beschimpft, es handelte sich nicht um gefährliches Parken. Matthias hatte seine Ladung und die Kontrolle über das Fahrzeug verloren, als er vom Feldweg abgekommen war. Das

Feuer musste schnell ausgebrochen sein, sonst hätte er sicher noch versucht, den Wagen zu retten. Offensichtlich war ihm keine Zeit geblieben.

In diesem Moment klingelte das Telefon in ihren Händen, so laut und durchdringend, dass sie erschrak. Sie hatte vergessen, es stumm zu schalten auf ihrer sinnlosen Pirsch. Jetzt zitterten ihr die Finger. Das Display zeigte Marvins Nummer. Es war der Rückruf, auf den sie so lange gewartet hatte.

Hannah schaute kurz hoch. Das Wrack war keine zweihundert Meter entfernt, der Brand ein Stück weit zurückgeschlagen, allerdings hatten sich zwei Feuerwehrmänner von dem Löschzug gelöst und kamen direkt auf sie zu. Schnell nahm sie den Anruf an, sagte nur: »Gleich!«, und rannte los, zurück zu dem Graben, riss im Rennen ihren Rucksack mit sich und lief weiter die Abflussrinne entlang über die Ranken und Algenreste am Grund, stolperte einige Male, konnte sich aber auf den Beinen halten und lief immer weiter, bis sie die offene Torzufahrt an der Böschung erreichte. Als sie den von breiten Reifenspuren gebahnten Weg zum Wasser einschlug, sah sie sich das erste Mal um. Die beiden Männer waren ihr nicht gefolgt, doch es sah aus, als würde sich eins von den Löschfahrzeugen in Bewegung setzen und Kurs auf den See nehmen, sei es, um Wasser aufzutanken, sei es, um sie zu stellen.

Mit einer halben Drehung ließ sie die Schneise hinter sich, verschwand zwischen einigen eng zusammenstehenden Birken und kämpfte sich durch Himbeersträucher bis zum Kamm der Böschung hinauf. Oben angekommen reichte ihr Atem gerade noch für ein paar Schritte außer Hörweite. Hinter einem wilden Ahorn ging sie in die Hocke, keuchend und mit tanzenden schwarzen Wirbeln vor den Augen. Den See sah sie von dieser Seite aus zum ersten Mal, fast schien er nicht derselbe zu sein, eine Insel der Unberührtheit inmitten von Rauch und Feuer, das Wasser so unglaublich glatt und klar, als wüsste es von nichts. Noch nie hatte sie bei seinem Anblick eine solche Ruhe und Leere empfunden, die Abwesenheit von eigentlich allem.

»Hallo«, sagte Hannah leise ins Telefon. Sie entdeckte Marvin an einem seichten Uferbogen zwischen zwei ins Wasser geneigten Haselbüschen. Das helle Dreieckstuch, in das er seinen Gipsarm gebunden hatte, leuchtete über die Entfernung. Er rührte sich nicht.

»Hallo? Bist du noch da?«, flüsterte sie weiter. Doch von dem Jungen kam keinerlei Reaktion, weder am Telefon noch in seiner Körperhaltung. Er saß nur da, ein kleines Häuflein Mensch vor der Weite des Wassers.

»Marvin? Ist alles in Ordnung?«

»Wo bist du?«, fragte eine Männerstimme am anderen Ende.

Hannah schaute ihr Telefon an, als sei es gestört. Der Fehler war nicht auf ihrer Seite: Auf dem Display stand eindeutig Marvins Nummer, genau die Zahlenfolge, die sie immer gewählt hatte.

»Bist du in der Nähe?«, fragte die Stimme noch einmal.

»Matthias?« Sie konnte nicht fassen, dass er es war. Doch er brummte nur zustimmend, als sie es das Selbstverständlichste, und erklärte ihr dann, er habe sein Handy im Auto gelassen und sich deswegen Marvins geborgt.

»Falls du den Wagen deines Vaters meinst, ich weiß Bescheid ...« Hannah beschirmte ihr Telefon mit beiden Händen, um zu verhindern, dass der Junge mithörte. »Ich habe das ausgebrannte Wrack gesehen.«

Einen Moment lang herrschte Schweigen am anderen Ende, dann gab Matthias einen schwer definierbaren Laut von sich, kein Seufzen, kein Stöhnen, sondern alles zusammen. »Es war ein Unfall, das habe ich der Polizei schon erklärt. Ich hatte ein bisschen zu viel Holz geladen und war vermutlich etwas zu schnell unterwegs, zumindest für den Feldweg. Bei einem Schlagloch hat es mir dann das Lenkrad aus der Hand gehauen, der Wagen ist ins Schleudern geraten, die Ladung ins Rutschen, alle möglichen Kräfte haben auf einmal gewirkt, wobei ich nicht leugnen will, dass es auch an mir lag: Ich habe während der Fahrt telefoniert.«

»Mit wem?« Sie wusste, dass er ihr nicht die ganze Wahrheit sagte, so sicher, wie sie gewusst hatte, dass es sich bei dem Wrack um sein Auto handelte.

»Das spielt beim Telefonieren am Steuer laut Straßenverkehrsordnung keine Rolle«, wich er ihr aus. »Jedenfalls habe ich es zugegeben und bin bereit dafür geradezustehen, nur darauf kommt es an. Der Rest ist Sache der Polizei, der Anwälte und, wenn ich Glück habe, meiner Versicherung.«

»War es Lüders?«

»Was?«

»Am Telefon, während der Fahrt. War es Lüders – oder Vivien?«

»Ich weiß zwar nicht, warum du das wissen willst, aber weder noch. Und es ändert nichts daran, dass ich selber schuld bin.«

Hannah fragte nicht noch einmal nach, gab sich aber mit der Antwort nicht zufrieden. Je mehr Matthias betonte, dass es ein Unfall war, je bereitwilliger er die Verantwortung dafür übernahm, desto weniger glaubte sie ihm.

»Es ist nun mal passiert, so leid es mir tut.« Sein Ton war gereizt. »Ich rufe dich nur zurück, weil Marvin meinte, dass du dir bestimmt Sorgen machst, wenn du niemanden erreichst, aber das ist nicht nötig. Ich bin unverletzt, bis auf ein paar Kratzer und den Schrecken.«

»Eigentlich hat Marvin mich zuerst angerufen. Er hat sich von allen die größten Sorgen gemacht.« Sie dachte an die Angst des Jungen, dass sein Vater sich vor lauter Traurigkeit etwas antut, und an seine vergeblichen Versuche, ihn zu beschützen. »Was hast du ihm denn erzählt?«

»Die Wahrheit: dass ich einen Unfall hatte und mein Handy verbrannt ist.«

»Und dann?« Hannah war sich sicher, dass Marvin ihm so wenig geglaubt hatte wie sie jetzt.

»Dann hat er mir sein Handy geschenkt, typisch Marvin«, sagte Matthias mit einem schiefen Lachen, das nicht lange dauerte. »Jedenfalls ist die Nummer, die du siehst, bis auf Weiteres meine.«

Vielleicht hatte sich Marvin bei der Handyübergabe nach dem Totalschaden nichts anmerken lassen, seinem Vater zuliebe, doch er kauerte am Ufer wie paralysiert. Die ganze Zeit, in der Hannah die Böschung entlang auf ihn zugegangen war, hatte er sich kein bisschen bewegt, nicht einmal den Kopf gehoben, aufgeschaut oder aufgehorcht, obwohl sie sich nicht gerade anschlich. Jetzt hatte sie eine kleine Kuppe erreicht, den höchsten Punkt auf dieser Seite, von dem aus sie den Gutshof, die Baustelle und das Kieswerk überblickte. »Und was wird jetzt, ich meine, in Zukunft?«

»In Zukunft werde ich wohl ohne Auto auskommen müssen«, sagte Matthias wie zum Abschied. Hannahs Blick fiel auf die Holzhütte, in der sie geschlafen hatte. Das Panoramafenster spiegelte den See.

»Du hättest tot sein können …«

Matthias zögerte einen Moment, sagte dann aber nur: »Ich weiß.«

Ein, zwei Atemzüge lang wartete Hannah, ob er ihr nicht doch noch die Wahrheit sagen würde. Bisher war sie davon ausgegangen, dass ihm das Telefongespräch am Steuer den einen Nackenschlag zu viel verpasst hatte und bei ihm alle Sicherungen durchgebrannt waren, weil er von Viviens Doppelleben erfahren hatte oder von der mehr oder weniger freundlichen Übernahme seiner Projekte durch Lüders und die Stiftung. Doch inzwischen kamen ihr Zweifel, ob es überhaupt ein Telefonat gegeben hatte. Wahrscheinlich hatte Matthias schon lange den Vorsatz gefasst, aufs Gaspedal zu treten und sich zu Tode zu fahren.

»Es war Julia«, hörte sie ihn sagen.

»Was?«

»Während der Fahrt, am Telefon, das wolltest du doch wissen.« Matthias sprach auf einmal sehr leise. »Ich habe mit Julia telefoniert.«

Hannah starrte auf den See.

»Es war ein ganz normales Gespräch. Wir haben uns nicht gestritten, nicht angeschrien oder die Ohren vollgeheult«, sagte er sanft. »Ich hatte nur Angst, sie auch noch zu verlieren.«

Hannahs Blick wanderte zu dem flachen Uferstein, der Einstiegsstelle ihres Vaters, wo sie Julia zum ersten Mal begegnet war. Oberhalb, am Rande der Böschung, stand ihr Fahrrad, das rote – nicht ganz an derselben Stelle wie damals, sondern leicht versetzt in Raum und Zeit. Hannah mochte ihren Augen kaum trauen und brauchte einen Moment, um zu realisieren, dass es genau die gute Nachricht war, die Matthias helfen würde: Julia war hier, irgendwo, sie konnte nicht weit sein, sie war zurückgekommen! Doch da hatte er schon aufgelegt.

Schnell – schneller, als ihr lieb war – lief Hannah die Böschung hinunter, auf den Jungen am Ufer zu. Bei dem Gefälle machte sie immer größere Schritte. »Marvin!«, rief sie im Näherkommen ein paar Mal seinen Namen. Doch er rührte sich noch immer nicht. Erst als sie schon fast bei ihm war, drehte er sich ruckartig um und legte den Finger auf den Mund. Sein Gesicht war so ernst und sein Blick so böse, dass Hannah sofort anhielt. Sie wäre nicht erstaunt gewesen, wenn er im nächsten Moment die Augen verdreht und in Zungen geredet hätte. Aber er murmelte nur, dass die Forellen im See heute wirklich springen würden wie verrückt, so kurz vor dem Regen besonders.

»Glaubst du wirklich, dass es regnet?«, fragte Hannah, um ein halbwegs normales Gespräch in Gang zu bringen. Doch Marvin sagte nichts weiter, sondern mahnte sie nur noch einmal, still zu sein. Dann wandte er ihr wieder den Rücken zu und schaute aufs Wasser wie ein Angler ohne Angel.

Da es ihm so wichtig zu sein schien, gehorchte Hannah und begnügte sich damit, Matthias eine SMS zu schreiben, dass er sich keine Sorgen zu machen brauche. Julias Fahrrad stehe am Ufer. Die verlorene Tochter sei nach Hause zurückgekehrt. Ausrufezeichen.

Erst als sie die Nachricht schon abgeschickt hatte, kam ihr der Gedanke, dass vermutlich nicht nur Marvin verstört war und nach dem »Unfall« seines Vaters unter Schock stand, sondern auch Julia, vor allem wenn sie in dem entscheidenden Moment mit ihm telefoniert hatte. Möglicherweise war sie nicht gekommen, um zu helfen, sondern weil sie Hilfe brauchte.

»Hast du deine Schwester gesehen? Geht es ihr gut?«, flüsterte sie ihm halb in den Nacken. Marvin reagierte so wenig, dass sie nicht sicher war, ob er sie überhaupt gehört hatte. »Das ist doch Julias Fahrrad – ein Freirad, ich weiß, aber sie fährt es zurzeit …«

Hannah deutete in Richtung Uferstein, doch Marvin nahm ihre Hand und verschob sie so, dass sie ins Leere zeigte. Erst bei näherem Hinsehen zeichneten sich mehr und mehr Mückenschwärme über dem Wasser ab, die in kleinen, durchscheinenden Wolken umeinandertanzten und -wirbelten. Nur die Forellen ließen auf sich warten. Hier und da zogen Schwalben ihre kapriziösen Bahnen und streiften mit ihren Flügeln die Wasseroberfläche, die sich so grau und unbewegt vor ihnen ausbreitete wie der Himmel.

»Ich bin erst still, Marvin, wenn du mir meine Frage beantwortest«, blieb sie unerbittlich. »Hast du Julia gesehen, ja oder nein?«

»Ja«, sagte er, ohne den Blick vom Wasser zu lösen, »danke dir.«

»Wofür?«

Das war schon ihre zweite Frage, und Marvin ließ sie die Zumutung spüren, antwortete aber doch. »Danke, dass du ihr erklärt hast, dass dein Vater nicht ihr Vater ist.«

Nur widerwillig dachte Hannah an ihr Gespräch mit Julia in der Wohnung und auf dem Bett zurück. »Ich hab's versucht«, entgegnete sie ziemlich kleinlaut, »aber Julia ist eine Überzeugungstäterin, wie du weißt, es war ein ziemlich unmöglicher Auftrag …«

»Es war nur eine Bitte.«

Vom See her ertönte ein lautes Schnalzen, fast wie ein Peitschenschlag. Irgendwo musste tatsächlich ein Fisch auf Mückenjagd hochgestiegen und übers Wasser geschmettert sein. Doch bis Hannah die Stelle hinter den Haselbüschen ausfindig gemacht hatte, lief bloß noch ein träges Schwappen über die Wasseroberfläche.

»Hast du das gesehen«, fragte Marvin atemlos vor Begeisterung. »So springen nur Forellen. Sie sind viel wendiger und wuchtiger als Barsche und alles, was hier sonst noch rumschwimmt, weil sie den Lachsen verwandt sind. Mit ihren Flossenschlägen kommen sie sogar einen Wasserfall hoch!«

Nicht weit von ihnen, im Halbschatten eines Haselbuschs, war ein Schnappen zu hören, eine Rückenflosse durchbrach gemächlich die spiegelnde Glätte. Es konnte sich um beinahe jede Fischart im See handeln, doch Marvin guckte bedeutsam und hob Achtung gebietend die Hand. Eine Zeit lang warteten sie gemeinsam auf das nächste Aufstiegen aus der Tiefe und spähten die dichtesten Mückenschwärme über dem Wasserspiegel aus. Doch bis auf ein paar Gärungsbläschen in Ufernähe tat sich nichts mehr.

»Du hast Dr. Lüders gesehen?«, brach Marvin auf einmal selber die Stille, woraufhin Hannah mit großen Auslassungen von dem Friedhofsbesuch erzählte, dem *Wolkenbuch* auf dem Liegestein und Lüders' Äußerungen über Julia. Doch dafür schien sich

Marvin nicht weiter zu interessieren, er sah sie von der Seite an. »Wie findest du ihn?«

»Ich – Lüders?« Eine so direkte Frage hatte sie von Marvin am allerwenigsten erwartet, und sie hoffte, dass er es nicht so meinte, wie sie es verstand. »Ach, weißt du, wir kennen uns schon so lange. Aber er ist ein guter Anwalt und hat vielen Menschen geholfen, meinem Vater, deinem Vater, Julia nicht zuletzt.«

»Wieso ›aber‹?«

»Habe ich ›aber‹ gesagt?«, fragte sie und versuchte, ihre Verunsicherung wegzulächeln. »Nun, er hat nicht gerade den besten Ruf, auch das schon sehr lange, aber – und das ist das Gute an ihm – er hat auch eine soziale Ader, was viele nicht wissen. Ich hätte zum Beispiel nicht gedacht, dass er sich ehrenamtlich um Julia kümmert und ihre Gruppe vertritt.«

Hannah schaute hinaus auf den See und mied Marvins Blick, ohne zu glauben, dass es ihr etwas nützen würde. Sie traute ihm sogar zu, dass er ihr auf irgendeine Weise ansah, was nach dem Friedhofsbesuch in Lüders' Wagen passiert war.

»Findest du ihn attraktiv?«, fragte er noch direkter.

»Na, hör mal«, Hannah lachte verlegen, »Lüders könnte mein Vater sein!«

Marvin lachte nicht mit, sondern wartete einfach nur ab. Anscheinend durchschaute er sie ganz und gar.

»Aber …«, holte sie zu einer Erklärung aus und hielt im selben Moment inne. »Schon wieder ein Aber, wenn du so willst. ›Aber‹ Lüders ist natürlich sehr erfolgreich in dem, was er tut, und hat großen Einfluss in der Stadt, um nicht zu sagen: Macht. Es gibt durchaus Frauen, die das attraktiv finden, insofern …« Doch weiter redete sie nicht, sie konnte ihm weder die Wahrheit sagen noch etwas vormachen. Sie kam sich so schon schäbig und verlogen vor. Wortlos stellte sie sich seinem Blick. Sollte er ihr ansehen, was er wollte.

Doch in seinen Kinderaugen lag keine Traurigkeit und keine Wut, sondern eine seltene Art von Ernüchterung.

»Er war mit Mama im Bett«, sagte er tonlos. »Julia hat es gesehen, sagt sie. An Silvester.«

Der See ruhte still. Die Mückenschwärme, so schien es, hatten sich ans Ufer getanzt, die Wolkendecke war verblasst. Es würde wieder nicht regnen.

»Es tut mir leid«, sagte sie. Das tat es wirklich. Sie war Vivien nicht böse, verurteilte und verachtete sie nicht für ihr anderes, ihr zweites Leben – das maßte sie sich nicht an. Sie war die Letzte, die ihr Vorwürfe machen konnte, sie schämte sich nur vor Marvin für ihre Freundin, für sich selbst. Lange hatte sie sich Vivien nicht mehr so nah gefühlt. Dieselben Fehler, dachte sie, mit unterschiedlichen Folgen.

Die Wolken wurden immer weißer.

»Ich hoffe, ihr könnt uns noch einmal verzeihen, deiner Mutter und mir, nicht jetzt oder in nächster Zeit, aber irgendwann.« Eigentlich galt ihr ziemlich hilfloser Entschuldigungsversuch mehr Julia als ihm. Auf wie vielen Ebenen sie gegen die Lebensweise ihrer Mutter und die Lüge kämpfte, konnte Hannah erst jetzt ermessen, und sie glaubte zu verstehen, dass dieses Mädchen nicht auf der Suche nach ihrem leiblichen Vater war, sondern in gewisser Weise auf der Flucht vor ihm.

Eine Zeit lang saß Hannah mit Marvin da, eine Handbreit von ihm entfernt, ohne das Gefühl, noch etwas sagen zu können oder zu müssen. Beide sahen sie den Schwalben zu, die sich mehr und mehr in der Höhe und Weite des Abends verloren.

Der Himmel wurde immer heller wie der Rauch von den Feldern.

»Das erinnert mich«, sagte Hannah halb in Gedanken, »an einen Satz aus dem *Wolkenbuch*, ganz am Ende, wenn ich mich nicht täusche.« Sie hatte bei ihrem Lektüreversuch vorgeblättert – eine ihrer schlechten Angewohnheiten, immer den Schluss zuerst zu lesen. Meist war sie nur mäßig davon beeindruckt, und auch dieser Satz ihres Vaters hatte erst jetzt eine Bedeutung für sie erlangt. »Ich kriege es nicht mehr ganz zusammen, aber es ging um die letzte Wolke der Welt und darum, dass sie sich in Staub auflöst.«

»Die letzte Wolke ist ein großer Rauch, nicht Wasser, sondern Staub«, sagte Marvin auswendig. »Es ist Julias Lieblingssatz.« Zwei, drei Mücken hatten sich auf seine nackten Beine gesetzt, aber er verscheuchte sie nur und schlug nicht danach.

Dann schwiegen sie wieder, ohne dass sich die Stille davor wieder einstellte. Von irgendwoher waren Stimmen zu hören. Das Wasser vor einer der Sandbuchten geriet in Bewegung, so als würde sich ein ganzer Schwarm von Forellen auf die Jagd machen und über die Oberfläche erheben. Wellen wurden wie von kräftigen Schlägen aufgeworfen und trieben in verkehrter Richtung vom Land auf den See hinaus. Auf den zweiten Blick fühlte sich Hannah an den Fischfriedhof und die Gräueltaten an den Zäunen erinnert, dann hörte sie lautes Rufen, Geschrei aus dem Wasser, erkannte Matthias' Stimme und sprang auf. Für einen Nichtschwimmer wurde es jenseits der Lagune zu schnell zu tief. Hannah machte ein paar Schritte auf der Stelle, winkte und rief, so als könnte sie über die Entfernung verhindern, dass er sich ins Tiefe stürzte, wo er sich kaum über Wasser halten konnte.

Doch Marvin legte ihr eine Hand auf die Schulter, behütend und wie zum Trost.

»Keine Sorge, Julia ist bei ihm«, sagte er. »Sie zeigt ihm Schwimmen.«